岩 波 文 庫

37-207-1

英国古典推理小説集

佐々木徹編訳

岩 波 書 店

はじめに

『英国古典推理小説集』と銘打った本書はどのような作品をどういう狙いで収めたものか、それを最初に説明しておきたい。

「推理小説」を、「犯罪(あるいは何らかの事件)が発生し、それを探偵役の人物(素人もしくは玄人)が論理的な推理を働かせて解決するプロセスを主眼とした物語」と定義するならば、この条件を満たす最初の作品は、ポーの「モルグ街の殺人」(一八四一)だと考えられる。以後このジャンルは次第に発展を遂げ、英国のクリスティやセイヤーズ、米国のヴァン・ダインやクイーンといった作家たちが活躍する一九二〇年代から三〇年代にかけて黄金時代を迎えた、と一般に言われている。

本書の言う「古典」とは、十九世紀を中心に、黎明期から黄金時代に至るまでの間を漠然と指している。「オターモゥル氏の手」(一九三一)は黄金時代に入ってからの作品だが、かねてから評価の高い名品であるので、出版年代にこだわらずに採択した。

収録作品の選定にあたっては、定評のある作品だけでなく、これまでわが国に紹介されてこなかった未訳のものをなるべく採り入れることにした（ウォーターズ、ウッド、パーキス、フィーリクスは編者の知る限り本邦初訳）。作品は原則として出版された順番に配列した。順番に読んでいくと、段々「推理」の要素が強くなって、推理小説という形式が洗練されていく過程がおのずと浮かび上がるはずである。

冒頭にディケンズの長篇『バーナビー・ラッジ』（一八四一）の一部を配したのは、これが推理小説の原始的な一形態を示しているとともに、まさにこの部分が「モルグ街」の時期のポーの目にとまり、付録として収めた書評の呼び水となったからである。この書評は、「訳者あとがき」で詳しく述べるように、ポーが早くもこの時点で、やがて推理小説という名で呼ばれる文学形式についてどれほど明確な理解を持っていたかをはっきり示す貴重な資料になっている。

『ノッティング・ヒルの謎』（一八六二）を最後に置いたことには二つの理由がある。一つはこれが他の作品と長さが際立って異なるからであり、もう一つはもしこれを長篇と認めるならば、この作品がコリンズの『月長石』（一八六八）を押しのけて、英国最初の長篇推理小説という栄に浴する可能性を持つ特別な作品だからである。

「古典」というと、干からびたものが想像されるかもしれないが、こと推理小説の場合はむしろ人間味が濃く、そのあたりもたっぷり楽しんでいただきたい。

目　次

はじめに
『バーナビー・ラッジ』第一章より……チャールズ・ディケンズ…　9
（付）エドガー・アラン・ポーによる書評
有罪か無罪か……ウォーターズ…　43
七番の謎……ヘンリー・ウッド夫人…　71
誰がゼビディーを殺したか……ウィルキー・コリンズ…　155
引き抜かれた短剣……キャサリン・ルイーザ・パーキス…　195

イズリアル・ガウの名誉……………………………G・K・チェスタトン…233
オターモゥル氏の手……………………………トマス・バーク…263
ノッティング・ヒルの謎……………………………チャールズ・フィーリクス…299
(付)ボウルトン家関係系図/主要人物略年表
訳者あとがき　519

英国古典推理小説集

チャールズ・ディケンズ

『バーナビー・ラッジ』第一章より

（付）エドガー・アラン・ポーによる書評

英国を代表する作家チャールズ・ディケンズ(Charles Dickens 一八一二―七〇)の長篇第五作『バーナビー・ラッジ』(一八四一)は十八世紀後半の反カトリック暴動を扱う歴史小説。ここには第一章からの抜粋を訳出し、それにエドガー・アラン・ポーによる書評を二点付する。

時は一七七五年三月、舞台はロンドンから北東二十キロに位置するメイポール亭。ある晩、常連にまじって見たことのない客がいる。この人物は、近くにある屋敷の前で若い女性を見かけたがあれは誰か、と亭の主人ジョン・ウィレットに尋ねる。ウィレットは、ジェフリー・ヘアデイルさんの姪御さんです、と答える。

「その娘の父親はまだ生きているのか？」男はさりげない様子できく。

「いえ。ただし死――」

「え？　死んでないのか！」男は声を上げる。

「――ただし、死に方がふつうじゃありませんでした」主《あるじ》は答える。

常連客たちはうなずき合う。パーキス氏は、俺の意見が間違ってるなんて誰にも言わせんぞ、そんなこと言うやつなんか大嘘つきだ、とでものたまうように首を振りながら、「今晩のウィレットは冴えてる、えらい判事さんにもひけはとらん」とささやく。

男はちょっと間をおいてから、急に、「いったい何が言いたいんだ」と主にきく。

「お客さんが思ってる以上のことです。私の言葉にはお客さんが思っている以上の意味があるんです」

「そうかもしれん」男は不愛想に言葉を返す。「しかし、なんでまたそんな謎めかした言い方をするんだ？　『生きてない』、『ただし』と来て、次は『死に方がふつうじゃない』、挙句に、『自分の言葉にはお客さんが思っている以上の意味がある』だと。いや、だが、お前の言ってることが正しい可能性は確かにある。なぜなら、おまえの言葉にはまったく何の意味もないとこっちは思っているからだ。もう一度きくが、いったい何が言いたいんだ？」

「その問いに答えるには」男のぶっきらぼうな物言いに少々威厳をそこねられた主は言う。「メイポール亭にこの二十四年ずっと伝わる話をせにゃなりません。ソロモン・デイジーの話です。つまり、メイポール亭の話で、この店でそれを語るのはソロモン・デイジーと決まっておりまして。これまでずっとそうだったし、これからも変わらない――それが私の言いたかったことです」

男は教区書記に一瞥《いちべつ》を与える。話題を意識したような、重みありげな雰囲気から、この人物が件《くだん》のソロモンであると容易に知れたのだ。ソロモンが長く息を吸い込んでタバコに火をつけてからパイプを唇から離し、それ以上の催促を待たずに話を始めようとしているのが明らかになると、男は外套に身をくるんで、大きく凹んだ暖炉の隅にある暗闇の中にふたたび引っ込み、ほとんど見えなくなってしまった。炉の炎は積み上げられた薪《たきぎ》の下で押しつぶされそうになりながら苦闘していたが、それが突如強く大きく燃え上がった時には、男の姿が一瞬現れた。しかし、その後は前よりもさらに暗い闇の中にすっぽり包まれたようだった。

メイポール亭の内部

この明滅する炎に照らされて、古い部屋の重々しい木材と羽目板を施した壁は、まるで磨き上げられた黒檀《こくたん》作りのように見えた。外では風がうなり声をあげて、頑丈なオークの扉の掛け金と蝶番《ちょうつがい》をがちゃがちゃ鳴らし、雨戸を家の中に叩き込もうとするかのごとくに強く打った。そんな明かりの中、こういう話にはもってこいの状況のもとで、ソロモン・デイジーは語り始めた。

「ジェフリー・ヘアデイルさんのお兄さんのルーベンさんが」

ここで彼は話を止める。間があまりに長かったので、さすがのジョン・ウィレットも痺れを切らして、どうして続きを言わないのか、ときいた。

「おい、コブ」ソロモンは声の調子をおとし、村の郵便局長に尋ねた。「今日は何日だった？」

「十九日だ」

「三月の」教区書記は体を前に傾けて言った。「三月十九日。実に不思議だ」

低い声で全員がこれに同意を表した。ソロモンは話を続ける。

「ジェフリー・ヘアディルさんのお兄さんのルーベンさんが、二十二年前はウォレンの地主でした。ここにいるジョンの息子のジョーがさっき言ったとおりです。もっとも、ジョーよ、お前がそのことを覚えてるはずはない。お前みたいな、年のいかない子供がそんなことを覚えてるわけはない。私がなんべんもそう言うのを聞いたから知ってるだけだ。ま、そのウォレンは今よりもっと広くて立派な、うんと値打ちのある土地でした。ルーベンさんの奥さんが亡くなったばかりで、あとに子供が一人のこされました。あなたがさっき尋ねてた、お嬢さんです。あの頃はまだ一歳にもなってませんでした」

先程この家族について強い好奇心を示したよそ者に語りかけていたソロモンは、ここで間をとった。驚きの声か、それとも、先を促す言葉を期待していたようだったが、当の男は何の返事もせず、これまでの話に興味を覚えているような反応も、話を聞いていたことを示す素振りも一切見せなかった。そこでソロモンは、めいめいの鼻がパイプ煙草の深紅の明かりで照らし出されている常連たちの方を向いた。彼らが真剣に注意を払ってくれているのは長年の経験でわかっていた。ソロモンは、男のけしからぬ振舞いに対する自分の考えをはっきり示してやろうと決めた。

彼はよそ者には背を向けて話をつづけた。「ヘアデイルさんは、奥さんを亡くしたあと、さびしかったんだろう、屋敷を引き払ってロンドンへ行った。何か月かして、やっぱり向こうでもさびしかったんだな――私はそう思うし、世間でもみんなそう思ってる――突然また娘さんを連れてウォレンに戻ってきた。お供は二人の女中と、執事と、庭師だけだった」

ここでソロモンは消えかかっていたパイプを一服し、また話を続けた。はじめは、煙草の味を楽しんでたっぷりパイプをくゆらしたせいで鼻にかかったような声だったが、だんだんはっきりした声になっていった。

「お供は二人の女中と、執事と、庭師だけ。あとの使用人はまだロンドンで、次の日合流する予定だった。たまたまその晩、チグウェル小路に住んでた老人が長患いの末に亡くなった。で、夜中の十二時半に知らせがあって、私は教会に行って弔いの鐘を鳴らすことになった」

彼を囲む小さな聴衆の間には、そんな時間にそんな仕事をしに出て行くなんてまっぴらごめんだ、との感慨を示す仕草が観察された。教区書記はそれを感じ、理解したうえで、また話を続けた。

「たしかにいやな仕事だった。なにしろ墓守が、長いこと湿った土を掘り返してたのと、冷たい墓石の上で弁当を食べたせいで寝込んでしまって、一人で教会に行く羽目になったんだから。ほかにだれを連れていこうにも、時間が遅すぎた。でも、心の準備がなかったわけじゃない。老人は自分が息を引き取ったらすぐに鐘を鳴らしてもらいたいとくりかえし言ってたし、何日か前から臨終が近いのはわかってた。で、仕方がないと自分に言い聞かせ、たっぷり着込んで(ほんとに底冷えのする晩だった)、片手に明かりのついたランタンと、もう一方の手に教会の鍵を持って、家を出た」

物語がここまで進んだ時、話がよく聞こえるように例の男が体の向きを変えたのか、衣擦れの音がした。ソロモンはほんの少し指を上げて肩越しに後ろをさし、眉を上げてからうなずいて、その推察が正しいのかどうか、ジョー・ウィレットに無言で尋ねた。ジョーは目の上に手をかざし、暖炉の隅を覗き込んだが、何も見えなかったので頭を横に振った。

「あの晩も今晩と同じような天気だった。強い風が吹いて、激しい雨が降って、真っ暗だった。今にして思うと、あんな暗い夜は後にも先にもなかったんじゃないか。勝手な空想かもしれんが、どの家もしっかり戸締りをしてみんな家の中にいたから、外がどれだけ暗いか知ってたのは、私のほかにはあと一人しかいなかっただろう。教会に入ると、開けたドアにチェーンをかけて閉まらないようにした――正直な話、一人で閉じ込められたくなかったんだ――それから鐘を鳴らすロープのある隅っこに行って、石の腰掛けの上にランタンを置き、その横に座って、蠟燭の芯を調節した。

芯を調節し終わったが、立って仕事に取りかかる気にはならなかった。と、どういうわけだか、自分が今まで耳にしたすべての幽霊物語が、学校時代に聞いて以来忘れてた物語までが、順々にじゃなく、わっといっぺんに押し寄せてきた。その一つが村で聞いた話で、年に一度ある晩(思うに、それがあの晩だったのかもしれん)死んだ人たちがみんな墓から出てきて朝まで自分の墓のところに座ってる、っていう言い伝えなんだ。教会のドアと墓場の門の間には知り合いがたくさん埋められてるから、土に帰ってすっかり様変わりした連中がぞろぞろ出てきて、その中を私が歩いて、久しぶりにみんなの顔を見るなんてことを思うとぞっとした。子供の時から教会の中は隅から隅まで知り尽くしてるんだが、あの時は、石の床に映る影が普段とはちがう様子に見えたし、醜い化け物がどこかに隠れてこっちを覗いてるような気がした。そんなことを考えながら、亡くなった老人を思い出した。で、ふと暗い内陣を見ると、誓ってもいい、いつもの席で、白装束に身をくるんで寒そうに震えてるその老人の姿が見えたんだ。この間ずっと私は息をこらえてただじっと耳をすましていた。それからやっとのことで腰を上げ、鐘を鳴らすロープを握った。その瞬間、鐘の音がした——教会の鐘じゃない、私はまだ紐をかろうじて握ったばっかりだった——別の鐘だ!

どこかよそで鳴る鐘の音が、その深い響きが、はっきり聞こえた。ほんの一瞬のことだった。風でじきにかき消されたんだが、しかし、間違いなく聞こえた。しばらく耳をすましたが、もう鳴らなかった。死体蠟燭《コープス・キャンドル》と書いて「ひとだま」を意味するのは知ってるが、これはさしずめ死者を弔って真夜中にひとりでに鳴る死体鐘《コープス・ベル》にちがいない、とその時私は思った。それから鐘を鳴らして——さあ、どれだけの間鳴らしてたのか、よくわからない——でもって、全速力でうちに走って帰り、床に就いた。

よく寝られないまま、翌朝早くに起きて、近所の人たちにこの話をした。真剣に聞いてくれる者もいたし、笑い飛ばす者もいた。いずれにしろ、だれも信じてくれなかった。ところがその朝、ルーベン・ヘアデイルさんの死体が、寝室で見つかったんだ。手には紐の切れっぱしが握られてた。この紐は屋根の上にある警鐘につながってて、端が寝室にぶら下がってるわけだが、それがすっぱり切られてた。ヘアデイルさんが紐を引っ張った時に、犯人が切ったにちがいない。

私が聞いたのはその鐘の音だったんだ。

書き物机は開けられて、当日へアデイルさんがロンドンから持ってきた、大金が入ってたらしい手提げ金庫がなくなってた。執事と庭師の姿が見あたらないんで、長い間この二人に疑いがかけられた。だけど、どれだけ探しても二人は見つからなかった。そのままなら捜索の手はずいぶん遠くまでのびてただろうが、なんのことはない、何か月かしてから執事のラッジさんの死体が、敷地の中にある池の底から上がった。かわいそうじゃないか、ひどく腐ってしまって、服と時計と指輪からかろうじて身元がわかったんだ。胸にはナイフの深い刺し傷があった。きちんと服を着てなかったので、おおかた自分の部屋で本でも読んでたんだろう。部屋には血の跡がたくさんあったし、そこで突然だれかに襲われて、へアデイルさんより前に殺された、というのがみんなの意見だった。

となると庭師が犯人に違いない、誰にだってそれぐらいはわかった。あいつのことは、あれ以来何の噂も聞かないが、いいかね、そのうちきっと知らせがある。殺人があったのは二十二年前の今日、一七五三年三月十九日のことだ。いつの年かはわからんが、この日、三月十九日に――絶対まちがいない、それはわかってるんだ、私たちはあれ以来いつも、どういう具合だか、不思議な案配に、この日には例の事件を思い出すことになる――だから、いつの年かはわからんが、遅かれ早かれ、とにかく三月十九日にあいつは見つかるだろう」

（付）エドガー・アラン・ポーによる書評

〔（一）は作品の六分の一ほどの連載が終わった時点、（二）は連載終了の時点で、発表された〕

（一）『バーナビー・ラッジ』月刊第一～三分冊

（「サタデイ・イヴニング・ポスト」フィラデルフィア、一八四一年五月一日）

〔第一段落の数行を省略〕

冒頭の数章を読めば、ディケンズ氏が自らの作家としての強みが那辺《なへん》にあるかをついに発見したことと、『バーナビー・ラッジ』は主として想像力に訴える作品であることが確信されよう。想像力の働きについては、現時点で出版されている三分冊の中に既に多くの注目すべき箇所が見られる。まず、真夜中に人気《ひとけ》のない教会で教区書記が「弔いの鐘」をつこうとした瞬間、別の鐘が一度鳴るのを聞いて恐怖にとらわれ、音がもう一度するのを恐れながら待つところ。さらに十全な事例が、この一度だけ鳴った鐘が、翌朝、殺人者との争いにおいて被害者が鳴らした警報の鐘であることが判明する場面、ならびに、ラッジ夫人の顔についての印象的な描写――「おびえる気持ちを伝える能力に秀でた表情、ぼんやりとではあるが絶えずそこに浮かぶ何か、筆舌に尽くしがたい強烈な恐怖のみが引き起こし得る面持ちの名残」――である。これは本作の骨格と思しき事件の性質について我々の好奇心を掻き立てる見事な構想で、まずは連載小説の目的にかなった書き方だ。しかしながら、現実は必ず予想を下回る、ということは言っておかねばならない。つまり、謎が解決され、ラッジ夫人の顔に常に浮かぶ表情を引き起こした出来事がどういうものかわかった時、それが如何に恐ろしいものであろうとも、読者は満足しない。失望するに決まっている。小説家が恐怖を仄めかすことに成功したとしても、結局は徒労に終わるのだ。得体のしれぬ邪悪についてのヒントや暗示はしばしば効果的なレトリックとして賛辞を受けるが、本当は、謎の解決が作品内でなされずに読者の想像力に委ねられる時においてのみ称揚されるべきものなのである。ディケンズ氏の意図はそういうところにはない。

　この作品の根本的構想の大部分は、主人公バーナビー・ラッジ、および、彼の性格の一部として彼に付き添う極めて人間的なカラスの造形によって明らかにされる。小説というジャンルの中で見るかぎり、バーナビーはまったく独創的な人物である。彼の特徴は、知恵遅れで狂人の空想力を持ち、病的に血を恐れる点にある〔第三章〕。この恐怖は彼をみごもっている時に母親が目撃した惨事の結果なのだ。ここにおけるディケンズ氏の意図は、第一に、この惨事のむごさを強調し、その有り様を読者があれこれ予想するよう仕向けること、第二に、バーナビーの血に対する恐怖を、詩的正義〔物語の中での因果応報〕にのっとって、後々犯人逮捕をもたらす契機とすることにある。「犯人」と我々が言うのは、ここに描かれているのが殺人事件だからで、「詩的正義」を云々するのは、バーナビーが実は殺人者の息子だと最後に判明するだろうからである。彼が血を恐れるのは惨事の間接的な結果にほかならない。というのも、この惨事が妊娠中の彼の母親の想像力に影響を与えたからだ。したがって、バーナビーの恐怖感が、惨事を引き起こした当人である父親を捕縛へと至らしめるならば、詩的正義が達成されることになる。バーナビーが犯人の息子であるという点は読者諸氏には明らかでないかもしれないので、説明を加えておく。殺害されたのはルーベン・ヘアデイル氏。遺体は寝室で発見された。執事（ラッジ）と庭師（名は不明）が行方不明になっている。最初、二人に容疑がかかる。小説にはこう書いてある――「何か月かしてから執事のラッジさんの死体が、敷地の中にある池の底から上がった。かわいそうじゃないか、ひどく腐ってしまって、服と時計と指輪からかろうじて身元がわかったんだ。胸にはナイフの深い刺し傷があった。きちんと服を着てなかったので、おおかた自分の部屋で本でも読んでたんだろう。部屋には血の跡がたくさんあったし、そこで突然だれかに襲われて、ヘアデイルさんより前に殺された、というのがみんなの意見だった」

ここで、執事のラッジさんの死体が上がった、というのは作者が地の文で述べていることではない点に留意されたい。ディケンズ氏はこれを作中人物に言わせている。結末で明らかになる作者の趣向は以下のようなものだろう。執事のラッジがまず庭師を殺害し、それから主人の部屋に行き、彼を殺害する。そこへラッジの妻がやってくる。彼は夫人の手首をつかんで、彼女が声を上げて人を呼ぶのを妨げる。次いで、狙いの金品を確保してから、庭師の部屋に戻り、死体と服を交換し、自分の時計と指輪を身に着けさせ、死体を隠す。死体は後に発見されるが、腐乱が進んで身元が判別できなくなっている。これはラッジ自身が、しばらく時間が経過した後、夫人を通じて警察に通報した結果である。そうすれば、腐乱した死体が自分のものだと認定されるからだ。我々は、犯行の際ラッジが妻の手首をつかんだ、と言う。これはバーナビーの手首に血痕のような痣《あざ》があるという記述から推理されるのである。

メイポール亭でソロモン・デイジーの話に耳を傾け、後にラッジ夫人の家に押し入り、彼女と不思議な会話を交わす人物こそ、殺人者ラッジその人である。二十二年の歳月が経過したので、戻ってもよかろうと判断したのだ。もう一度言おう。長い年月の後にこの殺人犯が、息子の血に対する恐怖、まさに殺人という行為が妻の身ごもっていた子の中に育んだ恐怖によって逮捕されるに至るというのが、ディケンズ氏の趣向である。それは疑いなく、我々が「詩的正義」という言葉で呼び慣れている文学的発想のもっともすばらしい実例の一つだ。冒頭でラッジに殴り倒されるジョン・ウィレットの息子ジョーは、知恵遅れのバーナビーの不足を補う役をになうのだろう。精確な頭脳なしには謎の解明は困難だからだ。とは言え、犯人逮捕を実現させる主役はバーナビーにほかならない。

　ラッジとて、おそらく、ジェフリー・ヘアデイルの手先に過ぎないのであろう。つまり、殺されたルーベンの弟で、彼の死後ウォレンの土地を受け継いで現在その主におさまっている男である。この推論は、チェスターとヘアデイルの両家が対立する中で、ルーベンの娘に恋するチェスターの息子をラッジが殺そうとする〔第三章〕ことによって裏打ちされる。彼女はウォレンに住み、間違いなく叔父ジェフリーの保護下にあり、その財産はジェフリーの手中にあるのだろうから、彼としてはそれをわざわざ仇敵の息子に譲り渡すことはないので、この若者を始末したいのである。

　ここで、バーナビーのもらすたわごとにも注意を払う必要があることは付言しておいてよいだろう。意外にも、それは純然たるでたらめではない。物語の出来事の輪郭をおぼろげに伝えるようちゃんと意図されているのである。この明らかな趣向のうちに、作者の構想は力強く表現されている。このような手段によってどれだけのおもしろさが物語に付与されるか、読者諸氏に理解いただくのは容易ではなかろう。なぜなら、実際そのようなおもしろさは、作者の工夫によって深大なものになり得るのだが、厳密に言うと、誰もがそれに反応するわけではないからだ。

我々の言うところを正しく伝えるには例が必要だろう。五四ページ〔第十章〕で、知恵遅れのバーナビーがチェスター氏を窓際に誘い、庭に干してある洗濯物に注意を向ける——

「あそこを見てみな」バーナビーはそっと言った。「耳を寄せてささやき合ってるだろ?　それから踊ったり跳んだり、遊んでるふりして。誰も見てないと思ったらちょっとストップ。それからまたひそひそ話。で、またぐるぐる回っておふざけ。いたずらを考えて喜んでるんだ。見てみな!　回ってからまっさかさまに落っこちる。ほら、またストップ。で、ひそひそ話。あいつら、僕がなんべんも地面に寝っころがってこっそり見てたのを知らないんだよ。でも、どんな悪だくみをしてるんだろ？　見当つく？」

チェスター氏はこれを単なるたわごとだと思い、何の注意も払わない。しかし、ここで言われるひそひそ話は、例の凶行に関するジェフリー・ヘアデイルとラッジの共謀をおぼろげに指し示している。これをバーナビーがこっそり聞いてしまったのだ。このように、バーナビーが口にするすべての言葉には底に意味が隠されている。それに細心の注意を払うことによって、想像力に富んだ読者の喜びは無限に増大するであろう。

我々のそのような考えは、鍛治屋のヴァーデンがラッジ夫人の家で殺人者を捕まえようとする場面〔第五章〕で、夫人が彼に対して発する次の言葉によって確認されよう。

「戻って——戻ってきて！」夫人は叫んでヴァーデンをつかみ、二人はもみ合った。「あの男にさわってはだめ。あの男は自分の命だけじゃなくて、他の人の命もあずかってるんだから」

つまり、もし逮捕されればラッジは、ジェフリー・ヘアデイルだけでなく、事後共犯として夫人をも巻き添えにすることをこの言葉は意味しているのだ。

思い出していただきたい。若きチェスターは何者かに襲われ、道に倒れているところを鍛冶屋のヴァーデンとバーナビーに発見されて、たまたま、ラッジ夫人の家に運び込まれる〔第三章〕。ここから、物語中のもっとも興味深い出来事が展開していくのだろう。怪我人が家から出ていくのをさまざまな障害が妨げる。我々は話の本筋の大部分がこの家の中で展開すると予測する。理由は、ここに出入りするのが殺人者ラッジ、印象的に描写されるラッジ夫人、主人公バーナビー、そして彼のペットのカラスだからである。このカラスは物語の中でしばしば的確な予言を行うだろう。この動物は知恵遅れのバーナビーに対して、ちょうど音楽でいうところの、主旋律に対する伴奏部の役目を果たす。それぞれは独立し、おたがいまったく異なった存在であるものの、両者の間には強い類似がある。二人は離れて生きていくこともできるのだが、一緒になると完全な一つの存在を形成する。離れていては不完全なのである。これがディケンズ氏の趣向だ――本人は現段階でまだ気づいていないかもしれないが。実際、これは見事な、そして独創的な構想である。だが、まず間違いなく、それを生み出したのは作者の芸術的な知識と思考というよりも、むしろ、迫力ある真実性に対する本能的な感覚、天才の持つ第六感なのである。

〔以下に続く、他の登場人物に関する論述は省略〕

（二）『バーナビー・ラッジ』

（「グレアムズ・マガジン」一八四二年二月）

〔書評の前半、あらすじ紹介の部分は省略〕

ご賢察のとおり、以上は物語の輪郭をざっと示したものにすぎない。そして、私はそれを単純な、あるいは、自然な順序のうちに示した。つまり、可能な限り、物語中の出来事を発生順にならべたのである。しかし、この順序はディケンズ氏の目的にはまったくかなわないものだ。氏の趣向は殺人事件の秘密と、その結果ラッジと彼の妻の行動にまつわる謎を、結末でヘアデイルが暴き出すまで維持しておくことにある。したがって、この小説の主眼は読者の好奇心に働きかけることだと言えるだろう。すべては読者を不思議がらせ、謎の解明を求めさせるためにある。たとえば、冒頭におけるラッジのメイポール亭登場、その口から出る質問、彼が夫人につきまとうさま、メイポール亭の常連による幽霊の目撃、ヘアデイルの立派な振舞い、等々。あらすじの初めの部分で触れた庭師の服の着せ替えは、ラッジ自身が独房で告白するまで読者に悟られないよう周到に工夫されている。「周到に」とここで言うのは、作者の意図がわかった今では、工夫の跡がいたるところに見られるからだ。一四五ページ〔第三十三章〕で、ソロモンが幽霊に出くわしたと語る場面は、きわめて巧妙に仕組まれた愉快な一例である。

「あれは幽霊だった。間違いない」ソロモンは大きな声で言った。

「誰の?」聞き手の三人は声をそろえて尋ねた。

ソロモンの感情があまりに高ぶっていたので(彼は椅子の中で身震いしながらのけぞり、これ以上の質問は堪忍してくれというように手を振った)、彼のすぐそばに座っていたジョン・ウィレットを除いて、誰にも答えは聞こえなかった。

「誰?」パーキスとコブは大声できいた――「誰だって?」

「いいかい」かなりの間をおいてウィレットが言った。「きくまでもないだろう。殺された男の幽霊だよ。今日は三月十九日だぞ」

深い沈黙がこれに続いた。

このくだりは、ソロモンが見たのはルーベン・ヘアデイルの幽霊だった、という印象を手際よく作り出している。鋭敏でない読者はただちに事の真相――これが生きている、殺人者ラッジであるということ――からやすやすと目をそらされてしまう。

このような手段によって、あらすじに示した出来事の自然な順序の中では比較的些末な多くの点が、たとえ詳細に語られたとしても自然な順序の中では比較的些末にとどまるであろう多くの点が、謎めいた興味を帯びる。それは間違いない。ただ、読者としては、鍵がなければ理解できないので、むしろより多くの点が効果を生まず、無駄になってしまうということも間違いない。プロットがすべて頭に入っている作者は常にその知識を念頭に置いて物語を書き進める。つまり、我知らず、自分を読み手に想定して書くことになる。プロットの全貌を知っている自分にとって効果的と見える部分の多くは、プロットを知らない読者にはその効果がわからない――作者にはそれが見えない。自分の作品について作者はこの点を検証できないのである。しかし、読者は私の不満が正当であることを簡単に検証できる。どうか、『バーナビー・ラッジ』をもう一度じっくり読んでいただきたい。そうすれば、今度は謎の鍵をにぎっているので、右に挙げた諸点がまるで星のようにあらゆる方向に光を放ち、最初に読んだ時の何倍にもあたる明るさを物語に投射するだろう――しかし、正しい趣味の持ち主の目から見れば、その光は、単なる謎を最高神として崇め奉る祭壇に捧げられた、無用の生贄《いけにえ》にすぎないのだ。

ともあれ、いったん謎を作品の構成要素に使うと決めたなら、作者は次の二点を是非とも肝に銘じなければならない。第一に、謎を謎として維持するために、不当な方法、芸術を裏切る方法を用いてはならないこと。第二に、謎は結末までしっかり維持すること。さて、本作の一六ページには、事件の数か月後、「執事のラッジさんの死体が上がった」とあるのだが、これはディケンズ氏が事実とは異なることを述べて芸術の規範にもとる行いをしたわけではない。なぜなら、この虚偽の情報はソロモン・デイジーの口から、彼自身の考え、世間一般の考えとして伝えられているだけだからだ。作者自身がこれを事実と断定したわけではない。虚偽のものではあるが、物語の効果上読者に信じてもらわねばならない情報を、作中人物を通じて、巧みに読者に与えているだけである。しかしながら、作者が何度も地の文でラッジ夫人を指して「未亡人」と言うのは、それとわけが違う。これは不正直であり、芸術を裏切るものだ。もちろん、故意になされたのではない。私はこれを、論点を例証するために、作者がうっかり犯したミスとして取り上げているだけだ。

　謎をしっかり維持せねばならないのは当然である。しかるべき謎解きの場面までそれが維持できなければ、意図した効果は台無しになる。作者の意図に反して、途中で謎が割れてしまえば、作品の目的にたちまち齟齬《そご》をきたす。というのも、読者の心中に存在していることを作者が前提にしている一群の印象が、既に存在しなくなっているからだ。広く読者諸氏が、作者によって意図された時点より前に、ラッジが犯した殺人の謎の全容を知り、メイポール亭の客人がラッジであると悟ったかどうか、仮に悟ったとして、その悟りが作品の意図するおもしろさを著しく損ねてしまうほど早い時点で生じたかどうか、はっきりとここで断言できないのは残念である。だが、おそらくそうだっただろう、との推測を謙虚に提出せざるを得ない。なぜなら、三二三ページからなる書物の七ページ目にある、ソロモン・デイジーの物語を読んだだけで、我々はすぐに作品の謎を見破ってしまったからだ。一八四一年五月一日発行の「サタデイ・イヴニング・ポスト」(フィラデルフィア)をご覧いただきたい。そこで我々は(物語の連載が始まったばかりだったので)今後の展開を予想し、以下のように述べた——

バーナビーが犯人の息子であるという点は読者諸氏には明らかでないかもしれないので、説明を加えておく。殺害されたのはルーベン・ヘアデイル氏。遺体は寝室で発見された。執事(ラッジ)と庭師(名は不明)が行方不明になっている。最初、二人に容疑がかかる。小説にはこう書いてある——「何か月かしてから執事のラッジさんの死体が、敷地の中にある池の底から上がった。かわいそうじゃないか、ひどく腐ってしまって、服と時計と指輪からかろうじて身元がわかったんだ。胸にはナイフの深い刺し傷があった。きちんと服を着てなかったので、おおかた自分の部屋で本でも読んでたんだろう。部屋には血の跡がたくさんあったし、そこで突然だれかに襲われて、ヘアデイルさんより前に殺された、というのがみんなの意見だった」
ここで、執事のラッジさんの死体が上がった、というのは作者が地の文で述べていることではない点に留意されたい。ディケンズ氏はこれを作中人物に言わせている。結末で明らかになる作者の趣向は以下のようなものだろう。執事のラッジがまず庭師を殺害し、それから主人の部屋に行き、彼を殺害する。そこへラッジの妻がやってくる。彼は夫人の手首をつかんで、彼女が声を上げて人を呼ぶのを妨げる。次いで、狙いの金品を確保してから、庭師の部屋に戻り、死体と服を交換し、自分の時計と指輪を身に着けさせ、死体を隠す。死体は後に発見されるが、腐乱が進んで身元が判別できなくなっている。これはラッジ自身が、しばらく時間が経過した後、夫人を通じて警察に通報した結果である。そうすれば、腐乱した死体が自分のものだと認定されるからだ。我々は、犯行の際ラッジが妻の手首をつかんだ、と言う。これはバーナビーの手首に血痕のような痣《あざ》があるという記述から推理されるのである。

ここに記された我々の予想と、物語の実際の展開との相違は重要なものではない。たとえば、庭師は主人の前にではなく、後に殺害されることになっている。そして、ラッジが夫人の手首をつかむかわりに、夫人がラッジの手首をつかむのだが、これはディケンズ氏のミスである気配が濃厚なので、我々の予測を誤りと言う気にはなれない。血に染まった殺人者の手が身ごもっている女の手首をにぎる方が、その逆の場合よりよほど確実に本書で描かれた効果を生むであろうことは誰しも同意するはずだ。したがって、我々は自らの推断について、ロンドンの下町訛りのひどいフランス語を評したタレイラン〔ナポレオン時代の仏政治家〕の言葉、「仮にそれがフランス語でないとしても、それはフランス語であるべきなのだ」を借用して、仮に我々の予想が正答でなかったとしても、少なくとも、それは正答であるべきだったのだ、と言っておこう。

〔中略〕

ディケンズ氏がこの物語を書き始めた時、絡み合う筋のいずれについても十分な考慮を経て決定する余裕がなかったことは、小説の雑誌連載をめぐる現在の不合理な状況が、作者と読者の両方にとって、不利益を生み出している多数の事例の一つであろう。実際、この小説には、細部についてちゃんとした決定がなされなかった痕跡——物語が完結した現時点で手際よく修正を施せば消去できる痕跡——が多々見られる（と我々には思える）のである。〔中略〕たとえば、一六ページのソロモン・デイジーの語り。

「で、仕方がないと自分に言い聞かせ、たっぷり着込んで（ほんとに底冷えのする晩だった）、片手に明かりのついたランタンと、もう一方の手に教会の鍵を持って、家を出た」

物語がここまで進んだ時、話がよく聞こえるように例の男が体の向きを変えたのか、衣擦れの音がした。

ここでは小説の一つのポイントに読者の注意を喚起せんとする趣向がある。しかし、この点について後からの説明はない。また、ここから数行進んで――

「どの家もしっかり戸締りをしてみんな家の中にいたから、外がどれだけ暗いか知ってたのは、私のほかにはあと一人しかいなかっただろう」

ここでは作者の意図はよりはっきりしている。しかし、やはり後からの説明はない。あるいはまた、五四ページで、知恵遅れのバーナビーがチェスター氏を窓際に誘い、庭に干してある洗濯物に注意を向ける――

「あそこを見てみな」バーナビーはそっと言った。「耳を寄せてささやき合ってるだろ？　それから踊ったり跳んだり、遊んでるふりして。誰も見てないと思ったらちょっとストップ。それからまたひそひそ話。で、またぐるぐる回っておふざけ。いたずらを考えて喜んでるんだ。見てみな！　回ってからまっさかさまに落っこちる。ほら、またストップ。で、ひそひそ話。あいつら、僕がなんべんも地面に寝っころがってこっそり見てたのを知らないんだよ。でも、どんな悪だくみをしてるんだろ？　見当つく？」

このたわごとを読んだ時、我々はただちにこれが実際の悪だくみに言及しているのだろうと思った。今でも、そのような意図がなかったとは信じがたい。これらの言葉は、まさにジェフリー・ヘアデイルが殺人にかかわっていることを、ひそひそ話は彼とラッジが共謀していたことを示唆している、と我々は考えた。そのような発想が作者自身の頭に浮かんだ可能性はないでもない。三二ページ、鍛冶屋のヴァーデンがラッジ夫人の家で殺人者を捕まえようとする場面は、我々の考えの傍証となる。

「戻って——戻ってきて！」夫人は叫んでヴァーデンをつかみ、二人はもみ合った。「あの男にさわってはだめ。あの男は自分の命だけじゃなくて、他の人の命もあずかってるんだから」

だが、本作の謎解きの場面では、この叫びの意味は明らかになっていない。出だしにおいて、ルーベン・ヘアデイルの二人の女中、ロンドンへの行きかえりの旅、彼の妻、の三点が強調されている。あらすじを紹介した時に、彼が妻を亡くしたことは斜字体で示しておいたが、それ以外の点は(当初の趣向が変更されなかったと仮定するならば)奇妙にも物語にかかわってこない。

〔中略〕誰しも思うように、バーナビーが暴動における激しい争いの中で見せる嬉しそうな様子は、血を見るのを怖がる性質と相容れない。一貫性が欠如しているのは、暴動事件を扱うのが後からの思いつきであったせいだろう。小説のタイトル、手の込んだ精緻な冒頭、ウォレン関係(特にラッジ夫人)の印象的な描写、といったところを考え合わせると、ディケンズ氏が自らを誤りに導いたとの結論に至る。もともとの構想では、プロットの核はヘアデイル殺害事件と犯人ラッジの発見にあったのだが、後にこの考えは放棄された、あるいは反カトリックの暴動事件に吸収されてしまったわけだ。かくしてまことに芳《かんば》しからざる結果が生まれた。単独では非常に効果的であったはずの物語要素が、置かれた状況によってほぼ形無しになってしまった。暴動事件の幾多の蛮行と恐怖の中で、一つの非道な行いは圧倒され掻き消されてしまったのである。

最初の計画からこのような逸脱があった理由は明白であろう。一つはすでに挙げた。もう一つは、最も主要な効果について、作者の自分が先んじて知っていることを読者に予想させるという構成にしたがために、結局それを台無しにしてしまった、とディケンズ氏が遅まきながら悟ったことだ。これは容易に理解されよう。発端部において、殺害事件の詳細は伏せられ、それについて読者の好奇心を駆り立てるべく語りは力強く推し進められる。ここまでは作者は狙い通りの行動をとっている。しかし、ここから作者は、知らず知らずのうちに、読者の予想を過大なものにしてしまうという過ちに陥る。ただ、過ちであるのは間違いないが、その過ちは最上級の技を用いてなされている。たとえば、ヘアデイルの深く長い憂鬱、バーナビーが生まれながらにして持つ血への恐怖感、とりわけ、ラッジ夫人の顔を描き出す想像力豊かな言い回し――「おびえる気持ちを伝える能力に秀でた表情、ぼんやりとではあるが絶えずそこに浮かぶ何か、筆舌に尽くしがたい強烈な恐怖のみが引き起こし得る面持ちの名残」――読者が未だ知らざる恐怖をこれほど鮮やかな形で高める工夫などあるまい。しかし、これらの言葉が作り出す約束は決して果たされない、というのが人間の空想を支配する条件なのだ。先に触れた「イヴニング・ポスト」の書評で、我々は次のように述べた――

> これは本作の骨格と思しき事件の性質について我々の好奇心を掻き立てる見事な構想で、まずは連載小説の目的にかなった書き方だ。しかしながら、現実は必ず予想を下回る、ということは言っておかねばならない。つまり、謎が解決され、ラッジ夫人の顔に常に浮かぶ表情を引き起こした出来事がどういうものかわかった時、それが如何に恐ろしいものであろうとも、読者は満足しない。失望するに決まっている。小説家が恐怖を仄めかすことに成功したとしても、結局は徒労に終わるのだ。得体のしれぬ邪悪についてのヒントや暗示はしばしば効果的なレトリックとして賛辞を受けるが、本当は、謎の解決が作品内でなされずに読者の想像力に委ねられる時においてのみ称揚されるべきものなのである。ディケンズ氏の意図はそういうところにはない。

実際、作者はじきに軽挙を自覚した。かの類まれな天才をもってしても逃れられぬ難局に彼は陥ってしまった。そこで直ちに物語の主たる関心を移動させる。正直なところ、ほかにどういうやりようがあったか、我々にもわからない。ともかくこうすれば、読者は暴動に注意を引きつけられ、小説の真のクライマックスとなるはずだった出来事が線の細い貧弱なものになってしまったことに気がつかないのである。

〔中略〕

我々が述べたことから――もしかしたら熟慮を経ずに述べてしまったことから（哀れ売文家の慌ただしき営みのなせる業！）――かの大作家の純然たる名声を汚さんとする常軌を逸した試みをここに見る読者もおられよう。しかし、そのような読者に対しては、紋章学の術語を用いて、「底部の先端を深紅に染め直した家紋〔王に対して虚言を弄したことを示す不名誉の印〕をそなたに与える」と言おう。我々の考えを理解していただけるなら結構。理解していただけないならそれもまた結構。天才的才能に対して、我々ほど深い敬意を抱く者はいない。本稿において、『バーナビー・ラッジ』の美点ではなく、些細な欠点の方に紙数を費やしたとしたら、その理由は既に右に示したとおりで、我々が理解を乞う読者すべてに十分わかっていただけるはずだ。ここで扱った小説は、思うに、作者の前作『骨董屋』に匹敵するものではない。さりとて、本作を凌駕すると言える小説は少ない――非常に少ない。我々は、望み得る最高の明晰さでもって不満を提示することができなかったかもしれない。この小説が、いや、ディケンズ氏の筆になるどんな小説でも、それがただ読者の好奇心に訴えてその昂《たか》ぶりを維持することを基盤とするならば、そこには自らの偉大な、しかし、非常に風変わりな力についての作者の考え違いがある、というのが我々の思うところなのだ。確かに、ディケンズ氏は巧妙に意図を実行に移した——氏はその気になれば何でも巧妙にこなせる、それは同時代のどの作家と比べても明らかだ——ただ、氏が正当に獲得した高い評価に見合うだけの巧妙さはここには見られない。純粋に、その趣向の性質からのみ判断すると、この小説は作者にとって努力を要する作品だったと思われる。ディケンズ氏は、時宜を得ることなく、新奇な道への欲望に駆られたのだ。氏の知性の特徴は、流れるような、飾り気のないスタイルの語りにおいて自然に発揮される。出来事を発生順に連ねる物語にあってはおそらく、いや、必ず、氏は長く第一人者の地位を守り続けるだろう。氏はあらゆるものをこなす手腕を持っているとはいえ、長篇小説の構築にかかわる天才的才能は有していない。およそすべての「謎」の心髄にある哲学的芸術にかかわる天才的才能はさらに乏しい。『ケイレブ・ウィリアムズ』は『骨董屋』の高みには到底及ばぬ小説だが、その作者ゴッドウィン氏にとって『骨董屋』を着想することが不可能であるように、ディケンズ氏にとって『ケイレブ・ウィリアムズ』を構築することは不可能であるだろう。

ウォーターズ

有罪か無罪か

『ある警察官の回想』
初版表紙

ウォーターズ(Waters)についてはあまりはっきりした情報はないのだが、ウィリアム・ラッセルなるジャーナリスト(生没年不明)の筆名というのがもっとも有力な説である。短篇推理小説を出版年度順に並べた、定評のある書誌、エラリー・クイーンの『クイーンの定員』(一九四八)は、この著者の『ある警察官の回想』(一八五六)をポーの『物語集』(一八四五)の次に挙げている。そこに収録されている本篇はウォーターズの第二作にあたり、最初、「チェインバーズ・エディンバラ・ジャーナル」、一八四九年八月二十五日号に掲載された。

サンドフォード事件が無事解決してから数週間後、私は驚くべき事件の捜査に当たることになった。ウェストモアランド州ケンダルから少しばかり離れた、資産家バグショー氏の屋敷で起こった強盗殺人事件である。当地の治安判事からロンドン警察に通知された事件の詳細は次のようなものだった。

所帯全部を引き連れてウォリック州レミントンに滞在していたバグショー氏から、留守を預かる若い召使サラ・キングに手紙が届いた。書面は彼が間もなく帰宅すると告げると同時に、甥のロバート・ブリストー氏がちょうど外国から帰国したところで、すぐにロンドンを発ってファイヴ・オークス・ハウスに向かう予定であるから、彼の訪問に備えて、しかじかの寝室を整えて風を通すなど、しかるべき手配をしておくよう指示していた。強盗殺人があった前日の朝、この甥が屋敷に到着したことが、キングからケンダルの出入り業者たちに伝えられた。彼女の指示に従って、牛肉、鶏、魚などが彼によって食されるべくファイヴ・オークスに配達された。魚屋の配達の小僧は、一階の居間のドアが半分開いていて見覚えのない若い紳士の姿が目に入った、と証言している。翌朝になって、誰かがファイヴ・オークス・ハウスから無理やり出て行ったことが発見された(無理やり押し入ったのではない)。ドアの留め具の状態と、無残にも殺害されたキングの遺体からそれは明らかだった。階段のふもとで冷たくなって横たわっている彼女を近所の人たちが見つけた。下はストッキングだけ、上はナイト・ガウンを羽織った姿で、右手には室内用の底が平たくなった燭台をしっかりと握っていた。階下の物音で目が覚め、原因を見定めようと下りてきて、仕事を邪魔された犯人に情け容赦なく殺されてしまったのだろう。バグショー氏は翌日帰宅し、多数の銀器のみならず、約二か月前に国債を売却して得た三、四千ポンドの金貨と兌《だ》換《かん》銀行券が盗まれているのを知った。同居している姪を除いて、屋敷にこれだけの現金があるのを知っていたのは甥のロバート・ブリストー氏だけだった。バグショー氏は彼にロンドンのハマムズ・ホテル気付けで手紙を送り、前々から考えていたライランズ買収のための資金がファイヴ・オークスに置いてあることと、買収取引を完了する前に相談したい用件がある旨を告げていたのである。このロバート・ブリストー氏は現在行方不明。加うるに、屋敷の部屋でバグショー氏がロンドンのホテルに宛てて書いた手紙の断片が発見されたので、この人物が犯人ではないかという、氏とその姪にとって痛ましくも恐ろしい疑いは、どうやら疑問の余地なく堅固なものとなった。ロバート・ブリストー氏の消息についてケンダル近辺では何の情報もなかったので、氏は奪った金を持ってロンドンに戻ったのだろうと推測された。そこで、魚屋の小僧の証言をもとに、彼の人相と服装に関する詳細がロンドンの我々のもとに伝達されてきたのだった。同時に、ジョサイア・バーンズなる男も捜査を助けるために送りこまれてきた。ずる賢く抜け目なさそうな住所不定の男で、もっぱら、というか、まったく、不幸なサラ・キングと過去に親密な関係があったという疑いのみで逮捕されたのだが(どうしようもない怠け者で、かつ他にも芳しくない習慣の持ち主だったから結局振られたらしい)、アリバイは明確ではっきりしており、数時間で釈放となった。ところが、自由の身になると、彼は犯人逮捕に大いなる熱意を示した。不出来な人間なりに真剣に被害者を愛していたのである。彼はケンダルのささやかな祭りでヴァイオリンを弾いたり、居酒屋の宴席で唄を歌い、宙返りや腹話術を披露したりしていた。父親は大変な努力をして彼を大工にしようと育てたので、これほど多芸でなかったなら、その職で悪くない稼ぎを得ていたのは間違いない。この男はロバート・ブリストー氏の顔を知っているので我々の役に立つだろうと思われたのだ。したがって、一件を任された私は指示を受けた後、彼を伴って、コヴェント・ガーデンのハマムズ・ホテルに赴いた。ロバート・ブリストー氏は一週間前に勘定を済まさずホテルを出て行った、毎日夕方にはその日の支払いをしてもらっていたので大した額ではない、それ以来音沙汰はない、荷物は部屋に置いたままになっている――これがそこで得た情報だった。不思議ではあったが、ただ、氏がその時に出発していれば、ウェストモアランドに着いたとされる日に十分な余裕をもって到着することはできた。

「ホテルを出た日にはどんな服を着てた?」

「いつもの格好です。金色のリボンのついた軍帽、青色の軍用外套、薄手のズボン、それに革の長靴」

魚屋の小僧が証言した服装とまったく同じだ! 次にイングランド銀行を訪ね、盗まれた銀行券が換金されたかどうかを確認。バグショー氏が作成した、銀行券の番号一覧表を提示すると、昨日略式の軍服のような身なりで軍帽をかぶったお客様がすべて換金なさいました、との丁寧な返答を得た。受け取りの署名はジェイムズ中尉で、カヴェンディッシュ広場、ハーリー街という住所も、もちろんでたらめだった。出納係は、換金した人物の容貌についてははっきりしないが、着ていた服だけは覚えていると言った。

私はスコットランド・ヤードに戻り、進展(の欠如)を報告した。ロバート・ブリストーの手配書を出すこと、彼を逮捕した者あるいは逮捕に至る情報を提供した者には相当な賞金を出すことが決定された。そして、まさにその指令が出されんとしている時に、警察本部に向かって悠然と歩を進めてきたのは、誰あろう、手配書どおりの服装のロバート・ブリストーその人であった！　慌てて当直の警部に、容疑を悟られないよう話を聞いて、そのまま帰してください、と進言した。私がジョサイア・バーンズと一緒に隠れた直後、やってきたブリストー氏は正式の盗難届を出した。もっとも、その訴えは要領を得ないものだった――一週間以上前に盗難にあった、ただし、だれに、どこで盗られたのかわからない、その後犯人を追跡したが、ある人物によって騙され、たぶらかされて、見当はずれの方角に連れて行かれた、今にして思うとその人物も盗賊の一味らしい。この人物についてすら彼は確とした情報を持っていなかった。警部は静かにこの(明らかに当局の目を欺くための)陳述を聞いた後、しかるべき調査を行いますと約し、彼との会見を終えた。彼がスコットランド・ヤードを出て、ストランドに通じる道に入るとすぐに、私は尾行を開始した。彼はゆっくりとではあったが、止まらず歩き続け、スノウ・ヒルのサラセンズ・ヘッド亭まで来た。そして、驚いたことに、ウェストモアランド行きの夜行馬車を予約した。それから、建物の中に入り、コーヒー・ルームに席を見つけると、シェリー酒一パイントとビスケットを注文した。少なくともしばらくの間はそこにいるだろうと判断し、私は外に出て、歩きながらこれからの捜査活動について想を練ろうとした。と、その時、洒落者風でふてぶてしい顔つきの三人の男たちが馬車の券売所に入るのが見えた(粋ないでたちではあったが、そのうちの一人には見覚えがあるような気がした)。警察官として当然気になったので、気配を悟られないようにできる限りドアに近づくと、一人の声が——知っている男の声だ、間違いない——ウェストモアランド行きの夜行馬車の席が空いているか、尋ねるのが聞こえた。ウェストモアランド! 野暮な服と野草のはびこる田舎に伊達者《だても の》の一行がいったい何の用事があるというのだ? 次に、ケンダルまで内部座席三人分の料金を支払いながら、私の知っている男が発した質問は、同様に、あるいはそれ以上に、謎めいていた——「ついさっきここに来た、軍帽をかぶった人、あの人も同じ馬車に乗るんだろうか?」

「はい、そうです。あのお客さんは宿の方に行かれたと思います」

「そうかね。どうもありがとう」

三人の紳士が券売所から出てきた時、私はかろうじて通路に身をひそめ、彼らが中庭から威勢よく出て行くのをやり過ごした。「軍帽の紳士」ならびにケンダルの事件とこの連中との関係について、漠とした疑いがただちに浮かんできた。明らかに、ここにはただならぬ何かがある——警察官らしく考えればそれが何かわかるだろう。やってみるしかない。謎を解くチャンスを得るために同行するとしよう。彼らが何を企んでいるのか知らないが、なんとかしてついて行くことはできるはずだ。そこで券売所に行き、まだ二つ座席が空いているのを知ると、乗車するのは北部の田舎に帰る二人の友人、ジェイムズ・ジェンキンズ氏とジョサイア・バーンズ氏、と言ってそれを確保した。

コーヒー・ルームに戻ると、ブリストー氏はまだそこにおり、なにか悩み事について真剣に考えこんでいる様子だった。私は手紙を書き、それを宿屋のポーターに渡して配達させた。その後は時間があったので、強盗殺人の被疑者をじっくり眺めた。色白で知的な顔立ちのハンサムな青年で、年のころは二十五、六、小作りではあるが引き締まった体つき、旅による汚れと疲れは見られるものの、明らかに紳士然とした風体の人物である。私の経験から、手練れの犯罪者でも急に話しかけられるとそわそわした神経質な態度を見せるのを知っていたので、そういう様子が現れないか観察していた。しかし、表情には心配と苦難の色があっただけだった。何回か人が急に部屋に入ってきたが、顔を上げもしなかった。私は彼の精神状態を見極めるために実験をしてみることに決めた。つい最近強盗殺人を犯し、ほんの前日に盗んだ銀行券をイングランド銀行で金貨に換えたばかりの人間ならば、必ずたじろぎを見せるはずだった。こういう手段に訴えたのは、法廷に提出できる証拠を得るためではなく、自分自身が納得するためだった。実は、見た目とは裏腹に、この青年は無実であって、奇妙な状況がいくつも積み重なった結果の犠牲者ではないのか、あるいは、こちらの方がより可能性が高いのだが、彼の破滅をもくろむ恐ろしい計画の犠牲者ではないのか――そう思われてならなかった。真犯人の身の安全のために彼を破滅させることがどうしても必要なのかもしれない。そして、おそらく、真犯人は我々と共に旅する三人の紳士たちの知り合いか友達ではあるまいか。そんな思いが私の心の中で次第に強まりつつあった。私の職務は罪ある者を暴き出すことにあったが、罪なき者の名誉を守ることも同等に重要な職務だった。したがって、彼が有罪でないと確信できるなら、今の危険な状況から解き放ってやるための努力を惜しんではならない、と思ったのだ。私はコーヒー・ルームから出て、しばらく外にいた。それから突然勢いよく中に入り、すたすたと、彼が座っていたテーブルに向かってまっすぐ決然と進み、彼の腕をしっかり掴むと、大声で荒っぽく、「ついに見つけたぞ!」と叫んだ。

相手の様子には狼狽も恐怖もなかった——微塵もなかった。不機嫌そうに、「何ですか、いったい!」と答えた彼の表情は単に驚きと困惑を示していた。

「いや、これは失礼。友人のバグショーってのが姿をくらましたんですが、そいつがここにいるとウェイターが言ったんです。人違いでした」

彼は私の詫びを丁重に受け入れると共に、自分の名前はブリストーですが、奇妙なことに、あなたが人違いをされたお友達と同じ名前の伯父が田舎にいます、と言った。間違いなく、これはあらぬ疑いをかけられた無実の人間だ、と私は思った。しかし——。

ちょうどこの時、ポーターがやってきて、お客様が呼ばれた方が到着されました、と告げた。私は外に出て、やって来た者にブリストー氏から目を離さないよう指示してから、急いで家に帰り、旅の支度をした。

亜麻色の鬘《かつら》、つばの広い帽子、緑色のレンズの入った眼鏡、それにチョッキとショールをいくつも利用して、でっぷりした裕福な老人に変装し、馬車の出発する少し前にジョサイア・バーンズを連れてサラセンズ・ヘッド亭に戻った。彼には旅仲間に対してどう振る舞えばいいか、ちゃんと叩き込んでおいた。

ブリストー氏はすでに車中にいた。例の三人組は詮索するような目つきで外に立っていた。狭く、状況によっては脱出するのが難しい馬車におさまる前に、一緒に旅をするのがどんな人間か見定めておきたいのだろう。私とバーンズの外見――彼は実際よりもうんと浅はかな人物に見えた――に安心し、彼らは自信に満ちて元気よく飛び乗って来た。数分後、係の馬丁が「準備よし」と合図し、馬車は出発した。

私はこれほど黙りこくって、無愛想な人ばかりの集まりに加わったことはない。どれだけの「理性の宴」が無言のうちに催されていたにせよ、この六人の中から「魂の流れ」の一滴さえもこぼれ出なかった〔文明人の愉快な会話を表現した、十八世紀の詩人アレグザンダー・ポープの句〕。それぞれが自分なりの理由で、内面的にも外面的にも、目立つのを拒んでいるようだった。長い退屈な道中、ケンダルにあと五十キロというあたりで食事のために止まるまで、ほんの一つか二つの出来事しか起こらなかった(一見些細なことだが、私は入念に記憶に刻みつけておいた)。この休憩時に、三人組の一人が御者と話しているのを立ち聞きして、彼らがケンダルの十キロあまり手前にある、街道沿いの宿に泊まろうとしていることを知った。

「あいつらが泊まる宿ってのを知ってるかね？」二人で宿の裏に回り、彼らに聞こえないところまで来ると、私は助手に尋ねた。

「よく知ってます。ファイヴ・オークス・ハウスまで三キロもありません」

「なるほど！　それならそこに泊まってもらわねばならんな。私はブリストーと一緒にケンダルまで行く必要があるが、後に残ってやつらの行動を監視してくれ」

「承知しました」

「しかし、あいつらはあんたがケンダルまでの切符を買ったのを知ってる。そこに残る口実は？　あの手の連中はひどく疑い深い。疑われては、あんた、何の役にも立たんよ」

「任せてください。あんな連中相手なら、向こうが百人でもうまくごまかせます」

「それではお手並み拝見といこうか。じゃ、飯にしよう」

ほどなく、馬車はふたたび出発した。ジョサイア・バーンズ氏はポケットから取り出した陶器の瓶の酒を飲み始めた。アルコール分がよほど強かったのだろう、たちまち酔っぱらってしまった。彼が泊まるはずの宿に着いた時には、ろれつが怪しくなっただけでなく、目、腹、腕、足、いや体中に、どうしようもないほど完全に酔いが回っていた。ひどく喧嘩腰になり、今にも私の正体を一行にばらしてしまうのでは、と思われたが、泥酔して態度が乱暴になったわりには、不思議にも、危うい話題は口にしなかった。馬車が止まると彼は、どうやったのかわからないが、車から降り、ふらふらよろめいて酒場に入り、明日までここを動かんぞ、とわめき立てた。この頑固で愚かな振舞いを考え直すよう御者は説いたが、無駄だった。熊を相手に説教するようなものだった。御者はとうとうあきらめて、酔っぱらいの好きなようにさせることにした。私はバーンズにあいそをつかしかけていた。酒場に人がいなくなった時、この腹立たしい愚行を責めようと口を開いた。すると、彼はさっとあたりを見まわし、私と同じぐらいちゃんと体の平衡を保ち、同じぐらい濁りのない目を開き、同じぐらい淀みない口調で、「任せてくれって言ったでしょ?」と嬉しそうに小声で言った。そして誰かがドアを開けると、比類ない完璧な演技で、瞬時にして、ふたたび頭にも体にもアルコールが回り切った状態になった。明らかに、こういう酔っぱらいを見たことがあって、それを手本にしたのだ。私はすっかり満足して、あらためて彼を信頼する気になり、ご乗車くださいという御者の指示に従った。今ではブリストー氏と私だけが車内の座席を占めていた。これ以上変装を続ける必要はなかったので、私は余分な服、鬘、眼鏡を取り、持ってきた包みの助けを借りて、数分のうちに、サラセンズ・ヘッド亭のコーヒー・ルームで無礼に話しかけた人物となって同乗者を驚かせた。

「こりゃ傑作だ。いったい、どういうことなんです?」ブリストー氏は姿を変えた私を見て大笑いをしながら言った。

私は落ち着いて手短に説明した。彼はびっくり仰天の体《てい》で言葉を失っていたが、やがて、伯父さんの家でひどい事件があったとはついぞ知りませんでした、と言った。依然として、驚き困惑してはいたが、罪を意識していると思える素振りは少しも見せなかった。

長い間《ま》の後で私は言った。「当方を信じて正直に話してくださっているのに、こんなことを言うのは心苦しいのですが、今しがたお伝えした一連の出来事に説明がつかない限り、あなたは大変な窮状にあります。それはおわかりでしょうね」

少しためらってから彼は、「おっしゃるとおり、たしかに事情は複雑怪奇ではありますが、無実を証明する方法が必ずあるはずです」と答えた。

彼はまた黙り込んだ。どちらも馬車が止まるまで口を開かなかった。御者は先に与えてあった指示に従ってケンダルの監獄の前で停車した。ブリストー氏は驚き、顔色を変えた。しかしすぐに感情を抑え、落ち着いて言った。「もちろんあなたはご自分の務めを果たすだけです。私の務めはすべてをお見通しになっている正しき神を信じて疑わないことにあります」

我々は監獄に入った。彼の服と荷物は丁重な配慮をともなって検査された。すると、財布に入っていた小銭の中に、特殊な鋳造のスペイン金貨が見つかった。旅行鞄の裏地にはダイヤモンドをはめ込んだ十字架が巧妙に隠されていた。ロンドン警察に送られてきた、ファイヴ・オークス・ハウスから盗まれた品物のリストにどちらも記載があったので、私は大いに困惑した。どうしてこんなものが自分の所持品の中に入っていたのかわからない、と彼は激しく抗議したが、年配の看守の顔には嘲笑が浮かんだ。彼の率直で隠し立てのない様子と、罪の意識から来る恐れがまったく見られないことから、無実だと信じていた私は、その説が崩壊したように思えて、呆然とするばかりだった。

「おおかた、こいつらはお前が寝てる間に、鞄の中に入り込んだんだろうよ」彼を独房に入れた後、別れ際に看守はそう言ってあざ笑った。

「なるほど、寝てる間ね！　そりゃ考えつかなかったな！」私は思わず大きな声で言ってしまった。看守は目を丸くしてこちらを見た。しかし相手が驚きか、あるいは軽蔑のことばを口に出す前に、私は監獄を出た。

次の日、収監された人物の釈明を聞こうと、法廷には傍聴人が群がった。多数の治安判事も顔を出した。この事件は被疑者の社会的地位、ならびにその奇妙で不思議な全体像ゆえに、町とその周辺のあらゆる階層の人々の間で、並々ならぬ、痛切なまでの関心を呼んだのだった。嫌疑をかけられた紳士はたしかに不安げな様子を見せてはいたが、それでも冷静を保ち、落ち着いていた。そして、澄みきった大胆な目には、間違ったことはしていないという意識と不屈の精神が反映されているように思われた。罪のある人間がうまうまとそんな外見を装えたためしはなかった。

比較的重要でない証拠の検分があった後、魚屋の小僧が呼ばれ、強盗事件の前日にファイヴ・オークス・ハウスで見かけた人物がここにいますか、と問われた。彼は一分あまり黙ったまま被疑者をじっと見つめた後で、「私が見た人は帽子をかぶって、暖炉の前に立ってました。そこの人が帽子をかぶったところを見ないと何とも言えません」と答えた。

ブリストー氏は勢いよく軍帽をかぶった。すると、小僧はすぐに大声で叫んだ。

「その人です!」

バグショー氏が甥のために雇った弁護士のカウアン氏は、これは帽子のみ、あるいは、せいぜい服装の組み合わせのみにかかわる証言であって、採用されるべきではないと抗弁した。しかし裁判長は、どれだけの証拠価値があるにせよ、とりあえずは、他の証拠を補強する目的で採用する、と決定した。次に、バグショー様の甥御様が屋敷に到着された、と故サラ・キングが言うのを聞いたと数人が証言した。それは伝聞証拠にすぎないので採用できない、と弁護士が抗弁したが、またしても却下された。「サラ・キングは昔からいる召使ではありません、私は彼女をまったく知りませんし、彼女も私の人相を知らないということは十分あり得ます」とブリストー氏は発言した。対して裁判長は、たしかにその意見は陪審員の前で述べるには適切かもしれませんが、ここでは無益なものです、なぜなら当法廷の責務は、被疑者を被告人として刑事裁判所で審理するに足るだけの強い疑いがあるかどうか、を決定することにあるからです、と応じた。次に、フアイヴ・オークスの部屋で発見した手紙の断片について巡査が証言した。それからバグショー氏を証人として呼ぶよう指示があった。これを聞くと、被疑者はひどく動揺し、伯父と会うのは久しぶりなのに、こんな状況のもとで顔を合わせるのはどうか容赦願いたい、と申し出た。

「あなたがおられない法廷で、あなたに不利な証拠を採用することはできないのです」裁判長は同情を示しながら言った。「伯父上の証言には数分しかかかりません。これはどうしても必要な手続きなのです」

「では、少なくとも、妹が伯父に付き添って出廷するのは阻止してください。それだけは耐えられない」と落ち着きを失った若者は弁護士に言った。

ご心配なく、妹さんはここにはいません、と若者は聞かされた。実のところ、彼女は不安と恐怖のあまり重い病をわずらっていたのだ。集まった聴衆は、痛々しい沈黙の中で、不承不承甥を訴えることになったバグショー氏の登場を待った。

氏は間もなく現れた――白髪頭の威厳ある人物で、少なくとも七十歳ぐらいか、背中は年齢と心労で曲がり、目はずっと下を向いたまま、からだ全体が悲しみと失意を表していた。「伯父さん！」と叫んで被疑者は彼の方に飛び出していった。老人は顔を上げ、甥の清廉な表情が嫌疑を完全にくつがえすのを認めると、両の腕を差し出してよろよろと前に進み、聖書の言葉を借りるなら、「その頸《くび》を抱《いだ》き久《ひさ》しく啼《な》いた」のであった〔創世記四十六章二十九節〕。そして声を詰まらせて、「許してくれ――ロバート、束の間でもお前を疑ったことをどうか許してくれ。メアリーは疑わなかった――一度も、一瞬たりとも疑わなかったぞ」と言った。

この情感あふれる場面はあたりを深い沈黙に陥れた。しばらくしてから、廷吏が裁判長の指示でバグショー氏の腕に触れ、注意を審理に向けるよう丁重に依頼した。氏は

「わかりました、わかりました」と言ってから、慌てて目をぬぐい、裁判長の方を向き、「みなさん、これは妹の子で、幼い時から私と一緒に暮らしてきたのです。どうかお許しください」と訴えるようにつけ加えた。

「許しを求める必要などありません」裁判長は優しく答えた。「しかし、あいにく、この審理を進行させねばならないので――証人にファイヴ・オークスで発見された手紙の断片を渡すように――さて、それはあなたが甥御さんに書き送ったもので、ある特殊な目的のために多額の現金がファイヴ・オークスに置いてある、という内容でしょうか？」

「はい、そうです」

ここで裁判所書記官が私に対して言った。「では、あなたが持っている証拠物件を提出してください」

私はスペイン金貨と十字架をテーブルの上に置いた。

「バグショーさん、これら二つの品物を見てください」と裁判長。「それらはあなたのところから盗まれたものの一部である、と誓って言えますか？」

老紳士は身をかがめてそれらを真剣に調べた。それから甥の方を向き、こんな言い方が許されるなら、震える目でその顔を見つめた。しかし、裁判長の質問には答えなかった。

「「はい」か「いいえ」のどちらかで答えてもらわねばなりません」と書記官。

「伯父さん、いいから答えてください」被疑者はなだめるように言った。「僕のことは心配いりません。悪いやつの仕掛けた罠にかかって、今はどうしようもなく怪しく見えるかもしれませんが、僕は何もしていないし、それに神様がいらっしゃる――それを頼りに、きっとこの罠から抜け出してみせますから」

「そうか、ロバート――神の御加護を！　きっと抜け出せるとも。はい、十字架と金貨はうちから盗まれたものです」

このことばを聞くと、威厳ある老紳士に同情し、切ない思いに駆られた満員の聴衆から、押し殺したうめき声がもれた。私はそれらの品物の発見について、先述したとおりを証言した。私が証言を終わるとただちに、治安判事たちは数分の間相談した。それから裁判長がブリストー氏に向かって、「当法廷は、被疑者を刑事裁判所の審理に付するに十分な証拠が提出された、と判断します。あなたが何か発言を望むなら、もちろん我々はそれに耳を傾けねばなりません。ただし、当法廷は既に判断を下しましたので、あなたの弁護士は裁判当日までどのような弁明も保留するよう進言するでしょう。当法廷であなたの発言があなたを利することはありません」と告げた。

カウアン氏も裁判長の示唆に同意する旨を表したが、ブリストー氏は自分にかけられた容疑を黙って認めることに激しく反対した。

「私には保留せねばならないことも、隠さねばならないこともありません」彼は感情をこめて力強く叫んだ。「法廷戦術などという姑息な手段を頼りにこの不当な起訴から放免されたいとは思いません。名誉に傷がつかない判決が得られないなら、有罪で結構です。私の弁護のために、と申しますか、意味がありそうなので、ご参考のために提出したい事実は以下のとおりです。伯父の手紙を受け取った日の晩は、ドルーリー・レインの劇場にかなり遅くまでいました。ホテルに戻ってから、紙入れを盗まれたことに気がつきました。そこには伯父の手紙と相当な額の銀行券のほかに、仕事上の大事な書類が入っていました。取り戻すための手を打つにはその晩はもう遅すぎました。翌朝、警察に盗難届を出そうと外出の支度をしていると、重要な用件があるとおっしゃる方が来られています、とホテルから連絡を受けました。やって来た人物は、自分は警察の者で、私の盗難の件が共犯者の自白によって明らかになったので、ただちに同道願いたい、と言います。私たちはホテルを出て、一日裏町の小路を歩きまわり、いくつか怪しげな家を訪ねました。最後に突然彼は、賊はロンドンを離れてイングランド西部に向かった、銀行券の番号が通知されて換金が停止される前に、どこか大きな町で金貨に替えるつもりに違いない、すぐに後を追いかけよう、と言います。私は薄い服を着ていましたから、夜の旅ならもっと厚手のものが要るのでホテルに帰って着替えたい、と答えました。すると、夜行馬車が出る時間が迫っているので、そんな余裕はないとのこと。ただし彼は、自分が持っていた、警官のケープみたいな外套と、あごの下で止める粗末な旅行用の帽子を貸してくれました。ブリストルに到着し、手持無沙汰のまま足止めされていると、数日後になんとこの連れが姿を消したのです。私はロンドンに向かい、到着して一時間もしないうちにスコットランド・ヤードに行って一件を報告し、それからケンダル行きの夜行馬車を予約しました。私が言いたいのはそれだけです」

この奇妙な物語は判事に何の影響も及ぼさず、聴衆もほとんど反応しなかったが、私はそれがまったくの真実だと確信した。作り話にしては出来が悪すぎた。言い遅れたが、バグショー氏は証言が終わると、法廷から連れ出されていた。

「では、今の摩訶不思議な説明が正確なものであるとして、あなたは簡単にそれを立証することができるのでしょうね？」と書記官〔このような治安判事法廷の書記官は法律の専門家〕。

「考えてみたのですが」穏やかな口調で被疑者は答えた。「私がたっぷり着込んでいたこと、ほとんど人に会わなかったこと、会ったにしても大した用があったわけではなくごく短い間にすぎなかったこと、を思うと証明できる自信は甚だ乏しいのです」

「あなたにとって憂慮すべき事態はそれにとどまりません。これらの品物を所持していたことの説明をするために」書記官は嘲笑的な口ぶりでテーブルの上の金貨と十字架を指した。「同様に信憑性のある、また別の話を持ち出してくる必要がありますな」

「それについてはまったく説明がつきません」被疑者は前と同じ冷静な口調で答えた。

やりとりはここで終わり、「故殺」の容疑でブリストー氏をアップルビィにある郡刑務所に収監するよう廷吏に指示が与えられた。この時、私はバーンズから送られてきた走り書きのメモを受け取った。それに一瞥を与えるとすぐに私は明日審理を再開してほしいと裁判長に願い出た。重要な証人が見つかったので、その人物が裁判で行うであろう証言を確認する必要があることを理由として述べた。この申請は当然受け入れられ、被疑者を翌日まで勾留するとの宣告があり、休廷となった。

ブリストー氏を移送する馬車の前まで彼に付き添いながら、私は「どうか力を落とさずに。事件は解決してみせます、任せてください」と思わずささやいた。彼は鋭い目でこちらを見つめ、何も言わずに私の手をぎゅっと押さえて、馬車に飛び乗った。

「さて、バーンズ」二人きりになって部屋のドアを閉めると私はすぐに言った。「何を発見した？」

「サラ・キングを殺した犯人は、私があなたと別れたあのトルボット亭にいます」

「ああ、メモで読んだ。しかしそれを裏づける証拠はどこにある?」

「いいですか! こっちがすっかり酔いつぶれていると思い込んで、やつらは私のいるところで何度かしゃべったんですよ。間違いありません、やつらが犯人で、しかも、この近所のどこかに隠した銀器を回収しようとしています。今晩やるつもりです」

「ほかにまだあるかね?」

「ええ、私は腹話術の心得が少々ありまして。物まねもやるんです。あの中で一番若い男がいたでしょ、ブリストーさんの隣に座ってたやつで、二日目の晩に、中はむし暑くてたまらんと言って、やたらめったら寒いのに馬車の屋根席に上がっていった男——」

「覚えてるとも——そうか、バカだな、俺は。もっと早くに思い出すべきだった。まあいい、それで?」

「今から三時間ほど前、私はあいかわらずの泥酔状態で、そいつと談話室で二人だけになりました。で、だしぬけに、あいつのすぐそばで『そこで銀器をさわってるのは誰?』とサラ・キングの声で尋ねたんです。やつが驚いて恐《こわ》がる様子、怖気《おじけ》づいて手足をぶるぶる震わせながら部屋を見回すのを目にしたら、あなたは微塵の疑いも持たないでしょうよ」

「それは法的証拠とは言えんな。何かの役には立つだろうが。ともかく、すぐにトルボット亭に戻るんだ。日暮れには前の扮装で合流する」

夕方早く宿屋に着き、談話室に入ると、三人組とバーンズがいた。

「こいつ、まだ酔っ払ってるんですか?」連中の一人に尋ねた。

「ええ、あれからずっと、べろんべろんでいびきをかいてますよ。昼には部屋で寝てたそうですが、あんまり様子は変わってませんね」

それからほどなくバーンズと二人きりで話す機会があり、連中の一人がケンダルで荷馬車を借りてきており、やつらは二十キロ先の町で宿泊するという体裁で一時間後に出発する、と聞いた。私はこれからどうするか、ただちに決断した。談話室に戻り、機会を見て、バーンズの腹話術で度肝を抜かれた若い紳士の耳にささやいた――実は、この人物を私は前から知っていた――「ディック・ステイプルズ、話があるから隣の部屋まで来てもらおう」私は自分の普通の声で言い、相手がこちらの正体をしっかり見極めることができるように、鬘を額から持ち上げた。彼は仰天し、恐怖で歯をガチガチ鳴らした。連れの二人は低級なトランプのゲームに熱中して、我々の方を見ていなかった。「早くしろ」私は同じささやき声で続けた。「一刻の猶予もないんだ。命が惜しいなら、ついて来い!」彼は言うことを聞いた。私は隣の部屋に彼を導き入れ、ドアを閉め、ポケットからピストルを取り出した。「ステイプルズ、観念しろ。お前はブリストー氏そっくりの服を着て、ファイヴ・オークス・ハウスで彼になりすました。それから召使を殺し——」

「いや、違いますよ」みじめな男は喘ぐように言った。「私じゃない。私は女を殴ってない——」

「なんにしろ、その場に居合わせたんだ。どのみち絞首台行きさ。お前はロンドンからケンダルに向かう馬車の中でブリストー氏の財布を掏《す》り、盗んだスペイン金貨を一枚そこに入れて、元に戻した。それから馬車の屋根席に上がって、積んであった氏の旅行鞄の中にダイヤモンドつきの十字架を、どうやってか知らんが、うまいこと忍び込ませた」

「ああ、どうしたらいい——どうしたら?」男はほとんど死にそうなぐらい恐怖心に駆られ、椅子に崩れ落ちた。「死にたくない、どうしたら死なないですむんです?」

「まず、起き上がって俺の話を聞くんだ。もしほんとうに直接殺しにかかわってないのなら——」

「かかわってない——誓ってもいい、絶対かかわってない!」

「それがほんとなら、証人になれば訴追を免除してもらえるだろう。ただし、絶対そうなると保証はできんが。で、ブツはどうやって運ぶことになってる？」

「向こうの森の中に隠してあるから、このすぐ後、荷馬車で取りに行く予定です。私はここに残って、もし怪しまれたら、寝室の窓に蠟燭を二本立てて危険を知らせる手はずになってます。すべて順調に行けば、ここから四百メートルほど先の四つ辻で合流する段取りです」

「わかった。じゃ、談話室に戻ろう。俺はお前の後からついて行く。いいか、ちょっとでも裏切りの匂いがしたらピストルをぶっ放すぞ。お前を射つことに何のためらいもないからな」

約十五分後、やつの仲間の二人は荷馬車で出発した。私とバーンズとステイプルズはその後をつけた。ステイプルズには手錠をかけ、国王の名のもとに徴発した宿の馬丁に監視させた。幸い、夜の闇は暗く、馬車の車輪の音はわれわれの足音をうまい具合に消してくれた。やがて馬車が止まり、二人は降りて、ただちに埋められていた銀器を馬車までせっせと運び始めた。我々は慎重に歩を進め、間もなくほんの一、二メートルのところまで気づかれずに接近した。

賊の一人がもう一人に「ブツを渡すから荷台に上がってくれ」と言い、声をかけられた男は指示に従った。

「おやっ！」命令を出した男は急に叫んだ。「言ったはずだろ――」

「お前たちを逮捕する！」男をいきなり押し倒しながら、私は叫んだ。「バーンズ、馬の頭をおさえろ。おい、そこの、馬車から降りようとちょっとでも体を動かしたら、鉛玉を頭にぶちこむぞ」奇襲は大成功で、彼らは抵抗することも、逃走を試みることもできなかった。私はすぐ彼らに手錠をかけてから、逃げられないよう処置を施した。そして、残りの銀器を馬車に積み入れ、なんとかケンダルの監獄までたどり着き、晩の九時には彼らをそこに放り込む栄誉を得た。そんな遅い時間の出来事だったのに、知らせはあっという間に広がり、宿に着くと実に多くのお祝いが私を待ち受けていた。しかし、労が千倍も報われた気がしたのは、かの白髪の老人が犯人逮捕の知らせを確かめようとベッドから起き上がり、私をしかと抱きしめ、あなたに神の御加護がありますようにと言ってくれた時だった。警察官の人生にすら、至福の瞬間はあるものだ。

ブリストー氏はもちろん翌朝釈放された。ステイプルズは証人となり訴追を免除された。彼の仲間の一人、殺人の実行犯は死刑に、もう一人は流刑となった。盗品の大部分は回収された。犯行は甥に宛てたバグショー氏の手紙を入手してから計画されたのだったが、それを実行に移す時間と機会を得るために、ブリストー氏をブリストルまで連れ出した男はこのすぐ後、別件で流刑となった。

ヘンリー・ウッド夫人

七番の謎

ヘンリー・ウッド夫人(Mrs. Henry Wood 一八一四―八七)のセンセーション・ノヴェル『イースト・リン』(一八六一)は十九世紀を代表するベストセラーで、トルストイもこれを読み、『アンナ・カレーニナ』の素材に用いたふしがある。彼女のもう一つの代表作に、九十篇におよぶ「ジョニー・ラドロー」ものの短篇(一八六八―九一)がある。これは、主人公のジョニーが十代の頃を回想する一連の作品で、両親が亡くなったあと一緒に暮らしている継母、その再婚相手で大地主の郷士《スクワイヤ》、彼の最初の結婚でできた息子トッドなどを含む一家のまわりに起こる出来事を記録した地方色豊かな風俗小説。このシリーズは犯罪をテーマとする作品を十以上含み、そのうちの一つ「七番の謎」は一八七七年一月に、本シリーズの他のすべての作品同様、「アーゴシー」誌に掲載された。チェスタトンの編集した名高いアンソロジー『探偵小説の世紀』(一九三五)には、同シリーズから「エイブル・クルー」が採られている。

第一部　モンペリエ・バイ・シー

「みんなで行って彼女を驚かしてやろうじゃないか」郷士《スクワイヤ》は言った。

トッドは笑った。「え、みんなで？」

「そうとも。みんなで。そうしよう。明日出発だ」

「まあ！」母の穏やかな声の調子には困惑が聞き取れた。「子供たちも連れて？」

「そう、子供たちも。ハナを連れて行って、子供たちの面倒を見させよう。トッド、お前はどこかよそに行くんだったな。だから、勘定に入れてない」

「準備ができませんわ」母は戸惑いを絵に描いたような格好で言った。「明日は金曜でしょ。それに、メアリーに手紙を書いて知らせる暇もないじゃありませんか」

「手紙を書く！」木綿のモーニング・コート〔昼の正装〕を着て部屋を行ったり来たりしていた郷士は、さっと踵《きびす》を返して叫んだ。「誰が手紙を書くって言った？　そんなことしたら、メアリーはなんだかんだ準備を整えたりして、大変な手間をかけるに決まってる。

何もないところに面倒を作り出すんだから、お前はとんだ魔法使いだよ。黙っていきなり行く、それがこっちの作戦だ」

「でも、向こうに行って、もう部屋に借り手がついていたらどうするの？」その可能性を思いついたので、私は横から口を出した。

「その時はどこか別のところで部屋を借りればいい。海辺の空気を吸うのは、みんなにとって、いい気分転換になるさ」

　この会話と郷士の「作戦」は、ちょうど今しがたメアリー・ブレアから手紙が来たことから始まった——メアリーは気の毒なブレアの未亡人だった（ジェリーの新聞のおかげで困窮に追い込まれて亡くなった、あのブレアを読者はまだご記憶であろうか〔同じシリーズの作品「ジェリーの新聞」（一八六九年四月）への言及〕）。あれこれ仕事を経験し、何度か浮き沈みがあった後、ブレア夫人は今では海辺の家に落ち着き、昼間はそこで学校を開いていた。彼女は手紙の中で、居間を訪問客に貸すことができれば暮らし向きもよくなるのだが、と書いていたのだった。常に衝動的で善意に満ちた郷士は、ただちに、我々が、その部屋の借り手になろう、と言い出した。

「そうすりゃ彼女は助かるんだから。我々が引き払う頃には、新しい借り手が見つかるだろうよ。ふうむ」郷士は手紙を手に取り、住所を読み上げた。「モンペリエ・バイ・シー、シーボード・テラス、六番。モンペリエ・バイ・シーってどこだ？」

「聞いたことないよ」トッドは言った。「そんなところ、あるのかな」

「黙っとれ。たぶんソルトウォーターの近くだろう」

「ソルトウォーター！　ありゃ品のない場所だよ！」トッドは首を反《そ》らして笑った。

「黙れと言うのに。ジョニー、鉄道の時刻表を持ってきてくれ」

時刻表を見ると、モンペリエ・バイ・シーはソルトウォーターの一つ手前の駅だとわかった。ソルトウォーターは、トッドの言うとおり、品のないところだったかもしれない。ありとあらゆる人が集まってくるのだから。だが、活気があって、健康にいい場所ではあった。

さすがに翌日の金曜というのは慌ただしすぎて準備が間に合わなかったが、次の週の火曜に出発した。トッドは土曜にグロスター州に出かけていった。彼の母親の親戚がそこに住んでいて、いつも彼に来てもらいたがっていたのである。

「モンペリエ・バイ・シー？」我々が乗車券を買おうとした時、駅の事務員は自信なさそうに言った。「ちょっと待ってくださいよ。どこかな、それは？」

もちろん、郷士はそれを聞いて癇癪《かんしゃく》を爆発させた。駅の名前もわかってない奴が、なんで切符を売ってるんだ？　当の駅員は知らぬ顔で駅の一覧表を指でなぞり、それから我々に乗車券を渡した。

「あまり人が降りない駅なんです」彼は丁寧に言った。「たいていの旅行客はソルトウォーターまで行かれます」

列車の出発が間近で、ホームに走っていかねばならなかったが、そうでなければ、きっと郷士は足を止めて駅員相手に説教していただろう。「ソルトウォーターだと！　あの若造、客に向かって行き先を指示するのか！」郷士はいきり立った。

しかるべき時を経て、我々は目的地に到着した。駅には白板に大きな字で「モンペリエ・バイ・シー」と書いてあった。街道沿いの駅で、まわりには田園風景が広がっていた。海も家も目に入らず、見たところ完全な農業地帯だった。列車は、ホームに荷物を置いて立っている我々を残し、汽笛を鳴らして去って行った。郷士は疑わしげにあたりを眺め回した。

「シーボード・テラスってどこか知らんかね？」

「シーボード・テラス？」駅長は鸚鵡《おうむ》返しに言った。「いえ、知りません。このあたりにそんな名前のテラス〔棟続きの集合住宅〕はありません。というか、テラスなんて全然ありません。実際のところ、家すらないんです」

この時の郷士の顔は見物だった。郷士は、あたりには農場の小屋のような建物が一つ二つあるだけで、住居と言えるものはないことを確認した。

「ここはモンペリエ・バイ・シーだな？」

「はい、そうですとも。このあたりでは、マンプラーと発音しますが」

「それならシーボード・テラスはここのどこかにあるはずだ——どこか、そのへんに。なんて奇妙な話だ」

「あのう、ソルトウォーターに行ってみられたらどうです？」この小さな駅の二人の赤帽のうちの一人が声を上げた。「あそこにはテラスがたくさんありますよ。おおい、ジム！」彼は同僚を呼んだ。「ちょっとこっちに来てくれ。あいつなら知ってます。ソルトウォーターの人間ですから」

ジムがやって来て、疑問を解決してくれた。シーボード・テラスならよく知ってます、ソルトウォーターの東の隅です、と彼は言った。

そう、それはソルトウォーターにあった。我々はこの炎天下、そこから三キロばかり離れたところにいた。これだけの荷物を持って歩くのは論外だったし、さりとて、馬車やほかの交通手段もなかった。郷士はいつもの怒りっぽさを発揮して、どうしてまたソルトウォーターの住民は自分の住所をモンペリエ・バイ・シーだなんて言うんだ、と息巻いた。

郷士は苛立って、同じような誤解をした人たちは他にもいます、という駅長の説明をほとんど聞いていなかった。それによると、マンプラー（彼を含む地元民はその発音にこだわった）はほとんど農地からなる、不規則な形の広い教区で、その一端はソルトウォーターまで延びていて、ソルトウォーターのそのあたりの新しい建物がモンペリエ・バイ・シーと勝手に名乗り出した。そちらの方が元の品のない名前より貴族的だと考えてのことらしい。それらの新しい建物を建築業者ごとどこかよそに吹き飛ばす力を持っていたなら、郷士は間違いなくただちにそうしただろう。

何にせよ、我々は別の列車に乗って、夕刻ソルトウォーターに着いた。シーボード・テラス六番を訪れると、メアリー・ブレアは大喜びだった。

「来られるのがわかってたら――手紙で知らせてくださってたら――モンペリエじゃなくて、ソルトウォーターで降りてくださいって申し上げたでしょうに」彼女は訴えた。

「しかし、なんで、そんなごまかしみたいなことをやるんだね」郷士は憤懣をぶちまけた。「どうしてソルトウォーターと言わずに、モンペリエなんて言うんだ？」

「他のみなさんがそうしてるからですよ」彼女はため息をついた。「ここにやって来た時、ここはモンペリエだ、って聞いたんです。友達に手紙を書く時はいつも、ここは立派な名前がついてるけど、ほんとうはソルトウォーターだ、って説明してます。お宅に一筆差し上げた時は忘れてしまったんだと思います――書くことがいっぱいありましたから。悪いのはそんな名前をつけた人たちです」

「そのとおりだ。そういう奴らはちゃんと懲らしめてやらにゃいかん」

シーボード・テラスは町から少し離れたところにあり、海沿いで、七軒の家が並んで一棟になっていた。角の一番と七番は倍の大きさのある家で、広々として見映えもよく、どちらも家族が住んでいた。居間には張り出し窓があり、応接間にはバルコニーとベランダがついていた。残りの家はより小さく、観光シーズンの間は貸家になっていた。

最初の晩みなが集まった時、メアリー・ブレアは隣の七番に住む家族の話をした。ピーハーンという一家で、三月に越してきて以来とても親切にしてくれて、ピーハーン氏は彼女のためを思い、何人か生徒を世話してくれた。氏はソルトウォーターではとても尊敬されているとのこと。「ほんとうにいい方なんです」彼女は言った。「ただ――」

「その人を訪ねて行って礼を言おう」郷士は彼女に最後まで言わせなかった。「そういう人と握手することを私は誇りに思う」

「それはかないません。ご夫婦で外国に行ってるんです。最近とても大きなご不幸がありまして」

「大きな不幸? なんだね、そりゃ?」

私はメアリー・ブレアの顔を一瞬暗い雲のようなものがよぎるのを見た。返事をする前に、彼女はためらった。母はソファーで彼女のそばに座っていた。郷士は二人の向かいの肘掛け椅子に腰かけ、私はまだ食事をした後のテーブルに座っていた。

「ピーハーンさんは、元は商売をやってました。薬の卸売りだったと思います。それで財産を築いて、何年か前に引退したんです。奥さんは体が弱くて、ちょっと足をひきずってました。奥さんもわたしにはとてもよくしてくれました、ほんとうに親切でした。息子さんが一人だけで、ほかにお子さんはいませんでした。法律を勉強してたはずです。確かじゃないですが。ロンドンに住んでて、時々こっちに来てました。うちのメイドのスーザンがお隣の召使と知り合いになって、そこから聞いた話だと、このハンサムな若者、エドマンド・ピーハーンはちょっとした問題児だったみたいです。イースターにこちらに来て、三週間ばかりいました。それから五月にまた来ました。何があったのかはっきり知りませんが、着いた日に父親と激しい口喧嘩があったみたいです。とにかくピーハーンさんの腹を立てた大声が聞こえました。そしてその晩、エドマンドは――死んだんです」

最後の方はささやくような声だった。郷士は言った。

「死んだ！　自然死だったのか？」

「いいえ、ちがうんです。死因審問では、エドマンドは気が狂っていたから、ということでした。彼はここの教会に埋められました。たくさんの借金があることがわかり、いろいろな請求も来たそうです。ピーハーンさんは弁護士にすべての支払いを任せて、病弱な奥さんと一緒に転地のために外国に行きました。私もとっても悲しい思いをしました。あの二人が気の毒でなりません」

「すると、家は閉じたままになってるのか？」

「いいえ。召使が二人残ってます。二人のメイドです。二十五年家族と一緒に暮らしてた料理番がいましたが、事件に大変なショックを受けて、奥さんに連れられて外国に出かけました。残った二人はやさしい親切な娘たちで、毎日のように、なにかできる用事はないか尋ねてくれます」

「そういう隣人がいるのは結構なことだ。ここでうまくやっていけることを祈るよ。ところで、そもそも何でここに来ることになったのかね？」

「ロケットさんが世話してくださったんです」これはメアリーの夫が死を迎えるまでの間ずっと面倒を見てくれた牧師で、彼女と文通していた人物だった。ロケット氏の弟がソルトウォーターで医者をやっていて、彼女もここに移ってくればよいと考えたのだった。そこで、メアリーの友人たちが協力して彼女をこの家に住まわせることになり、おまけに、起業資金として十ポンド出してくれたのである。

「いいかい、ジョー、もしお前があの暑い日向に出て行くって言うなら、もう二度とここに連れてきてあげないよ」

「でも、ロバと駆けっこがしたい。ぼく、ロバと同じぐらい速く走れるんだよ、ジョニー。ロバが見たいな」

「ロバに乗る方がいいと思わないか?」

ジョーは首を横に振った。「いっぺんだけ乗ったことがある。ぼくは六ペンス持ってなかったけど、マティルダが出してくれた。マティルダはよくぼくを砂浜に連れてってくれる」

「マティルダって誰?」

「七番のマティルダだよ――ピーハーンさんとこの」

「わかった。いい子にしてここでじっと待ってるなら、ロバが戻ってきたらすぐに乗せてやるよ」

そこはきれいな砂浜だった。私はベンチに座って本を読み、ジョーは目を細めて遠くにいるロバを見やった。ロバは彼のような小さい子供を背中に乗せて、その後ろから乳母が速足で歩いていた。かわいらしいジョー！　ジョーはけなげにじっとおとなしくそれを眺めていた。物思いにふけるような感じで、きれいな目を輝かせていたあの子は、この世で一番おとなしく、やさしい顔の持ち主だった。その午後は砂浜に人がたくさん出ていた。オルガンの音が響き、踊る人形の見世物があり、白い帆を張った船はきらきら光る海の上を滑るようになめらかに進んでいた。

「ねぇ、ほんとうに六ペンス払ってくれるの？」やがてジョーは尋ねた。「それだけ出さないと乗せてくれないから」

「うん、ほんとうだよ。お前のお母さんが許してくれたら、いつか波の穏やかな日にボートにも乗せてあげよう」

ジョーは深刻な顔で答えた。「海はあんまり好きじゃないんだ」それからおずおず付け加えた。「アルフレッド・デイルはボートに乗って海に出て、落っこちて、もうちょっとでおぼれるところだったって。母さんの学校に来てる子だよ」

「わかった。じゃ、ボートはやめとこう。ほら、あそこでパンチ〔「パンチとジュディ」の人形芝居〕が始まりかけてる！　あっちに行って見物する？」

「でも、そしたらロバに乗れなくなるかも」

ジョーは私のそばにじっと立って、ロバのいる方向を見つめていた。明らかにロバが彼の一番の関心事であった。もう一人の子、メアリーは父親が死んだ時はまだ赤ちゃんだった（フロストさんの学校で算数の先生をやっていた彼を我々生徒たちは「パイ」というあだ名で呼んでいた（パイフィンチ・ブレアという名に由来する））。彼女はブレア夫人の親戚と一緒にウェールズにいた。母親のメアリーがソルトウォーターで暮らしていけるかどうかはっきりするまで、彼女はそこに預かってもらっていたのだった。我々はメアリーがうまくやっていくだろうと思った。彼女はいい家庭の男の子たちを午前中教え、結構な学費を払ってもらっていた。加えて、年に六か月は家具を入れた部屋を貸して賃料を得ることができるはずだ。

「あ、ほら、マティルダがいるよ！　マティルダだ！」

ジョーの小さな体にしては大きな叫び声だった。顔を上げると、ジョーがなかなか器量のいい娘の方に駆けていくのが見えた。彼女は黒いリボンをつけた麦わら帽を被り、プリント地の白と黒のドレスに同じ模様のショールをあしらう、というこぎれいな身なりをしていた。あの頃、召使は普通人目を引くような服装はしなかったのである。ジョーは勝ち誇って彼女を引っ張ってきた。彼女は七番の召使の一人だった。

「マティルダだよ」とジョーが言うと、彼女はお辞儀をした。「ぼく、ロバに乗るんだ、マティルダ。ジョニー・ラドローさんが六ペンス払ってくれるって」

「お顔に見覚えがあります」マティルダは私に言った。「六番に出入りされるのをお見かけしました」

　彼女は薄い褐色の顔に、大きくて黒い悲しそうな目をしていた。たいがいの人は彼女を美人と言ったであろう。父親のいない、かわいそうなジョーに対して親切にしてくれたのだから、それだけでも私は彼女に一種の好意を持った。見たところ、彼女はことのほか物静かで、控えめで辛抱強そうな感じを漂わせていた。

「お宅では少し前に不幸があったんだね」他に言うことがなかったので、私はそう言ってみた。

「どうか、その話はなさらないでください。お願いです！」彼女は息をのんで、そう答えた。「あの後、思い出しては何度も身震いします。あの方を見つけたのは私なんです」

　そこにロバがやってきた。ほどなくジョーはそれに乗り、マティルダがその後に続いた。ロバ乗りが終わって、ジョーがそのおもしろさを私に語ってきかせ始めた時、白のジグザグ模様が入ったこぎれいなドレスから黒のコットンの手袋に至るまで、マティルダとそっくり同じ服を着た若い女が、こちらに向かってやって来るのが見えた。彼女も美人だった——違う意味で。こちらは色白で、青い目に、いたずらっぽい笑みを浮かべていた。

「あら、ジェイン・クロスだわ！」マティルダは大きな声を出した。「何をしに出てきたの、ジェイン？　家を空けてきて大丈夫？」

「大丈夫じゃないのに家を出てきたみたいに言わないでよ！」ジェイン・クロスと呼ばれた娘は軽い調子でそう答え、「裏のドアは閉めたし、表の鍵は、ほら、ここにあるし」と言って、大きな鍵を見せた。「あなたが外に出てるんなら、あたしが出てもいいじゃない？　今あの家に一人きりでいると、陰気くさくていけないわ」

「たしかにそうね」マティルダは静かな口調で答えた。「ジョーぼっちゃんがここにロバに乗っておられたのよ」

二人のメイドはジョーと一緒に海の方に歩いて行った。三人は浜辺で、うちの二人の子供ヒューとリナを連れて外に出てきたハナに会った。メイドたちは座り込んでよもやま話をし、子供たちは靴と靴下を脱いで、ゆっくり満ちてくる海で水遊びをしていた。

こうして私は七番の家のメイドたちと知り合いになった。不幸にも、彼女たちとの縁はそれで終わりにならなかった。

夕暮れが迫りつつあった。我々は(不必要な面倒をかけないように)いつものとおり一時に昼食をとり、それからずっと外に出て、ブレア夫人の居間でお茶を済ませたところだった。いつもそこでお茶と夕食をとることになっていた。郷士は日の光が残っているかぎり、開け放った張り出し窓に座って、外を歩く人々を興味を持って眺めていた。二階の客間からの眺めは郷士にとってここほどはよくなかったのだ。私は張り出し窓の別の隅に座っていた。母とメアリー・ブレアはいつものお気に入りの場所、すなわち、部屋の端にあるソファーに座って、編み物をしていた。メアリーが学校に使っている部屋は建物の裏側にあった。

私の正面にはテラスの角の家、七番があった。ここに来て二、三週間のうちに砂浜で何度かメイドたちに会い、二人のどちらとも親しくなった。二人ともきわめてまっとうな、品行のよい女性だった。しかし、個人的には、ジェイン・クロスの方が好きだった。彼女はいつも活気があって、楽しい人物だった。ある日彼女はなぜ七番の人たちが彼女を姓名の両方で呼ぶのか話してくれた。私もその点は妙に思っていたのだ。二年前、彼女がここで働き始めた時、先にいたもう一人のメイドがジェインという名前だったから、彼女はフルネームでジェイン・クロスと呼ばれるようになったのだった。そのメイドは一年ほどして辞めたので、マティルダが次に雇われた。七番では他の多くの家のようにメイドの地位に優劣はなく、二人は対等だった。こういった細かい点は無駄で不必要だと思われるかもしれないが、私がなぜそれらに言及したかはやがて明らかになるだろう。この日は月曜だった。次の日で、我々はソルトウォーターに三週間いたことになる。家に帰ることについて、郷士はまだ一言も口にしていなかった。郷士は気楽な暮らしが気に入り、子供みたいに、砂浜で貝殻を拾ったり、「パンチとジュディ」の芝居や踊る人形を見るのが好きだった。その夕暮れ時、我々はいつものように張り出し窓に座り、私の正面には七番があった。すると、マティルダが水差しを手に持って庭を横切り、夕食の時に飲むビールを買いに行くために門から出てくるのが見えた。

「ジェイン・クロスだ」彼女が通り過ぎた時、郷士が言った。「だよな、ジョニー?」

「いいえ、違います。マティルダですよ」この間違いはごく自然なものだった。二人は同じぐらいの背格好で、しかも同じ喪中の衣装をあてがわれていたので、いつも同じような出で立ちをしていたからだ。

マティルダは十分ほどして戻ってきた。彼女はスワン亭のおかみさんと噂話をするのが好きだった。半リットルの器にはビールが溢れそうなほど入っていた。彼女は七番の鉄門を閉めた。他に何もすることがなかったから、という単純な理由で、私は窓の外に思い切り首を突き出して、家に入る彼女の様子を見ようとした。彼女は正面のドアを開けようとした後、ノックした。間隔をあけて三度ノックした。その音はだんだん大きくなっていった。

「中に入れないの、マティルダ？」私は彼女に声をかけた。

「そうみたいです」彼女はこちらを振り返らずに答えた。「きっと、ジェイン・クロスは眠りこんでしまったんですわ」

宮廷に上がる正装の女性たちを乗せた馬車の先触れとしてやってきた従僕でも、今の彼女ほど長い、大きな音のノックはできなかっただろう。七番の玄関には呼び鈴はついていなかった。ノックに返事はなく、ドアは閉ざされたままだった。

「七番のマティルダが閉め出されたよ」私は窓から首を引っ込めて、笑いながら、居間にいるみんなに向けて言った。「夕食用のビールを買いに行って、帰ってきたら、家に入れないんだ」

「夕食用のビール？」ブレア夫人が言った。「あそこの人たちはいつも裏から出て買いに行くのよ、ジョニー」

「なんにしろ、今晩は表から出て行ったよ。僕は見たんだから」

もう一度、とても大きいノックの音。郷士は窓枠から大きな鼻を突き出す格好で外を覗いた。通りがかった母親と二人の子供もしばらく立ち止まって見物した。おもしろくなってきたので、私は外に出た。マティルダはまだ戸口にいた。ドアは両側の居間に挟まれて、家の真ん中にあった。

「閉め出しをくわされたんだね、マティルダ！」

「わけがわかりません。いったいジェイン・クロスは何をしてるのかしら？　どうしてドアが開かないんでしょう？　私は鍵をかけなかったのに」

「誰かがこっそり入り込んでジェイン・クロスを口説いてるんじゃないの？　お前の友達の牛乳屋の彼とか？」

マティルダは牛乳屋が話題に上ったことを明らかに喜んでいなかった。街灯の明かりでちらっと見えた彼女の顔からすっかり血の気が引いていた。牛乳屋は七番の誰かに求婚しているらしかったが、噂ではどちらのメイドがお目当てなのかはっきりしなかった。二人をよく知っているブレア夫人の召使のスーザンは、マティルダだと言っていた。

少し待ってから、私は「裏を試してみたら？」と声をかけた。

「裏は閉まってます。ジェイン・クロスが鍵をかけましたから。だから、私は表から出たんです。でも、一度試してみますわ」

マティルダは家の横を走っている道をぐるっと回って、家の裏の塀についているドアを試した。彼女の言ったとおり、鍵がかかっていた。彼女は呼び鈴を鳴らした——もう一度、そしてもう一度。

「でも、妙だね」そう思い始めたので、私は口に出して言った。「彼女は出かけたのかな？」

「わかりません。でも、ジョニー様、それはないと思います。私が家を出た時、ジェイン・クロスは夕食の準備をしてるところだったんです」

「彼女は家に一人でいたの？」

「私たちはいつも二人っきりで、訪ねてくる人はいません。とにかく、今晩は誰もうちに来てません」

私はその家の二階の窓を見上げた。どの部屋にも明かりはなく、ジェイン・クロスがいる気配はなかった。一階の窓は高い塀のせいで外から見えなかった。

「お前の言うとおり、彼女は寝てしまったんじゃないかな。ブレアさんの家から壁を乗り越えて入ったら？」

私は家に走って戻り、うちの人たちに事情を知らせた。マティルダは私の後をゆっくり、そして見たところしぶしぶ、ついてきた。ぼんやりした夕暮れの光の中でも、うちの裏門のところでためらっていた彼女の顔に血の気がないのがわかった。

私は再び家から出て、彼女のいるところまで行って、「何を怖がっているんだい？」

ときいた。

「自分でもわかりません。ジェイン・クロスはよくひきつけを起こしてました。ひょっとして、今も何かにおびえて発作を起こしたのかもしれません」

「いったい何におびえるの？」

マティルダは返事をする前に、びくびくしながらあたりを見回した。ちょうどその時、私の上着の袖が濡れているのに気づいた。彼女の手が震えて、ビールがそこに少しこぼれたのだった。

「もしかしたら――エドマンド様を見たのかも」彼女は恐怖に包まれ、ささやき声でそう言った。

「エドマンド様を見た！　エドマンド様って？――エドマンド・ピーハーンのこと？まさか、あの人の幽霊を見たって言うんじゃないだろ？」

彼女の顔からさらに血の気が引いた。私は驚いて彼女の顔をまじまじと見つめた。

「ジェイン・クロスと私は、あの五月以来、いつも何かが出るんじゃないかって恐れてました。だから、夜に家の中にいるのが嫌でした。どちらがビールを買いに行くかでしょっちゅうもめました。後に一人で残されたくなかったもんで。ジェイン・クロスが買いに行ってる時は、私、何度も裏のドアの前で立って待ってました」

彼女は頭が弱いのではないか、と私は思い始めた。ジェイン・クロスも同類ならば、なるほど、おびえて発作を起こしたのかもしれない。それなら、なおのこと誰かがジェイン・クロスの様子を見てやらないといけない。

「ついておいで、マティルダ。バカなこと言ってないで、二人して壁を乗り越えよう」

穏やかで静かな夏の夕べだった。あたりはもうほとんど暗くなっていた。うちのみんなも裏庭に出てきたので、私は彼女が言ったことをみんなにささやき声で教えた。

「かわいそうに!」自分も幽霊が怖いので一種の仲間意識を抱いた母は言った。「ここのメイドたちはとても寂しい思いをしていたのね。ジェイン・クロスにひきつけの持病があるなら、今も発作を起こして倒れているかもしれませんよ」

うちと隣の裏庭を隔てる壁は、裏庭と外の道を隔てる塀に比べると、うんと低かった。スーザンが持ってきた椅子を使えば、マティルダなら簡単に乗り越えることができそうに見えた。しかし、彼女はその上で止まってしまった。

「一人では行けません。無理です」おびえた顔を我々の方に向けて彼女は言った。「もしエドマンド様が――」

「何を愚かなこと言っとるんだ!」郷士は笑うべきか怒るべきか決めかねて言った。「わしが一緒に行ってやる。さっさと向こうに飛び降りるんだ。ジョニー、しっかり椅子を押さえておいてくれよ」

我々は郷士を無事に押し上げた。私も続いて向こう側に飛び降りた。スーザンはにやにや笑いながら私の後から飛び降りた。ジェイン・クロスはマティルダが留守にしている間にどこかに抜け出した、と彼女は思っていたのである。

建物の入り口は庭に面しており、郷士とスーザンが一番先にそこから家に入った。どこにも明かりはついていないようで、郷士はそろそろと進んだ。私は振り返ってマティルダを見た。彼女はポーチの格子垣にしがみつくようにしてしり込みしていた。恐怖のあまり手が震えてビールがあたりに飛び散っていた。

「ねえ、マティルダ、いいかい、わけもわからずにそんなにおびえるのは、郷士の言うとおり、愚かなことだよ。ジェイン・クロスはどこかに出かけただけだ、ってスーザンは言ってる」

彼女は手をのばして私の腕に触れた。彼女の唇はチョークのように真っ白だった。

「ほんの昨日の晩のことです、寝室に行こうと階段を上がっていた時、私たち、あのお部屋で音がするのを聞きました。うなり声みたいでした。ほんとうです、ジェイン・クロスに聞いてください」

「どの部屋？」

「エドマンド様のお部屋です。あれをしなさったところなんです。ジェイン・クロスは今晩あの方のお声を聞いたんでしょう、でなかったら、お姿を見てしまったんです。そしてひきつけを起こしたんです」

廊下の右手に台所があった。勝手がわかっているスーザンは、すぐに蠟燭に火をつけた。小さな丸テーブルには白い布がかけられ、その上にパンとチーズ、二つの大きなグラスがあった。それと、ナイフが投げ出されたような恰好で雑然と置かれていた。

「ジェイン・クロス！　ジェイン・クロス！」正面のホールに向かいながら、郷士は叫んだ。蠟燭を持ったスーザンが後ろに続いた。結構大きなホールで手前の隅に螺旋階段があった。

「おや！　これは何だ？　ジョニー！　スーザン！――みんな、こっちへ来てくれ！　誰かがここで横になってるぞ。かわいそうなメイドにちがいない。なんてこった！　ジョニー、この娘《こ》を起こすのを手伝ってくれ！」

螺旋階段の中心部の下あたりで、彼女は真っ白な顔をしてじっと横たわっていた。頭を持ち上げると、それは奇妙な具合に後ろに倒れた。我々は二人ともいささかたじろいだ。スーザンは蠟燭を近くに寄せた。こちらを向いた顔に光が当たると、彼女は金切り声を上げた。

「ジェインは発作を起こしたんだわ」マティルダは言った。

「かわいそうに！」郷士は小声で言った。「これは発作どころじゃないぞ。医者を呼ばにゃならん」

スーザンは燭台を私に持たせると、ロケット先生を連れてきます、と言って裏口から走って出て行った。しかし、すぐに戻ってきた。庭から外に出るドアは閉まっていて、鍵は鍵穴にささっていないとのことだった。

「じ、じゃ、表から出ろ」彼女が悪いのではないのだが、戻ってきたことに郷士は腹を立てて、言葉が一瞬出にくいほどだった。まるで気が触れた人のように、鼻と頬は青くなっていた。

しかし、裏から出られないのと同様に、表からも出られなかった。表のドアも施錠されていて、鍵は鍵穴にささっていなかった。誰がそんなことをしたのだろう？　どのような不思議な謎がここにあるのだろう？　気の毒な娘を殺そうとして閉じ込めたのか！

マティルダは別の蠟燭に火をつけ、台所の棚の中にあった庭のドアの鍵を見つけた。スーザンはそれを受け取ると、また駆け出して行った。何とも居心地の悪い時間だった。目の前にはジェイン・クロスが青白い顔でじっとしているのに、我々は助けようにも何もできないのだった。

「ジョニー、そこの馬鹿娘に枕かクッションを持ってくるように言ってくれ！　幽霊だと！　女ってのは馬鹿だから困る！」

「幽霊でなかったら他に何があります？　何のせいで彼女はこんなになったんでしょう？」マティルダは二本目の蠟燭を持ってきて、言い返した。「彼女は何もないのにひきつけを起こしたりしません」

明かりが増えたので、その場の様子がもう少しはっきり見えるようになった。ジェイン・クロスのすぐ横にひっくり返った裁縫箱があった。約五十センチ四方の平べったい、蓋のないバスケットだった。そして、綿布、ハサミ、テープ、束になった編み物などがあたりに散らかっていた。

郷士はそれらを見て、それから螺旋階段の中心部の穴を見上げ、「あそこから落っこちたんだろうか？」と小声で尋ねた。マティルダはそれを聞くと度を失い、叫び声を上げ、どっと泣き出した。

「おい、お前、枕だ！　枕かクッションを持ってこい！」

彼女は居間に行って、ソファー・クッションを一つ持ってきた。郷士はかがむのが苦手だったので膝をつき、自分がジェイン・クロスの頭を持ち上げるからその間にクッションを下に入れるよう、私に言った。

その時、突然足音と共に、ランタンの光がさし、一人の警官がその場に姿を現した。のどかに持ち場を巡回していたら、スーザンに出くわしたのだった。彼女は興奮のうちに警官に事情を説明し、彼をここによこした。我々はこの警官を知っていた。ソルトウォーターのこのあたりを所管する、ナップという名の礼儀正しい人物だった。警官は、さっきまで郷士が膝をついていた場所に跪いて、ジェイン・クロスの体のあちこちを触った。

「死んでますね。疑いありません」

「螺旋階段の真ん中の穴に落っこちたに違いない」郷士は言った。

「ええ――はい、ま、そうですかね」いぶかるような口調で警官は答えた。「でも、これは何です？」

彼はジェイン・クロスのドレスの前の部分をランタンで照らし出した。付け袖が一つと、ドレスを前で止めるあたりの一部がなくなっていた。

「事故で落ちたんじゃないです。殺人です――と思います」

「なんてこった！」郷士は叫んだ。「誰か悪い奴が入ってきたんだな。もう一人のメイドが表のドアに鍵をかけずに出て行ったからこうなったんだ」しかし、郷士を含め、たぶん我々の誰も、彼女が本当に死んでしまったとは信じられなかった。

スーザンがロケット医師を連れて、大慌てで帰ってきた。彼は色白の物静かな三十歳ぐらいの若者で、私が覚えている彼の兄さんによく似ていた。ジェイン・クロスは間違いなく死んでいます、死亡推定時刻はおよそ一時間前です、と彼は言った。

しかし、そんなはずがないのを我々は知っていた。元気な彼女を家に残してマティルダがビールを買いに出てから、大目に見ても二十五分も経っていない。ロケット医師はもう一度遺体を調べた上で、見立てに間違いはないと思う、と言った。若い医者はある考えを思いつくと、それにこだわるものである。

我々は名状しがたい畏怖の念に打たれた。死んでしまった！　突然こんな形で！　郷士は狂ったように、なすすべもなく頭をさすり続け、スーザンは恐怖のあまり目を大きく見開き、マティルダは悲しみと涙を隠すためにエプロンで顔を覆った。

我々は、ジェイン・クロスをそこに置いたまま、二階に行くことになった。ひっくり返されたバスケットを拾い上げようと腰をかがめたら、警官が厳しい声で、自分がゆっくり調べるまで、あたりのものに触れないように、と言った。

二階に行くと、警官はまず部屋のドアを次々に開け、ランタンで中を照らした。どこも異常はなく、きちんとしており、誰もいなかった。二階の踊り場には何らかの争いがそこであったことを示す物がいくつか残っていた――指ぬき、千枚通し、ドレスの前の部分からちぎり取られた生地、はずれた付け袖。階段の手すりは優雅な形をしていたが、とても低いものだった。この踊り場ではそれが危険なまでに低かった。寝室はすべてきれいに整えられ、二人のメイドが寝ていた部屋のみに人が住んでいた気配があった。

ナップはドレスのちぎれた部分を持って、遺体のドレスと照合するためにまた一階に下りた。ジェイン・クロスは、彼女がよく着ていた、白いジグザグが上から下まで走っている黒いプリント地のドレスを身に着けていた。それと同じドレスをマティルダは今着ていた。ちぎれた部分はぴったり合った。

「争いがあったのは二階ですね。ここじゃない」医者は言った。

マティルダは警官の質問に答えて、混乱した精神状態の許す限りにおいて、この日にあったことをできる限り簡明に述べた。我々は彼女が台所で話すのを取り囲むようにして聞いていた。

私もジェイン・クロスもその日は一日家にいました。月曜はいつも洗濯をするので、忙しい日でした。四時から五時までお茶をいただいて、その後、寝室に行きました。窓から道が見えて、台所よりもにぎやかでしたから。私は遠くに住んでいる弟に手紙を書きました。ジェイン・クロスは窓辺に座って縫物をしました。二人でずっとそうして、手紙を書いて、縫物をして、時々話をしました。日が暮れかかると、ジェインは手元が見えにくくなってきたので、階下に行って夕食の準備をするわ、と言いました。それを聞いて、私はさっさと手紙を書き上げ、折りたたんで宛名を書き、後に続いて階下に行きました。ジェインはテーブルクロスを引き出しから出しているところでした。「ビールを買ってきてちょうだい」と彼女は言い、私は喜んで引き受けました。裏から出ようとすると、「そっちからは行けないよ、鍵をかけちゃったから」と彼女は大声で言いました。そこで、私は表のドアから出ました。鍵はかけませんでした。マティルダはそんな説明をした。右はほとんど彼女の言葉そのままである。

「鍵をかけずに出た?」警官は彼女の最後の言葉を繰り返した。「開けたままにしたのか?」

「外からはきっちり閉まってると見えるような具合にしておきました。重いドアですから、勝手に開いたりしません。戻ってきた時に、ジェインがドアを開けに出てこなくてもいいように、と思ったんです。ところが、帰ってきたら、鍵がかかって入れませんでした」

警官はしばし考えてから言った。「家の裏側のドアに鍵をかけたのはジェイン・クロスだと言ったな?」

「はい。私が下りてくる前に彼女がかけました。あのドアは早いうちに鍵をかけることにしてます。あそこは外から開けられるようになってますので——表のドアはそうなってません」

「お前がビールを買いに出た時、ジェインはまだこれらをテーブルの上に出していなかった?」警官は食べ物を指さした。

「はい。テーブルクロスを敷こうとしてただけです。私がビールを入れる器を取ろうとして向きを変えた時、彼女がクロスをばたっと振って、その風が私の顔に当たったのを覚えてます。彼女はまだお皿は並べてませんでした」

「お前はどのぐらいの時間、留守にしていたのだ?」

「はっきりとはわかりません」マティルダはうめき声をもらしながら答えた。「いつもよりは時間がかかりました。スワン亭に行く前に手紙を投函しに行きましたから」

「十分ぐらいでした」私は言葉をはさんだ。「僕は隣の家の窓辺から、マティルダが出て行って、戻ってくるのを見てました」

「十分か！　それだけあったら、悪いやつが入ってきて彼女を階段から落っことすことができる」

「でも、誰が?」マティルダは哀れな青白い顔を警官の方に向けて尋ねた。

「ああ、それが問題だ。それを調べ上げねばならん」ナップは言った。「お前が出かけた時、台所の様子は今と同じだったか？」

「はい――パンとチーズが出てるのを除いて。それと、グラスとナイフも」マティルダはテーブルを眺め回して言った。テーブルは我々が発見した時のままに保たれていた。

「彼女、お皿は出さなかったんですね」

「わかった。では違う話題に移ろう。ジェイン・クロスがお前に階下に行って夕食の支度をすると言った時、彼女は寝室から裁縫道具の入ったバスケットを持って行ったか？」

「いいえ」

「間違いないか？」

「はい。ジェインはバスケットを自分の前の椅子の上に置いて仕事をしてました。そして、それをそこに置いたままにして、さっと立ち上がって、服についた糸をはらって、階下に行きました。私が部屋を出た時、バスケットはそこにありました。はっきり見ました。私、思うんです」彼女は泣きながら言った。「ジェインは夕食の準備をしている間にバスケットを取りに上がったに違いありません。それから、怖くなって、手すりに当たって、倒れて落っこちたんです」

「なんで怖くなったんだ？」

マティルダは身震いした。スーザンは、彼女たちは夜エドマンド・ピーハーンの幽霊を見るのを恐れてたんです、と警官にささやいた。

ナップはしばらくマティルダをじっと見つめてから、「お前、幽霊を見たのか?」ときいた。

「いいえ」彼女はまた身を震わせた。「でも妙な物音がするので、私たちは幽霊が家にいると思ってました」

「うむ、しかし」ナップは笑いを隠すために咳をした。「幽霊は服の生地をちぎり取ったりせんよ——私の知る限りでは。思うに、今晩ここにいたのは幽霊よりもたちの悪いやつだ。被害者には恋人がいたのか?」

「いいえ」

「お前には?」

「いいえ」

「牛乳屋のオゥエンがいるじゃないか」

マティルダの頰が赤くなった。私はオゥエンを知っていた。ブレア夫人のところにも配達していたからだ。

「オゥエンはお前か、彼女の、どちらかの恋人に違いない。午後の配達に来ている時に、彼がお前たちと笑って話をしているのをたびたび見かけた。用事はあっという間に終わるはずなのに、ここの庭に十分ぐらいあの男がいた日もあるぞ」

「他愛ないことです。誰にとっても大した意味はありません」マティルダは応えた。

それからみんなで表のドアの鍵を探した。いたるところを見たが、出てこなかった。ドアに施錠した人間が誰であるにせよ、鍵を持っていってしまったに違いない。その件と、二階での争いの形跡と、引きちぎられた服の生地がなければ、我々はマティルダの意見――ジェイン・クロスはバスケットを取りに二階に上がり、何かの事故で手すり越しに落下した――が正しいと判断しただろう。マティルダはあくまでもその意見に固執した。

「ほんの一週間前のことです、そう、ちょうど先週の今日、ジェイン・クロスはもう少しであそこから落っこちるところでした。私たち、ふざけて、階段を駆け上がって、どっちが先に寝室に着くか競争しました。そしたら、踊り場でぶつかって、彼女は落ちそうになりました。とっさに私がつかまえて助けました。ほんとうです――命にかけてほんとうです」

マティルダはそこで激しく泣き出した。夏の旅では様々な人間に出くわすが、これほど感情の起伏の激しい人はいないだろう、と私は思った。

その晩はもうこの出来事について打つ手はなかった。邪《よこしま》な誰かがジェイン・クロスを死に至らしめたのだった。家はその晩警察の管理下に置かれた。郷士はマティルダに同情して彼女をうちに泊めてやった。知らせを聞いた母とメアリー・ブレアの驚きぶりを言葉で表現することは私にはとうていできない。

近所ではいろいろな憶測が飛び交った。一番有力な説によると、誰かが表のドアが開いているのに気づき、どういう意図を持ってかわからないが、家に入った。その人物は二階に上がり、踊り場でジェイン・クロスに出くわし、もみ合いになって、彼女を下に落とした。それから表のドアから出て、鍵をかけたのだった。

この説には問題があった。マティルダが家を出てから戻ってくるまでは最大限で十分。たぶんそれ以下だろう。これだけたくさんのことが起こるにしては短すぎる。それに、出入りする人があったら、窓辺に座っていた私の目に入っていただろう。もちろん、絶対にとは言い切れない。呼び鈴を鳴らすために一度立ったし、メアリー・ブレアと母と話すために一、二分は席を離れたからだ。

殺人者(と言ってもいいだろう)はジェイン・クロス自身によって招じ入れられた、あるいは彼女が裏のドアに鍵をかける前から庭に潜んでいた、という説もあった。要するに、諸説紛々という状態だった。

しかし、容疑をかけられたのは主として一人の人物である。それは牛乳屋のトマス・オゥエンだった。「容疑」というのは強すぎるかもしれない――「怪しいのでは、と思われた」ぐらいの方がいいだろう。オゥエン一家はもともとウェールズからやって来た、まっとうな人たちで、牛乳の販売を家業としていた。数か月前、オゥエン氏が亡くなってからは、息子が母親と一緒に商売を継いでいた。彼は二十三、四歳、健康的な顔色に正直そうな顔立ちをした人物で、並み以上の教育を受け、作法も並み以上に心得ていた。牛乳を自分で配達するのは、そのために雇われていた小僧が病気になったことによる、一時的な処置だった。彼が七番で立ち止まってメイドたちと談笑していたことはよく知られていた。通りで彼女たちに声をかけたのも見られている。まさに事件前日の日曜、彼とマティルダは朝の礼拝が終わってみんなが立ち去った後、教会の墓地で話し込んでいた。そして、夕方にはシーボード・テラスのすぐ近くまでジェイン・クロスと歩いてきていた。問題の月曜の夕方、家に入ったのはオゥエンだ、と巷では言われていた。だって、他に誰がいる、とみんなは言った。確かに、それは一理ある考えだった。とうとう、火曜には、事件のあった夕方に彼が七番から出てくるところを見られた、まちがいなく目撃者がいる、という噂が立った。これが本当なら暗澹たる話だった。私は彼が好きだったから衝撃を受けた。

次の日、水曜日、ドアの鍵が発見された。毎週この日、テラスの反対側の端にある、一番の家の庭の手入れをしていた庭師が、表の柵のすぐそばに生えている低い松の木の下を掃除していたら、大きな鍵を掃き出したのである。十人ばかりがそれを持って七番に走って行った。

それは消失した鍵だった。ぴったり鍵穴にはまり、ドアの開け閉めができた。凶行に及んだ後、犯人は七番から歩いてきて、ここなら見つかるまいと考えて、鍵を松の木の間に放り投げたに違いない。

検死官と陪審員が集まり、死因審問が行われた。しかし、結果として、我々の考えを少しも進めることはできなかった。ジェイン・クロスは螺旋階段から落ちて、首の骨を折った。彼女は明らかに放り投げられたのだった。致命傷の他は、どこにも傷を負っていなかった。かすり傷一つなかった。マティルダは当初のショックを乗り越え、抑制された落ち着きを見せて証言した(彼女の姓はヴァレンタインとわかった)。事件のある部分にはまだ感情を左右されるようで、自分の命と引き換えでもジェイン・クロスを救いたかった、と言った。彼女が真実を語っていることを疑う者はいなかっただろう。状況証拠があるにもかかわらず、彼女はまだ、争いがあったのではなく、ジェインは何かの理由で恐怖を覚え、誤って落下したのだ、と主張した。

マティルダの次は黒ずくめのトマス・オゥエンが証言した。審問の場に出るために黒い服を着こみ、亡くなった父親をしのぶ喪章をつけていた。その姿を見ていると、牛乳を運んで歩くところはとても想像できなかった。

はい、亡くなった気の毒な女性とは知り合いでした、と質問にてきぱき答えて彼は言った。二人の娘と取るに足らない世間話をするのが好きでしたが、それ以上のことは何もありません。真剣な意図があったわけではないです。二人のどちらにも敬意を払っていました。どちらも身持ちのいい娘さんだと思っていました。どちらかを未来の妻に、などと思ったことはありません。召使は私の妻にふさわしいとは言えません。少なくとも、母はそう考えるでしょう。二人のうちではジェイン・クロスの方が好きでした。どのような事情で彼女が亡くなったのか、まったく知りません。まことに悲運な出来事で、あれを耳にした時ほどびっくりしたことは未だかつてありません。

「月曜の夕方、あなたが七番の家にいたという話がありますが、それは本当ですか？」

「いえ、それは事実ではありません」

「七番から出てくるのを見た、裏のドアから出てくるのを見た」部屋の後ろの方から、子供の真剣な声が響いた。

「ドアから出て、く、る、のを見たんじゃない」トマス・オゥエンは静かに答えてから、声を上げたのが誰なのか見極めようと振り返った。「ああ、お前か、ボブ・ジャクソン！そう、お前は私がドアから離れようとした時に、角を回ってやって来たんだったな」

「では、やっぱり、あなたは家にいたんですね？」検死官は尋ねた。

「いいえ。確かに、ドアのところにはいました。でも、家の中には入っていません。どういう経緯《いきさつ》だったかと言うと、月曜にマンプラーの近くの農家に用があって、朝早くうちを出て歩いていきました。七番の脇の道を通り過ぎた時、二階の窓に二人のメイドの姿が見えました。一人が――ジェイン・クロスだったと思います――冗談めかして、うちに来てくれたの、とききました。いや、今はそうじゃないけど、よかったら、帰りに寄るよ、と私は答えました。だから、帰る時に呼び鈴を鳴らしたのです。返事がなかったので、もう一度鳴らしました。やっぱり返事はありませんでした。そこで、まっすぐうちに帰り、牛乳の帳簿の整理をして、家からは出ませんでした。そのことは母が証言してくれます。それが真実です、誓って申します。間違いない真実です」

「呼び鈴を鳴らしたのは何時でした？」

「はっきりとはわかりません。日が暮れかかっていました」

「二度目に立ち寄った時、メイドのどちらかに会いましたか？」

「いいえ」

「何か聞こえましたか？　何かの音とか？」

「いいえ、何も。時間が遅いので、彼女たちはドアまで出てこないのだろうと思いました。それ以外の考えは浮かびませんでした。あの日のことについて知っているのはそれがすべてです」

彼の証言が終わった後、すこし間があった。警官のナップと彼の横に座っていた人物は、オゥエンの言葉に全幅の信頼を置いていないような感じで、眉をひそめながら彼を見つめていた。検死官は再度マティルダ・ヴァレンタインを呼んだ。

彼女はオゥエンが朝通りかかったことと、ジェイン・クロスが冗談で問いかけたことをすぐに認めた。しかし、帰り道に彼が呼び鈴を鳴らしたことは否定した。あの晩は一度も呼び鈴は鳴らなかった、と言った。となると、オゥエンが呼び鈴を鳴らしたのは、彼女がビールを買いに行っていた間の出来事と思われた。

かくして、死因審問はそれ以上何を明らかにするでもなく、行き詰まりを告白するよりなかった。

「我々の休暇旅行の結構な幕引きだよ、これは」郷士は不機嫌そうに言った。「ジョニー、わしゃ、謎は好かんのだ。生まれてこのかた、この七番の謎ほどわけがわからん謎はない」

第二部　牛乳屋オゥエン

今日の海の景色は壮大だった。ソルトウォーターに来てから一番壮大な感じがした。波は踊り、銀色の光を発した。空の青色は画家が使う群青色よりも深みがあった。しかし、シーボード・テラスのブレア夫人の家からそれを眺めていた我々の目には、その明るさと美しさに影がさしていた。

「というのもな、ジョニー」郷士は私に言った。郷士の顔も口調も同様に陰鬱だった――心中の思いが外に出たのだろう――「隣のあの恐ろしい事件のせいで気がふさいで、青い海も灰色みたいだし、空だって雷雲に覆われてるようだ。何度も言うが、わしゃ、謎は好かんのだ。消化不良を患ってるような気がするからな」

あの事件はまさに謎だった。我々にとっても、ソルトウォーター全体にとっても。事件のあった月曜の夕刻から一週間以上たち、気の毒なジェイン・クロスは風の吹きすさぶ墓地に埋葬されていた。問題の月曜、家族が外国に行った後シーボード・テラス七番に残された二人のメイド、ジェイン・クロスとマティルダ・ヴァレンタインは、普段の仕事に従事していた。ジェイン・クロスが台所で夕食の準備をしている間、マティルダはいつものようにビールを買いに行った。帰ってきたら、家に入ることができなかった。隣から壁を越えて家に入ってみると、ジェイン・クロスは階段から落ちてホールに死んで横たわっていた。二階の踊り場には人が争った形跡があり、落下は事故でないことを示していた。彼女は落とされたのだった。牛乳屋のオゥエンはメイドたちと親しかったし、しかも、事件があったと思しき時間帯に裏のドアから去るところを目撃されていることから、疑いをかけられた。彼自身は、二度呼び鈴を鳴らしたのだが返事はなかった、と言った。

マティルダはかわいそうだった。二人のメイドはとても親しかったので、彼女はひどいショックを受けていた。マティルダは今は我々のうちにいて、あれ以来ずっとやつれた顔をして、七番の家を疫病のように避けていた。主《あるじ》の息子エドマンド・ピーハーンが不幸にも数週間前に亡くなってからというもの、二人のメイドの頭の中はあの家にまつわる迷信じみた考えでいっぱいになっていた。もしマティルダがあそこで幽霊を見るのを怖がっていたとすれば(実際怖がっていたのだが)、間違いなく今では二人の幽霊を見るのを恐れる羽目になっていた。

私が六番の家で郷士と一緒に客間の窓から海を見ていたその日の朝、マティルダが部屋に入ってきた。大きな黒い目は以前の輝きを失い、褐色のきれいな肌は潤いを失っていた。彼女は奥様にお話があるのですが、よろしいでしょうか、と尋ねた。母は、ソルトウォーターでの滞在が終わりに近づいてきたので、机で請求書の整理をしていたのだが、優しい口調で許可を与えた。

「恐れ入ります、私、ロンドンで勤め口を見つけたいのです。どうかご助力をいただけませんでしょうか?」黒いドレスを着たマティルダは、ドアと机の間に立って、そう尋ねた。「奥様がロンドンからうんと離れたところにお住まいであることは承知しております。ブレア奥様も、ジョニー・ラドロー様も、そうおっしゃってましたから。でも、ひょっとして、ロンドンにお知り合いがいらっしゃって、勤め口のこととかお聞きになる折があるのでは、と思いまして」

母は黙ってマティルダを見つめていた。それから我々の方を見た。奇妙な偶然と言ってよいだろうが、ちょうどその朝、ロンドンのミス・デヴィーンから手紙があったところだった。その手紙の追伸にはこう書かれていた――「誰か、勤め口を探している、有能で人柄のいい若い娘をご存じありませんか? うちのメイドが一人急に辞めることになったのです」

マティルダの話を聞いた母は、当然これを思い出したのだった。「どのような勤め口を探しているの？」母は尋ねた。

「メイドか給仕です。どちらでも、ちゃんとこなせます」

「しかし、お前」郷士は窓辺から振り返って言った。「何でまたソルトウォーターを離れにゃならんのだ？　ここと比べたら、ロンドンなんか嫌になるに決まってる。ここは空も澄んで、空気はいいし、健康的な場所だし、きれいな砂浜で一日中音楽をやってる。ロンドンは煙と霧しかないぞ」

マティルダは首を横に振った。「ここにはもういられません」

「馬鹿を言うな。確かに例の出来事は起こった。痛ましい事件だ。特にお前にはそう感じられるだろう。だが、時が経てば忘れる。ピーハーン夫妻が帰ってくるまで七番に戻りたくないと言うなら――」

「私はもう決して七番に戻れません」マティルダは言葉をはさんだ。抑えつけたような声には恐怖から生まれた激しさがあった。「絶対無理です。死んだ方がましです」

「馬鹿馬鹿しいにもほどがある！」郷士は苛立って言った。「七番には何の問題もない。あそこで起こったことはもう二度と起こらん」

「あそこは不運な家です、幽霊が出る家です」彼女は感情を抑えて言葉を続けた。「あそこに戻って暮らすぐらいなら今すぐ死んだ方がましです、ほんとうです。あそこにいたら、じわじわとおびえ死ぬでしょう。ですから、奥様」明らかにその話題は避けたいらしく、彼女は母の方を向いて言った。「私はソルトウォーターから出て行きたいんです。ロンドンの勤め口についてお力添えいただければ、ほんとうに感謝いたします」

「考えてみます」と母は答えた。そして、マティルダが部屋から出て行くと、彼女をミス・デヴィーンに推薦することについてどう思うか、我々に尋ねた。反対する理由はなかった。幽霊が出ると言うなんて、あれは愚か者だ、と郷士は言ったが、母はミス・デヴィーンに手紙を書いた。

結果として、次の土曜、マティルダはソルトウォーターを後にして、ロンドンのミス・デヴィーンの屋敷に向かって出発した。郷士は、あ、あそこの家には幽霊は出ないから大丈夫だ、と皮肉たっぷりに彼女に言った。我々もその次の週の火曜にはここを引き払う予定だった。

しかし、その日が来る前に、私はたまたま牛乳屋のオゥエンに出会った。日曜の午後だった。私はジョー・ブレア少年と一緒に野原を横切ってマンプラー(別名モンペリエ・バイ・シー)まで散歩に行き、帰り道でトマス・オゥエンに出くわしたのだった。彼は教会に着ていく、きちんとした黒い服に身を包み、相変わらず、実にまともな人物に見えた。疑いがかかっているとはいえ、彼に好感を持たずにはいられなかった。

「マティルダ・ヴァレンタインは行ってしまいましたね」二言三言挨拶を交わした後、彼は言った。

「うん、昨日」私は木の柵に背をもたせて答えた。ジョーは黄色い蝶を追いかけて走り回っていた。「僕には彼女がソルトウォーターにとどまる気持ちになれないのはわかる。少なくともシーボード・テラスにはね」

「今朝、ピーハーンさんご夫婦が間もなく戻ってこられると聞きましたけれど」

「たぶんそうだと思う。自分たちでことを調べてみたいと思うのは自然だよ」

「何か見つけてくださればいいんですが。ほんとうにそう思います」オゥエンは熱をこめて言った。「私は全力をあげて謎を解くつもりです。解決するまで手を休めはしません」

立派な言葉で、声の調子も真剣だった。彼が悲劇を引き起こした張本人だとしたら、大した芝居だった。どう考えたらいいのかわからなかった。確かに彼が好きだった（私は好き嫌いが激しい性格だった）。しかし、彼の性格はよく知らなかったし、彼の来し方も全然知らなかった。オゥエンの今の口調はいわくありげで、まだ何か言いたいことがあるような感じだった。

「謎を解くことができるという見込みがあるの？」

「自分自身のために、謎を解きたいんです」彼は直接私の質問に答えなかった。「みんな、私を避け始めました。昨日は面と向かって、あなたやったの、ってご婦人に聞かれました。いや、やっていません、でも、犯人は私が見つけるつもりです、って答えましたよ」

「オゥエン、あの日、呼び鈴を鳴らしたのに中に入れなかった時、怪しげな様子に気づかなかったってのは間違いないんだね？」

「はい。家に明かりはついておらず、何の物音もしませんでした」

「じゃ、手がかりはない？」

「ええ、あんまりないです。でも、手がかりを持つ人はいる、と思われてなりません」

「誰だい、それは？」

「マティルダです」

「マティルダ！」驚いて、私は鸚鵡返しに言った。「まさか、彼女を疑ってるんじゃ――あんなむごい、おそろしいことに彼女が一枚かんでいたって言うつもりなの？」

「いえ、ちがいます、そんなことは考えていません。二人は大の仲よしでしたから、彼女が暴力をふるうなんてありえません。何があったにせよ、それはマティルダが外に出ている間に起こったんです。ただ、どうしても、マティルダは口で言う以上のことを知っているか、あるいは勘ぐっているような気がしてなりません。つまり、誰かをかばっているんです」

それはおよそありそうにないことのように思えた。「なぜ、そんな風に考えるの？」

「主に彼女の振舞いからです。でも、私が見たことを一つお教えしましょう。例の事件の前の水曜、午後の牛乳をシーボード・テラスの先の、背の高い家に配達した時、あそこを借りている人たちに、翌日に引き払うので勘定を清算したいから夕方に来てくれ、と言われました。で、夕方そこまで行ったんです。払いを受け取るまでかなり待たされたんで、家を出たら外はずいぶん暗くなっていました。ちょうど七番の裏のドアの前を通り過ぎた時、ドアが内側から開き、男が戸口に立ってメイドの一人に話しかけていました。相手は泣いていました。すすり泣きが聞こえたんです。男はキスしてから出てきて、ドアはすぐに閉まりました。見てくれの悪い男でした。少なくとも服装について言うと。とてもみすぼらしい感じでした。丸い帽子をかなり目深《まぶか》にかぶって、足早に立ち去ったので、顔は見えませんでした。それに、黒い髭が口と顎を覆っていましたから」

「相手はどっちのメイド？」

「わかりません。次の日、二人としゃべった時にそのことを話題にしたんですが、どっちも昨日は時計屋のレニンソンさんしか来なかった、と言うんです。毎週水曜に時計のネジを巻きに来る人です。昨日レニンソンさんは遅くに来たから、あなたが見たのはあの人でしょう、って。私はそれ以上何も言いませんでした。こっちの知ったことではありませんから。しかし、家から出てきたのは、レニンソンさんとは似ても似つかぬ男でした」

「ということは、つまり――」

「いや、ちょっと待ってください」彼は私に最後まで言わせなかった。「まだ話は終わっていないんです。この前の日曜の夕方、礼拝の後、家に帰ったら祈禱書を教会に忘れてきたのに気づいたので、取りに戻りました。父がいつも使っていたもので、失いたくなかったからです。ところが、教会は閉まっていて入ることができませんでした。気持ちのいい夕べだったので、墓地を歩きました。その墓地の隅にジェイン・クロスが二日前、エドマンド・ピーハーンさんの近くに埋められたばかりでした。どの場所か知っておられるでしょう。すると、彼女の墓を覆う四角形の土の上にマティルダ・ヴァレンタインが立っていました。いかにもこれ以上ない苦しみを味わっているという姿で、涙が頰をつたって落ちていました。彼女は私を見ると涙をぬぐい、一緒にそこから立ち去りました。当然ながら、ジェイン・クロスと彼女の死の話になりました。「事件の謎を明るみに出すために、力のかぎりを尽くすつもりだよ、マティルダ。でなかったら、みんな、最後まで私を疑い続けるだろう。それで、先ず最初に、前の水曜の夕方訪ねてきた男は誰なのかを知りたいんだ」と言うと、どうです、キリスト者らしく、あるいは理性を持った者らしく、私の言ったことに応えるかわりに、マティルダは押し殺した叫び声を上げて、墓地から走り去ったんです。彼女の行動は理解できませんでした。ところが、突然、どういう具合かわかりませんが、ある確信が生まれました――彼女は犯人を知っていてその男をかばっている、あるいは、証拠はないにしても怪しいと思っている人物がいる。私は今でもそう考えてます」

私はオゥエンに同意できかねたので首を横に振った。彼は続けた。

「翌日の朝、九時と十時の間でした、店で、注文のあった半リットルのクリームを缶に入れていたら、驚いたことに、すっかり落ち着いたマティルダがやって来ました。そして、私が見かけた男は彼女の弟だと言うのです。弟は仕事場の同僚の保証人になったために面倒に巻き込まれ、商売道具も含めて何もかも売り払い、姉の助けを乞うために五十キロばかり歩いてきた。マティルダはできる限り彼を助けてやった。手持ちのわずかなお金をすべて渡し、ジェイン・クロスもそれに十シリング足した。弟は夕方やってきて、一緒に夕食をとり、その後出発した。それを通りがかった私が見たにちがいない。

彼女の目は涙でかすんでいたから、私の姿は見えなかった。弟に別れを告げた時、彼女の心臓はつぶれそうだった。ほんとうです、それが真実です、と彼女は言い、だから弟はジェインの死に関して、あなたや私と同様、何の関わりもない、弟はソルトウォーターにやって来たその晩、ここから立ち去ったんです、とつけたしました」

「で、それを信じないの？」

「はい、信じられません」オゥエンは大胆にもそう言い切った。「もしそれが本当なら、どうして彼女は私が彼の話をした時、叫び声を噛み殺して、恐怖のあまり墓地から走り去ったんでしょう？」

その答えはわからなかった。オゥエンの言葉に私は考え込んでしまった。

「私は、あの水曜の夕方、二人のメイドのどちらが男を送り出したのか、わかりませんでした。暗くてよく見えなかったものですから。でも、あの時の印象では、ジェイン・クロスだろうと思っていました。マティルダじゃなくて。だとすると、なぜマティルダは弟なんかを持ち出して、あれは自分だったと言うんでしょう？」

「で、もしジェイン・クロスだったとしたら？」

オゥエンは首を横に振った。「いろんな考えが頭に浮かびます。あれはジェインの恋人で、月曜にもう一度やって来て、口論の末に彼女をあやめてしまった。それがマティルダの弟だから、彼女は口をつぐんでいる。時々そんなことを考えます。真実が何であれ、マティルダの振舞いを見ていると、一つだけ確かなことがあります。彼女は何かを隠していて、そのせいでほとんど気が狂いそうになっています――ところで、お宅はソルトウォーターから引き上げられると伺いました」彼は違う声の調子で尋ねた。「こうしてお話しできてよかったです。疑いをかけられたままお別れしたくなかったんで。私は謎を解くために力の限りを尽くしますよ」

そう言って、オゥエンは歩み去った。残された私の頭はすっかり混乱していた。

彼の結論は正しいのか？　それとも、わざと事実とは異なることを言って、巧みに疑いを自分からそらそうとしているのか？　これは私には皆目見当がつかない難問だった。しかし、あれこれ考えながら、あの運命の晩を振り返ってみると、マティルダは事件が起きたと知る前から必要以上に心配し、恐れていたことが浮かび上がってきた。ビールの器を満たしてからドアの前に立った時、彼女は何か悪いことが起こったのを察知したのだろうか？　マティルダがスワン亭にビールを買いに行った時、家の中でジェイン・クロスは誰かと一緒にいたのだろうか？　それはマティルダの弟だったのか？　それとも、ジェインと一緒に家にいたのはオゥエンで、マティルダは彼をかばっているのだろうか？

「おや、マティルダ？」

十四か月の後、季節は秋、私はちょうどロンドンの老ミス・デヴィーンの家に到着したところだった。道中の埃を洗い落とすための湯を次の間に持ってきてくれた彼女に向けた私の質問は、彼女と会って驚いたからなされたのではない。私は彼女がまだミス・デヴィーンの家で働いていると思っていた。質問は彼女の容貌が変わっていたからなされたのだった。健康的で、器量よしと言ってよかったソルトウォーターでの彼女の代わりに、私の目の前にいたのは、熱っぽく燃える荒々しい黒い目をして、不安に駆られ、やつれて疲れ切った、影のような存在だった。

「体の調子が悪いの？」

「いいえ、全然。健康に暮らしてます」

「ずいぶん痩せたじゃないか」

「ロンドンの空気のせいです。この空気を吸ってれば、きっと誰だって痩せるでしょう」

態度はとても丁寧で、敬意に満ちていたが、明らかに言葉少なであった。なぜだかわからないが、彼女は変わった。大きく変わった。ジェイン・クロスの死を嘆いていたのだろうか？　事件の秘密が――それを彼女が知っていたとして――重荷としてのしかかっているのだろうか？

「マティルダはいい召使だと思いますか？」後でミス・デヴィーンと二人きりになった時、私は尋ねた。

「ええ、とってもいい召使よ。でも、もうじきここは辞めるの」

「そうなんですか？　どうして？」

ミス・デヴィーンは最初の質問にはうなずいて答えたが、二番目の質問は無視した。答えたくないのだ、と私は思った。

「彼女、すごく変わったと思います」

「どんな風に、ジョニー？」

「外見です。容貌と態度。まるで影ですよ。半年病を患ってたみたい。それに、目には不思議な光が！」

「何か大きな心配事を抱えているのだろう、と私はずっと思っていました。誰が見ても悲しそうな人だと言うでしょうね。他の召使には、失恋したとか言われていたようだけど」ミス・デヴィーンは微笑んで言った。

「彼女はミス・キャトルドン〔ミス・デヴィーンの世話をする付添人〕よりもやせてますよ」

「そんなにやせるのは普通じゃないと思っているのね！　そう言えば、ミス・キャトルドンはついさっきマティルダをけなしていたわ。鬼のような女だって」

「鬼？　どうしてまた？」

「ええ、説明してあげるわ。ただ、うちの家の中の問題で、あまり聞きたくない類の話でしょうけど。そもそも、マティルダは自分から他の召使たちと仲よくしようとしなかったのよ。それで悪く思われて、いたずらされたり、からかわれたり、いろいろあったの。でも、召使同士の関係なんて、私は全然知りません。めったに耳に入ってきませんから。特に、料理番のホールはマティルダと仲が悪いようです。そりがあわないんでしょうね。マティルダの憂鬱の原因は――彼女、ほんとうに、とっても憂鬱そうに見えることがあるわ――男に裏切られた失恋経験にあるとみんな言っています。それで、いつもこのことで彼女をからかうの。マティルダは明らかに苛立ちはしても、言い返したりはしない。勝手に言わせておいて、部屋にこもってしまいます」

「どうして他の連中は彼女を一人にしてやらないんです？」

「ジョニー、人間ってお互いを一人にしておくことができないのよ。それができるんなら、世の中もっと住みやすくなるんですけど」

「それで、マティルダはついに辛抱できなくなって、辞めさせてくれと言いだしたんですね？」

「いいえ。二、三週間ほど前、どういう風にしたのか知りませんが、ホールがマティルダの小さなトランクに入っていた物を手に入れました。彼女が大事な物を入れて、用心して鍵をかけていたトランクなのよ。マティルダはホールが鍵を開けたと言うのですが、それが本当なら私はすぐホールに暇を出したでしょう。でも、ここにホールを呼び出して問い詰めると、あれが真剣な顔をして言うには、突然用事で呼ばれたマティルダがトランクを開けたままにして部屋を出て行き、今から説明する手紙はそのそばに、やはり開いて、置いてあったそうなの。ホールの話では、たまたま用があったのでマティルダの部屋に行き――彼女たちの部屋は隣同士です――それから手紙を取って――これは本人も認めています――階下に行くと、他の召使に読んで聞かせて、みんなで笑ったらしいわ」

「どういう手紙だったんですか？」

「厳密に言うと、手紙の一部で、途中までしかありません。マティルダの筆跡で、明らかにずいぶん前に書かれ、インクは色が薄くなっていました。書き出しは「親愛なるトマス・オゥエンへ」で――」

「トマス・オゥエン！」私は椅子から飛び上がって叫んだ。「それはソルトウォーターの牛乳屋ですよ」

「その人、誰だか知りませんけど、あて先は問題にはならないと思います。本文が少ししかありませんから。三、四行程度で、前の日に教会から出てくる時に話をしたことと、ジェイン・クロスがらみで彼女が彼を責めたことが書いてあり、その後、何か邪魔が入ったのか、突然尻切れトンボになっています。でも、なぜマティルダがその手紙を書き上げて投函しなかったのか、なぜ今までそれをずっと持っているのかは彼女にしかわかりません」

「ジェイン・クロスというのは、ピーハーンさんのところで一緒に働いていたメイドです。階段から落ちて死んでしまいました」

「かわいそうに。その名前は覚えています。で、話の続きを言うと、この手紙について知った後、夕方ミス・キャトルドンと私が一緒にいた時、台所で大騒ぎがあり、びっくり仰天しました。叫び声や、感情的な大声が聞こえてきました。ミス・キャトルドンは階下に駆けていき、私は二階の踊り場で待っていました。彼女の話では、ホールとマティルダともう一人召使が台所にいて、マティルダは荒れ狂い、気が触れたみたいにホールに暴力をふるっていました。髪の毛を引っこ抜き、歯と歯が合うまで深く親指に噛みつきました。ホールの方がうんと大柄だし、力も強いだろうと思っていましたが、マティルダの敵ではなく、彼女の手にかかればまるで葦のようにやわだったのです。怒りがマティルダに不可思議な力を与えたのでしょう。その時、用事で外に出ていたジョージが帰ってきて、二人を引き離してくれました。キャトルドンはこの時のマティルダの様子を、狂っていて、まさしく鬼みたいだった、と言ってます。騒ぎが終わった時、彼女はへとへとになって床に倒れこみ、体の中の力がすべて――ほとんど命さえも――抜けて、死んだように横になっていました」

「マティルダがそんなことをしたとは信じられません」

「私もそうだったわ、ジョニー。確かに腹を立てる理由はあったと思います。自分だけの場所に手を突っ込まれ、自分にとって何より大事なものをそこから引っ張り出されて人に見られて笑われる――そんな目にあえば、いったいどう感じるでしょう？　でも、あんなに荒れ狂うのはみっともないし、わけがわかりません。あの時と、それから、あのすぐ後の彼女の状態を考えると――ジョニー、これは敬虔な気持ちから言うんですよ――悪霊に取りつかれた後イエスによって癒やされた哀れな人たちを思い出したわ〔たとえば、マルコによる福音書第五章を参照〕」

「まさしくそんな感じだったみたいですね」

「ホールの親指の怪我はひどくて、お医者さんに九日か十日の間、毎日診察に来てもらわないといけないくらいでした。もちろん、この大爆発があった後では、マティルダを雇い続けるわけにはいかなくなりました。彼女もそれは望みませんでした。彼女は他の女の召使たち、特にホールに激しい嫌悪感を持っています――あなたも想像がつくでしょうけど、もともと彼女たちをあまり好きではなかったの――だから、たとえ私が雇い続けたいと思ったとしても、あの連中とは一緒にいたくないと言いました。そこで、近所に住んでいる私の知り合いのところで雇われることになって、来週そちらに移るの。マティルダがここを辞めるのにはそんな事情があったのよ、ジョニー」

私はマティルダが気の毒でならなかった。だからミス・デヴィーンにそう言った。マティルダは、本当に、とっても不幸せに見えましたよ！

「私も気の毒に思います。他の召使たちのことで彼女が不愉快な思いをしているのを私が知っていたなら、いたずらなどやめさせていたでしょう。手紙の事件については、何が真実なのかわかりません。つまり、私の心の中で決めかねる、という意味です。ホールは責任感の強い召使で、ここにいた三年の間、あれが正直でないと思ったことは一度もありません。そのホールが、トランクは開いていて、手紙はその横に開いて置かれていた、と断固として言い張るのです。仮にそれが事実だとして、もちろん、トランクや手紙に触れたり、ましてやそれを階下に持って行って他の召使たちに見せる権利は彼女にはありません。私はそのことを弁護したりしません。でも、それは、トランクの鍵を開けて手紙を取り出すのとは大違いです」

「マティルダはホールがそうしたと言うんですね？」

「そう。そして、ホールと同じくらい断固として言い張るのよ。マティルダの言い分はこうです。あの日、ミス・キャトルドンは召使たちに三か月分の給料を渡した。彼女は現金を部屋に持っていった。大きな物入れにしまってある例のトランクを取り出し、鍵を開けて、お金をそこに入れた。中のものは何も動かさなかった。金貨は紙にくるんでトランクに入れ、他のものには触らなかった。蓋をしようとしていたら、階下《した》の踊り場から私に呼ばれた。トランクに鍵をかけたが、物入れにはしまわず、テーブルの上に置いたままにした。私はマティルダが階上《うえ》に行った音を聞いたので、彼女を呼んだのをよく覚えています。私の部屋に来てほしかったんです」

ミス・デヴィーンはそこで言葉を止め、小考した。

「マティルダは、トランクに間違いなく鍵をかけた、と繰り返し言います。それに、問題の手紙はトランクの底にあって、他のものがその上に置いてあり、何か月も触れてもいないし、取り出してもいない、と主張するの」

「で、彼女が階上に戻ったら、トランクは閉まってた？　それとも開いてた？」

「マティルダの言うところによると、自分が最後に見た状態と同じで、閉まっていて鍵がかかっていたから、誰かが触ったとは知らずに、それを大きな物入れの中に片づけたそうです」

「彼女はあなたの部屋に長い間いたんですか？」

「ええ、ジョニー、おおかた一時間ほど。急いで縫物を一つ仕上げてほしかったので、その場ですぐ取りかかるように言ったの。その間にホールが二階に行って、トランクを見つけて、それから後はご存じのとおり」

「僕はマティルダを信じたいですね。彼女の言っていることの方が真実味がありますよ」

「それはどうかしら。ホールは疑いなくまっとうな人間です。それが同じ召使仲間のトランクを別の鍵を使って開けるとは信じられません。どこでそんな鍵を手に入れるのでしょう？　あらかじめ準備しておいた？　あれから問題のトランクを見てみたのですが、鍵はとても単純な作りのものです。だからホールがそれにたまたま合う鍵を持っていたのかもしれません。でも、ホール自身が言うように、どうしてそれが合うとわかるでしょう？　要するに、これはホールとマティルダのどちらの言葉を信用するか、という問題です。今回のことがあるまで、私はどちらにも同じだけの信頼を置いていました」

ミス・デヴィーンの意見はもっともだった。私は考え込んでしまった。

「仮にマティルダの言うことが正しいと証明されたにしても、彼女を雇い続けるわけにはいきません。うちは争いなんかない、折り目正しい家です。狂ったように怒り出す人がそこにいるのは困ります。ただし、その場合は、ホールにも辞めてもらいますけど」

「マティルダの次の勤め先の人は事情を知っているのですか？」

「ええ、ソウムズ夫妻にはすべて話しました。それと、私にわかったこととして、マティルダはここでは相当感情を逆なでするような目にあわされた、とつけたしておきました。ソウムズさんは、向こうではそれがないだろうと信じて、喜んで雇い入れてくれました。どこで働いても、彼女はいい召使です」

このことについてマティルダに話したいと思っていたら、その日にいい機会が訪れた。郵便配達があったので、彼女が部屋に手紙を持ってきたのだった。

「デヴィーン様がここにいらっしゃると思いましたので」彼女はトレーを持って、ためらいながら言った。

「ミス・デヴィーンはすぐに来られるよ。手紙はここに置いておけばいい。マティルダ、じゃ、お前はここから逃げ出すんだね。みんな聞いたよ。癇癪を派手に爆発させるなんて、愚かな真似をしたもんだ！」

「料理番はトランクの鍵を開けて、中身をひっくり返して、手紙を盗んで、私を笑い者にしたんです」彼女の熱っぽく燃える目が一瞬強烈な光を発した。「同じ立場に置かれたら、誰だって癇癪を爆発させたでしょう」

「でも、料理番はトランクの鍵を開けたりしてない、と言ってるそうじゃないか」

「決して間違いありません、ジョニー様、あの女は鍵を開けました。ずっと長い間悪意を持ってて、私をひどい目にあわせようとしたんです。私はトランクの鍵を開けて、お金を紙にくるんでそこに入れ、すぐにまた鍵をかけて、鍵は身につけて持っておきました。これは絶対に本当です。こんなことについて間違うなんてありえません」

彼女の真剣さはいかなる言葉でも表現できないだろう。私はともかくも強く心を動かされた。ホールもクビになればよいのに、と思った。

「ええ、今回は悪者の言い分がまかり通りました。よくあることですが――私の経験では。デヴィーン様はホールをとても高く買っておられます。でも、だまされておられるんです。いつかあの女は尻尾を出すでしょうけど。ほんとうなら暇を出されるのは私じゃなくて、あの女のはずです。もっとも、そうなったところで、ここには長くいられないでしょう」

「でも、お前、ミス・デヴィーンは好きだろ？」

「はい、とても。いいお方で、優しくしてくださいます。今度行くおうちの方々にも、私のことをよく言ってくださいました。たぶんあちらではうまくやっていけると思います」それから突然、「近頃、ソルトウォーターには行かれましたか？」とつけ加えた。

「いや、あれから一度も。あそこから知らせはあるの？」

彼女は首を横に振った。「誰からも何の便りもありません。こっちからも手紙を出してませんし、向こうからも手紙は来ません」

「気の毒なジェイン・クロスの一件は全然前に進まず、謎のままだよ」

「おそらく謎のままでしょう」彼女は小声で応えた。

「多分ね。牛乳屋のオゥエンがどう考えてたか、知ってる？」

それまでは銀のトレーを触りながら、しばらく伏し目になっていたのに、そこで彼女は急に目を上げた。

「オゥエンは、その気になればお前は謎を解くことができる、少なくとも、お前は手がかりを握ってる、と思ってた。そう言ってたよ」

「ソルトウォーターを発つ前に、オゥエンはそのようなことを私に言いました」しばらく間があってから彼女は答えた。「あの人は勘違いをしてます。どうしてもそう思いたいなら、仕方ありませんけど。あの人――まだソルトウォーターにいるんでしょうか?」

「僕の知る限りはね。ところで、召使たちが読んだお前の手紙、オゥエンに宛てて書きかけになっていたやつだけど、あれは――」

「ジョニー様、あの手紙については話したくありません。私の心の中の問題は私だけに関わることです」彼女は私に最後まで言わせず、またたく間に部屋を出て行った。

この短いロンドン滞在の間に、七番の家で起きた悲劇の謎を解決する鍵に出くわす、と誰かに言われたとしても、私はそれをすぐ信じる気にはならなかっただろう。ところが、実際、そうなったのである。

あたかも一連の出来事自体が、その初めから終わりまでを結ぶ糸を自ら手中にしているように、事が順番に起こっていく――読者諸氏は、人生を送っていく中で、そんな風に感じられた経験をお持ちではないだろうか? しばし、この糸は失われたように見える、あるいは切れてしまって活動を中止したように見える。そして、その糸が導いていた出来事の連鎖は完全に絶えてしまったように見える。ところがどうだ、まったく予期していなかった時にその糸の小さな端が顔を出し、我々はそれを捕まえる。手繰っていくうちに、すぐにそれが手に持ちきれないほどになる。そして、また見失う。やがて糸は再度活動を始める。そうやってだんだん結末に近づいていく。ソルトウォーターの惨事について、あれ以来十四か月、よい方向にしろ悪い方向にしろ、一言の噂も聞かなかった。事件の糸は活動を休止していた。それがミス・デヴィーンの家でまたそっと寄ってきて顔を出した。マティルダ、彼女の癇癪、トマス・オウエンに宛てて書きかけた手紙——それらが前に出てきた。そして私の滞在が終わる前に、不思議にも、糸はほぐれたのだった。

前に書いた話から読者も推察されるとおり、私はミス・デヴィーンのお気に入りだった。ある日、買い物に出かける時、彼女はミス・キャトルドンではなく、私にお供を命じた。おかげで、退けられた付添人の表情はますます酸っぱくなった。我々は馬車に乗って出かけた。

「行き先はリージェント・ストリートですか？」

「今日は違うのよ、ジョニー。近所の商人たちを助けてやりたいので、新しいシルクをここで買うつもり。遠くに行かなくても、いい店があるんです」

曲がりくねったややこしい道を少し行くと、馬車はリンネル商人の店の前で止まった。

ミス・デヴィーンの屋敷から一キロあまり離れたところで、まわりにはたくさんの店が集まって村のようになっていた。ジョージが降りて、馬車のドアを開けてくれた。

「ジョニー、あなたはどうします？　私はたぶん半時間ほどここでシルクとキャリコを見るつもり。あなたにその苦しみを共有させるつもりはありません。馬車で一回りしてくる？　それとも馬車の中で待っている？　あたりを歩く？」

「前の通りで待ってます。退屈したら、買い物のお供をしに中に入ります。いろいろな店を眺めるのは好きですから」それは本当だった。

リンネル商人の隣は彫り師・メッキ職人で、窓にはきれいなフレームに入った絵が展示されていた。少なくとも、私にはきれいに見えた。そこで、ひとまずここをゆっくり眺めることにした。

「ご機嫌いかがです？　私をお忘れでしょうか？」

この言葉は私のすぐ近く、隣の店の前で立っている若い男から発せられた。私は絵を眺めるのをやめて、彼の方にすばやく振り向いた。いや、忘れるわけがない。すぐに誰かわかった。牛乳屋のオゥエンだった。

二言三言挨拶を交わした後、その店に入った。大きな店で、牛乳の商いに関わる缶などの道具が並べられていた。窓辺は、コケ、シダ、金色・銀色の魚が泳いでいるガラス鉢、ミニチュアの噴水、新鮮な卵を入れたイグサのバスケットできれいに飾られていた。ドアの上には「トマス・オゥエン」と彼自身の名前が書かれていた。

「ここで暮らしてるのかい？」

「はい、そうなんです」

「でも、どうしてソルトウォーターから出てきたの？」

「みんなが妙な顔で見るもんですから。心の底では、例の七番でのいまわしい出来事の犯人は私だと思っているんです。一、二度、通りで子供たちに、ジェイン・クロスに何をした、ってなじられました。母も私も耐え切れなくなって、ソルトウォーターの店は売り払って、こっちに移ってきました。金銭的には賢明な動きでした。客筋はいいし、商いもどんどん大きくなってます」

「そりゃ、よかった」

「最初、母はロンドンが嫌で嫌で、田舎の空気や緑の野原を恋しがったんですが、今ではもうあきらめています。まあ、もう少ししたら、母の故郷のウェールズの山並みでも見せてやって、気に入ったら、もうそっちに落ち着かせてやろうかと考えているんです」

「で、その次は結婚だね」

彼は笑ってうなずいた。「幸運を祈ってくださるでしょうね？　相手は隣の食料品店の一人娘です」

「もちろん祈るよ。ところで、例の謎の事件について、何か発見はあった？」

「ソルトウォーターの？　いえ、例の件自体については何もありません。ただ、間接的に関わりのある情報はいろいろ」

「マティルダが手がかりを隠している、とまだ思ってる？」

「それ以上のことを思っていますよ」

妙に意味ありげな言葉だった。彼のつやつやした、開けっぴろげで、賢そうな顔は、手に持っているシダの葉の組成でも調べているかのように、下を向いていた。

「間違いない事実とまでは行きません。せいぜい、疑い止まりです。でも、かなり強い疑いです」

「それって、どういう意味？　説明してほしいね。誰にも言わないから、信用して」

「もちろん信用します」彼はすぐに言った。「じゃ、言いましょう。まだ誰にも打ち明けていないんですが。実は、マティルダがやったんだと思うんです」

私は驚いてカウンターから後ずさりし、空のミルク缶を倒してしまった。

「マティルダだって！」私は思わず大声を出して、ミルク缶を元に戻した。

「そうだと確信しています。しばらく前からそう信じてるんです」

「でもあんなに仲よしだったんだから、そんなはずはないよ。オゥエンだってそう言ってたじゃないか」

「はい、私もそう思っていました。水曜に見かけた男が怪しいと思って、マティルダのことは疑っていませんでした。でも今は、彼女が激しい感情に駆られて発作的にやってしまったんだと思うんです。故意に計画したのではなくて」

「だけど、そう思う理由は？」

「謎を解くために力の限りを尽くします、って言ったのを覚えておられるでしょう。私がやったみたいに思われるのはとても不愉快だったんです。当然、あの晩の七番に関する事実を洗い出すことから始めました。ジェイン・クロスはあの晩外に出ていません。私の知る限り、窓から私に声をかけた以外、誰とも話をしていません。したがって、彼女についてはそれ以上洗い出すべきことがありません。しかし、マティルダについては違います。あちこち尋ね回って、少しずつ、いろんなことがわかってきました。それをつき合わせて、私が七番の呼び鈴を二度鳴らしたけれども返事がなかった時刻と、マティルダが夕食用のビールを買いにスワン亭に行った時刻が、分刻みで特定できました。その間はおよそ三十分になります」

「三十分！」

「少なくともそれにかなり近い時間です。だから、私が呼び鈴を鳴らした時、マティルダは家の中にいたはずです。死因審問で彼女がそれを否定したので、彼女が家を空けている間に私が鳴らした、ということになりました。彼女が留守にした時間は十分もない、とあなたは知っておられた。では、どうして彼女は呼び鈴に返事しなかったのか？どうして、率直に、聞こえたけども返事しなかった、と正直に言わなかったのか？　それが彼女に対してほのかな疑いを持ったきっかけでした。次いで、彼女の不思議な振舞いを思い出し、そのことについて考えると、些細な不審は深刻な疑惑に変わりました。いいですか、彼女は幽霊が出るみたいに七番の家を恐れて、あれから一歩も足を踏み入れようとしなかったんですよ！」

私はうなずいた。

「他にも、小さいことがいくつかあり、それらはすべて疑念を強めるものでした。そういうものをいちいち列挙する必要はないでしょう。ただし、非常に厳しい目で見ると、私が手にしていたのは確たる事実ではなく、単なる疑惑にすぎず、結局、黙ったままソルトウォーターを発ちました」

「それだけ？」

「いえ、そうじゃありません。すみませんが、通りに出て、隣の食料品店のドアに書いてある名前を見ていただけませんか？」

私は言われるとおりにした。ヴァレンタインと書いてあった。「ジョン・ヴァレンタイン」マティルダと同じ名前。

「そうなんです」オゥエンは言った。「こっちに落ち着いてから、ヴァレンタイン一家と知り合いになり、やがて彼らはマティルダの親戚だとわかりました。私の婚約者のファニーはしばしばマティルダの話をしてくれました。昔はよく一緒に過ごしたそうです。彼女が言ったことをじっくり考え、あれこれつなぎ合わせているうちに、光が見えてきたような気がします」

「そうなの。それで？」

「マティルダの父親はスペイン人と結婚しました。相手の女性は手に負えないほど激しい気性の持ち主で、時々発作的に半狂乱になるのでした。ある時、そんな発作を起こし、それがもとで死んでしまいました。マティルダはこの気性を受け継いだんです。彼女は狂気としか言いようがないほど荒れた状態に陥ることがあります。ファニーはそれを二度だけ見たと言ってます。めったに起こらないようです。でも、そんな状態が何分か続く時のマティルダは狂っていると――いいですか、ジョニーさん――狂っているとファニーの目には映ったそうです」

ミス・デヴィーンの家で聞いたマティルダの癇癪の話が頭をよぎった。一時的に正気を失った、というのがあそこの人たちの判断だった。

「マティルダの話をしている時、私はファニーに言いました。そんな風にむちゃくちゃに荒れる人はどんな罪を犯すかわからない、人殺しを含めて、と。そしたら彼女は、人を殺してもおかしくない、と答えました。マティルダは何回か自分はベッドの上では死ねない、と言ったそうです。その意味するところは――」

オゥエンがそこで間を置いたので、私は「その意味は?」と尋ねた。

「ええ、その意味するところは、たぶん、いつか彼女は自分か、あるいは誰かに危害を加えるだろう、ってことでしょう。あの夕方、マティルダは何かの理由でジェイン・クロスに対して急に荒れ狂い、彼女を押すか突き飛ばすかして階段から落とした――私にはそう思えてなりません」

振り返ってみると、腑に落ちる点がすぐにいくつか思い起こされ、これはありそうな筋書きに見えた。私がまだ考えている間に、オゥエンは言葉を継いだ。

「ジョニーさん、私はいつかマティルダにまた会います。こういうことは、隠そうとしたって、いつまでも隠せるものじゃありません。少なくとも、めったに隠し切れません。会ったら、彼女にそれを正面から突きつけてやるつもりです」

「だけど——彼女の居所を知らないの?」

「知りません。残念ながら。ロンドンに働きに出てきたという噂でしたが、もしかしたらまだここにいるのかもしれません。でも、ロンドンは広い場所だし、どのあたりか見当もつきません。それこそ干し草の山の中に針を探すようなもんでしょう。ヴァレンタイン一家は、彼女がソルトウォーターに移ってからのことは何も聞いていないんです」

なんと不思議な——マティルダと彼らはこんなに近くに住んでいるのに、おたがいの存在にまったく気づいていない。オゥエンにそのことを教えてやるべきだろうか? そんな思いが浮かんだのは一瞬だけだった。もちろん、絶対に教えるべきではない。なるほど、彼の推測が当たっているかもしれない。しかし、それでも、私にはただマティルダが哀れに思えるだけだった。世の中に不幸せな人間はたくさんいるが、私には彼女が一番不幸せな人に見えた。

ミス・デヴィーンの馬車が、リンネル商人の店から帰る彼女を乗せるため、店の前を通り過ぎるのが見えた。私はオゥエンに別れを告げ、外に出ようとした。ところへ二人の女性が入って来たので、退いて道を開けた。ぴっちりした帽子を被った老女と、かわいらしい、色白の、笑みを浮かべた娘だった。

「母とファニーです」とオゥエンは私にささやいた。

「とってもかわいらしい、よさそうな人だね」私は思わず言った。「きっと一緒に幸せになれるよ」

「ありがとうございます。私もそう思います。彼女と少し話をしてもらえる時間があればよかったんですが。そしたら、どんないい娘《こ》だかおわかりになったでしょう」

「今日は時間がないんだ、オゥエン。また来るよ」

そこで聞いたことはミス・デヴィーンにも言わなかった。馬車がハイド・パークを回って進んでいる間も、そのことばかり考えていた。ミス・デヴィーンは、あなた、珍しく静かね、と言った。


糸はさらにほぐれていった。いったん糸がほぐれて伸び始めたら、それはひたすら伸び続けるようだった。偶然にも、マティルダとトマス・オゥエンは再び巡り合う羽目になった。偶然にも？　いや、それはやはり運命の糸に導かれたものだった。この世の中に偶然などというものはない。

先程触れた、リンネル商を訪れた際、ミス・デヴィーンはマティルダに服の生地を買ってやった。彼女を不憫に思い、ホールや他の召使たちによってつらい思いをさせられたことを考えて、屋敷を去るにあたり、祝儀として贈り物をしようと思ったのだ。しかし、購入した分量では不十分だとわかった。ミス・デヴィーンは、店員が生地を切った時からそれで足りるか心配だったそうだが、ともかく、マティルダに自分で行って後二メートルばかり買い足してくるように言った。というわけで、このちょっとした出来事が二人の鉢合わせにつながったのだった。そして、私はそこに居合わせた。

この地域の郵便為替局は、例の「店の村」の中にあった。ある日の午後、為替を現金化するためにそこへ行く途中、私はマティルダと道で会った。彼女は生地を買い足しに行くところだった。

「これで方角はあってるんでしょうか？」彼女は私にきいた。「このあたりはよく知りませんので」

「よく知らない？　ここに一年以上も住んでるのに！」

「日曜に教会に行くだけで、あとはほとんど外に出ませんから。私は着るものについて多くは求めませんので、お屋敷の角を曲がったところにある小さな店で間に合わせてました」

彼女がそう言い終わるか終わらないかのうちに、我々はトマス・オゥエンに出くわした。マティルダは押し殺したような叫び声を発し、その場に立ちすくんで、彼をじっと見つめた。その最初の瞬間に彼らがおたがいに何を言ったか、私には聞こえなかった。マティルダはおびえたような表情で、死神のように真っ青だった。やがて、トマス・オゥエンがマティルダにうちを見せたいと言い、我々は彼の店に向けて歩き出した。

しかし、その前に、別の出会いがあった。食料品店のドアのところにかわいらしいファニー・ヴァレンタインが立っていた。彼女とマティルダは、久しぶりね、と言って手を握った。マティルダは親戚に会うのがうれしくないような感じで、しぶしぶそうしたように見えた。彼女はヴァレンタイン一家がミス・デヴィーンの近くに住んでいることは知っていたはずなのに、訪ねて行こうとはしなかった。たぶん会いたくなかったから、このあたりには足を向けなかったのだろう。

彼ら三人は店の裏にある、こぎれいな居間に腰を下ろした。オゥエン夫人は留守だった。オゥエンはワインを出した。私は、すぐに郵便為替局に行かねばならないから、と言って本棚のそばに立っていた。しかし、何分かが過ぎても、私はまだそこにいた。

どのようにしてオゥエンがそこに話を持って行ったかよくわからないが、私が驚いている間もなく、彼はジェイン・クロスを直接話題にして、あの晩の出来事をファニー・ヴァレンタインに詳しく語り始めた。部屋の反対側の隅の肘掛け椅子に座っていたマテイルダは恐怖に打たれたような表情を浮かべた。彼女の顔は石のようになった。

「どうしてそんな話を始めるの？」言葉が口に出せるようになると、彼女はそう尋ねた。「ファニーには何の関係もない話じゃない」

「前からこの話はしたかったんだよ。これがちょうどいい機会だ」彼は冷静にきっぱりと言った。「この件については君の方がよく知っているし、私が間違えたところは直しておくれ。ファニーに隠し事はしたくない。結婚するんだから」

マティルダの両の手は痙攣を起こしたように上がり、そして下がった。彼女の目には炎が燃え上がった。

「結婚ですって？」

「君に文句がなければね。母は来月ウェールズに行く。そして、代わりにファニーがこの家に住むんだ」

傷ついた鳩のように、かぼそい悲しげな声を出して、マティルダは顔を手で覆い、椅子に背中を預けた。もし彼女が本当にトマス・オゥエンを愛していたなら、今でもまだ彼を愛しているなら、彼の言葉はむごい痛みを与えたに違いない。

オゥエンは話を続けた。彼が思っていることが事実だという前提だったから、正面からではないにせよ、間接的にマティルダを犯罪者とする内容だった。それは恐ろしい影響を彼女に及ぼした。彼が一言口にするごとに彼女の動揺はいや増した。と、突如彼女は立ち上がり、顔を醜くゆがめて、両腕を高く上げた。例の狂気の発作が訪れたのだ。

激しい争いになった。私はほとんど役に立たなかったが、力のあるオゥエンがいながら、我々だけでは彼女を抑えることができなかった。ファニーは泣き叫んで隣の自分の店に飛び込み、二人の店員を応援に呼んだ。

マティルダ・ヴァレンタインの人生はそこで極まりを迎えた。いつかはこうなる定めだった。その時点から彼女は狂人となった。わけのわからないことしか言わなくなったが、時々正気に返る瞬間があった。そんな折に彼女は真実を告白した。

マティルダはトマス・オゥエンを情熱的に愛していた。オゥエンが彼女とジェイン・クロスを相手におしゃべりするのが好きだ、という無意味な噂を信じ込み、彼も自分に対して同じ思いを持っていると信じた。悲劇の起こる前の日、朝の礼拝の後、彼と話をしている時に、自分よりジェイン・クロスの方に目が向いていると言って彼を責めた。そんなことないさ、と彼は軽く受け流した。そして、よければその日の夕方海岸を一緒に散歩しよう、と誘った。しかし、それが本気だったのか、そうでなかったのか、いずれにせよ、マティルダがおしゃれをして待っていたのに彼は姿を現さなかった。それどころか、彼は夕方教会に行ってそこでジェインに会い、家のすぐ近くまで彼女を送っていった。マティルダはこれに嫉妬して腹を立てた。心は千々に乱れた。オゥエンが好きなのは自分ではなく、ジェイン・クロスの方では、と疑い始めた。次の日、月曜、彼女は一言、二言、そのことについてジェインに尋ねてみた。彼女は笑って取り合わなかった。そして夕方になり、二人は二階にいた。ジェインは編み物をし、マティルダは手紙を書いていた。突然ジェインが、トマス・オゥエンが来るわ、と言い、マティルダは窓辺に走って行った。通りかかった彼に二人は声をかけ、彼はマンプラーからの帰りにまた寄るよ、と答えた。マティルダは弟宛の手紙を書き終わると、今度は、自分との約束を破ってジェインと一緒に過ごしたのを責めようと、オゥエンに宛てて書き始めた。彼に手紙を書くのはそれが初めてだった。ジェインに見られないように、便箋と彼女の間に道具箱の蓋を開けて置いた。日が暮れかかると、ジェインは手元が見えにくくなってきたので、階下に行って夕食の準備をするわ、と言った。裁縫箱を片手に部屋を横切った時、彼女はマティルダの後ろを通った。そして、手紙を見つけ、書き出しの「トマス・オゥエン様」の字を読んだ。彼女はふざけてさっと手紙を取り、自分の名前も出てくる残りの部分に目を通した。次いで、おそらく遊び心からマティルダをからかい始めた。「トマス・オゥエンがあなたの恋人?」そう叫んで、踊り場に出た。「あの人は私のものよ。あの人は誰かさんなんか私の小指ほども――」かわいそうに、彼女がそれを言い終わることはなかった。マティルダは例の激情の発作に襲われ、ジェインに追いつくとヤマネコのように彼女を摑み、髪の毛を引き抜き、ドレスの一部を引きちぎった。もみ合いは一瞬しか続かなかった。あっという間にジェイン・クロスは、マティルダに押されて低い手すりを越え、まっさかさまに螺旋階段の中心部から下に落ちた。それからマティルダはジェインの裁縫箱を階下に放り投げた。

この惨事は彼女の興奮を一気に冷ました。しばらくの間、いつものように、感情が爆発した後は力が抜けてしまい、彼女は踊り場で失神したみたいに横になっていた。それからジェイン・クロスの様子を見に下に降りた。

ジェインは死んでいた。マティルダは死者を見たことがあったから、一目でわかった。後悔と恐怖で再び彼女は気が狂いそうになった。ジェイン・クロスを殺したいと思ったことも願ったことも決して傷つけようと思ったこともなかった。ジェインが好きだったからだ。だが、狂気のような激情に駆られると、自分の行動が抑制できなかった。彼女の取った最初の行動は、誰かが入って来るといけないから、裏庭のドアに施錠することだった。次の半時間をどうやって切り抜けたのか、自分でもわからなかった。もともと家の中でエドマンド・ピーハーンの幽霊を見るという恐怖は強かった――それが今では幽霊が二人になった！　しかし、苦悩と恐怖にもかかわらず、自己保存の本能が強く働いた。何をしなければならないか？　どうすれば自分から疑惑をそらせるか？　家から走り出して、「ジェイン・クロスがあやまって階段から落ちました、ちょっと見てやってください」と言うわけにはいかなかった。誰も事故とは思わないからだ。彼女の服からちぎり取った布地がある！　そんなことを考えていたら、呼鈴が鳴った。これ以上はない恐怖に突き落とされた。もう一度鳴った。震えながら、あえぎながら、マティルダは台所で小さくなっていた。しかし三度目は鳴らなかった。鳴らしたのはもちろんトマス・オゥエンだった。

必要は発明の母。どうしても何か手を打たねばならない、となると彼女の頭はすばやく取るべき方策を考えついた。テーブルクロスを敷き、パンとチーズをテーブルに置いて、器を持って表のドアから出て、いつものように夕食用のビールを買いに行く。戸口で一瞬立ち止まり、あたりを見回し、誰もいないか確認する。それからそっとドアに施錠し、鍵を人に見られないよう手のひらに隠し、一番の家の木の間に投げ入れる。これで彼女は家には入れない。もう、何があっても絶対に一人では入りたくない。ドアは誰かにこじ開けてもらおう。郵便局まで足を運び（彼女は実際そこに行ったのだった）、それからスワン亭に行く間、自分が作った筋書きを心の中で復唱する。読者も知るとおり、それでみんなを騙しおおせたのだ。水曜の弟の訪問について、彼女はトマス・オゥエンに真実を告げていた。ただ、彼が最初にその話題を持ち出した時は、感情が高ぶって、叫び声を上げて走り出すことしかできなかった。哀れなマティルダが、どうやって自分の作り上げた筋書きが真実だと主張しながら日々の暮らしを続けたか、どうやってのしかかる心労と後悔を耐え忍んだか、我々は決して知ることはないだろう。昼も夜も、片時も心を去ることのない不安、自責、悔悟——疑いの余地なく、それらが重なり合って、徐々に彼女の心の調子を狂わせ、最後に平衡を失わせたのだ。

これがソルトウォーターの住民を大いに悩ませた七番の謎の真実である。真相は、特にこの件に関わりのあったわずかな人たちを除いて、誰にも知らされなかった。マティルダ・ヴァレンタインは今、精神病院にいる。おそらく一生をそこで過ごすのだろう。一方、トマス・オウエンと彼の妻は、明るく、活気に溢れ、幸せそのものの暮らしを送っている。

ウィルキー・コリンズ

誰がゼビディーを殺したか

ウィルキー・コリンズ（Wilkie Collins 一八二四―八九）は英国長篇推理小説の古典『月長石』（一八六八）の作者。本篇はニューヨークの雑誌「スピリット・オブ・ザ・タイムズ」、一八八〇年十二月二十五日号に掲載された。後に単行本『小小説集』（*Little Novels* 一八八七）に収録された時には、「警察官と料理人」と改題されている。

初めに筆者自身について一言

ある晩医者が帰る前に、私は余命がどれぐらいあるか尋ねた。「簡単には言えません。明日の朝、私が戻ってくる前に亡くなるかもしれませんし、月末まで亡くならないかもしれません」と医者は答えた。

翌朝、自分の魂のことを心配する程度には頭もしっかりしていたので、カトリック教徒の身であるから、神父様を呼んでもらった。

告白した罪の中に、法に対する義務を怠った、非難されるべき一件があった。神父様のお考えでは——私もそれに同意した——私は、カトリック教徒のイギリス人にふさわしい悔悛の行として、自らの過ちを公にしなければならなかった。そこで、仕事を分担することにして、私が事情を詳しく語り、神父様がそれを書きとめ、整理してくださった。

その作業の結果が以下の一文である。

一

二十五歳の若者だった時、私はロンドン警察の一員となった。最初の二年ほどは、給料は少ないが責任の重い警察官として、ごく普通の勤務をこなした。その後はじめて、深刻で恐ろしい事件にかかわった——殺人事件の捜査だった。

事の次第を説明しよう。

当時私はロンドン北部(これ以上詳しく言うことは控えさせていただきたい)の警察署に配属されていた。ある月曜日、夜勤の順番が回ってきた。朝の四時までは何の異常もなかった。春の夜だったから、ガス灯と暖炉のせいで室内はとても暑く、私は新鮮な空気を吸おうと、戸口まで行った——当直の警部は冷え性の寒がりで、これにはとても驚いていた。外は細かい雨が降って、いやな湿り気があったので、また炉端にもどった。私が腰を下ろしたほんのすぐ後、スイングドアが激しい勢いで押し開かれ、半狂乱の女性が入ってきて、「ここ、警察署ですか?」と叫んだ。

自然のひねくれたいたずらで、警部は血行が悪くて冷え性だったのにすぐに頭に血が上る人だったから(その他の点では優れた警察官だった)、「そりゃそうさ、見りゃわかるでしょう。いったい何があったんです?」ときいた。

「人殺しです! お願い、いっしょに来て。リーハイ街十四番地、クロスキャペルさんの下宿屋です。夜のうちに、若い女の人が旦那さんを殺したんです! ナイフで。眠ってる間にやっちゃったって言ってます」

正直言って、私はうろたえた。もう一人の当直(巡査部長)もそんな様子だった。彼女は、ベッドから飛び起きて、あわてて服を身にまとい、恐怖におののいていたにもかかわらず、美人に見えた。そのころは背の高い女性に弱かったので、彼女は、何と言うか、私の好みだった。私は椅子をすすめ、巡査部長は火をかき起こした。一方警部は何事にも動揺しない人で、けちな窃盗事件を扱うかのごとく、冷静に彼女に質問した。

「殺された男を見ましたか?」

「いいえ」

「奥さんの方は?」

「見てません。あの部屋には怖くて入れません。話を聞いただけです!」

「で、あなたは? 下宿人ですか?」

「いいえ、料理人です」

「主人は家に?」

「はい、おられます。でも、びくびくして、すっかり動転されてます。家政婦さんはお医者さんを呼びに走りました。なにもかも下働きがやらないといけないんです。ああ、私、どうしてあんな恐ろしい家で働くことにしたんでしょう!」

彼女は身震いし、かわいそうに泣き出してしまった。警部は供述書を作成し、それを彼女に読ませて、署名させた。これは彼女を近くに来させて、吐く息の匂いを嗅ぐためでもあった。「とんでもない供述を聞いた時には、相手が酔ってないのを確認すると、手間が省けることがある。狂ってるやつもいる、だが、めったにない。それに、狂ってるのは目を見りゃわかるんだ」と警部は後で教えてくれた。

彼女は気を取り直し、プリシラ・サールビィと署名した。警部のテストで彼女は素面《しらふ》と判定された。彼女の目――今のように恐怖で見開かれ、泣いて赤くなっているのでない時は、きっと素敵な薄青色で、優しく朗らかな目――を見て、警部は彼女が狂っていないと得心した(と私は思った)。彼は、ひとまず、この件を私に担当させることにした。まだこの時点でも彼は本当に事件があったとは信じていなかった。

「彼女と一緒に家に行ってくれ。ばかばかしい悪ふざけか、夫婦喧嘩が大層に伝わっただけかもしれん。自分の目でしっかり確認して、医者の言うことをよく聞いてこい。

深刻な事態なら、すぐにこっちに連絡しろ、応援が行くまで一切人の出入りはさせるなよ。待て！　誰かが供述を申し出た時の手続きはわかってるな？」

「はい。この供述は記録され、後から本人に不利な形で利用される可能性もある、と警告を与えます」

「そのとおりだ。お前はそのうち警部になるだろう。さあ！」この一言で警部は彼女を私に任せた。

リーハイ街はそれほど遠くなく、署から歩いて二十分ほどだった。警部はちょっとプリシラに厳しかったな、と私は思った。彼女も当然彼に腹を立てていた。「悪ふざけって、どういう意味ですか？　あの警部さんも私と同じくらい怖い目にあえばいいんだわ。私、働きに出たのはこれが初めてなんです――まともな職場を見つけたと思ったのに」

私はほとんど彼女と言葉を交わさなかった。正直言うと、任務のことで頭がいっぱいだったのだ。家に着くと、ノックする前にドアが中から開かれ、紳士が出てきた。医者だった。私を見るとすぐ彼は立ち止まった。

「気をつけてください。私が見た時、男はベッドで仰向けになっていて、凶器のナイフは傷にささったままでした」

これを聞くと、署にすぐ連絡する必要を感じた。信頼できる使者をどこで見つける？

私は、今おっしゃったことを警察署で繰り返していただけませんか、と医者にきいてみた。署は医者の帰り道からそれほど外れていなかったので、彼は親切にも引き受けてくれた。

話の途中で、下宿のおかみ、クロスキャペル夫人がやってきた。まだ若い女性で、家で殺人があっても簡単に怖がらないような人物に見えた。夫は彼女の後ろの通路にいた。父親ぐらい年齢《とし》が離れていた。怖さのあまりガクガクしていたが、震え方がひどく、犯人と勘違いされてもおかしくないぐらいだった。私はドアの施錠をした後、鍵を抜き、おかみに言った。「警部がやってくるまで、出入りはなりません。人が押し入った形跡があるか、家の中を調べさせてもらいます」

「地下に勝手口があります」おかみが言った。「いつも鍵をかけてます。下に降りて、見てください」プリシラは我々について来た。おかみは台所の炉に火を入れるよう彼女に命じた。「お茶を飲んで気を休めた方がいい人がいるようだから」こんな事態のもとで、とっても落ち着いておられますね、と私は言った。どんなことが起こっても、いちいちうろたえてちゃあ、ロンドンで下宿屋のおかみはやってられませんよ、というのが彼女の答えだった。地下の勝手口には鍵がかかっており、台所のよろい戸もしっかり閉まっていた。裏の洗い場も裏口も同様だった。どこにも隠れている者はいなかった。一階に戻り、表の居間の窓を調べた。ここでも、閂《かんぬき》をかけた雨戸が外部からの侵入者のないことを示していた。裏の居間のドア越しに、「警官に入ってもらってもいいですよ、こちらを見ないと約束してくださるなら」というしわがれ声が聞こえた。私はおかみの方を向いて説明を求めた。「下宿人のミス・マイバス、身元のしっかりした方です」と彼女は答えた。部屋に入ると、何かがベッドカーテンにくるまって真っすぐ立っていた。ミス・マイバスはそのような方法で自分の姿が誰にも見られないようにしたのだった。こうして家の一階については安全を確かめたので、鍵をポケットにおさめ、次は階上《うえ》に行くことになった。

階上に行く途中、前日訪問客があったか尋ねた。下宿人のお友達の方が二人だけ――どちらもクロスキャペル夫人が外に送り出したとのこと。居住者はどうなっているかというと、一階にはミス・マイバス。二階の二部屋に独身の老人で商社勤務のバーフィールド氏。三階は表の部屋に殺害されたジョン・ゼビディー氏とその妻、裏の部屋にデルック氏。これは葉巻を扱う商人とのことで、マルティニーク島出身のクリオール〔西インド諸島などに移住した白人の子孫〕紳士。屋根裏は表にクロスキャペル夫妻、裏に料理人と家政婦。住人はそれで全部。召使については、「二人とも信用のおける人間です。でなかったら雇いませんよ」とおかみは答えた。

三階に行くと、家政婦が表の部屋の前で立ち番をしていた。料理人ほどの美人ではない。もちろん、かわいそうにとてもおびえていた。部屋にこもっているゼビディー夫人が急に騒ぎ出したりしたら階下《した》に知らせるために、おかみがそこにいるよう命じたのだった。私が来たので、家政婦はお役御免となった。彼女は台所にいる召使仲間のもとに走って行った。

私はおかみに、いつどうやって殺人について知らされたのか、尋ねた。

「三時をちょっと過ぎたころ、ゼビディーさんの奥さんの叫び声で目が覚めました。下りてくると、奥さんはこの踊り場にいて、心配したデルックさんがなだめてました。なにしろ隣の部屋だもんですから、叫び声で目が覚めて、ドアを開けて出てきたら、そこに奥さんがいたんでしょう。「ジョンが殺された！　私はひどい女――眠ってるうちにやってしまった！」奥さんはなんべんも、なんべんも、その言葉を繰り返し、最後は気を失って倒れました。デルックさんと私は奥さんを寝室に運びました。私たちは奥さんが気の毒に何か悪い夢を見て取り乱しているのだろうと思いました。でもベッドのそばに行った時――そこで何を見たかはきかないで下さい。医師《せんせい》がさっきおっしゃったとおりです。私は前に病院で看護婦をしてましたから、ぞっとするようなものも見慣れてます。それでも、目がくらくらして寒気がしましたよ。デルックさんの方は、私、次はあの人が気を失うんじゃないか、と思ったぐらいです」

これを聞いて私は、このうちに来てからゼビディー夫人に何か不思議な言動があったか、尋ねた。

「あの人は気がおかしいとでも？　誰だってそう思うでしょうね、眠ってるうちに亭主を殺しちゃった、って自分で自分を責めさいなむわけですから。私に言えるのは、今朝までのあの人ほどもの静かで、分別のある、行儀のいい人は知りません、ってことだけです。なにしろ結婚したばっかりで、あわれな旦那さんに、あれ以上はないぐらい惚れこんでましたね。あの身分の人たちの、模範的な夫婦と言ってもよかったでしょう」

踊り場でそれ以上言うことはなかったので、我々は鍵を開け、部屋に入った。

二

医者の言ったとおり、彼はベッドで仰向きになっていた。ナイトガウンの左側、ちょうど心臓の上あたりで寝具についた血痕が恐ろしい話を物語っていた。仕方なしに死者の顔を眺め、そこから判断するかぎりにおいて、生前は顔立ちの整った青年だったに違いない。見る者の誰をも悲しませる光景だ――しかし、次に、かわいそうな奥さんが目に入った時は、何よりも痛ましく感じられた。

彼女は部屋の隅の床の上にうずくまっていた。明るい色のこざっぱりした服を着た、黒髪の小柄な女性。黒い髪と茶色の目は、顔色のおそろしい青白さを実際以上に凄惨なものとして浮かび上がらせていた。その目は我々に向かって見開かれていたが、我々を見てはいなかった。話しかけても、一言の返事もない。夫と同じく、死んでしまったのかとも思われた――だが、絶えず指をつつくような具合にさわり続け、時々寒気を覚えたみたいに身震いしていた。近寄って彼女を起こそうとすると、彼女は叫び声を上げ、身を縮ませて、壁際に後退した。私は身の毛がよだつ思いをした。その声が大きかったからではない。それが人間のというよりは動物の叫びに近かったからだ。おかみとのこれまでのつきあいの中では、物静かに振る舞ってきたらしいが、今は気が変になっていた。私は彼女に対する自然なあわれみに動かされたのかもしれないし、まったく動転していたのかもしれない――とにかく、彼女が有罪だとはとても思えなかった、それだけははっきりしている。私は口に出して、クロスキャペル夫人に「この人が犯人だとは信じられない」と言ってしまった。

そう言った時、ノックの音が聞こえた。私はただちに階下に行き、警部を招じ入れ

(大いに安心し)た。彼は部下を一人連れていた。

警部は階下で私の報告に耳を傾け、ここまでの私の処置を是認した。「どうやら家の中の者によって殺害されたようだな」そう言うと、彼は部下を下に残して、私といっしょに三階に上がった。そして、部屋に入るとすぐ、まだ私の目に入っていなかった物を見つけた。

凶器のナイフだった。

医者はそれが遺体に刺さっているのを発見し――傷を調べるために引き抜いて――ベッドの横のテーブルに置いたのだった。よくある多機能ナイフで、のこぎりや栓抜きといった道具もついている。開くと、大きな刃が勢いよく出てきた。血がついている個所を除けば、新品のようにピカピカ光っていた。動物の角でできた柄に小さな金属板がついていて、そこには「ジョン・ゼビディーへ　あなたの」という途切れた銘が彫り込まれていた。奇妙にも、後に続く「誰それより」の部分が空白になっている。

誰が、どんな事情で、彫り師の作業を止めたのか？　見当をつけることすらできなかった。にもかかわらず、警部はこれに力を得た。

「こいつは手がかりになるはずだ」彼は言い、クロスキャペル夫人の話に熱心に耳を傾けた(その間ずっと目は部屋の片隅のあわれな女性の方を向いていた)。

夫人の話が終わると彼は、隣の部屋の紳士に会いたい、と言った。

デルック氏がやって来た。彼は戸口で立ち止まり、恐怖のあまり、室内の光景から顔をそむけた。

氏は金色の帯とひだ飾りのついた立派な青色のガウンに身を包んでいた。乏しい茶色の髪は毛先が小さく巻いていた(天然なのか、人為的にしたものか、わからなかった)。顔色は黄ばみ、緑がかった茶色の目はいわゆる「出目《でめ》」になっていて、スプーンを下に持っていけばその上にぽとっと落ちてくるかのように見えた。長々とのばした顎鬚と口髭は油をつけて整えられ、仕上げに、口には長い黒色の葉巻がくわえられていた。

「私は決してこの恐ろしい悲劇に鈍感なのではありません。神経はずたずたになりました。それを元の調子に戻すのに、こうするよりほか方法を知らないのです。どうぞご海容の上、不憫に思って下さい」

警部はこの証人に細かい質問を鋭く浴びせた。彼は外見に惑わされるような人間ではなかったが、デルック氏を好きになれず、信じる気にもなれないのは明らかだった。質問の結果、クロスキャペル夫人が私にしてくれた話を補う新情報は何も出てこなかった。氏は自分の部屋に戻った。

「あの男はここにどのぐらい住んでるんです?」デルック氏がいなくなるとすぐ警部

はおかみに尋ねた。

「おおかた一年になります」

「人物に関してどこか照会先がありましたか？」

「申し分のない照会先でした」と言って、夫人はシティ区〔ロンドンの商業地区〕にある有名な葉巻会社の名を挙げた。警部はそれを手帳に書き留めた。

次に起こったことは、あまりにも気が滅入るため、詳細に語りたくない。気のふれたあわれな女は馬車で署まで連行された、とだけ言っておこう。警部はナイフと、床に落ちていた『眠りの世界』と題する本を押収した。荷物を入れた旅行鞄に鍵をかけ、次いで部屋のドアにも鍵をかけ、どちらの鍵も私が預かった。私に与えられた任務は、ほどなく警部から連絡があるまで、この家にとどまり、誰も家から出ないよう見張ることだった。

三

死因審問が終わり、治安判事法廷において、被疑者は裁判にかけられるまで勾留されることとなった――ゼビディー夫人はいずれの場合も法的な手続きを理解できる状態にはなかった。医者の報告によると、彼女はひどいショックを受け、完全に気力を失っているとのことだった。殺人事件の起こる前は精神に異常はなかったと思うかと問われると、医者は明確な答えはできないと答えた。

一週間が経過した。被害者は埋葬され、年老いた父親が葬儀に参列した。私は、有益と思われる情報をさらに入手するため、時々クロスキャペル夫人と二人の召使に会った。料理人と家政婦はどちらも、自分の信用にかかわるので殺人事件の起こった家にとどまりたくない、と一月後に職を辞したい旨を雇い主に通告していた。デルック氏も今では悪夢に悩まされ、神経が休まらないと言って下宿を出た。彼は予告をせずに、違約金を支払って早々に立ち去ったのだった。二階のバーフィールド氏はまだこの下宿にいたが、会社から休暇を取り、友人と共に田舎に避難した。ミス・マイバスも残った。「居心地のいいところにいると、この年になったらもう動く気はありません。二階上で起こった人殺しは、隣の家で起こった人殺しのようなもんです。離れてるってことは大きいのよ」と老女は言う。

下宿人たちが何をしようが、警察の対応はぶれなかった。私服の警官が家を日夜監視し、家から出て行った者にはそれぞれ尾行がついた。そして、出て行った先の地域の警察に彼らを見張るよう指令が与えられた。ゼビディー夫人の驚くべき証言の真偽をなんとかして確かめることができない間は——凶器のナイフを購入した人物も今のところ突きとめられていないのだし——事件当夜クロスキャペル夫人の下宿にいた者は誰も我々の手中から逃すわけにはいかなかった。

四

さらに二週間が経過した。ゼビディー夫人は回復し、このような場合被疑者に与えられる手続き上の警告を受けた上で、必要な供述を行った(医者は、今では、彼女が正気であると言明するのに躊躇しなかった)。彼女はずっと召使奉公をしていた。最後はドーセット州にある屋敷で小間使いとして四年間住み込みで働いた。彼女についてのただ一つの難点は、時々夢遊病の発作が出ることで、そのために下女の一人が同じ寝室で休み、部屋に鍵をかけ、その鍵を枕の下に入れて眠らなければならないのだった。それ以外の点では、女主人はこの小間使いを「完璧な宝物」と形容した。

彼女が辞める半年前、ジョン・ゼビディーなる若者が(ちゃんとした人物証明書を持参して）下男として奉公するようになった。彼はすぐにこの気立てのよい小間使いを愛するようになり、彼女の方もよろこんで相手に同じ感情を持った。普通なら、経済上の理由で、結婚できるまで何年も待たねばならなかっただろうが、ゼビディーの叔父が亡くなって二千ポンドというちょっとした財産が転がり込んだ。彼らの身分でお互いの気持ちを満足させるに十分な富を得たわけである。そして二人が一緒に働いている屋敷の主人が親代わりになって結婚式が行われ、ゼビディー夫人に対する愛情の印として、家の幼い娘たちが新婦の付添人を務めた。

若い夫は用心深い人間だった。ささやかな資本を最大限に活用せんとして、オーストラリアで牧羊業を営むことにした。妻は反対しなかった。彼女はジョンが行くところならどこにでもついて行く気だった。

そういうわけで、二人は少しの間ロンドンに新婚旅行で滞在し、自分たちが乗る船を目で確かめた。彼らはクロスキャペル夫人の下宿に行った。ゼビディーの叔父がロンドンに行くといつもそこを利用したからである。乗船の日まで十日あった。若い二人にとってこれは歓迎すべき休日で、この大都会を存分に見物して回るのが楽しみだった。最初の晩は劇場に行った。田舎の新鮮な空気に慣れていたから、ガス灯と暖房に息が詰まりそうになった。しかし、目新しい娯楽に心を奪われ、次の日の晩もまた別の劇場に行った。だがそこは、ジョン・ゼビディーには暑くて我慢できなかった。二人は劇場を出て、十時ごろ下宿に戻った。

ここから後はゼビディー夫人自身に語らせよう――

「私たちは部屋でしばらくしゃべっていました。ジョンの頭痛はどんどんひどくなりました。私は床に就くように言い、夫が早く寝つけるように、蠟燭を消しました。暖炉の火があったので、寝間着に着替えるのに十分な明かりはありました。ところが、夫は心が落ち着かず、寝られません。何か読んでおくれ、と夫は言いました。普段調子のいい時でも、夫は本を読むと眠たくなるのです。

私はまだ着替えていませんでした。そこで、また蠟燭をつけて、そこに持っていた、たった一冊の本を開けました。駅の本屋さんで『眠りの世界』という本をジョンが見つけて、私の夢遊病のことをよくあの人は冗談のネタにしましたから、「これならきっとお前は興味を持つよ」と言って、プレゼントしてくれたのです。

半時間も読まないうちに、ジョンは寝てしまいました。私はまだ眠くなかったので、一人で読み続けました。

その本はたしかに興味を持って読むことができました。特にある恐ろしい話が私の心を虜《とりこ》にしました――夢遊病の男が妻を刺し殺す話です。それを読み終わったところで本を置こうと思ったのですが、気が変わって、先に進みました。でもそこから後はあまりおもしろくありませんでした。人間はなぜ眠るのか、眠った状態の時脳がどう働くのか、といった問題についての難しい話ばっかり。おかげで炉端の肘掛け椅子に座ったまま、私は寝入ってしまいました。

寝入ったのが何時だったか、わかりません。どれだけの間寝ていたか、夢を見たかどうかもわかりません。蠟燭も暖炉の火も燃え尽きてしまい、目が覚めた時、部屋はまっくらでした。なぜ目が覚めたのかすらわかりません――寒かったからでしょう、多分。炉棚の上に予備の蠟燭がありました。マッチ箱を見つけて、火をつけました。それから初めてベッドの方を向きました。そして――」

そして彼女は、眠っている間に自分の横で殺された夫の死体を見た。かわいそうに、彼女はその光景を思い出しただけで失神した。

審理はいったん休止となり、彼女は丁寧な看護を受けた。医者に加えて、刑務所の教誨師も彼女の面倒を見た。

私はおかみと召使の証言については触れなかったが、それらは形式上行われたものにすぎなかった。彼女たちが知っているごくわずかなことの中に、ゼビディー夫人に不利な証拠となるものはなかった。最初に夫人が犯人は自分だと言ったのだが、警察はそれを支持する証拠を発見していなかった。かつての奉公先の主人夫婦は彼女を最大級の賛辞で褒めたたえた。我々の捜査はまったく行き詰まってしまった。

デルック氏に召喚状を送りつけるのはまだ早い、と警察は考えていた。しかし、法の動きは教誨師のよこした私信によって加速された。

二度夫人と会って話をしたこの聖職者は、彼女は夫の殺害に関して絶対に無実だ、と確信した。彼は宗教的な守秘義務から会話の内容を明かすことは許されないが、ただ、次の審理にデルック氏を召喚することを推奨したい、と言ってきた。警察はこの進言に従った。

審理が再開された時、警察はゼビディー夫人を犯人とする証拠を持っていなかった。法の裁きを助けるため、彼女は証人台に立たされた。彼女が深夜に目を覚まし、殺された夫を発見したことが手早く確認された。そして重要な質問が三つだけなされた。

第一点。凶器のナイフが提出された。あなたはそれをゼビディー氏が所持しているのを見たことがありますか？　いいえ。それについて何か知っていますか？　まったく何も知りません。

第二点。劇場から帰って来た時、あなたかゼビディー氏は寝室のドアに鍵を掛けましたか？　いいえ。あなたは後でドアに鍵を掛けましたか？　いいえ。

第三点。夢遊病で、寝ているうちにゼビディー氏を殺害したと信じる確たる根拠はあるのですか？　根拠はありません、ただ、あの時は気がおかしくなっていましたし、本にそのことが書いてあったのでそう思うんです。

この後、ほかの証人は退廷させられた。教誨師が便りをよこした意図が今や明らかになった。ゼビディー夫人に対して、デルック氏とあなたの間に何か不愉快な出来事がありましたか、と質問がなされたのだ。

はい、下宿屋の階段で、あたりに人がいない時につかまって――あの人、言い寄ってきたんです。あつかましくも、キスしようとさえしました。顔を平手打ちして、またやったら主人に告げますよ、と言ってやりました。顔をたたかれたので、あの人はひどく腹を立てて、「きっと後悔するぞ」と言いました。

相談の結果、警部の求めに応じて、ひとまずゼビディー夫人の証言はデルック氏には知らせないでおくことになった。証人たちが法廷に呼び戻され、氏は既に警部に述べたことをふたたび証言した。それから、ナイフについて何か知っているかと尋ねられた。彼は何のやましさも見せずにそれをじっと眺め、今の今まで見たことないものです、と言った。再開された審理は終わり、何の新しい発見もなかった。

しかし、我々はデルック氏から目を離さなかった。そして、ナイフの購入と氏を結びつけることができないか、考えた。だが、やはり何のめぼしい成果も得られなかった(この件は迷宮入りの運命《さだめ》なのか、とさえ思われた)。ナイフの刃の印から、シェフィールドの製造元の卸売商人を探すのは簡単だった。しかし、そこでは何万という単位でナイフが作られ、国内いたるところの小売業者がそれを売りさばいているし、国外でも売られている。ナイフがどこでだれによって購入されたかも知らないのに、ブツ切れの銘を彫った人物を探すことは、それこそ、諺に言う、干し草の山の中で針を見つけるようなものだった。我々の最後の手段は、銘が彫ってある面を上にしてナイフの写真をとり、それを全国の警察署に配ることだった。

同時に、我々はデルック氏の身元を洗い――つまり、彼の過去を調査して――彼が被害者を知っていたのではないか、二人の間にもめごととか、女性をめぐる敵対関係などがなかったか、探ってみた。だが、何の発見もなかった。

デルックは放埒な生活を送り、非常にたちの悪い連中とつきあいがあった。しかし、法を犯してはいなかった。たしかに、品行の悪いろくでなしで、女性を侮辱し、顔に平手打ちを食わされたら脅迫めいた科白を吐くかもしれない――だが、あの男のこういった人格上の汚点は、必ずしも、夜中にあの男が彼女の夫を殺したということにはつながらないのである。

というわけで、再度捜査結果を報告するために召集された時、我々は何の証拠も提出することができなかった。写真を配布したものの、ナイフの購入者は判明しなかったし、ブツ切れの銘も説明がつかないままだった。あわれなゼビディー夫人は、召喚されれば必ず出廷すると誓約したうえで、家族のもとに帰ることを許された。新聞には、一体これからどれだけの数の殺人が警察の目を逃れるのだろう、という記事が出た。大蔵省は捜査に必要な情報に対して百ポンドの懸賞金を出した。何週間か経ったが、その支払いを求めた者は誰もいなかった。

警部は簡単に降参する人間ではなかったので、さらに多くの尋問や調査がなされた。それらについては何を語る必要もない。我々は打ち負かされた——警察と世間一般に関する限り、それで一件落着だった。

若い夫の殺害はすぐに、ほかの未解決の殺人同様、忘れ去られた。たった一人の取るに足らない者のみが、愚かにも、暇な時間を利用して、「誰がゼビディーを殺したか」という難問を解決しようと努力し続けた。上司がしくじった事件で成功を収めたら警察組織の中で一番高い地位に出世できるだろうと思い、みんなの笑いものになっても、そのささやかな野心に執着した。簡単に言えば、その男とは私だった。

五

そうするつもりはなかったのだが、今、私は恩知らずな言い方をしてしまった。単独で調査を続けようという私の決意を笑わなかった人間が二人いた。一人はミス・マイバス、もう一人は料理人のプリシラ・サールビィである。

淑女の方から先に言うと、ミス・マイバスは、警察が敗北を認めたあきらめのよさに腹を立てていた。彼女は、きらきら光る小さな目をした、飾らずにものを言う人だった。

「私、しみじみ思うんです。いいですか、この一、二年を振り返ってみると、殺人があって犯人がわからないまま、という事件がロンドンで二つもありました。私だって、生身の人間です。明日は我が身かも、って思うじゃないですか。あなたはいい人みたいだし、度胸もあるし、根気がいい。気に入ったわ。必要があれば、いつでもこの家に来なさい。入るのになんだかんだ言われたら、私を訪ねてきたとおっしゃい。そう、あと一つ！　私は暇だし、馬鹿じゃありません。家に出入りする人は全部この居間から見えますから、あなたの住所を教えてください、もしかしたら、今からでもまだ、なにか新しい情報を伝えることができるかもしれません」

私を助けたいという気持ちはあったのだが、ミス・マイバスがそれを実現する機会はなかった。二人のうちでは、プリシラ・サールビィの方が役に立ちそうだった。

第一に、彼女は活発で、頭の回転が速い上に、(まだ次の職場が見つかっていなかったから)時間が自由に使えた。

第二に、彼女は信頼できる人間だった。ロンドンで召使奉公をするために家を出る前に、彼女の田舎の教区牧師は次のような人物証明を書いていた。

「私はプリシラ・サールビィを、彼女に務めることができるいかなる職に対しても(それがまっとうな職であれば)喜んで推薦いたします。彼女の両親は病弱の老人で、最近収入が減少したうえ、もう一人年下の娘を養わねばなりません。プリシラは、両親の重荷になるよりは、自らの収入を両親の援助に資するべくロンドンに出て召使の奉公をするのです。これ以上事情を説明するまでもありますまい。私はこの一家を長年知っています。私としては、自らの家にこの善良な娘に提供する働き口が空いていないことを悔やむのみであります。

ロス教区主任牧師、ヘンリー・ディアリントン」

この文面を読んだので、何らかの好結果を得るために殺人事件の捜査を再開する手助けを、プリシラに依頼してもよいと感じたのだった。

クロスキャペル夫人の下宿人たちの行動がまだ十分には精査されていない、というのが私の印象であった。それを補うため、プリシラに家政婦とデルック氏を結びつける何かを知らないか、きいてみた。彼女は答えを渋った。「私のせいで罪のない人に疑いがかかるかもしれませんし、それに、あの家政婦さんと一緒に仕事をしたのも、ほんの短い間なんです――」

「お前は家政婦と同じ部屋で寝てた。それに、家政婦が下宿人にどんな態度で接するか、観察する機会もあったはずだ。もし裁判で、今と同じことをきかれていたら、正直な人間として、それに答えただろう?」彼女はこの議論に屈した。彼女が教えてくれたことは、デルック氏および事件全体に新しい光を投げかけた。私はこの情報を頼りに動いた。通常の勤務があったので、捜査は遅々としか進まなかった。しかし、プリシラの助けを得て、私は目標に向かって着実に歩んで行った。

これに加えて、私はクロスキャペル夫人の美貌の料理人にもう一つ負うところがある。遅かれ早かれ告白せねばならないから、ここで言ってしまおう。私はプリシラのおかげで初めて人を愛するのがどういうことか知ったのだ。彼女のおかげで甘美なキスの味を覚えた。結婚を申し込んだ時、彼女はいやとは言わなかった。ただ、少し悲しそうな様子をしたのは間違いない。そして、「私たちみたいに貧乏な二人がどうして結婚することができるでしょう?」と言った。対して私は「警部が見つけられなかった手がかりをもう少しで発見できる。その手柄で結婚できる地位に昇進するさ」と答えた。

次に会った時、彼女の両親について話をした。今では私は彼女の婚約者だった。私と同じ身分の人たちの先例から判断すると、彼女の両親と私が会うのはきわめて正当な手順と思われた。彼女も私とまったく同じ考えだった。そこで、両親に手紙を書き、週末に我々が訪問することを知らせた。夜勤を志願して、次の日はほぼ一日自由の身となった。私は私服を着て、二人でイェイトランド行きの切符を買った。そこがプリシラの両親が住む村に一番近い駅だった。

六

汽車は、スケジュールにしたがって、ウォーターバンクという大きな町で停車した。次の職場がまだ決まっていなかったプリシラは針仕事で給金を得ており、晩遅くまで働いていたせいで、疲れて喉が渇いていた。私はソーダ水でも買ってやろうと汽車を降りた。駅の軽食堂の娘はソーダの瓶のコルクをはずすのにやけに時間がかかり、そのくせ私が手助けを申し出ると愚かにもそれを断った。彼女はコルク抜きを使ったが、歪んで入ってしまった。私は苛立って瓶を彼女の手からひったくった。ちょうどコルクが抜けた時に、発車のベルが鳴った。あわててソーダ水をグラスに注ぎ、軽食堂を出たのだが、汽車はもう動き始めていた。飛び乗ろうとしたら、駅員に止められた。私は乗り遅れてしまった。

腹立ちがおさまると、時刻表を見た。ウォーターバンクには一時五分に着いたのだが、幸いにも、一時四十四分に次の列車があり、それはイェイトランド（次の駅）に十分後に到着予定であった。プリシラも時刻表を見て、駅で待っていてくれることだろう。今からイェイトランドまで歩いても、時間を損するだけだった。待ち時間はそんなにもなかったので、町をちらっと眺めることにした。

ウォーターバンクの住民には申し訳ないが、そこは（よそ者には）退屈な町だった。そう思いながら通りをいくつか歩いていると、一つの店が注意を引いた。店自体がどうこうではなく、その店だけシャッターが閉まっていたからである。

シャッターには「貸店舗」の貼り紙がしてあり、この種の通知のしきたりにしたがって、店をたたんだ商売人の名前と業種が記されていた――「ジェイムズ・ワイコム、刃物製造」

この時初めて気がついた。ナイフの写真をばらまいた時、我々の網に穴があることに誰も思い及ばなかった——刃物屋の中には、引退したとか破産したとか、何らかの事情で調査されなかった者もいたかもしれないのだ。私は常に例の写真を身から離さず持っていたので、「可能性は低いが、ナイフとデルック氏を結びつけるチャンスだ！」と思った。

二度呼び鈴を鳴らすと、店のドアが開き、とても汚ない服を着た、ひどく耳の遠い老人が出てきた。「階段を上がって、スコリアさんと話しなされ——一番上の階です」と彼は言った。

私は老人のラッパ型補聴器に口を近づけ、スコリアとは何者か尋ねた。

「ワイコムさんの義理の兄さんじゃ。ワイコムさんは亡くなったんで、刃物の商売を買い受けたいんならスコリアさんに言いなされ」

この答えをきいて階上に上がった。スコリア氏は真鍮の表札に彫り物をしている最中だった。やせ細った顔にぼんやりした目の中年男だった。私は突然の訪問を詫び、写真を取り出した。

「この銘についてなにかご存じではありませんか？」

彼は拡大鏡でそれを見た。

「こりゃ不思議だ」彼は物静かに答えた。「この奇妙な名前を覚えてますよ——ゼビディー。そう、たしかに、中途までは彫りました。どうして最後まで行かなかったのかな？」

ゼビディーという名前と、ナイフのブッ切れの銘は国内のどの新聞にも載ったのだ。スコリア氏がかくも平然と答えるのをどう受け止めたらいいのかわからなかった。殺人事件の記事を読まなかったなどということがあり得るのだろうか？　それとも彼は共犯で、自分の感情を制御するとんでもない力を持っているのか？

「失礼ですが、あなた、新聞はお読みになりますか？」

「いいえ、全然！　視力が衰えましてね。商売柄、目を大事にしなくちゃいけないんで、字は読まないことにしてます」

「ゼビディーっていう名前を、新聞を読む人などが口にするのを耳にしませんでしたか？」

「そんなこともあったでしょうが、気にかけませんでした。一日の仕事が終わると、散歩に出ます。それから夕食をとり、一杯飲んで、パイプに火をつける。それからベッドに入る。退屈な生活とおっしゃるでしょうな！　わたしゃ、若い時はほんとにみじめな暮らしを送ったもんでね、ともかく食べていけて、ちょいと憩いがあれば、十分なんです——後は永《なが》の憩い、それ以上何も望みません。世間ってやつと縁が切れてから、ずいぶん久しいですが、それでいいんです」

あわれな男は正直に語ってくれた。彼を疑ったことを恥じつつ、私はナイフの件に話を戻した。

「これがどこで、誰によって購入されたか、知ってますか?」

「近頃は物覚えが悪くなりましてね。でも、助けになるものがここにあります」

彼は戸棚から、汚れた古い切り抜き帖を取り出した。書き込みのある紙切れがたくさん貼りつけてあるのが見えた。彼は索引か目次かを見た後、あるページを開けた。と、その物憂い顔に一瞬生気のようなものが現れた。

「ああ、思い出しましたよ。このナイフは階下の義弟の店で購入されてますね。記憶がよみがえってきました。そう、まさにこの部屋に、いきなり半狂乱の人が入ってきて、彫り物が途中なのに、ナイフをひったくっていったんです」

私は今や重大な発見の一歩手前にいると感じた。「思い出す糸口になったものを見せてもらってもいいですか?」

「いいですとも。私は銘や献辞などを彫り込む商売をしてます。いただいた注文の手書きの原本は、私のメモを書き加えて、この帳面に貼りつけて保存してあるのです。そうしておくと、まず、参考のため、新しいお客さんに見ていただくのに役立ちますし、もう一つ、私の記憶を補うのにも役立つのです」

彼は私が見やすいように切り抜き帖の向きを変え、ページの下半分を占めている紙を指さした。

ゼビディーを殺すのに使われたナイフに彫り込まれるはずだった銘の全文を私は読んだ。それはこう書かれていた――

「ジョン・ゼビディーへ　あなたのプリシラ・サールビィより」

七

あたかも罪の告白のごとくプリシラの名が眼前に現れた時、どんな思いが胸に浮かんだか、とうてい言葉では記せない。いくらかでも自分を取り戻すのにどれぐらいの時間がかかったのかも、わからない。一つはっきり思い出せるのは、かわいそうな彫り師をひどく怖がらせてしまった、ということだ。

何としてもまず手書きの原本を手に入れたかった。私は警察官の身分を明かし、犯罪捜査の援助を求めた。報酬さえ提供したが、彼は私が現金を差し出した手から身を退《しりぞ》けて、「無料《ただ》であげますから、もう二度と店に来ないでください」と言った。彼は原本をページから切り離そうとしたが、手が震えてできなかった。私がそれを切り離し、礼を言おうとすると、彼はそれを遮って、「帰ってくれ！　あんたの顔は気に食わない」と言った。

もっと証拠が上がるまでは、彼女の罪をそこまで確信すべきではなかった、とおっしゃる向きもあるかもしれない。彫り師の手からナイフをひったくったのが彼女であると仮定して、ナイフは彼女から盗まれて、賊が殺人を犯すのに用いられた可能性もある。なるほどそうだろう。しかし、彫り師の帳面にあった呪わしい一行を読んで以来、私の心の中に瞬時も疑念はなかった。

私は何の計画もないまま駅に戻った。彼女の後を追うために乗るはずだった列車はウォーターバンクを出てしまっていた。次に来た列車はロンドン行きだった。私はそれに乗り込んだ――依然、何の計画もなかった。

ロンドンのチャリング・クロス駅で友人に出会った。彼は、「ひどい顔してるじゃないか。一杯飲もう」と言ってくれた。

私は彼の後にしたがった。まさにアルコールこそ私の欲しいものだった。飲むと体がしゃんとして、頭がすっきりした。友人と別れて、少しすると、決心がついた。まず、警察の職を辞した(その理由はすぐ明らかになる)。次に、パブに宿をとった。彼女は間違いなくロンドンに戻ってきて、約束をたがえた理由が知りたくて私の下宿を訪ねるだろう。ただ一人この世で愛情をささげた女性を逮捕するのは、私のようなあわれな人間には、あまりにも過酷な義務だった。だから、警察を辞める方を選んだのだ。他方で、もし自分の感情の整理がつく前に彼女と会うと、その場で彼女を殺してしまうのではないか、という恐れもあった。あの女は私をだまして結婚するつもりだっただけでなく、無実の家政婦を殺人の共犯者に仕立て上げるところだったのだ。

その晩、胸に残る一抹の疑念を払う方策を思いついた。ロスの教区主任牧師に手紙を書き、彼女の婚約者であると告げた上で、ジョン・ゼビディーなる人物と彼女の関係について、もし知っていることがあれば、(当方の社会的立場を考慮して)ぜひ教えていただきたいと述べた。

すぐに以下の返信があった。

「拝復　そのようなご事情でしたら、プリシラの親族友人ならびに彼女に好意を寄せる者たちが彼女のためを思って黙っていたことを、ここだけの話として、お伝えしなければならないでしょう。

ゼビディーはこの近くで奉公していました。みじめな死に目にあった人物について、このようなことを言うのは気が引けるのですが、ゼビディーのプリシラに対する態度は残酷で無慈悲なものでした。婚約すると、腹の立つことに、どうせ結婚するのだからと彼女を誘惑しようとしました。彼女が健気にも抵抗すると、彼は我が身を恥じるふりをしました。結婚の予告が私の教会で出されました〔式を挙げる前に三度日曜に予告が出て、異議の有無を尋ねることになっていた〕。次の日、ゼビディーは姿を消し、彼女を捨てました。彼は有能な召使でしたので、別の働き口を見つけたと聞いています。かわいそうに、プリシラがこの仕打ちを受けてどれだけ苦しんだか、ご想像にお任せします。私の推薦状を持ってロンドンに出た彼女は、最初に見た広告に応募し、下宿屋で奉公し始めました。不幸な巡りあわせで、（事件の記事から察するに）そこへゼビディーがプリシラを捨てた後に結婚した女性を連れて投宿したのです。安心してください、あなたは立派な女性と結婚しようとしておられます。ご多幸をお祈りいたします」

この手紙から、牧師も家族も友人も、ナイフの購入についてまったく知らないのは明らかだった。その真実を知っているみじめな人間は、彼女に求婚した男だけだった。

私もまた卑劣なやり方で彼女を捨てた、と思われるのは心外だった。そうならないために策を講じる必要がある――とにかく、そう私は考えた。想像するだけでおぞましかったが、最後に一度どうしても彼女に会わねばならなかった。

彼女は下宿で針仕事をしていた。ドアを開けると、彼女は飛び上がった。頬は赤く染まり、目は怒りで輝いた。私は一歩進んだ――彼女は私の顔を見た。私の顔は彼女を黙らせた。

できるだけ言葉少なに話した。

「ウォーターバンクの刃物屋に行った。ナイフの柄に彫り込まれる予定だった銘の全文があった。筆跡はおまえのものだった。私の一言でお前は縛り首だ。ああ、神よ、許したまえ――私にはその一言が言えない」

上気した彼女の表情はたちまちおそろしい土色に変わった。発作を起こした人のように、目はじっと前を見据えていた。彼女は私の前に黙って立ちつくしていた。それ以上何も言わず、私は銘の原本を火にくべた。それ以上何も言わず、私は彼女のもとを去った。

あれから彼女に会っていない。

八

しかし、数日後、彼女から手紙が来た。それはずっと昔に焼いてしまった。燃やすと同時に忘れることができればいいのだが、今でもはっきり頭にこびりついている。もし気が確かなまま死ねるとしたら、この世で最後に思い出すのはプリシラの手紙だろう。

手紙にはおおむね教区牧師がすでに私に語ってくれたことが書かれていた。それに加えて、ゼビディーが似たようなナイフを失くしたので、代わりにあのナイフをプレゼントとして買った、と記されていた。土曜に購入し、銘を注文した。日曜に結婚予告が教会に出た。月曜に彼女は捨てられた。そして、作業中の彫り師のテーブルからナイフを取り去った。

ゼビディーがその妻を連れて下宿にやって来た時、はじめて、彼女は彼が侮辱に上乗せを加えていたことを知った。料理人としての仕事があるので、彼女は台所から出なかった――ゼビディーは彼女が同じ屋根の下にいるとは知らなかった。彼女の告白の最後の何行かはいまだに忘れられない。

「悪魔がとりついたんだと思います。寝ようとして階上《うえ》に上がっていく途中で、あの人たちの部屋のドアのノブを回してみると、鍵はかかっていませんでした。しばらく聞き耳を立ててから、覗いてみました。消えかかっている蠟燭の明かりで、二人の姿が見えました。一人はベッドで、もう一人は炉端で眠っていました。私は手にあのナイフを持っていました。突然、これで殺して、彼女が殺人罪で首をくくられればいい、という考えが浮かびました。やってしまった後、ナイフを引き抜くことはできませんでした。これだけは覚えておいて――私はあなたのことがほんとに好きでした。結婚を申し込まれた時、すぐに、はいと言わなかったのは、誰がゼビディーを殺したか知った時、あなたは自分の妻を縛り首にする気にはなれない、と思ったからです」

それ以来、プリシラ・サールビィの消息は一切ない。生きているのか、死んでしまったのか、私は知らない。彼女を絞首台に送らなかったということで私自身死刑に値する、と思う人も多いかもしれない。その人たちは、この告白を読んで、私がベッドの上で安らかに死んだと聞いたら無念がるだろう。その人たちを責めはしない。私は悔悛した罪人《つみびと》である。すべての慈悲深いキリスト者に永遠《とわ》の別れを告げて、結びとする。

キャサリン・ルイーザ・パーキス

引き抜かれた短剣

キャサリン・ルイーザ・パーキス（Catherine Louisa Pirkis 一八三九―一九一〇）は十冊を超える小説を残しているが、推理ものは女性探偵ラヴデイ・ブルックを主人公にした一連の短篇を集めた*The Experiences of Loveday Brooke, Lady Detective*（一八九四）の一冊のみ。主人公は三十過ぎの「まったく目立たない」女性で、ロンドンのリンチ小路にあるエビニーザー・ダイヤー氏の探偵事務所で働いている。二人は仲がいいのだがよく口論する、という設定。本篇は最初、女性読者の多かった「ラドゲイト・マンスリー」、一八九三年六月号に掲載された。

「短剣の一件はたしかに難問だが、ネックレスの盗難の方は、そうだな、子供にだって解ける謎だ」ダイヤー氏は苛立ちをあらわにして言った。「若い女が高価な宝石を失くして、そのことを内密にしておきたい、とくれば、答えは決まりきってるじゃないか」

「時によると」ミス・ブルックは冷静な口調で返した。「決まりきった答えは受け入れずに、しりぞけないといけませんわ」その朝二人はずっと、言うならば、「刃《やいば》を交えては引き、引いてはまた交える」という状態だった。その理由の一端はもしかしたら肌を刺すような東風にあったのかもしれない。この風のせいで、リンチ小路へやって来る道すがら、ラヴデイの目に細かい砂埃が入って涙が出たのだし、そしてついさっきは、その同じ風が煙突の煙を逆流させてダイヤー氏の顔に吹き当てたのだった。何にせよ、彼らはこんな状態にあった。この日ダイヤー氏と彼の同僚はいくつかの話題を会話に取り上げたのだったが、そのいずれについても、あたかも計画的にそうしているかのように、二人は真っ向から反対する立場をとったのである。

ダイヤー氏は今や癇癪を破裂させた。

刃を交える二人

氏は机を叩き、語気を強めて言った。

「決まりきった答えをしりぞけて、わざわざ玄妙な解を求めるのが原則だと言うなら、次は、二個のリンゴに二個のリンゴを足しても四個ではないと証明せねばならなくなって苦労するぞ。いいか、たとえ私と同じ観点からものを見ることができないにしても、それは君が癇癪を起こす理由にはならんのだ！」

「ホーク様が来ておられます」その時、事務員が部屋に入って来て告げた。

幸いにも、これで雰囲気がすっかり変わった。私的な場でどれだけ意見の違いがあっても、彼らはそれを顧客の目にさらすことは慎重に避けていた。

ダイヤー氏の苛々はたちまちにして消滅した。

「こちらへ入ってもらって」と彼は事務員に指示を与え、それからラヴデイの方を向いた。「このアントニー・ホークなる人物の家に、さっき言ったように、ミス・モンロウが今厄介になっている。国教会の牧師さんだったが、二十年ほど前、裕福な女性と結婚して以来、聖職には就いていない。北京《ペキン》にいたミス・モンロウを、好ましからぬ、面倒な求婚者から引き離すために、父上のサー・ジョージ・モンロウが中国から送り出して、彼の保護のもとに置いたんだ」

最後の一文は、ホーク氏が部屋に入って来たので、あわてて小声でつけ加えられた。氏はひげをきれいに剃った、白髪頭の、六十近い男で、ふっくらした丸顔にくっついた小さな鼻がどこか子供っぽい印象を与えた。彼の挨拶の仕方は洗練されてはいたが、いくぶん動揺して神経質な感もあった。常ならぬ不安と心配に一時的にさいなまれている、本来は気楽でのんきな人物、とラヴデイには見えた。

彼は落ち着かない視線をラヴデイに送った。ダイヤー氏は急いで、これが今回の事件の解決に手を貸してくれる女性です、と説明を加えた。

「そういうことでしたら、これを見ていただくことに異存はありません。今朝の郵便で来たんです。敵はまだしつこくつきまとってきます」

そう言って、氏はポケットから大きな四角の封筒を取り出し、そこから大判の紙を一枚引き抜いた。

この紙の上には、刃先の非常に鋭い十五センチほどの二本の短剣が、インクで粗っぽく描かれていた。

ダイヤー氏は興味津々でこのスケッチを眺めた。

「この絵と封筒を、前にあなたが受け取ったものと比べてみましょう」そう言って氏は机の引き出しを開け、まったく同じ封筒を取り出してきた。ただし、この封筒に入っていた紙には、短剣が一本だけ描かれていた。

彼は二つの封筒と絵を並べ、黙って見比べた。それから、一言もなしに、これらをミス・ブルックに手渡した。彼女はポケットから拡大鏡を取り出し、やはり注意深く入念な精査を加えた。

どちらの封筒も同じ製品で、表にホーク氏のロンドンの住所が、丸い、書き方の練習帳を思わせる子供っぽい筆跡でつづられていた。誰でも簡単に書けるが、個性がないため誰のものと特定するのが難しい字だった。どちらの封筒にもコーク〔アイルランド南部の都市〕とロンドンの消印がついていた。

しかし、第一の封筒に入っていた紙には一本の短剣しか描かれていなかった。

ラヴデイは拡大鏡を置いた。

「宛名を書いたのは疑いなく同一人物です。ですが、二本の短剣を描いたのは最初の短剣を描いたのとは違う人です。明らかに、最初の短剣は気が弱い、自信のない、絵が不得手な人間が描いたものです――線が揺れてますし、そこここで、いったん切れた後に書き足されてます。私の見たところ、二枚目の作者はもっと上手です。輪郭は粗っぽいものの、大胆でのびのびした感じです。持って帰って、家でゆっくり眺め比べたい気がします」

「君はそう言うだろうと思ってたよ」とダイヤー氏は満足げに言った。

ホーク氏は大いに狼狽している様子だった。

「なんですって！　まさか、二人の敵が私をつけまわしてる、って言うつもりじゃないでしょうね！　そりゃどういう意味ですか？　もしかして――ひょっとして、アイルランドの秘密結社か何かのメンバーがこれを送ってきたとでも？――もちろん、何かの不手際で――誰かと人違いして？　私宛のはずがない。生まれてこのかた政治活動なんてものには一切関わってませんから」

ダイヤー氏は頭を振った。「秘密結社のメンバーはこの種のものを送りつける場合、ちゃんとした情報に基づいて行うのが普通です。あの手の連中が人違いしたなんて聞いたことありません。アイルランドの消印に重きを置くべきではないでしょう。別の場所から注意をそらすという、ただその目的のためにコークで投函されたのかもしれません」

「なくなったネックレスについて、もう少し話を伺いたいのですが」ラヴデイはここで突然短剣から宝石へと話題を転じた。

ダイヤー氏は彼女の方を向いて、言葉を挟んだ。「この描かれた短剣は――引き抜かれた短剣という意味も込めて〔英語では「描かれた」と「引き抜かれた」の二つの意味が drawn の一語で表現できる〕――ネックレスの紛失とは切り離して、まったく独立した問題として考えられるべきだ、と私は思う。もう少しこの件について調査が進めば、二つの事柄は無関係だとわかるだろう、そんな気がするんだ。結局のところ、これらの短剣は、騒ぎを起こしてやろうっていう軽はずみな人物が冗談で――もちろん、バカな冗談だが――送ってきたと判明するかもしれん」

ホーク氏の顔が明るくなった。

「そう思いますか――ほんとうに、そう思いますか？　あなたの調査の結果、ことが誰かの悪ふざけだとわかったら、まったくもって一安心なんですが。世の中にはそんな手合いがたくさんいますからね。そういえば、甥のジャックが今いっしょに家にいるんですが、あれはこっちが期待するほどしっかりしてないし、友達の中にろくでもないのがたくさんいるに違いない」

「ろくでもないのがたくさんいる、と伺いますと」ラヴデイは言った。「ダイヤーさんの説がもっともらしく思われてきます。でも、同時に、私たちは反対側から事件を眺めて、これらの短剣が、あくまでも本気で、あなたを威嚇して事件の調査を妨げようとして、盗難にかかわりのある人たちによって送られた、という可能性も認めないといけないでしょう。そうするなら、どちらの糸をたどろうが、結局は同じです。短剣の送り主を見つければ、盗人に行き当たるでしょうし、逆に、盗人を見つければ、短剣の送り主がその近くにいるでしょう」

　ホーク氏の表情はふたたび暗くなった。

「私はまことに居心地の悪い立場にあります」彼はゆっくりと言った。「犯人が誰であるにせよ、向こうはこういう時の決まりにしたがって、次は三本の短剣を送ってくるでしょう。そうなったら、私はもう命がないと思わねばなりません。今になって思い当たったのですが、実は、最初の短剣の絵を受け取ったのは、召使たちの前で私が妻に警察に連絡をとると言った後のことでした。ネックレスは我々の家で紛失したのだから、サー・ジョージに対する徳義上そうせねばならない、と」

「奥様は警察を呼ぶことに反対されたのですか?」

「はい、大反対でしたよ。この件については何もしてくれるな、というミス・モンロウに全面的に賛成しとりました。実際問題、もしも妹の急病で家内が突然呼び出されなかったら、私は昨晩ダイヤーさんに相談しに来なかったでしょう。というか」ここで氏は前言を修正し、若干自らの権威を主張した。「ダイヤーさんに相談するのはもうちょっと遅れたかもしれません。どうか誤解のないように。私は自分が我が家の主《あるじ》ではない、と言っているのではありません」

「もちろん、もちろん」ダイヤー氏は答えた。「奥様、あるいはミス・モンロウは、この件であなたに動いてほしくない、という理由をいくつかでもおっしゃいましたか？」

「全部で百はありましたかな――とても覚えきれませんよ。ミス・モンロウは、そうなると法廷に出ないといけなくなります、法廷になんか絶対出ません、と言います。これがまず一つです。それから、ネックレスは私が手間暇かけるほど値打ちがあるものじゃない、と主張するのです。しかし、あれは彼女の母親の形見で、価値は九百ポンドと鑑定されてます」

「奥様の方は？」

「家内は、ミス・モンロウがいるところでは、この人の言うとおり、の一点張りでしたが、後でこっそり、警察を呼びたくない別の理由を教えてくれました。若い娘《こ》はみんな宝石の扱いがいい加減なんです、もしかしたら彼女は北京でネックレスを失くしたのかもしれません、だからそもそもここにはなかったのかも、ってね」

「なるほど」とダイヤー氏。「たしか、ミス・モンロウが英国に来て以来、だれもネックレスを見た者はいない、とおっしゃってましたね。宝石がなくなったことを発見したのは彼女だった？」

「そうです。娘さんがこっちに来ると知らせてこられた時、サー・ジョージは、追伸にネックレスのことを書いておられました。娘が宝石を持っているので、それを銀行の金庫に至急預けてもらえればまことに有難い、必要とあればすぐに取り出せるでしょうから、と。ミス・モンロウにこのことは二、三度言ったのですが、父上のご意向に従うつもりはまったくないようでした。その後、家内がこの件を引き受けました。家内は、まことに断固たる、きっぱりとした態度の持ち主でして、うちの中で宝石に何かあっても責任は持てません、すぐに銀行に預けてください、とミス・モンロウに忌憚なく言ったのです。これを聞いて、彼女は自分の部屋に行きました。で、しばらくして戻ってくると、ネックレスがなくなっている、と言うのです。自分自身でそれをケースに入れ、ケースは荷解きをした時、衣装簞笥に入れた――たしかに、ケースは簞笥の中にあった――そして、ケースの中のほかの宝石類は入れた時のままだった――しかし、ネックレスが置いてあった仕切りの中は空で何もない――そういう話でした。妻とメイドはすぐに階上に行き、部屋を隅から隅まで探しましたが、残念なことに、宝石は見つかりませんでした」

「ミス・モンロウには自分のメイドがいるのでしょうね?」

「いや、いないのです。北京からいっしょに旅立ったメイドはいました。年寄りの中国人で、これがひどい船酔いをおこしたので、マルタに着いた時、ミス・モンロウは彼女を上陸させました。そして、中国行きの船に乗せて国に帰すまで、ピー・アンド・オー船舶会社の人に面倒を見てもらうよう手配しました。どうやらこの中国人は、かわいそうに、命がないと思い込み、自分の棺桶がそこにないので、ひどく取り乱していたそうです。外国の土に埋められるってことを中国人はひどく恐れるのですな。この者が去った後、残りの航海の間、ミス・モンロウは三等船客の一人を臨時のメイドとして雇いました」

「北京からの長い航海で、ミス・モンロウの連れは中国人のメイドだけだったのですか?」

「いえ、お友達が何人か、香港までいっしょでした。そこが一番危なっかしい航路なんです。香港からは、コロンボ号に乗りこみ、連れはメイドだけでした。私はサー・ジョージに手紙を認《したた》め、ロンドンの港で彼女を出迎えます、と申し上げました。ところが、彼女はプリマスで船を降りてロンドンの私宛に電報を送り、鉄道で移動するので、よろしければ、ウォータールー駅でお会いしましょう、と言ってきたのです」

「どうやら独立心の強い娘さんのようですな。中国で教育を受けて育ったんでしょうか?」

「はい、フランス人とアメリカ人の家庭教師が入れ替わり立ち替わり。お母様が亡くなられた時、彼女はまだ赤ちゃんでした。たった一人のお子さんだったので、サー・ジョージは彼女と別れるご決心がつかなかったんです」

「あなたとサー・ジョージは昔からのお友達で?」

「ええ、二十年前に中国に行かれる前から、とても親しい間柄でした。厚かましく言い寄ってきたダンヴァーズからお嬢さんを引き離したいと思われた時、サー・ジョージが、退職年金が入って英国に屋敷を構えるまで彼女を預かってほしい、と私に言ってこられたのはまことに自然な成り行きでした」

「ダンヴァーズ氏のどこがご不満だったのでしょう?」

「彼はまだ二十一歳になったばかりの子供で、おまけに財産もありません。彼の父親は、税関に勤める資格を身につけさせるために、語学学習の目的で彼を北京に送りこんだのでした。彼が所帯を持つ地位に上るには、まだ十年余りかかるでしょう。一方、ミス・モンロウの方は、成人に達すれば、お母様の莫大な遺産を相続することになっているのです。サー・ジョージは、当然ながら、お嬢さんにいい縁組を望まれています」

「ミス・モンロウは渋々英国に戻ってきたわけですね?」

「そう思います。住み慣れた家や親しい友達と突然別れて、まったく見も知らぬ私たちのところに来るってのは、まるで、根元から引っこ抜かれたような感じだったでしょうな。彼女はとても静かな、恥ずかしがりの、内気な人です。どこにも出かけず、誰とも会いません。先日、サー・ジョージと中国でおつきあいのあった古いお友達が見えましたが、彼女はすぐに頭が痛いと言って寝込んでしまいました。今は誰よりも私の甥と仲がいいみたいです」

「現在、お宅にはどれだけの人が住んでいるのでしょう?」

「甥のジャックが駐インドの軍隊から休暇を取って帰ってきているので、普段より一人多い状態です。通常家にいるのは、私、家内、執事、料理人、家政婦、家内のメイドです。今はそのメイドがミス・モンロウのメイドを兼ねております」

ダイヤー氏は時計を見た。

「実は、十分後に大事な約束があるのです。後は、あなたとミス・ブルックで、いつどのようにして彼女がお宅で仕事を始めるかの段取りを決めてください。このような事件の場合、少なくとも第一段階では、屋敷の中に注意を集中させねばなりません」

「早ければ早いほどいいでしょう」ラヴデイが言った。「私は早速事件に取り組みたいです――今日の午後にでも」

一瞬間《ま》をおいてから、ホーク氏は若干ためらいつつ言った。

「今の予定では、家内は金曜、つまり、明後日に帰ってきます。ですので、その日の午前中までは家にいてもらって結構です。それを過ぎると、おわかりいただけるでしょう、もしかしたら、少々、そのう、具合が悪いと――」

「ええ、もちろんですわ」ラヴデイは相手の言葉をさえぎった。「今のところ、お宅に泊めていただく必要はありません。どうでしょう、私はウェスト・エンド（ロンドンの繁華街）の室内装飾の会社の社員ということにして、お宅の模様替えについて助言するにあたって家の中を見せてもらう、というのは？　私は手帳と鉛筆を手に持って、頭を少し傾けて、室内を歩き回るだけです。誰のじゃまにもなりません。みなさんは普段の生活をそのまなさってください。必要以上に長く居座ったりしませんから」

ホーク氏はこれに何の反対もしなかったが、辞去する際に、心配性なところを少々見せながら、一つだけお願いがありますと言った。

「もし、ひょっとして、家内が一本早い列車で帰ってくるとか電報をよこした場合には、なんと言うか、あなたは、その、うまく口実を見つけて、私が面倒なことに引き込まれないように――」

対してラヴデイは、そのような電報は送られてこないと信じております、でも、ともかく、当方の思慮分別は信頼してくださって結構です、といささか曖昧な返事をした。

タヴィストック広場にあるホーク邸の旧式の真鍮製ノッカーをラヴデイが持ち上げた時、近くの教会で四時の鐘が鳴った。年配の執事がドアを開け、彼女を二階の客間へ案内した。まわりをちらっと見ただけで彼女は、もしこれが見せかけでなく本物の仕事だとしたら、やり甲斐がたっぷりあるだろう、と感じた。家の中はたしかに何不足なく家具が整えられていたが、美を生活に必要と見なさないヴィクトリア朝初期の感覚がまぎれもなく刻印されていた。それは、老境に入って人生の飾りの部分に益々無関心になっていく人たちが、しばしば取り去るのを怠る類の刻印だった。

色の褪せた白色と金色の壁紙、クロスステッチで編まれたユリやバラの刺繍で覆われた椅子、テーブルや炉棚の上のあちこちに置かれた、昔日の名残をとどめる品々をつくづく眺めながら、ラヴデイは思った――「ここでは、若さは縁のないよそ者なんだわ。若い女の子たちをどっとこの部屋に入れて好きなようにさせたら、すぐに今とは違う感じになるでしょうに」

花綱飾りのついた黄色のダマスク織のカーテンが客間を二分しており、彼女は家の表に近い側にいた。このカーテンの向こう側から、若い男女の声が聞こえてきた。

「もう一度カードを切って」と男の声。「ありがとう。ほら、まただ。ハートのクイーンがダイヤに囲まれて、ネイヴ〔英国では十一の札をknaveと言う。この語には「悪い奴」の意がある〕に背を向けてる。ミス・モンロウ、その運命を実現させるのが一番です。あなたが国を離れるというのに何もしないで黙っていた悪い奴なんかには背を向けなさい、そして――」

「静かに！」娘は少し笑いながら言葉をはさんだ。「隣の部屋のドアが開くのが聞こえたわ――誰かが入ってきたのよ、きっと」

現在置かれた状況を考えると、当然胸の痛みがあるはずなのだが、娘の笑い声にはそれをしのばせる響きは一切ないようにラヴデイには思えた。

この時、ホーク氏が部屋に入って来た。ほぼ同時に黄色のカーテンの向こうから若い男女が入って来て、部屋を横切ってドアに向かった。

目の前を通り過ぎた二人をラヴデイはしっかり観察した。

青年は――明らかに、これが「甥のジャック」だろう――黒い髪に黒い目で、整った顔立ちをしていた。娘は金髪で、小柄で、華奢な感じだった。彼女はジャックの叔父を目の前にすると、ジャックといる時に比べると、明らかに居心地が悪そうだった。彼女の態度は堅苦しい、内気なものに変わった。

「ビリヤードをしに下に行くところです」とジャックはホーク氏に言い、ラヴデイに向かって好奇心に満ちた視線を投げた。

「ジャック、もし屋敷を上から下まですっかり模様替えすると言ったら、お前どう思うかね？　こちらはそれについて助言してくれる方なんだ」

ラヴデイの偽装について、ホーク氏が（イギリス人として）口に出して言える嘘はそれが限界だった。

「あ、そうなんですか」ジャックはすぐに言葉を返した。「まあ、時期尚早ではありませんね――含みを持たせた言い方をするなら」

それから若い二人は連れだって部屋から出て行った。

ラヴデイはすぐに仕事に取りかかった。

「よろしければ、今すぐ、一番上の階から家の調査を始めたいと思います。使用人にすべての寝室を案内するよう指示していただけないでしょうか？　できれば、ミス・モンロウと奥様のお世話にあたっているメイドがいいのですが」

ホーク氏が呼んだメイドは、家の様子に完全に調和した女性だった。ただし、齢を経て色褪せたという点に加えて、驚くほど不機嫌な顔を見せ、このように自分を呼びつけるホーク氏を厚かましいと思っているかのような物腰だった。

勿体ぶった沈黙を守りつつ、メイドはラヴデイを連れて、召使の寝室がある最上階を回った。そして、彼女が帳面にあれこれメモを取るのをいささか傲慢な表情を浮かべて眺めた。

依然勿体ぶった沈黙を守りつつ、メイドは主たる寝室のある三階へと彼女を導いた。「ミス・モンロウのお部屋です」彼女はそう言ってドアを開け、自らの口をぴしゃりと閉じた——もうそれを開くことは二度とありませんと言わんばかりに。

ラヴデイが入った部屋は、家全体とおなじように、ヴィクトリア朝初期のスタイルで統一されていた。ベッドには、裏地のついたピンクのどっしりしたカーテンがかけられ、化粧台にはおよそテーブルには似つかわしくないモスリンのひだ飾りが施されていた。しかし、主にラヴデイの注意を引いたのは、部屋中がとてもきれいに片づいている、という点だった。それはあくまでも住む人の快適さと便利さをまず念頭に置いた整頓であり、第一級のメイドの存在を示しているように思われた。すべては、言わば、ミリ単位の正確さで片づけられていた。それでいて身繕いをするのに必要なものは、すぐ手の届くところにあった。椅子の背中にかけられた化粧着のそばには足のせ台とスリッパが置いてあるし、化粧台の前の椅子の右手には小さな日本風のテーブルがあり、その上にヘアピンを入れた箱、櫛、ブラシ、手鏡が置いてあった。

「この部屋には相当お金をかけないといけませんね」ラヴデイは厳しい目であたりをくまなく見回しながら言った。「隅の角張った感じを取るには、ムーア風の木細工しかないわ。それにしても、ミス・モンロウにはなんてすばらしいメイドがついてるんでしょう。こんなに整理が行き届いて、それでいて居心地のいい部屋は見たことありません」

これだけ露骨な誘いかけを受けると、さすがにこの不機嫌な顔のメイドも口を開いて答えざるを得なかった。

「私が今はミス・モンロウのお世話をさせていただいてます」彼女は不愛想に言った。「でも、実を言うと、ミス・モンロウはメイドなんてほとんど要らないんです。こんなお嬢様にお仕えしたことはありません」

「たいてい何でも自分でする、ってこと？　手助けが要らないの？」

「これまで側仕えをさせていただいたほかの人とは全然ちがいます」彼女は輪をかけて不愛想に言った。「着替えの手伝いも要らないとおっしゃるし、毎日部屋を出る前にきちんと整頓されます。鏡の前に椅子を置くところまでなさいます」

「おまけに、ヘアピンをすぐに使えるように、箱のふたを開けておくわけね」ラヴデイは、化粧道具をのせた日本風のテーブルの上に一瞬体をかがめて言った。

彼女はこの部屋の観察にはあと五分あてただけで、勿体ぶったメイドが驚いたことに、残りの寝室を見て回るのは次の機会にすると言った。そして、客間の入り口でメイドと別れ、帰る前に会いたい旨をホーク氏に伝えるよう頼んだ。

ホーク氏はすぐに現れた。ひどく動揺し、手には電報を持っていた。

「家内が今晩戻ると言ってきました。今から半時間でウォータールー駅に着くんです」氏は茶色の封筒を差し出して言った。「ミス・ブルック、どうします？　言ったでしょう、家内はこの件の捜査には反対なんです。で、家内はいったんこうと言ったら、その、断固たるところがあって——ですから——ですから——」

「どうぞご安心ください。このお屋敷の中でしたいと思っていた用事は全部かたづきました。後の捜査はリンチ小路でも、私の家でもできます」

「もう全部かたづいたって！」ホーク氏は驚いて鸚鵡返しに言った。「でも、あなた、家《うち》に来て一時間も経たないじゃないですか。ネックレスか短剣について、何か発見があったんですか？」

「まだ質問はご勘弁願います。そのかわり、いくつか教えていただきたいのです。ミス・モンロウが来られてから、手紙を出したり、受け取ったりなさったことがあるかどうか、ご存じですか？」

「はい、知ってますとも。サー・ジョージは娘さんの文通について、ダンヴァーズとのやりとりがあればすぐにわかるよう目を光らせてほしい、とはっきり指示してこられました。しかしながら、今のところ、彼女は手紙を送ろうとはしてません。文通に関しては、まったくあけっぴろげで、自分がもらった手紙は全部私か、家内に見せてます。

どれもサー・ジョージのお友達からで、彼女が英国にいるならぜひ会いたい、という内容のものです。残念ながら、彼女はちょっと変わっていて、手紙を書くということがとても嫌いなようです。家内から聞いたんですが、もらった手紙のどれにも返事を書いてません。家《うち》にきてから、人の見てるところで一度もペンを握ったことがない。仮に隠れて書いているとしても、どうやってそれを投函するのか私にはわかりません――一人で外出しませんし、召使に頼む機会もない。頼むとしたら家内のメイドですが、こういうことに関してあれを疑う余地はありません。よく注意してありますし、あれは若い娘のひそかな文通を助けるような女じゃないですから」

「ほんとにそうですわね！　あなたが郵便で短剣を受け取られた時はいつも、ミス・モンロウも朝食のテーブルにいっしょにおられたのですか――たしか、短剣は朝一番の配達で受け取ったとおっしゃってましたね？」

「そうです。ミス・モンロウは食事の時間はきちんと守る人で、どちらの時も居合わせてました。もちろん、ああいう不愉快な手紙を受け取ったものですから、私は思わず叫び声を上げ、テーブルのみんなに手紙を回しました。ミス・モンロウはとても心配して、この秘密の敵はいったい誰なんでしょう、と言ってました」

「なるほど。さて、ホークさん、特別なお願いが一つあります。それをきっちり私の指示どおりに実行していただきたいんです」

「ちゃんと指示どおりに実行しますよ」

「ありがとうございます。明日、朝の配達で例の大きい封筒が来て、中に二本じゃなくて三本の短剣の絵が入っていたら――」

「何だって！　何でまたそんなことが起こるって思うんです？」ホーク氏はひどく動揺して声を上げた。「どうしてそんな話に納得せにゃならんのです？　私はもう命がないってあきらめにゃならんのですか？」

彼はとても興奮して部屋をぐるぐる歩き回った。

彼はとても興奮して……

「私があなたの立場なら、あきらめはしません」ラヴデイは穏やかな口調で答えた。「どうか、最後まで言わせてください。もし万一、明日朝の配達で、例の大きい封筒が来たら、ほかの封筒の時と同じように、朝食のテーブルで家族みんなの目の前でそれを開封して、ひょっとしたらそこに入っているかもしれない絵を、奥様と甥御様とミス・モンロウに回してくださるようお願いいたします。お約束いただけますでしょうか？」

「ええ、いいですとも。わざわざ約束しなくても、きっとそうしたでしょう。しかし――しかしですね――わかってもらえると思いますが、私は今まことに居心地の悪い立場にあります。それで、どんなもんでしょう、もし教えてもらえれば、いや、もう少し説明してもらえれば、嬉しいんですが」

ラヴデイは自分の時計を見た。「奥様がちょうどウォータールー駅に到着される頃ですわ。もうおいとましないと、ご迷惑でしょう。明日、十二時にガワー街の私の部屋までお越しください。これが私の名刺です。その時にはちゃんとした説明ができると思います。では、失礼いたします」

老紳士は彼女を丁重に階下に案内し、戸口で握手した時、またもや強い調子で、自分の「まことに居心地の悪い立場」がわかってもらえるでしょうな、と念を押した。

別れ際のこれらの言葉が、翌日氏がガワー街のラヴデイの部屋に姿を現した時の最初の言葉だった。もっとも、この時氏の動揺はさらに度を増していた。

「私ほど嘆かわしい立場に立たされた人間はいませんよ!」氏はラヴデイがすすめた椅子に腰を下ろすとそう言った。「あなたが予期してた三本の短剣を受け取った上に、まったく予期せぬ心配事が新たに加わったんです。今朝、朝食が済むとすぐに、ミス・モンロウは一人で家を出ました。どこに行ったのか誰も知りません。彼女はこれまで一度も一人で外出したことはないんです。召使は彼女が出て行くのを見たんですが、私にも家内にもあえて報告しませんでした。てっきり、私たちが知っているものと思い込んでおったのです」

「すると、奥様は帰ってこられたのですね。さて、こう言うと、きっとびっくりされるでしょうが、お宅をそそくさと出て行った若い女性は、現在、本名のメアリー・オグレイディの名でチャリング・クロス・ホテルに部屋を取っています」

「え、何! ホテル! 本名オグレイディ! まったくわけがわからん!」

「そうでしょうとも。説明させてください。あなたがお友達の娘さんとしてお宅に受け入れられた女性は、実は、中国人のメイドがマルタで船を降りた時、ミス・モンロウがその穴埋めに一時的に雇った女性なのです。今申しましたように、本名はオグレイディで、北京を発つ前にミス・モンロウが恋人ダンヴァーズ氏といっしょに考えたに違いない計画を実行するにあたって、とても有能な助手ぶりを発揮しました」

「え、何！　いったいどうしてそんなことがわかったんです？　いや、そもそも事のいきさつを説明してもらえませんか」

「最初に事のいきさつをお話しします。それから、どうしてそれがわかったかを説明いたしましょう。これまでのことから推理しますと、ミス・モンロウはダンヴァーズ氏と示し合わせて、十日遅れで氏が同じ航路をたどってプリマスに上陸し、そこでミス・モンロウの居場所を知らせる手紙を待つ、という計画を立てたのです。船に乗るとすぐ、知恵を絞り、精力的に計画を実行に移しました。計画を妨げるものすべてに対して策が講じられました。第一に、中国人のメイドを追い払うこと。彼女は主のサー・ジョージに忠誠を尽くし、邪魔をする可能性がありました。彼女がひどい船酔いになったのは疑いありません、初めての船旅でしたから。でも、おなじくらい疑いなく、ミス・モンロウは彼女の恐怖心を利用して、マルタで下船して次の中国行きの船をつかまえて国に帰るよう、説得したのだと思います。第二に、身代わりを探すこと。ミス・モンロウが自分自身の問題に思いどおりの決着をつける間、なにがしかの報酬と引き換えに、英国で父親の知り合い相手に北京帰りの遺産相続人の役を演じてくれる人物です。コロンボ号の三等船客にすぐそんな人が見つかりました。母親といっしょにセイロンから乗船したメアリー・オグレイディです。ちらっと見ただけですが、おそらく彼女は長い間故国《ふるさと》に帰っていないのだと私は想像します。彼女がどれだけ巧みにお宅で役を演じたか、あなたは既にご存じです。嘘がばれるような会話をしなくてすむように、サー・ジョージの中国関係のお友達との付き合いをうまい具合に避けて、それからペンとインクを使うのも避けて――」

「わかりました、わかりました」ホーク氏は相手をさえぎって言った。「でも、ブルックさん、今すぐチャリング・クロス・ホテルに行って、その女がミス・モンロウの行動について知ってる限りのことを聞き出した方がいいんじゃないですか？　その女は逃げ出すかもしれませんよ」

「いえ、逃げ出しはしないでしょう。二時間前に、コークのウォーバン・プレイス十四番地、オグレイディ夫人に宛てて打った電報の返信を辛抱強く待っているはずです」

「いやはや、どういうことです？　なんであなた、そんなことを知ってるんです？」

「今日うちの者に彼女を見張らせていたのですが、このささやかな情報は、その者の機転で簡単に得られました。でも、この込み入った一件に関するそれ以外の事実を収集するのは、はるかに困難でした。私を答えに導いてくれる最初のヒントになったのは、あなたを仰天させた、例の短剣の絵なんです」

「おお」ホーク氏は大きく息を吸い込んだ。「いよいよ短剣の話になりましたな！　あの件について、あなたが私の不安を解消してくれると信じてますよ」

「そうなればいいのですけれど。三本の短剣を今朝送ったのは私です、と申し上げれば驚かれるでしょうか？」

「あなたが！　そんなことってあるんでしょうか？」

「はい、私がお送りしました。理由は今から説明いたします。でも、話を頭から始めさせてください。あの粗っぽいスケッチは、あなたには流血と乱暴の恐ろしい印象を与えたのですが、私にはもっと平和的で当たり前の説明があるように思われました。つまり、あれは武器ではなく、紋章を示しているのです。反抗的なメンバーをおとなしくさせるために秘密結社が用いる剣ではなく、騎士の盾に見られる、先のとがった十字なんです。このスケッチをもう一度ご覧になれば、私の言うことがおわかりになるでしょう」こう言って、ラヴデイは、ホーク氏の心胆を寒からしめた手紙を机から取り出した。

「まず、第一に、普通、短剣の刃は、少なくとも全体の三分の二の長さがあります。このスケッチですと、刃にあたる部分は柄《つか》よりも短いのです。第二に、鍔《つば》がないことに注意してください。第三に、あなたなら武器の柄にあたるとおっしゃる部分が四角になっていますね。私は、これは十字軍の十字の先端部ではないかと思ったのです〔五三六頁に参考イメージを付す〕。ここに描かれているような柄を手で握ることはできません。昨日、あなたがリンチ小路の事務所を去られた後、私は大英博物館に行って、紋章学のいい本にあたってみました。前にも何度か役に立った本です。すると、私の推測は意外な形で裏づけられました。盾に記された十字の例を調べていると、アンリ・ダンヴァーズなる人物がエドワード一世のもとで十字軍の遠征に加わった時、自分の家紋を盾の頂飾にしたものに出くわしました。以来それがダンヴァーズ家の紋として代々伝わっているのです。これは私にとって重要な情報でした。コークにいる誰かが、あなたの家に宛てて、二度ダンヴァーズ家の紋章を送ってきた——これは、あなたの家にいる誰かへのメッセージと考えるほか、説明がつきません。この考えで頭がいっぱいのまま、博物館からピー・アンド・オー社に向かい、コロンボ号の乗客名簿を見せてもらいました。驚くほど短いリストでした。たいていの人は、できるなら、秋分のあたりにビスケー湾を横切る航海は避けるのでしょうね。ミス・モンロウのほかにプリマスで降りたのは、オーストラリア帰りでセイロンから乗り込んだ三等船客の、オグレイディという名の母娘だけでした。この名前と〔オハラ、オコナーなど「オ」で始まる名前はアイルランドに多い〕、プリマスで船を降りたことから考えて、二人の行き先はコークである可能性が浮かび上がりました。次に、応対してくれた事務員さんに、友人が到着したかもしれないのでと言って、コロンボ号の後に入ってきた郵便船の乗客名簿を見せてもらいました。そのリストを見るとすぐに、わたしたちのよく知っている、ウィリアム・ウェントワース・ダンヴァーズの名前がありました」

「まさか！　図々しい奴だ！　よくもそんなことが！　自分の名で！」

「北京を後にするもっともらしい理由をでっちあげるのは簡単だったはずです、身内が亡くなったとか、親が病気だとか。サー・ジョージとしては、お嬢様が出発されたすぐ後でこの人物が英国に向かうのを歓迎されなかったでしょう――ひょっとしたら次の中国からの便でそのことをあなたに書いてこられるかもしれません――とはいえ、帰国を妨げるのは不可能でした。そして彼は、ミス・モンロウ、オグレイディ母娘と同様、プリマスで船を降りたのです。昨日の午後、お宅に伺った時、ここまでの情報は得ておりました。そして、客間で待たせていただいた何分かの間に、たまたま、別の重要な情報が手に入りました。甥御様とミス・モンロウ（を名乗っていた人）の会話が聞こえてきたのですが、彼女の発した言葉で、生まれがどこかわかったのです。それは、静かに《ハッシュ》、という一言でした」

「ほんとですか？　そりゃ驚きだ！」

「イギリス人とアイルランド人で、この語の発音が違うのにお気づきになったことはありませんか？　イギリス人の発音ははっきり「ハ」の音で始まりますが、アイルランド人の場合は、同じぐらいはっきりした「ウ」の音で始まります。この「ウ」の音でその人の生まれたところがわかるのです。この癖は一生なおりません。アイルランド人がよその国に行くと、「フィスト」〔アイルランド方言の「静かに」〕が「フィッシュ」になり、時がたつと「フィッシュ」が「ウフッシュ」になったりするようですが、「ハッシュ」にはなりません。ミス・オグレイディの発音は、まぎれもないアイルランド人特有の「ウフッシュ」でした」

「そこからメアリー・オグレイディがうちでミス・モンロウの役を演じているという結論を引き出したんですか？」

「いえ、すぐにその結論を出したわけではありません。たしかに、疑いは強くなりました。その疑いは、奥様のメイドといっしょにあの人の部屋に行った時、さらに強まりました。部屋が驚くほどきっちり整頓されていたのです。良家の女性とメイドでは、整頓の仕方がぜんぜん違います。メイドがいなくて整頓能力のある方は、部屋で用が済むと、ものをかたづけて見た目をきれいにします。次にそこで着替えをする時にどこに何があったら便利か、というようなことはまず考えません。女主人の便宜を考える習慣のあるメイドは自動的にそれをします。ミス・モンロウの部屋で私が見たのは、良家の女性の整頓ではなく、メイドの整頓でした。ところが、ミス・モンロウのメイドは、お嬢様自身が部屋の整頓をなさる、と言います。というわけで、部屋を眺めながらあそこに立っていると、はかりごと(と言ってよろしいでしょうか)の部分、部分がつなぎ合わさって、全体がはっきり見えてきたのです。「かもしれない」はすぐに「違いない」となり、その結果、また新たな推論が生まれました。仮にミス・モンロウとメアリー・オグレイディが入れ替わることに同意したとします。北京帰りの遺産相続人はコークのつましい家でメアリー・オグレイディになりすまし、その逆の芝居がロンドンで進行する。それなら、二人はどうやって連絡を取り合うと決めたのか？　メアリー・オグレイディはいつお芝居をやめて母親のもとに帰ってもいいと判断するのか？　こういった情報が必要なのは明らかでした。それをやりとりするのが難しいのは、同じくらい明らかだったでしょう。この困難を克服するために二人が考えた手立ての巧妙さはほめてやらねばなりません。はっとするような匿名の手紙がお宅に来れば、すぐに話題にされるに決まっています。そうすれば、疑惑を招かずに暗号で知らせを送ることができます。短剣と見間違えられるダンヴァーズの家紋を使うのは自然な思いつきでした。ミス・モンロウは恋人からの手紙の封蠟にそれが押してあるのを何度も見ていたでしょうから。こう考えた時、一本の短剣(あるいは十字)はミス・モンロウとオグレイディ夫人が無事コークに着いたことを知らせるものだ、と思いあたりました。次にあなたが受け取られた二本の短剣(十字)はダンヴァーズ氏がプリマスに着いた日に送られてきました。絵はおそらく彼が描いたものでしょう。となると、ミス・モンロウとこの若者が結婚したのでメアリー・オグレイディが面倒なお芝居を続ける必要がなくなった、と知らせるのが三本の短剣(十字)であってもおかしくありません。その考えが浮かぶとすぐに、三回目の連絡に先んじて絵を送り、どうなるか見てみようと決めました。先の二つと同じような短剣(十字)の絵を三つ描いてもらい、朝の配達で届くように投函しました。それから、リンチ小路の事務所の者にお宅を見張るよう命じ、特にミス・オグレイディを尾行して一日の動きを報告するよう指示を与えました。すぐに、予想どおりの結果が出ました。今朝九時半ごろ当方に電報が届き、ミス・オグレイディを尾《つ》けてお宅からチャリング・クロス・ホテルまで来た――彼女は電報を送った――宛先は(用紙を預かったホテルのボーイを電報局まで尾けたのでしょう)コーク、ウォーバン・プレイスのオグレイディ夫人と聞いた、との連絡を受けたのです。この情報を得てから、ちょっとした電報の十字砲火がロンドンとコークの間で交わされました」

「電報の十字砲火って、何なんです?」

「こういうことです。オグレイディ夫人の住所がわかるとすぐに、私は娘の名前で彼女に電報を送り、返事はホテルではなく、ガワー街一一五Aに送るよう言ったのです。

一時間足らずのうちに、この返事が来ました。興味深くお読みいただけるでしょう」

そう言って、ラヴデイは電報――机の上にあった何通かの一つ――をホーク氏に手渡した。

彼はそれを広げた。そこにはこう書いてあった。

「どういうこと？　なぜ急ぐ？　今朝結婚した。打合せどおり明日知らせる。今晩はタヴィストック広場に帰れ」

「今朝結婚した」ホーク氏は呆然とその言葉を繰り返した。「かわいそうなサー・ジョージ！　きっとがっかりされるだろう」

「済んだことはもうどうしようもありません。サー・ジョージがなんとか最善の対応をされることを祈りましょう。この電報に返信して、新婚夫婦の動きについて尋ねたら、こういう返事でした」

彼女はそれを読み上げた。

「明晩プリマス着。打合せどおり翌朝チャリング・クロス・ホテル」

「ということは」ラヴデイは続けた。「もしミス・モンロウのお芝居について直接ご意見なさりたいなら、プリマスからの列車の到着ホームにいらっしゃればよろしいのです」

その時、メイドが入ってきて、「ミス・オグレイディという方が、お二方にお会いしたいと」と言った。

「ミス・オグレイディだって!」ホーク氏は驚いてその言葉を繰り返した。

「あなたがここに来られる前に、彼女に電報を打ちました。紳士と淑女に会いにこの住所に来るように、と。彼女はてっきり新婚夫婦に会えるのだと思って、ただちに私の要求に応じたわけです。こちらへお通しして」

「ややこしいなあ――わけがわからん」ホーク氏は椅子に深く身を沈めながら言った。

「頭の整理がつきませんよ」

とはいえ、彼の困惑ぶりは、部屋に入ってきたミス・オグレイディの困惑ぶりに比べれば何でもなかった。何しろ彼女は幸せいっぱいの新婚夫婦に会うのを予期していたのに、先ほどまで親代わりだった人物に面と向かうことになったのだから。

驚愕と苦悩を絵に描いたような姿で、娘は黙って部屋の真ん中に立っていた。

ホーク氏も言葉に窮した様子だったので、ラヴデイが先陣を切った。

「どうぞそこに座って」ラヴデイは椅子をすすめた。「いくつかききたいことがありますので、ホーク様と私はあなたをここに呼んだのです。でも、その前に言っておきますが、ミス・モンロウとあなたのはかりごとはすでに明るみに出ました。もし寛大な処置を望むなら、私たちの質問にできるだけ正直に答えるのが得策ですよ」

娘は泣き出した。「始めから終わりまで、悪いのはミス・モンロウです。母は乗り気じゃありませんでした。私もです。別の人間になりすまして、紳士の家に入り込むなんて。百ポンドも、もらいたく――」

そこで激しくしゃくりあげ、娘は先が言えなくなった。

「あら」ラヴデイは軽蔑をあらわにして言った。「じゃ、人をだましたお礼が百ポンドだったわけ?」

「私たち、もらいたくなかったんです」娘は肩を震わせ、涙ながらに語った。「でも、ミス・モンロウは、それならほかの人に頼むだけよっておっしゃるんで、それで、引き受けてしまいました。私の役割は――」

「あのね」ラヴデイは相手の言葉をさえぎった。「あなたの役割についてはもう大方わかってるんです。こちらが知りたいのは、ミス・モンロウのダイヤのネックレスがどうなったか、ということ。あれは今誰が持ってるの?」

娘のすすり泣きはさらに激しさを増した。「私はネックレスのことには何のかかわりもありません――さわったこともありません。北京を発つ二、三か月前に、ミス・モンロウがダンヴァーズ様に渡されて、それをあの方が香港のお知り合いの宝石屋に送られたのです。お金を借りるために。デカストロっていう名前を、ミス・モンロウが言っておられました」

「デカストロ、香港、宝石屋――それだけわかれば、住所はつきとめられるでしょう」ラヴデイは手帳に書きつけながら言った。「たぶん、ダンヴァーズ氏は煙草銭と旅費を差し引いて、残りのお金をミス・モンロウに渡し、ミス・モンロウはそのお金を使ってあなたたち親子を買収して、人をだます手伝いをさせた。おかげであなたたちは監獄行きね」

娘は真っ青になった。「お願いです――どうか、監獄行きは堪忍してください！」彼女は手を合わせて懇願した。「私たち、ミス・モンロウからいただいたお金には一切手をつけてません。見逃してくださったら、あのお金にはさわりません。どうか、どうか、お目こぼしを！」

ラヴデイはホーク氏の方を見た。

彼は椅子から立ち上がった。「一番いいのは、できるだけ早くコークの母親のもとに帰って、こんな危ない橋は二度と渡らぬよう忠告することだ。手元に現金はあるのかね？　ないのか、じゃ、これをあげるから、すぐ国に帰りなさい。ミス・モンロウ、じゃなかった、ダンヴァーズ夫人の荷物は本人に引き取ってもらおう。とにかく、引き取りに来るまで預かっておく」

娘が支離滅裂な感謝の言葉を述べ、部屋から出て行くと、ホーク氏はラヴデイに言った。

「こう決める前に、家内と相談したかったところですが」それから少々ためらいつつ、つけ足した。「しかし、ほかに手の打ちようはなかったですな、私としては」

「事情をすべてお聞きになったら、きっと奥様はあなたのなさったことをよしとされるでしょう」

「それと」老牧師は言葉を継いだ。「もちろん、今からすぐサー・ジョージに手紙を書かねばなりませんが、もう事はなされたのだから、好ましからぬ状況を受け入れて、そのうえで最善の策を施すしかありません、と進言します。「不治の病に治療は無駄」って言いますからね。そうでしょ、ブルックさん？　それにしても、いやはや、甥のジャックも危ないところだったなあ！」

G・K・チェスタトン

イズリアル・ガウの名誉

『ブラウン神父の童心』
初版表紙

カトリック教徒としての立場から多岐にわたる著作を残した評論家ギルバート・キース・チェスタトン(Gilbert Keith Chesterton 一八七四―一九三六)の重要な作物の中に、小柄でずんぐりした冴えない容貌のブラウン神父を主人公にした五十を越える短篇推理小説(一九一〇―三六)がある。本作は初めフィラデルフィアの「サタデイ・イヴニング・ポスト」誌(一九一一年三月十五日号)に掲載され、その後ブラウン神父ものを集めた最初の短篇集『ブラウン神父の童心』(一九一一)に収録された。初出時のタイトルは「奇妙な正義」。

灰色のスコットランドの格子縞の肩掛けを身にまとったブラウン神父が、灰色のスコットランドの峡谷の端に到達し、風変わりなグレンガイル城を目にした時、オリーヴ色と銀色の空の下で、荒れた夕べが近づきつつあった。城は谷間《グレン》の端を塞いで、袋小路のようにしていた。まるで世界の端に来たようだった。フランス風の古いスコットランドの館城《シャトー》に見られる、海緑色のスレートを使った傾斜の強い屋根と尖塔を備えて聳《そび》えるその姿は、イギリス人にはおとぎ話の魔法使いが被っている禍々《まがまが》しいとんがり帽子を思い起こさせた。そして、緑色の塔のまわりで揺れている松の木は、それとの対照で、群がる無数のワタリガラス〔西洋ではしばしば悪魔と連想づけられた〕のごとく黒々として見えた。この、夢のような、あるいは眠っているとでも言えそうな魔性は、単に風景から湧き上がる空想ではなかった。確かに、この地には、ほかの誰にも増してスコットランドの貴族の上に重くのしかかる、誇りと狂気と謎に満ちた悲哀の雲が覆いかぶさっていたのであった。なぜなら、スコットランドでは父祖からの継承という名の毒が――貴族が血統を重んじ、カルヴァン主義者が定められた運命を奉じるという形で――二倍の力で広がっていたからだ。

　グラスゴーで用を足していたブラウン神父は一日休みをとって、友人のフランボーに会うためにグレンガイル城にやってきた。フランボーは素人探偵で、本職の刑事と共にグレンガイル伯爵の生死を調査中であった。この謎めいた人物は、その勇気、狂気、凶暴な狡知ゆえに、十六世紀の禍々しい貴族の中でもひときわ恐ろしい存在であった一族の、最後の一人だった。スコットランド女王メアリー・ステュアート〔一五四二―八七〕をめぐる野心の迷宮に――女王のまわりに建てられた虚言の宮殿の最奥の部屋に――彼らほど深く足を踏み入れた者はいなかった。
　田舎に伝わる詩句は一族の計略の出発点と到達点を率直に表現している――

　夏の木の生命《いのち》の印は緑の樹液
　オギルヴィー家の生命の印は赤々と輝く金《きん》

　何世紀にもわたって、グレンガイル城にまともな領主はいなかった。ヴィクトリア時代〔一八三七―一九〇一〕と共に、すべての奇行の血も尽きたと人は思うだろう。ところが、この最後のグレンガイル伯爵は彼にできる唯一のことを実行して一族の伝統を見事に守った。失踪したのである。外国へ行ったのではない。もし彼がどこかにいるとすれば、どう考えても、まだ城の中にいた。ただし、彼の名前は教区人名簿と貴族年鑑の赤い本にのっていたものの、彼の姿を見た者は一人としていなかった。

もしいるとしたら、それは馬丁と庭師の中間のような、ただ一人の召使だった。この男はとても耳が遠かったので、せかせかした実際的な連中は彼を愚か者と見なし、より洞察力に富んだ連中は彼はのろまだと言った。イズリアル・ガウと呼ばれる、頑固そうな顎とうつろな青い目の、痩せた赤毛の労働者が、人の住まなくなった城のただ一人の無口な召使だった。しかし彼が精力的にジャガイモを掘り、決まった時間になると台所に消えることから、人々は彼が主人のために食事を作り、奇妙な伯爵はまだ城のどこかに隠れている、と考えた。もっと有力な証拠が必要ならば、召使が主人は家にいないと執拗に主張したという事実もあった。ある朝、市長と牧師(グレンガイルの住人は長老派の信者だった)は城に呼ばれた。そこで彼らは、庭師兼馬丁兼料理人がその長い職名に納棺師を加えたことを知った。つまり、彼はやんごとなき主《あるじ》を棺桶に入れたのであった。この不思議な事実に対してどの程度の調査があったのか、まだはっきりしなかった。この件は二、三日前にフランボーが北上してここにやって来るまで、法的に検証されていなかったのだ。彼が到着した頃には、グレンガイル伯爵の遺体(あるいはそれと思しき物)が丘の上の小さな教区墓地におさまってから、何ほどかの時が経過していた。

ブラウン神父が暗い庭を通り抜けて城の影の中にやってきた時、厚い雲が空を覆い、大気は湿り気を帯び、今にも雷が鳴り出しそうだった。夕日の最後の光が、緑がかった金色の帯となっていたが、それを背景にして黒い人影が見えた。背の高い帽子を被り、大きな鋤《すき》をかついだ男だった。その組み合わせは奇妙にも墓掘りを思わせた。しかし、神父はジャガイモを掘る耳の悪い召使のことを思い出し、それならこの格好も納得できると考えた。彼はスコットランドの農夫についてある程度は知っていた。この地方の世間的な常識では、公式の調査の折には黒い服を着ることになっているのも知っていたし、そんな面倒に関わってイモ掘りの時間を一時間でも失いたくないケチ根性も知っていた。男が驚いた様子で神父が通り過ぎるのを疑わしそうに見つめる様子も、そのような種類の人間の用心深い警戒心と軌を一にするものだった。

玄関の扉を開けたのはフランボーだった。横には書類を手に持った、暗灰色の髪の痩せた男がいた。スコットランド・ヤードのクレイヴン警部だった。玄関のホールはほとんど家具もなく、がらんとしていた。嘲笑を浮かべた邪悪なオギルヴィー家の祖先の青白い顔が一つ二つ、黒い鬘《かつら》と黒味がかったキャンヴァスの中から見下ろしていただけだった。

二人が進む後をついて、神父が奥の一室に入ると、彼らはもう長い樫の木のテーブルに座っていた。彼らが座っている側の端は、字を書きちらした紙で覆われている。その紙を挟むようにウィスキーの壜と葉巻が置いてある。テーブルの残りの部分には間隔をあけて別々のものが並べてある。それがおよそ奇妙なものばかり。一つはきらきら光るこわれたガラスの寄せ集め。もう一つは茶色の埃のようなもののうずたかい山。そして、見たところ、ただの木の杖が一本。

「なんだか、地学博物館みたいですね」神父は腰を下ろし、茶色の埃とガラスの破片の方に向けて小さく頭を振りながら言った。

「地学博物館ではありません」フランボーは答えた。「心理学博物館と言ってほしいですね」

「いやはや、そんな難しい言葉から話を始めるのは勘弁してほしいな」警部は笑いながら言った。

「心理学っていう言葉をご存じない？」フランボーは驚いたふりをしてみせる。「頭がおかしいという意味ですよ」

「まだよくわかりませんね」警部は答える。

「つまりですね、我々はグレンガイル伯爵について一つのことしか発見できませんでした。彼は狂人なんです」

暗くなりつつある空を背景に、背の高い帽子を被って鋤をかついだガウの黒い影が窓の外を通り過ぎた。神父はそれをぼんやり眺めながら答えた。

「伯爵が変人だったというのはわかります。でなければ、生きているうちから城の中に身を埋めなかったでしょうし、死んでからもこんなにあわてて埋めてもらうことはなかったでしょう。しかし、なぜ狂人だと言うんですか？」

「まあ、警部がこの家で見つけたもののリストを読み上げるのを聞いてごらんなさい」

「蠟燭が要りますよ」出し抜けに警部が言った。「嵐になりそうだ。このままだと暗くて何も読めやしない」

「あなたが発見した妙なものの中に蠟燭はないんですか？」神父は笑いながら尋ねた。

フランボーは真剣な顔をして、黒い目で友人をじっと見つめた。

「それがまた不思議で。二十五本蠟燭がありますが、燭台が一つもないんです」

にわかに強さを増しつつある風の音が聞こえる、にわかに暗さを増しつつある部屋の中で、ブラウン神父はテーブルのまわりを歩いて、さまざまなものが置いてある中の蠟燭の束に足を向けた。その時、彼はたまたま赤茶色の嗅の山の上に屈みこんだ。と、彼の大きなくしゃみが部屋の静けさを引き裂いた。

「なんだ！　嗅ぎ煙草じゃないか！」神父は言った。

彼は蠟燭を一本取って、注意深く火をつけ、戻ってきてウィスキーの壜にさした。外の荒れ模様の夜気が建てつけの悪い窓を通して吹き込み、蠟燭の長い炎を旗のように揺らした。城を取り巻く何キロにも及ぶ黒い松林が、岩を取り巻く黒い海のようにうなり声を上げていた。

「リストを読み上げます」クレイヴン警部が、一枚の紙を取り上げて、重々しく言った。「どういうわけだか、城の中に散乱していた物品のリストです。いいですか、城全体は家具も取り去られ、荒れ放題になっています。ただ、一つ、二つの部屋には、明らかに誰かが簡素ではあるがみすぼらしくはない案配で暮らしていました。召使のガウとは別の人物です。さて、リストは以下の通り——

（一）宝石の山。ほとんどすべてダイヤモンド。全部バラで、台についているものはなし。もちろんオギルヴィー一族が代々家に伝わる宝石を持っているのは当然のことです。しかし、それらは通常何らかの装飾品に付属しています。この一族は宝石を小銭みたいにバラでポケットに入れていたようです。

（二）嗅ぎ煙草の山また山。角《つの》や袋に入っているのではなく、バラのまま炉棚とか、食器棚とか、ピアノとか、ありとあらゆるところに山積みになっていました。どうやら老紳士はポケットを探ったり、箱のふたを開けるのが面倒くさかったと見えます。

（三）家中いたるところに細かい金属の奇妙な山。鉄のバネ、小さな輪等々。機械式のおもちゃを分解して中身を取り出してでもしたのか。

（四）たくさんの蠟燭。しかし燭台がないので、ウィスキーの壜にさすしかない。

さて、これは我々が予想していたよりもはるかに奇妙なものです。我々は中心にある謎については心の準備ができておりました。故グレンガイル伯爵が普通ではない人物だったということは初めからわかっていました。我々がここにやってきた目的は、彼が本当にここに住んでいたのか、彼が本当にここで死んだのか、彼を埋葬したあの赤毛の痩せた男が彼の死に関わりがあるのか、を調査することでした。これについて一番恐ろしい、芝居がかった答えを想像してみてください。例えば、召使が主人を殺害した、としましょう。あるいは、実は主人は死んでおらず、召使に化けて、召使が主人の墓に入っている、としましょう。どんなウィルキー・コリンズばりの悲劇を想定したところで、燭台のない蠟燭であるとか、良家の老紳士が習慣的にピアノの上に嗅ぎ煙草をまき散らす理由については説明がつきません。事件の中核は想像できるのですが、周辺部分が謎に満ちています。嗅ぎ煙草と、ダイヤモンドと、蠟燭と、分解された時計とを結ぶ線を見つけることは、どんなに空想をふくらませても、人間の頭では無理です」

「私にはその線が見えるように思えます」神父は言った。「グレンガイル伯爵は猛烈な反フランス革命主義者でした。彼は旧制度《アンシャン・レジーム》の熱狂的支持者で、最後のブルボン王家の家庭生活を文字通り再現しようとしていたのです。嗅ぎ煙草は十八世紀の贅沢な嗜好品。蠟燭は十八世紀の照明器具。機械仕掛けの鉄の部品はルイ十六世の鍵作りの趣味を、ダイヤモンドはマリー・アントワネットの有名なネックレスを反映したものです」

　他の二人は目を丸くして神父を見つめた。「何という突飛な考えだ！」フランボーは叫んだ。「それが事の真相だと思ってるんですか？」

「そうでないに決まっています」神父は答えた。「警部が、嗅ぎ煙草と、ダイヤモンドと、蠟燭と、分解された時計とを結ぶ線を見つけることはできないとおっしゃるから、咄嗟に思いついたことを言ってみたまでです。真相はもっと深いところにあります」

　彼は一瞬口を閉ざし、塔のあたりを吹き荒れる風に耳を傾けた。そしてこう言った。

「故グレンガイル伯爵は盗賊でした。彼は向こう見ずな押し込み強盗という第二の闇の人生を持っていたのです。燭台がないのは、蠟燭は短く切って、持ち歩き用の小さなランタンに入れて使っていたからです。嗅ぎ煙草は凶暴なフランスの犯罪者がコショウを用いるのと同じで、捕り手や追っ手の顔めがけて急にばらまくために使いました。しかし、決定的な証拠はダイヤモンドと小さな金属製の輪の不思議な組み合わせです。どうです、これがすべてを明らかにしていると思いませんか？　窓ガラスを切る道具といえば、ダイヤモンドと小さな金属の輪しかないじゃないですか」

二人の背後で、あたかも盗賊の仕事を模倣するかのように、折れた松の木の枝が風に吹かれて窓ガラスを激しく打ったが、彼らは振り向きもしなかった。二人の目はブラウン神父に釘づけになっていた。

「ダイヤモンドと小さな金属の輪」クレイヴンは物思いにふけりながら、繰り返した。「その組み合わせを根拠にして、あなたはそれが真実だと考えるのですね？」

「私はそれが真実だとは思いません」神父は泰然と答えた。「でも、あなたは、誰もその四つを結ぶことはできない、と言いましたよね。もちろん、真実はもっとありきたりのものでしょう。グレンガイル伯爵は屋敷で宝石を見つけました、あるいは見つけたと思いました。誰かが、敷地内の洞窟で見つかったものだと言って、彼にこれらのバラの宝石をつかませたのです。小さな金属の輪はダイヤモンドをカットするためのものです。伯爵は丘に住む幾人かの羊飼いか田舎者の手を借りて、小規模で粗い仕事をするよりありませんでした。嗅ぎ煙草はスコットランドの羊飼いの喜ぶ贅沢品で、彼らを買収する唯一の手段です。彼らは燭台を持っていませんでした。なぜなら必要としなかったからです。洞窟を探索する時には蠟燭を手に持ったのです」

「それで話は終わり？」しばらく間をおいてから、フランボーが尋ねた。「我々はついに退屈な真実に到達したのですか？」

「いや、全然」神父は答えた。

うんと遠くの松の木の間で風が吹きやむと、嘲り声のような音が長く続いたが、神父はまったくの無表情のまま話を続けた。

「嗅ぎ煙草と時計の部品と、蠟燭と宝石を結びつける説明を思いつかない、とおっしゃるから一つの説を提供したのです。本当は誤っているのに、宇宙の謎をもっともらしく説明する学説は、十はあります。グレンガイル城の謎をもっともらしく説明する誤った説も十ぐらいありますよ。しかし、我々は宇宙と城について正しい説明を求めたいで、他に証拠物件はないのですか？」

クレイヴンは声を上げて笑った。フランボーは微笑みながら立ち上がり、長いテーブルに沿って歩いた。

「証拠番号五、六、七、云々。多様性には富むが、情報量は乏しい物件です。不思議なコレクションですよ。鉛筆〔機械式の鉛筆。今日のシャープペンシルの前身〕じゃなくて、鉛筆から抜いた鉛の芯。無意味な竹の杖。これはてっぺんが割《さ》けています。犯罪に用いられた道具かもしれない。もっとも、犯罪そのものが見つかりませんが。後は、何冊かの古いミサ典書に、小さなカトリックの宗教画がいくつか。絵は中世以来オギルヴィー一族が保持してきたものでしょう。一族のプライドは清教主義よりも強かったのです。この「博物館」に陳列したのは、これらが奇妙な具合に切られたり、汚されたりしているからです」

ミサ典書を手に取ったブラウン神父が彩飾された頁を眺めようとした時、外の強風に吹かれた剣呑な雲がグレンガイルの上を横切り、長細い部屋は真っ暗になった。神父は雲が流れ去る前に口を開いた。口から出たのはまったく別人の声だった。

「クレイヴンさん」十年若返ったような感じで神父は言った。「あなたはあの墓を調べる法的な令状を持っていますね？　この恐ろしい事件の真相に至るために、早ければ早いほどいいでしょう。もし私があなたなら、今すぐに取りかかります」

「今すぐ？」驚いた警部は鸚鵡返しに言った。「どうして今すぐなんです？」

「これが真剣な問題だからです。これはこぼれた嗅ぎタバコやバラの宝石なんかの問題ではありません。ああいうものが家にある理由は百ほど考えられます。しかし、これがなされた理由は私の知る限り一つしかありません。その理由は世界の根本につながるものです。これらの宗教画が、ただちぎられたり、汚されたり、落書きされたのなら、暇をもてあます子供か、偏見を持つ新教徒の仕業かもしれませんが、そうではないのです。これらの絵はとても注意深く、そしてとても奇妙な具合に扱われています。彩飾された頁で神の偉大な名前が書かれているところがすべて念入りに取り除かれています。

あと、それ以外の箇所で唯一取り除かれているのが、子供のイエス・キリストの頭のまわりにある後光です。だから、令状と鋤と手斧を持って、今から丘を登って棺桶をこじ開けましょう」

「一体どういうことなんです？」ロンドンの警部は尋ねた。

「つまりですね」小柄な神父は強風のうなりの中で少しだけ声の調子を高めた。「百頭のゾウみたいにでっかくて、黙示録みたいな叫び声をあげる悪魔がまさに今この城の塔の上に座っているかもしれんのですよ。この一件の裏には黒魔術が潜んでいます」

「この一件の裏には黒魔術が潜んでいます」

「黒魔術」フランボーは小声でその言葉を繰り返した。彼は見識豊かな人間で、そういうものもちゃんと知っていた（彼もカトリック教徒）。「しかし、絵以外のものは何を意味するんです？」

「何かおぞましいものでしょうね」神父は苛々と言った。「私にはわかりませんよ。地獄の迷宮の何を私が知っているというのです？　嗅ぎ煙草と竹は拷問に使うのかもしれませんし、狂人が蠟と金属の部品を欲しがったのかもしれませんし、鉛筆の鉛から人を狂わせる薬を作ったのかもしれません。とにかく、謎を解決する一番の近道は、丘を登って墓に行くことなんです」

彼の仲間は、庭で夜風が彼らを吹き倒しそうになって初めて、自分たちが神父の言葉を聞き入れて彼の後をついて歩いていることに気がついた。彼らは自動人形のように神父の指図に従った。クレイヴンは手斧を手に持ち、令状をポケットに入れていた。フランボーは奇妙な庭師の重い鋤をかついでいた。神父は神の名が削り取られた小さな彩飾本を手にしていた。

丘を登って墓地に至る道は曲がりくねっていたが、短かった。ただし、この強風のもとでは厄介な長い道となった。見渡す限り広がる大海原は高く上るにつれて大きくなった。その手前に風に吹かれて同じ向きに傾く松の樹海があった。傾いた木々の広がりは巨大であると同時にむなしいもののように見えた。また、風は住む者もない、目的もない星で吹き荒れているかのようにむなしかった。灰青色の巨大な広がりを通して甲高い声の唄が聞こえた。異教のものすべての中にある古《いにしえ》の悲哀の唄だ。下にある一面の群葉から上がる声は道を見失ったさまよえる異教の神々――理性のない森の中へと歩み去った、天国に戻ることのない神々――の叫び声のようにも思える。

「いいですか」ブラウン神父は低いが落ち着いた声で言った。「スコットランドという国ができる前の、このあたりの住人は奇妙な連中だったんです。いや、実を言うと、彼らはいまだに奇妙な連中です。ただ、有史以前の昔、ここの人々は本当に悪魔を崇拝していたと私は思います。だから」彼は和やかな口調でつけ加えた。「彼らは清教主義の神学に飛びついたんです」

「神父さん」フランボーは怒ったような感じで言った。「それは一体どういう意味です？」

「フランボー」神父は同様の真剣さを見せて答えた。「真の宗教すべてに通じる一つの特質があります。それは物質主義です。悪魔信仰は完全に真の宗教ですよ」

彼らは丘の草生《む》す頂に到達した。そこは、すさまじい音を立て、うなり声を上げる松林のない、数少ないはげ地の一つだった。半分は木製で半分は針金の粗末な囲いが嵐の中でガチャガチャ鳴って、墓地の境界線を彼らに教えた。クレイヴン警部が伯爵の墓の端にやって来て、フランボーが鋤の刃を地面に突き立て、体重をかけてそれに寄りかかった時には、二人は墓地の囲いのやかましく揺れ動く木や針金とほとんど同じぐらい動揺していた。墓の端に、くたびれて灰色と銀色になった、背の高いアザミが生えていた。一、二度アザミの冠毛の球が風に吹かれて警部の眼前で宙を舞った時、彼はまるで矢が飛んできたかのようにはっとした。

フランボーは、口笛のような音を立てている芝を貫いて、その下の湿った粘土へと鋤の刃を押し込んだ。そしていったん止まって、杖にもたれかかるような案配で鋤に体を預けた。

「掘り続けなさい」神父はとても優しい調子で言った。「我々は真実を発見しようとしているだけなのです。何を怖がることがあります?」

「真実を見つけることが怖いんですよ」フランボーは答えた。

ロンドンの警部は突然、会話を盛り上げようとして陽気になり、鶏が鳴くような甲高い声で言った。「伯爵はどうしてまた身を潜めたりしたんでしょう? 何かたちの悪い問題があったんですかね、癩病を患ってたとか?」

「それよりもっと悪いことです」フランボーは言った。

「癩病より悪いってのは、一体どういうものを想像してるんです?」

「想像なんかしませんよ」

フランボーは何分間か恐ろしい沈黙のうちに仕事を進め、それから喉がつかえたような声で言った。「伯爵はまともな形をとどめていないような気がします」

「あの紙もまともな形じゃありませんでしたよ」ブラウン神父は静かに言った。「でも、我々はあの紙の問題も乗り越えました〔本作の前に発表された作品「まともでない形」において扱われた事件を指す〕」

フランボーは闇雲に掘り続けた。しかし、丘に煙のようにへばりつき、息苦しくさせていた灰色の雲が風で押し動かされて、灰色の鈍い星明かりで照らされた空が現れた。そして、フランボーは粗末な木の棺をすっかり見えるまで掘り下げ、どうにかしてそれを芝の上に引っ張り上げた。クレイヴン警部は手斧を持って進み出た。アザミの花が体に触れると彼は一瞬ひるんだ。それからよりしっかりした足取りで進み、フランボーに負けないぐらい精力的に手斧で蓋に切りかかり、蓋を外した。棺の中のものはすべて灰色の星明かりに照らし出された。

「骨だ」クレイヴンが言い、それから、まるでそれが予期しなかったことであるかのように、「しかし、これは人間のものだ」とつけ加えた。

「ちゃんとおさまってますか?」フランボーは妙な抑揚のついた声で尋ねた。

「そのようですね」警部はかすれた声で答えて、棺の中の、はっきりとは見えない、腐乱しつつある骸骨の上に屈みこんだ。「おや、待てよ」

フランボーは大きな体で大きなため息をついた。「冷静に考えるなら、ちゃんとしてるに決まってますよね。この忌まわしい冷たい山の中には頭の調子を狂わせる何かがあるんです。一面に単調な黒が続くことかな。この真っ黒な森。死と共に意識が消滅することを人は昔から恐れていましたが、その恐怖が土地全体を覆ってます。まったく、無神論者が見る夢みたいな風景だ。松林の向こうに、また松林、そのまた向こうにも松林——」

棺のそばに立っていた警部が大声をあげた。「なんてこった！　頭がないぞ」

後の二人は硬直したままだったが、神父は突如それまでの平静を脱し、驚愕と危惧を示した。

「頭がない！　頭がない？」それとは違う別の欠陥を予期していたかのように、神父は繰り返した。

グレンガイルに生まれた頭のない赤ん坊、城に隠れる頭のない青年、古めかしい広間や豪勢な庭園を歩き回る頭のない男、といった愚かしい像が三人の心の中でパノラマのように映った。しかし、その金縛りの瞬間にあっても、それらの映像は彼らの頭の中には根づかず、理にかなわないもののように見えた。彼らはうるさい音のする森と叫び声をあげる空に、疲れ切った動物のごとく、ぼんやりと耳を傾けていた。ものを考える力という巨大な特性が突然彼らの手の届かぬところに行ってしまったかのように思われた。

「三人の頭のない男が、この開けられた墓のまわりに立っているわけですね」神父は言った。

長々と響く強風の叫び声が夜空をつんざく間、ロンドンから来た青白い顔の警部は何かを言おうと口を開けてはみたが、田舎者さながらそれを開けたままにして何も言えないでいた。それから持っていた手斧に目をやると、自分のものではないかのように、それを地面に落とした。

「神父さん」フランボーはめったに使わない子供っぽい沈んだ声で言った。「これからどうします？」

彼の友人は、弾丸が発射された時のごとく、閉じ込められていたものが急に放たれた感じで答えた。

「寝ます！　寝ることです。我々は道の果てまで来ました。あなたは睡眠がいかなるものか知っていますか？　眠る者はみな神を信じる、ということを知っていますか？　眠りとは秘跡なのです。なぜなら眠りは神を信じる者の行いであり、糧であるからです。我々は秘跡を必要としています――たとえそれが自然に生じるものであっても。人間がめったに出くわさないものに我々は出くわしました。相手はおそらく人間が出くわす最も邪悪なものなのです」

クレイヴンの開いていた口が閉じ、「それはどういう意味ですか？」という問いを発した。

神父は城の方に顔を向けて答えた。「我々は真実を発見しました。そして、その真実が意味をなさないのです」

神父は彼にしてはとても珍しい、突進するような無鉄砲な歩き方で、先頭に立って道を下りていき、城に戻ると犬のように無邪気に眠りに落ち込んだ。

神秘的な睡眠礼賛にもかかわらず、ブラウン神父は寡黙な庭師を除くと誰よりも早く目を覚ました。そして、家庭菜園で大きなパイプをくゆらしながら、無言の労働に秀でた例の人物を眺める彼の姿が見られた。夜明け近くに激しい嵐は篠突く雨となって終焉を告げ、朝は不思議な新鮮さと共に始まった。庭師は神父と言葉を交わすことさえしていたようだったが、探偵たちを見るとすぐに不機嫌そうに鋤を花壇に突き立て、朝食をとるとか言って、キャベツの並ぶ列にそってすばやく歩いて、台所に閉じこもってしまった。「あれは貴重な男ですよ」神父は言った。「ジャガイモの育て方は名人芸です。もっとも」寛容な中にも公正なところを見せて彼はつけ加えた。「落ち度もありますがね。まま、誰にだって落ち度はありますから。彼はこの斜面は規則正しく耕していません。ほら、例えば、ここ」神父は突然地面のある一箇所を強く踏みつけた。「ここのジャガイモは疑わしいと私は思います」

「どうしてです?」神父の新しい道楽をおもしろがって、クレイヴンは尋ねた。

「それはですね、ガウ自身がそう思っていたからですよ。彼は他の場所には規則正しく鋤を入れているのに、ここだけはそうなってない。ここにはよほど変わったジャガイモがあるに違いありません」

フランボーは鋤を引っこ抜き、神父の指す場所をせかせかと掘り始めた。たくさんの土を掻き出した後で、ジャガイモとは似ても似つかぬ、傘のついた特大キノコのようなものを掘り起こした。鋤に当たると冷たい響きがして、それは球のように転がり、彼らを見上げてニヤリと笑った。

「グレンガイル伯爵ですよ」ブラウン神父は悲しげに言い、重々しい表情で頭蓋骨を眺めた。

「グレンガイル伯爵ですよ」

そして、ほんのわずかの間考えた後、神父はフランボーの手から鋤を取ると、「これはもう一度隠しておかねばなりません」と言い、頭蓋骨を再び土中に埋めた。そして、地面にしっかり立てた鋤の握りの部分に小さな体と大きな頭をもたせかけた。彼の目はうつろで、額には皺が寄っていた。「この最後の怪事の意味は何なんだ」と彼はつぶやいた。それから、鋤に寄りかかりながら、人が教会でするように、額を両手で包みこんだ。

空はいたるところで明るみを増し、青色と銀色へと変わりつつあった。背の低い庭木の中で鳥が鳴き始めた。その鳴き声が大きいので、まるで木自体がしゃべっているようだった。しかし、三人は黙ったままだった。

「いやぁ、私はもう諦めました」ついにフランボーが大きな声を上げた。「私の頭はどうもこの世の中と噛み合いません。残念ながらそれが結論です。嗅ぎ煙草に、汚された祈禱書に、オルゴールの中身――一体全体――」

ブラウン神父は皺の寄った額から手を離し、彼にしては珍しく苛立ちをあらわにして鋤の柄を叩いた。「なんの、なんの。それらはみんな明々白々ですよ。私は嗅ぎ煙草や時計のぜんまい仕掛けなどについては今朝目が覚めた時にすべて理解しました。その後、庭師のガウと話をしたんです。彼は耳が悪い愚か者のふりをしていますが、実際はそのどちらでもありません。バラでころがっていたのはみな無害なものです。傷んだミサ典書についても私の勘違いでした。あれも無害なものです。しかし、この最後の問題、墓を暴き死者の頭を盗む――間違いなく、これは害があります。間違いなく、黒魔術がからんでいます。それは嗅ぎ煙草と蠟燭の素朴な物語とは次元が違うものなんです」そして神父は行ったり来たりしながら不機嫌にパイプをくゆらせた。

「神父さん」フランボーは苦いユーモアをこめて言った。「私を相手にする時は注意してくださいよ。私が元犯罪者だってことは忘れないでほしいですね。あの役回りのいいところは、いつも自分で筋書きを書いて、さっさと舞台にのせることができる点です。探偵業につきものの辛抱強く待つってのは、フランス人の短気には合わないんですよ。良きにつけ悪しきにつけ、生まれてこのかたずっと、私は即断即決でやってきました。決闘となったらいつも次の日にする、勘定はいつもその場で払う、歯医者に行くのですら先延ばしにしないし――」

ブラウン神父のパイプが彼の口から落ちて砂利道で三つに割れた。目をぐるぐる回し、愚者を絵に描いたような格好だった。「ああ、私はなんて馬鹿なんだ！」彼は繰り返した。「ああ、私はなんて馬鹿なんだ！」そう言ってから、神父は幾分ふらつきながら、笑い出した。

「歯医者！　六時間私の魂がどん底をさまよったのも、すべて歯医者のことを考えつかなかったからです！　なんて単純な、美しい、和やかな考えでしょう！　みなさん、私たちは地獄で一夜を過ごしました。しかし、今や太陽が昇り、鳥が歌い、輝きに満ちた歯医者の姿が世の中を慰めるのです」

「筋の通った話をしてください。でなけりゃ、異端審問の拷問道具を使いますよ」フランボーは前に踏み出して言った。

ブラウン神父は日に照らされた芝の上で踊り出すかに見えたが、その衝動を抑え、子供のように哀れっぽく叫んだ。「おお、もう少し馬鹿な真似をさせてください。私がどれだけ不幸だったかあなたがたは知らない。私は今やっと気づいたんです――この事件に深い罪は全然からんでいないって。たぶんちょっとした狂気は関わってきますが、しかし、そんなもの、誰が気にするでしょう?」

神父は体をぐるりと回し、真顔で二人に直面した。

「ここにあるのは犯罪ではありません。そうではなくて、奇妙な、歪んだ正直さなのです。私たちが相手にしているのは、おそらく、この世でたった一人の、自分の取り分以上は取らないという人物です。この一件とは、すなわち、ここに住む一族の宗教であった、野蛮な生活論理についての考察なんです。

グレンガイルにまつわる古い詩句がありましたよね――

夏の木の生命《いのち》の印は緑の樹液
オギルヴィー家の生命の印は赤々と輝く金《きん》

――あれは比喩でもあり、かつまた文字通りでもあったのです。グレンガイル伯爵の一族は富を求めたというだけでなく、文字通り金《きん》を蒐集したのでした。彼らは金製の装飾品や道具の一大コレクションを築きました。彼らは、実のところ、蒐集熱が一方向のみに発展した守銭奴でした。その事実に鑑みて、私たちが城で発見したものを考えてみてください。金の台がついていないダイヤモンドの指輪、金の燭台がない蠟燭、金の煙草入れのない嗅ぎ煙草、金の胴体のない鉛筆の芯、金の頭飾りのない杖、金のケースに入っていない時計のぜんまい仕掛け。それに、突飛な話に聞こえるでしょうが、昔のミサ典書では神の名と後光には純金が使われていたので、それらも剝ぎ取られていました」

とんでもない真実が語られている間、庭は明るくなり、力を増す日の光の中で草も陽気になりつつあるようだった。友人が話を続けるのを聞きながら、フランボーは煙草に火をつけた。

「剝ぎ取られていました」ブラウン神父は続けた。「剝ぎ取られたのであって、盗まれたわけではありません。泥棒ならこんな謎は残さなかったでしょう。泥棒なら金の嗅ぎ煙草入れを嗅ぎ煙草と一緒に持って行ったでしょう。鉛筆の芯を金の胴体と一緒に持って行ったでしょう。私たちが相手にしているのは、特殊な良心を持った人物です――特殊なものであっても、確かに良心を持った人物です。今朝、私はあそこの家庭菜園でその狂った道徳家と話をして、一部始終を耳にしました。

故アーチボルト・オギルヴィーはグレンガイルで生まれた者の中で一番善人に近い人物でした。しかし、彼の苦々しい美徳は彼を人間嫌いにしてしまいました。祖先の不正直を嘆き、どういうわけか、そこからすべての人間は不正直だという結論を引き出してしまったのです。特に、彼は博愛思想や慈善を嫌いました。そして、厳密に自らの権利のみを主張しそれ以上は求めない人物を一人でも見つけたら、その人物にグレンガイルの金をすべて与えようと誓いました。人間一般に対してこの公然たる挑戦をたたきつけ、それに応じる者がいるとはまったく予期せずに、城に閉じこもりました。しかし、ある日、遠くの村から耳の不自由な、一見のろまの少年がずいぶん遅配になった電報を届けにやってきました。グレンガイル伯爵は彼独特の辛《から》い冗談で、新しいピカピカのファージング硬貨を少年に与えました。少なくとも、伯爵としてはそうしたつもりでした。しかし後で小銭をよく見てみると、ピカピカのファージング硬貨はまだそこにあり、代わりにソヴリン硬貨がなくなっていました。そこで彼は冷笑的な推論を働かせることになります。どのみち、少年は人間特有の汚い貪欲さを見せるだろう――つまり、少年は硬貨をくすねた盗人で二度と戻ってこないか、あるいは、ほうびを求めるご機嫌取りで徳の高そうな顔をして戻ってくるか、のどっちかに決まっている、と。その晩、真夜中に、グレンガイル伯爵は門を叩く音で起こされ、一人暮らしだったので、門まで出て行くと、耳の不自由なのろまの少年がそこにいました。ソヴリン硬貨を返しにきたのではなく、正確なおつり、十九シリング、十一ペンス、三ファージングを持ってきたのでした。

この行動のとんでもない厳正さは、狂った貴人の脳に、燃え上がる炎のような衝撃を与えました。彼は自分が、長い間正直者を探していた哲学者のディオゲネスであり、ついにその正直者を発見した、と信じたのです。伯爵は新しい遺言書を作りました。私はそれを見ました。彼は律儀な少年を巨大な荒れ果てた屋敷に引き取り、たった一人の召使として、かつまた——不思議なやり口で——後継者としてしつけました。かの奇妙な人物が何をどう理解したかはわかりませんが、少なくとも、ご主人様の二つの固定観念は完全に理解しました。すなわち、第一に、権利証書が何よりも大事であること、第二に、彼がグレンガイルの金を相続するということ、の二つです。そこまでで彼の理解は終わりました。それが彼にとってのすべてであり、それは単純なことでした。彼は屋敷の中のすべての金を剝ぎ取り、金でないものは何一つ取りませんでした。嗅ぎ煙草の一つまみすら取りませんでした。本の他の頁にさわらず、彩飾された頁から金箔を取りました。私はそこまでは納得しました。しかし、頭蓋骨の意味がわかりませんでした。人間の頭がジャガイモと一緒に埋まっていることについて、私は大いに不安を覚えました。実に困惑しておりました――フランボーがあの言葉を口にするまでね。

心配ありませんよ。彼は頭蓋骨を墓に戻します。金歯の金を取り除いてから」

実際、その朝フランボーが丘を登っていた時、彼は件《くだん》の奇妙な人物、廉直な守銭奴が、地味な背の高い帽子を頭にのせ、格子縞の肩掛けを首のまわりで山の風になびかせて、前に一度暴いた墓をまた掘り返している姿を目撃した。

トマス・バーク

オターモゥル氏の手

トマス・バーク(Thomas Burke 一八八六―一九四五)は、自らが生まれ育ったロンドンの貧民街の風俗を描いた作品で知られる。その多くは中国人の老人クォン・リーを語り手にしている。一九二九年に発表された本作は、十九世紀末に場末のイースト・エンドで起こった「切り裂きジャック」による連続殺人事件を下敷きにしたものと考えられる。ただし、自動車やバスへの言及があることから、時代設定は二十世紀初頭らしい。

「殺人ほど（と老クォンは言った）この世の中に簡単なものはありません——すまんが、パイプを取ってくだされ。人を殺すのはカモを殺すよりうんと簡単です。常に安全というわけではないが、簡単ではあります。しかし、ある種の才能を持つ者にとっては、簡単かつまったく安全です。昨年あった連続殺人の犯人を突き止めようとして、私よりも深遠な知性を持つ多くの人々が謎の深みに足を取られたまま抜け出せませんでした。犯人が誰だったのか、貴方同様、私も知りません。しかし、もしかしたらあの人物だったのでは、という仮説は持っております。もし貴方がお急ぎでないなら、その仮説をちょいとした物語にしてお聞かせしましょう」

その晩と次の日一日、象牙の塔にこもる〔現実から逃れて自らの理想を追い求めること〕時間の余裕はあったので、ぜひ聞かせてほしい、と私は答えた。彼は現金を確認してレジを閉め、象牙の門を閉め、晩から明け方までかかって、マロン・エンドの連続殺人についての物語をしてくれた。短く書き換えると、それは以下のようなものだった。

一月のある日の午後六時、ホワイブラウ氏はロンドンのイースト・エンドのクモの巣のように入り組んだ小路を通って家に帰るところだった。テムズ川近くの職場から路面電車に乗ってハイ・ストリートで降り、きらびやかな賑わいを後にして、マロン・エンドと呼ばれる路地のチェス盤の中に彼はいた。この裏町には大通りの灯火や喧騒は全く介入してこなかった。ほんの何歩か南に行けば、活気の上げ潮が泡を立てて打ち寄せている。ここには足を引きずってとぼとぼ歩む者のくぐもった脈動しかない。氏のいる場所はロンドンのどん底、ヨーロッパからの移民の吹き溜まりだった。

通りの雰囲気に合わせるかのように、氏もうなだれてゆっくりと歩いていた。何か差し迫った悩み事があるようだったが、実はそうではなかった。氏に悩みはない。一日中立ちずくめだったから、ゆっくり歩いていただけだ。ぼんやりと下を向いていたのは、女房が夕食に出すのはニシンだろうか、タラだろうか、と思いめぐらしていたからだ。こんな晩にはどちらの方がおいしいか、氏は考えていた。不快な晩だった。湿気が多く、霧が出ていた。霧は氏の目や喉に入り込み、湿気は歩道や車道にへばりついて、まばらな街灯の明かりがあるところでは、ぞっとするような脂ぎった輝きを発していた。対照的に、彼のもの思いは愉しさを増し、食事が待ち遠しくなった――ニシンであれ、タラであれ。彼の目は視界全体に広がる沈鬱なレンガの壁から、一キロ先へと向かった。ガス灯に照らされた台所、心地よく燃える暖炉の火、テーブルに並べられた夕食。トーストが炉の火で焼かれ、横でやかんが湯気を噴き上げ、ニシンかタラ、あるいはソーセージのいい匂いが漂う。その図を空想すると、痛かった足に力が湧いてきた。氏は目に見えぬ湿気を肩からふるい落とし、現実の夕食へと足を速めた。

しかし、ホワイブラウ氏はその夕食にはありつけなかった――いかなる夕食にもありつけなかった。ホワイブラウ氏は死ぬことになる。氏から百メートルも離れていないところを別の男が歩いていた。ホワイブラウ氏や他の人たちとよく似た男だが、この男には、人間が、ジャングルに住む狂人のようにではなく、文明人としてお互い平和に生きることを可能にする唯一の性質が欠落していた。その男の死せる魂は自らを蝕み、死と腐敗に起因する不潔な生物を作り出す。そして人間の姿を借りたその物は――気まぐれによってか、計画に基づいてか、どちらかわからない――ホワイブラウ氏にはこの世でニシンを二度と食べさせてやらない、と心の中で決めたのだった。ホワイブラウ氏が彼に害を与えたからではない。ホワイブラウ氏を嫌悪するからでもない。実のところ、彼は氏をこのあたりでよく見る人物として知っているだけである。しかし、彼のうつろな細胞を支配してしまった力があり、それに動かされて、彼はホワイブラウ氏を獲物に選んだ。これは、我々がレストランの四つか五つあるテーブルの一つを選んだり、皿の上にのった五、六個のリンゴの中から一つを選ぶ時のような、あるいは、地球の一角で発生した台風がそこで五百人の命を奪い、同じ一角の別の五百人には指一本触れないような、理屈も何もない選択だった。そうしてこの男はホワイブラウ氏を選んだ。もしも我々が彼の日々の観察が及ぶ範囲内にいたとしたら、貴方や私が選ばれたかもしれない。そして今、彼は青みがかった小路をそっと歩き、白い大きな手をいたわりながら、ホワイブラウ氏の夕食のテーブルに、ホワイブラウ氏自身に、接近しつつあった。

この男は悪い人間ではなかった。社交的で愛想のいいところも多分にあり、うまくやっている犯罪者のほとんどがそうであるように、まっとうな人間として世間を渡っていた。しかし、彼の朽ちかけた心の中に人を殺したいという考えが浮かんだ。彼は人も神も恐れぬ男だったので、それを実行に移すつもりだった。それから家に帰って自分の夕食をとる。私はふざけてそう言うのではない。事実として述べているだけだ。情ある人には不思議に思えるかもしれないが、殺人者は凶行に及んだ後食事をとらねばならないし、実際食事をとるのである。そうしない理由はないし、そうする理由はたくさんある。まず、彼らは悪行を隠匿するため体力並びに精神力を最高潮に保っておく必要がある。それに、一仕事する間の緊張のせいで空腹になり、望みを達成した満足感から、ほっとして、人間的な愉しみを求めるようになる。殺人者は自らの凶行に対する恐怖と身の安全に関する不安に常に打ち負かされる――非殺人者の間ではそのような定説がある。しかし、こういう殺人者は稀だ。保身はもちろん喫緊の関心事ではあるが、たいていの殺人者にあっては虚栄心が顕著な特質であり、それが勝利の快感と相まって、自分は安全だと信じ込む。そして、食事をして体力を回復すると、若い女主人が初めて大きな晩餐会の手配にとりかかるように、安全確保にとりかかる――少々の心配があるだけで、他には何もない。どれだけ賢くて知恵のある者でも、すべての殺人者は策略において一つ誤りを犯し、この一つの小さな間違いのせいで有罪を立証されてしまう、と犯罪学者や刑事は言う。しかし、それはせいぜい真実の半面にすぎない。つまり、つかまった殺人者に関して真実だ、というだけである。何十人もの殺人者はつかまらない。したがって、何十人もの殺人者は間違いを犯さない。この男もそうだった。

恐怖や悔恨について言うと、刑務所の教誨師や医者や弁護士によれば、刑を宣告され執行を待つ間に彼らが会った囚人のうち、ほんの一握りの者のみが自分の行いについて悔恨を示したり、精神的苦痛を感じたりする。大部分は、ただ、多くの犯罪者が逃げおおせたのに自分は捕まったことに対する苛立ちを示すか、完全に筋の通ったことをしたのに罰せられた怒りを表す。彼らは、殺人を犯す前どれだけ正常で人間味があったにせよ、事後は完全に良心を失う。というのも、良心とはいったい何だろう？　それは迷信をお上品に言い換えたものにすぎない。そして迷信とは恐怖をお上品に言い換えたものだ。悔恨と殺人を結びつける人たちは、疑いなく、カインの伝説上の悔恨〔創世記四章には弟を殺したカインの悔恨を明白に示す記述はない〕に基づいてものを考えているか、あるいは、自分のやわな気性を殺人者に投影して、偽りの反応を見出しているのである。平和を求める人たちは自分と殺人者の考え方との接点を見つけられない。なぜなら、彼らは精神のみならず、肉体の化学的組成や構造も異なっているのだから。一方に、一人だけでなく、二人、三人と人を殺して何もなかったかのように日常生活を送ることができ、実際にそうしている人がいる。他方に、どれだけ苦しい状況に追い込まれても、人に傷を負わすことすらできない人がいる。後者が、悔恨の苦悩の中で司直の手を恐れる殺人者を想像するのである。ところが、実のところ、殺人者は平然と夕食のテーブルにつこうとしている。

白い大きな手をした男も、ホワイブラウ氏同様、食い気満々だった。ただし、その前にやることがあった。それを首尾よく成し遂げたら、さらに食欲が増進するだろう。そして、穢《けが》れのない手をしていた前日と同じぐらい気楽に料理に手を伸ばすだろう。

さあ、ミスター・ホワイブラウ、歩き続けたまえ。そして、歩きながら、毎晩通ったおなじみの道の見納めをするのだ。幻の食卓を追い続けて、その温かさを、色合いを、気配りをよく眺めておけ。目にごちそうを食べさせてやれ。家庭の物柔らかな匂いを鼻に嗅がせてやれ。もう二度とその食卓につくことはないのだから。貴兄から歩いて十分も離れていないところで、貴兄を追いかける影が心の中でささやき、貴兄の運命は決まった。その影と貴兄は歩み続ける。霧の中にぼんやり浮かぶ二人の姿は、淡青色の歩道を覆う緑色の空気の中を進んでいく――片方は殺すために、片方は殺されるために。歩き続けろ。ただし、速度を上げて足の痛みが激しくならないように。ゆっくり歩けばそれだけ長くこの一月の夕暮れの緑色の空気を吸うことができるし、幻のような街灯や小さな店を見て、ロンドンの群衆が活動する心地よい音や手回しオルガンの忘れ難い哀しい響きを聞くことができるのだぞ。ミスター・ホワイブラウ、これらは貴兄にとって尊いものだ。今貴兄はそれを知らない。だが、十五分後、貴兄はそれらが到底言葉では表せないほど尊いものだと知る、二秒間の悟りを得るだろう。

　ミスター・ホワイブラウ、この入り組んだチェス盤の中を歩き続けよ。貴兄は今ラゴス街にいる。東ヨーロッパから来た移民たちのテントがたくさんある。一分ばかり進んで、ロイヤル小路に入る。軍隊の後をついて移動する商人や売春婦の中でも、役立たずで打ちひしがれた連中がこのあたりの下宿屋に住んでいる。道には彼らの匂いが染みつき、あたりの柔らかい闇は用無しになった者の嘆きに満ちている。もっとも、貴兄は形のないものには無関心だから、いつもと同じで、何も目にしないままとぼとぼと通り抜け、ブリーン街に入り、ここも通り抜ける。外国人が住む集合住宅が地下から空まで立ち並ぶ。窓枠のレモン色が漆黒の壁に際立つ。これらの窓の背後では、ロンドン生まれでもなければ、イングランド生まれでもない人々によって、奇妙な生が営まれている。しかしそれは、本質的には、貴兄が今日まで生きてきた（そして今晩でお別れとなる）快適な人生と同じものだ。頭上高くで、誰かが「カッタの唄」〔未詳。当時の流行歌か〕を歌っているのが聞こえる。家族で宗教的な儀式を行っているのが窓越しに見える。また別の窓を通して、夫に茶を注ぐ妻の姿が見える。ブーツを修理している男、赤ん坊を風呂に入れている母親。前にもそれらは目に入っている。ただし、決して気に留めなかった。今も気に留めない。だが、もし二度とそれらを見ることがないと知っていれば、貴兄は気に留めたであろう。貴兄はそれらを見ることはもう決してない。自然の定めた寿命を全うしたからではなく、貴兄が通りでしばしば目にした男が、自分一人の愉しみのために、畏れ多い自然の権威を奪って、貴兄を亡き者にしようと決めたからだ。おそらく、貴兄が今あたりのものを気に留めなかったのは、それでよかったのだ。というのも、貴兄とそれらの関わりはもう終わったからだ。現世における労苦の中のこれらの美しい瞬間は貴兄にはもはや無縁のものだ。貴兄に残されているのはただ一瞬の恐怖のみ。その後は崖のように切り立つ底知れぬ闇だ。

血に飢えた影は貴兄に近づいていく。今はおよそ二十メートルばかり後ろにいる。貴兄には彼の足音が聞こえる。だが、貴兄は振り向かない。足音には慣れている。毎日何の恐れもなく歩き回っているロンドンの縄張りの中にいる以上、後ろから聞こえてくる足音は、単に人が近くにいると伝えるメッセージにすぎない——貴兄の本能はそう告げる。

しかし、この足音に——妙な足音の調子に——何かを感じないのか？「用心しろ、警戒しろ」と繰り返し言ってくる何かを？「ひ・と・ご・ろ・し」とはっきり区切って言っているのが聞こえないのか？　いや、足音には何もない。足音自体は中性だ。悪者の足音も正直者の足音も同じ静かな音だ。しかし、ミスター・ホワイブラウ、この足音は貴兄に二本の手を接近させつつある。実際、手というやつは厄介なものだ。貴兄の背後で、あの二本の手は今も貴兄の最期に備えて筋肉をほぐしている。貴兄は人間の手などこの世に生を享けて以来飽きるほど見てきた。しかし、我々の信頼、愛情、挨拶を表現する道具である手というやつの恐ろしさを感じたことがあるか？　あの五つの触覚を持った我らが肉体の一器官が有する、胸が悪くなるような潜在的な力について考えたことがあるか？　いや、ない。なぜなら貴兄がこれまでに見た手はいつも親切心と友情を込めて貴兄の眼前に伸ばされてきたものだからだ。しかし、考えてもみよ、なるほど目は憎しみを伝えることができるし、唇は言葉で人を突き刺すことができるが、肩からぶら下がったあの器官だけが体内に蓄積された悪のエキスを結集させ、破壊的な電流へと変換することができる。悪魔はいろいろなところから人間の体の中に入ってくる。だが、悪魔の言うことを聞く召使になるのは手だけなのだ。

ミスター・ホワイブラウ、後一分で貴兄は人間の手の恐ろしさをたっぷり味わうことになるだろう。

家のすぐ近くまで来た。家のある通りに入る。キャスパー街。チェス盤の中心だ。四部屋からなるささやかな我が家の表の窓が見える。通りは暗く、三つの街灯はほんの染《し》み程度の光しか出さず、暗闇よりも見る目を混乱させる。通りは暗く、そして、がらんとしている。誰も外に出ていない。並んだ家々の表の居間にはまだ明かりがついていない。みんな台所で夕食をとっているからだ。間借り人たちが住む二階の部屋のいくつかにちらほら明かりが見える。外にいるのは貴兄と、貴兄の後をつけている男だけで、貴兄は彼に気づいていない。あまりにもよく見る顔だから、目に入らないのだ。たとえ振り向いて彼を見たとしても、貴兄は「今晩は」と言うだけで、また歩き続けるだろう。彼が殺人者かもしれないと誰かが言ったとしよう。貴兄は笑いもすまい。あまりにも馬鹿馬鹿しい考えだからだ。

いよいよ家の門まで来た。鍵をポケットから出す。家に入り、帽子とコートを壁にかける。女房が台所から「お帰り」と声をかけてくる。台所から漂う匂い(ニシン!)はその挨拶の残響だ。貴兄は返事する。その時、鋭いノックで表のドアが揺れる。

逃げろ、ミスター・ホワイブラウ。ドアから離れろ。触るな。すぐに逃げろ。家から出ろ。女房を連れて裏庭に駆けて行って、裏の塀を越えるんだ。でなかったら、声を上げて隣人たちを呼べ。ドアには触るな。だめだ、開けるな……。

ホワイブラウ氏はドアを開けた。


これが「ロンドン絞殺魔の恐怖」として知られるようになった一件の発端である。「恐怖」の字がつくのは、単に殺人だけの問題ではなかったからだ。一連の事件には動機がなく、黒魔術の雰囲気が漂っていた。殺人は、いずれも、死体が発見された通りに犯人と思しき者の人影が見当たらない時に行われた。人通りのない路地。その端にいる警官。警官は、一分にも満たない短い間だけ、がらんとした路地に背を向ける。そして回れ右した次の瞬間、駆け出して、また犠牲者が出た、と夜の闇に叫ぶ。あたりを見回すが、人の気配はない。犯人を目撃した者もいない。別の時には、警官が長い静まりかえった通りを巡回していたら突然、死人が出た、と家に呼ばれる。殺されたのは、ついさっき、彼がまだ生きている姿を見た人である。またしても、どこにも人影はない。呼子笛が響き、あたりに非常線が張られ、近隣の家はくまなく捜索されるのだが、犯人らしき人物は見つからない。

ホワイブラウ夫妻殺害の第一報は巡査部長によってもたらされた。署に出勤する途中、キャスパー街を歩いていたら、九十八番地のドアが開いているのに気がついたと言う。中を覗き込んでみると、誰かが床の上に倒れたままじっとしているのが、廊下のガス灯の明かりで見えた。念のためにもう一度よく見てから、彼は呼子笛を吹いた。巡査たちがこれに応じて集まってくると、一人を連れて家の捜索にかかり、他の者は近隣の警戒および聞き込みに当たらせた。しかし、近くの通りにも、家にも、手がかりは発見できなかった。九十八番地の両隣と向かいの家の住人たちは、何も見なかったし、何も聞こえなかった、と言った。ホワイブラウ氏が帰って来たのが聞こえた、という者が一人いた。氏が鍵を鍵穴に入れる音は毎晩必ず聞こえたので、それを六時半の時報に見立てて時計を合わせることができるぐらいなんです、と言っていたが、この男も、巡査部長の呼子笛が鳴るまでは、ドアの開く音しか聞かなかった。表からも裏からも、この家に出入りした者は誰も目撃されていない。被害者の首には指紋その他の手がかりは一切なかった。甥が呼ばれて家の中を調べたが、何も盗まれていないし、そもそも叔父は盗まれるようなものは何も持っていなかった、と言った。家の中にあったわずかな現金はそのまま残っており、家財道具を動かした形跡も、争いがあった形跡もなかった。ただ、理由のない野蛮な犯行を示す徴《しるし》しかなかった。

ホワイブラウ氏は近所の人たちや同僚の間では静かな、好感の持てる、家庭を愛する男として知られていた。あんな人に敵がいるはずはない、とみんな言う。しかし、実は、殺人事件の被害者たちのほとんどは敵を持たない。情け容赦のない敵が、危害を与えたいと思うほどある人物を嫌悪するとしよう。だが、殺したいとはほとんど思わないのである。なぜなら、そうすれば相手は苦しみを味わわなくなってしまうからだ。かくして、警察が直面したのは信じ難い状況だった――犯人の手がかりなし、殺人の動機なし、あるのはただ殺人があったという事実のみ。

事件の最初の知らせはロンドン全域に動揺を、マロン・エンド一円に電撃的な戦慄を与えた。金目当てでも、復讐のためでもないのに、二人の無害な人たちが殺された。どう見てもふとした思いつきで衝動的に人を殺した犯人が自由に街を歩き回っている。何の証拠も残さず、連れもいないとすれば、自由の身であり続けられない理由はなかった。神をも人をも恐れない、頭脳明晰な単独犯なら、その気になれば、町を、あるいは国を屈従させることもできよう。並みの犯罪者は頭脳明晰でもないし、一人でいることを嫌う。共犯者の援助が必要なのではなく、少なくとも、話し相手が欲しいのだ。虚栄心ゆえに、自らの所業に人がどれほど感じ入るか、直接確かめて満足する必要がある。この目的で飲み屋や喫茶店など人が集まる場所を頻繁に訪れる。そして遅かれ早かれ、友達づきあいの中で調子に乗って、一言余計にしゃべってしまう。それをそこらじゅうにいる垂れ込み屋が簡単に聞きつける。

警察は木賃宿や安酒場などを丹念にあたり、見張りを配置した。そして、情報をもたらした者には報奨と保護が与えられるとの知らせを口伝えで流した。しかし、ホワイブラウ事件の手がかりはまったく得られなかった。明らかに殺人者には友人もいないし、人づきあいもない。そういった傾向を持つと知られる前科者が警察に呼ばれ、尋問を受けたが、全員アリバイがあった。数日後、捜査は行き詰まった。事件は警官の目と鼻の先で起こったではないか、という絶えざるあざけりの声に、警察は浮足立った。四日間警官たちはぴりぴりしながら持ち場を巡回した。五日目、彼らはさらに落ち着きを失った。

今は日曜学校に通う子供たちのための食事会やパーティの季節だった。霧の中を手探りで進む人々のぼんやりと浮かぶ姿でロンドンが満ち満ちたある日の夕方、一張羅のスモックと靴を身に着け、洗ったばかりの髪とぴかぴかに輝いた顔をした少女が、ローガン通りを出てセント・マイケルズ教区会館へと向かった。彼女はそこに到着しなかった。現実には六時半になるまでこの世を去らなかったのだが、母と別れて家を出た瞬間から死者となったも同然だった。ローガン通りの曲がり角のあたりを歩いていた人物――おそらく男だろう――が、彼女が通りから出てくるのを見た。その瞬間から彼女は不帰の客となった。霧の中で誰かの白い大きな手が彼女を追いかけた。十五分後、それは彼女の首にからみついていた。

六時半、呼子笛が異常を告げた。それに応えた警官たちがミノウ街にある倉庫の入り口でネリー・ヴリノフの遺体を発見した。巡査部長が最初に到着し、警官をしかるべき場所に配置し、抑制された怒りを込めた厳しい調子で、あれこれ指令を出し、ミノウ街を持ち場にしている警官を絞り上げた。「マグソン、私はお前が通りの角にいるのを見た。あそこで何をしていた？　向きを変えるまで十分はあったぞ」マグソンは、そこに怪しげな人物がいたので監視していました、と言おうとしたが、巡査部長はそれを遮って、「怪しげな人物？　怪しげな人物じゃなくて、人殺しを探すんだ。そんなヘマをやってるから、本来お前がいなければならん場所で、こんな事件が起こるんだ。世間にどれだけ騒がれるか、考えてもみろ」

凶報が伝わると同時に、取り乱して青ざめた野次馬がどっと集まってきた。あの得体の知れぬ怪物がまた現れて今度は子供がやられた、と聞くと、彼らは霧の中に嫌悪と恐怖の顔を浮かべた。ところへ救急車が来て、さらに多くの警官が来た。警官は群衆を解散させた。その時、巡査部長の考えていたことは言葉となって現れた。つまり、四方から立ち上がる、「目と鼻の先で」というつぶやきとなったのだ。調査で明らかになったのは、疑惑のかけようもない近隣の四人がほんの数秒の間隔をおいて、事件の起こる前に件《くだん》の曲がり角を通過したが、何も聞かず何も見なかった、ということだった。誰も幼いネリーが歩いている姿を見なかったし、彼女の死体も見なかった。誰も自分たち以外の人の姿は見なかった。またぞろ、警察の知るかぎり、動機も手がかりもなかったのである。

こうして、ご記憶のように、あのあたり一帯は、パニックとまでは言わないが(ロンドンの人々はパニックには陥らない)、不安と困惑の虜になった。このようなことが彼らの慣れ親しんだ通りで起こるのなら、もはや何が起こってもおかしくない。通りで、市場で、店で、人が会うと話題は一つしかなかった。日が暮れ始めると、女たちは窓やドアに鍵をかけ、子供から決して目を離さなかった。暗くなる前に買い物は済ませ、夫たちが仕事から帰って来るのを(何でもないふりをしながら)今か今かと待ちわびた。どんな災禍もやむなしと受け入れる、コクニー〔イースト・エンドの住民〕特有の半分おどけた諦念の下に、彼らは悪い予感を隠していた。たかだか二本の手があるだけの一人の男の気まぐれのために、彼らの人生行路の土台が揺るがされてしまった（もっとも、それは人を軽蔑し、人の作った法を恐れぬ輩によって、常に揺るがされ得るものなのだが）。彼らは悟り始めた――自分たちが住んでいる平和な社会を支えている柱は、誰でも簡単に折ることができる藁に過ぎないし、法はそれに従う者がいる限りにおいて有効なものであり、警察は犯罪者がそれを恐れる限りにおいて力を持つものだ、と。この男の両手によって、一つの共同体全体が新しい経験をした。すなわち、改めて考えてみた結果、自明の事柄に愕然としたのである。

そして、二度の衝撃に彼らがまだあえいでいる時、三度目の衝撃があった。自らの手が生み出した恐怖を意識し、大観衆の熱狂を味わった俳優同様に空腹を覚え、彼は自分の存在を新たに誇示した。水曜の朝、子供が殺害された三日後、新聞各紙は英国全土の朝食のテーブルにさらに衝撃的な蛮行についての記事を届けたのだった。

火曜の晩九時三十二分、ジャーニガン通りを警邏《けいら》していた巡査は、クレミング街との交差点でピータースンという名の同僚と話をした。彼はこの警官がその道を歩いているのを前に見たことがあった。間違いなく、その時道には誰もいなかった。例外は、見覚えのある足の悪い靴磨きで、彼の前を通り過ぎて、その警官が歩いているのと違う側にある集合住宅に入っていった。彼は、当時すべての巡査がそうであったように、どこを歩いていようが、常に後ろを見たり、あたりを見回したりする癖がついていた。だから、道に誰もいなかったのは間違いないと言う。九時三十三分、彼は巡査部長と出会い、敬礼した。何か異常は、ときかれた。何もありません、と答えて通り過ぎた。彼の持ち場はクレミング街から少し離れたところで終わる。そこまで到達し、回れ右して、九時三十四分、再びクレミング街とジャーニガン通りの交差点にやってきた。ちょうどその時、巡査部長のしわがれ声が聞こえた。「グレゴリー！　そこにいるか？　こっちへ来い、早く！　また犠牲者が出た。なんと、ピータースンじゃないか！　首を絞められてる。早く、呼子笛を！」

それが絞殺魔の恐怖の第三弾だった。第四弾、第五弾もあった。五つの恐ろしい殺人が未解明と不可知の範疇に入った。つまり、警察と一般大衆に関するかぎり、未解明という意味だ。犯人の正体を知る者が二人だけいた。一人は殺人者本人、もう一人は若い新聞記者だった。

若者は、彼の勤める新聞「デイリー・トーチ」で、この事件を担当していた。スクープを狙ってイースト・エンドの小路をうろつきまわっていた他の熱心な記者たちよりも、彼の頭がよかったわけではない。他の連中よりも事件に粘り強く密着し、それを絶えず眺め続けることによって、最後にようやく殺人者の姿を浮かび上がらせたのだ。それはまるで、犯行現場の敷石から精霊を呼び起こすような手際だった。

最初の何日かが過ぎると、記者たちは特ダネをつかもうとするのを諦めた。記事になるようなものは何もなかったからだ。彼らは定期的に警察署で会い、わずかばかりの情報を共有しあった。警官たちは友好的な言葉で応対してくれたが、それ以上の何をくれるわけでもなかった。巡査部長は彼らと一緒にそれぞれの事件の詳細を論じ、犯人の手口についての仮説を提出し、何らかの類似点がある過去の犯罪を思い出し、動機に関しては、それを欠いたニール・クリームやジョン・ウィリアムズ〔共に十九世紀の名高い殺人犯〕の例について記憶の糸を手繰った。彼は事件を解決に導くための取り組みがなされているとほのめかしたが、その取り組みについて具体的な説明はしなかった。警部も殺人という一般的な問題については言葉滑らかに語るのだが、記者たちが目先の事件への対応に話を向けると、そこは素通りしてしまうのだった。何を知っているにせよ、所轄署としてはそれを記者たちに教えるつもりはなかった。事件は署に重くのしかかり、自分たちの力で犯人を逮捕しないかぎり、政府や世間に対して、評判を回復することはできなかった。もちろん、警視庁本部も捜査に関与しており、所轄署が集めた情報はすべて持っていた。

しかし、署の望みは自分たちが事件解決の栄誉を獲得することだった。他の事件で新聞の協力がどれだけ役立ったにしても、今回にかぎり、彼らは自分たちの推理や計画を早くに漏らして捜査を失敗の危険にさらしたくなかったのだ。

そこで巡査部長はごく一般的な話をし、面白そうな推理を一つ、二つ開陳した。そのどれも新聞記者たちがすでに考えついたものだった。

問題の若い記者は犯罪哲学についての朝の講釈にはすぐに見切りをつけ、通りを歩き回って、この連続殺人が庶民の日常生活に与えた影響について気の利いた記事を書いた。しかし、それは憂鬱な仕事で、イースト・エンドの土地柄によってますます憂鬱になった。ゴミだらけの道路、しょぼくれた家々、曇った窓。それらはすべて人の同情を呼ばない、不快なみじめさを示していた。欲求不満の詩人が持つみじめさだった。それは外国人たちが作り出したものだった。彼らは決まった家を持たず、当座しのぎの暮らしをしていた。自分たちが落ち着いて住むことができる家を築こうともしなかったし、出て行って放浪を続けようともしなかった。

ネタになりそうな材料はほとんどなかった。彼が見聞きしたものと言えば、ただ、憤慨した顔と、殺人者の正体や彼が人に見られず出没する秘訣に関するとんでもない憶測だった。警察官が犠牲になって以来、警察を非難する声はなくなり、正体のわからぬ犯人は伝説の様相を帯びていた。みんな他の人を、犯人はあいつかもしれない、というような視線で見た。犯人はあいつかもしれない。マダム・トゥソーの博物館に展示されている蠟人形のような殺人者ではなく、これらの犯罪を実際に行った男(あるいは鬼婆)が探し求められた。すると、主に外国人が容疑者として浮上してきた。このような蛮行は英国的ではない、得体の知れぬ奸智も然り。そこでルーマニアのジプシーや、トルコのカーペット商人に疑いが向けられる。確かにそのあたりが怪しい。東方の人間はさまざまな妖しい術を知っている上に、真の意味での宗教を持っていない。であるからして、彼らの行動には箍《たが》というものがない。彼らの国から帰って来た船乗りたちは、姿を消すことができる幻術使いの話をよくする。また、驚くほど奇妙な目的に使われるエジプトやアラビアの霊薬についての話もある。ひょっとして、ああいう連中ならやりかねない。そんな可能性がないとは言い切れない。やつらはずる賢くて悪知恵が働くし、滑るような感じで体を動かす。イギリス人はやつらのように消え去ることはできない。まず間違いなく、犯人はあの種の連中の一人で、怪しげな術を使うやつだ。犯人が実際魔術師だと思えばこそ、やつを探しても無駄だと人々は思う。かくして、犯人はその力で人々を屈従させ、自らを手の届かない存在にしてしまった。理性の脆い殻をいとも簡単に破ってしまう迷信が人々をとらえた。となると、犯人は何でも好きなことができる。おまけに、決してつかまりはしない。この二点を人々は動かし難いものにしてしまった。その結果、彼らは腹を立てながら、世の中こんなものだという諦めの気分で道を歩いている。

彼らは記者に自分たちの考えを、あたりを見回しながら、声の調子を落として語る。やつがそれを立ち聞きして、後から報復にやって来るのを恐れるかのように。イースト・エンドの人々は犯人のことばかり考え続け、いざとなればいつでも彼に飛びかかる準備ができていてもいいはずなのに、実のところ、彼らは犯人によってあまりにも強い印象を植えつけられていた。だから、もし通りで誰かが――例えば、何の変哲もない小柄な人物が――「私が犯人だ！」と叫んだとしよう、この時、彼らの抑えつけられていた怒りが怒濤のように噴出して、その男に押し寄せていって彼を飲み込んでしまうだろうか？　いや、そうではなくて、彼らはその男の何の変哲もない風貌に、突如この世のものと思えぬ何かを見出すのではないだろうか？　何の変哲もないブーツに、あるいは帽子に、この世のものと思えぬ何か、つまり、彼らが持っている武器では太刀打ちできないことを示す何かを見出すのではないだろうか？　そして彼らは、ちょうどファウストの剣が折れてできた十字架から悪魔がたじろいで一歩退くように〔グノーのオペラ『ファウスト』（一八五九）にこのような場面がある〕、この悪魔から一歩退いてしまい、相手が逃げ出す時間を与えてしまうのではないだろうか？　私にはその答えはわからない。しかし、彼らは犯人の無敵ぶりをあまりにも固く信じていたから、そんな機会が生じたとしたら、たじろいでしまってもおかしくない——それは少なくともありそうな話だ。しかし、そんな機会は生じなかった。今日、この何の変哲もない男は、殺人に対する欲求は満たされて、今までそうしていたのと同じように、彼らの中を歩き回り、彼らにその姿を見られている。ところが、彼らは犯人がそんな欲求を持っている人間だとは夢にも思わなかったし、今も思っていないから、街灯の柱を見るような感じで彼を見てきたし、今もそのように見ているのだ。

犯人の無敵ぶりについての彼らの考えは、ほとんど正当なものであった。というのも、警察官のピータースンが殺害された五日後、ロンドン警察が犯人の特定と捕縛に経験と士気のすべてを注ぎ込んでいる、まさにその時、彼が第四弾と第五弾の恐怖を与えたからだ。

例の若い記者は毎晩新聞が印刷に回るまであたりをうろついていた。その晩の九時、彼はリチャーズ小路を歩いていた。これは狭い道で、手前は屋台の商店、奥は住宅から成っていた。記者は住宅の方にいた。片側は労働者の小さなあばら家が立ち並び、反対側は鉄道の倉庫の壁だった。この背の高い壁のせいで道はすっぽり影に覆われていた。その影と、今ではがらんとなった屋台の、死体を思わせる輪郭は、まるで、生きていた道が生と死の境目で凍りついたような印象を与えた。よそでは金色の後光を発する街灯が、ここでは宝石の冷たさで光っていた。この永遠に凍結した瞬間のお告げを胸に抱きつつ、記者は、この事件にはすっかり嫌気がさした、と独り言を言っていた。と、その時、氷が一瞬にして溶解した。彼が一歩を踏み出してから、次の一歩を踏み出すまでの間に、悲鳴が沈黙と暗闇を引き裂いた。その悲鳴に交じって、「助けてくれ！　やつが、ここに、ここにいるぞ！」という声が聞こえた。

記者が何をしたらいいか考えつく前に、小路は活気づいた。隠れていた住人たちはずっとその叫び声を待っていたのか、すべての家のドアは開け放たれ、そこから、そして横道から、背中が疑問符の記号のように曲がった人影が一斉に出てきた。少しの間、彼らは街灯よろしくじっと立っていた。と、警察の呼子笛が鳴り響き、人影の一団はそちらに向けて通りを進んだ。記者はその後を追い、彼の後ろをまた他の連中がついてきた。大通りやあたりの小道からも人々がやってきた。夕食を中断して出てきた者、くつろいでいるところを邪魔されたのだろう、上着を脱いでスリッパ姿の者、おぼつかぬ足取りでよろめいている者、背筋をピンと伸ばして手に火かき棒や、商売の道具を持った者。波打つ群衆の頭の間に、ちらほらと警察官の勇ましいヘルメットが見えた。群衆は一つの暗い塊となって、巡査部長と二人の巡査が戸口に立っている家めがけて進んだ。後方にいる連中が、「中に入れ！　やつを見つけろ！　家の裏に回れ！　壁を乗り越えろ！」

と叫び、前方にいる連中は「押すな！　下がれ！」と声を上げた。

　正体のわからぬ危険のためにここしばらく金縛りにあっていた群衆の怒りがついに爆発した。やつがここにいる、まさにこの場に。今度はどうやったって逃げられまい。皆の心はこのあばら家に向けられた。皆の力はそのドアと窓と屋根に向けられた。皆の考えは一人の正体不明の男とその破滅に向けられた。だから誰も他の者を見ていなかった。決して人でいっぱいになった狭い小路と、揉み合う人影の塊を、誰も見ていなかった。犠牲者のそばに長々ととどまらない怪物を自分たちの中に探すことを、誰もが忘れてしまっていた。復讐心に燃えて一団を組んだがために、やつに格好の隠れ場所を提供してしまったことを、誰もが忘れてしまっていた。彼らの目に入ったのはその家だけだった。彼らの耳に入ったのは木の裂ける音、裏と表でガラスが割れる音、警官が命令を出す声と、追跡しながら上げる声だけだった。彼らは突進を続けた。

　しかし、彼らは殺人者を発見できなかった。殺人があったことを知り、駆けつけた救急車をちらっと見ただけだった。怒りをぶつける相手は、仕事の邪魔になる彼らと揉み合った警官たちしかなかった。

　記者は問題のあばら家のドアまで何とかたどり着き、そこに立っていた巡査から話を聞いた。そこには年金暮らしをしている船員夫婦と娘が住んでいた。最初は、食事の最中に全員がガス中毒になったかのように見えた。娘はパンのかけらを手にしたまま炉辺の絨毯の上に転がっていたし、父親は皿にライスプディングをすくったスプーンをのせたまま、椅子から横に滑り落ちていた。母親はテーブルの下に半ば隠れていた。膝のあたりには割れたカップのかけらとココアの飛び散った跡があった。しかし、ガス中毒説は瞬く間に吹き飛んだ。彼らの首を一瞥しただけで、これが絞殺魔の仕業であることは明白だった。警官たちはぼんやり立ちすくみ、部屋を眺め回し、束の間大衆の諦念を共有した。彼らはまったく無力だった。

これが第四弾だった。犠牲者は合計七人に上った。ご承知のように、彼は後一人殺害することになる――その同じ晩に。それから、今まで送っていたまっとうな人生に戻り、未解決のロンドンの恐怖として歴史に名を留める。凶行について思い出すことはほとんどなく、記憶にさいなまれることもまったくない。なぜ彼はそこで止めたのか？　わからない。そもそもなぜ始めたのか？　やはり、わからない。たまたまそうなったのだろう。仮に犯人が凶行の日々を回想することがあったとして、おそらく彼は、我々が子供時代に犯した愚かしい、あるいは、嘆かわしいささやかな罪を思い出すような感じで、それらを考えるのだと私は想像する。子供時代の罪は本当の意味の罪ではない、と我々は言う。なぜなら、その頃はまだ明確な意識を持つ自分というものが確立されていなかった、真の意味での認識を持っていなかったからである。我々はかつての小さい愚かな自分を振り返り、ものがわかっていなかったのだから、と言ってその行動を許す。たぶん、この犯人もそれと同じことをするだろう。

そういう人間はたくさんいる。ユージーン・アラムはダニエル・クラークを殺した後、十四年間、犯罪については一切を忘れ、自己嫌悪にとらわれもせず、意を安んじて静かな生活を送った。クリッペン医師は妻を殺した後、その死体を床下に埋めた家で愛人と楽しく過ごした。弟を殺した容疑で訴えられ、無罪となったコンスタンス・ケントは、罪を告白するまで五年間安寧な日々を送った。ジョージ・ジョゼフ・スミスやウィリアム・パーマーは、自分が犯した溺殺や毒殺に対する恐怖も悔悟も感じることなく、一般市民に交じって愛想よく生活を営んだ。チャールズ・ピースも、最後のヤマを踏んで運に見放されるまでは、骨董品に興味を持つ、まっとうな市民として暮らしていた。確かに、なにがしかの時間が経過すると、これらの者たちの罪は露見した。しかし、我々の想像以上に多くの殺人者が今日世間的には評判のよい人生を送り、発見されもせず、疑いもかけられず、体面を保ったまま死ぬ。この絞殺魔もその口である。

しかし、彼はもう少しで捕まるところだった。このきわどい経験が足を洗うきっかけになったのだろうか。逃げのびられたのは、記者のまずい判断のせいだった。

今回の事件のあらましを知ると（それには少々時間がかかった）、すぐに、彼は十五分費やして電話で社に記事を送った。電話が済んで、取材の刺激が消失すると、肉体的には疲労を覚え、精神的には集中力がなくなった。まだ帰宅は出来なかった。新聞が印刷に回るまで後一時間ある。彼はバーに行ってビールとサンドイッチを腹に入れた。

記者がこの件をすっかり頭の中から追い出して、バーの室内を見回し、懐中時計の鎖に認められる店主の趣味と、店を仕切る彼の権威に感心し、経営のちゃんとした居酒屋の持ち主は新聞記者よりも暮らし向きがよさそうだ、と考えていた時、どこからともなく彼は悟りの光を得た。彼は絞殺魔について考えていたのではない。サンドイッチについて考えていたのだ。居酒屋で出てくるサンドイッチにしては、それは珍しい代物だった。パンは薄切りで、バターがたっぷり塗ってあって、ハムは二か月前の古びたものではなく、あるべき姿のハムだった。彼の考えは、この食べ物を編み出したサンドイッチ伯爵から始まって、次はジョージ四世、そしてジョージ王朝、さらにアップル・ダンプリング〔リンゴを練り粉の衣に包んで焼いた菓子〕にどうやってリンゴが入ったのか考え込むジョージ王の伝説〔ジョージ三世がそうして考え込む姿を描いた有名な十八世紀末の戯画があった〕へと進んでいった。ジョージ王はハムがどうやってサンドイッチに入り込んだか、同じように考えこまなかっただろうか。誰かがそこに入れない限りハムが勝手にサンドイッチに入り込むはずはない、と王が気づくまでどのくらいかかっただろう。記者は立ち上がり、もう一つサンドイッチを注文した。その瞬間、彼の活発な頭の片隅で事件の解決策がひらめいた。七人が殺害されたのなら、誰かがそこにいて彼らを殺害したのである。人間のポケットに入るような飛行機や自動車はない。したがって、犯人はその場から走り出すか、あるいはその場にじっと立っていることによって逃げおおせたのだ。したがって――

記者は、自分の勘が正しいとすれば、そして――これはあくまでも推論の域を出ない話だったが――編集部長が大胆なスクープをのせるのに必要な肝っ玉があるとすれば、新聞の一面を飾るであろう記事を目に浮かべた。と、その時、「閉店時間です！　みなさん、出てくださいよ！」という声が響いた。もうこんな時間になったのかと思い、彼は立ち上がって店を出た。外の通りは、汚らしい丸形の水たまりと、時折侵入してくるバスの明かり以外は、一面の霧だった。彼は自分があの事件の特ダネを握ったことを確信していた。しかし、仮にそれが証明できたとしても、社の方針上はたして記事が活字になるかどうかは怪しかった。この特ダネには一つ欠点があった。それは真実ではあったのだが、ありえない真実だった。新聞の読者が信じていることとすべて、および、社の部長たちが読者に信じてもらいたいことすべての土台を揺るがす真実だった。読者は、トルコのカーペット商人が自分の姿を消す術を知っている、という話なら信じるかもしれない。だが、これは信じないだろう。

実のところ、新聞の読者はそれを信じるよう求められることはなかった。記事は書かれなかったからだ。すでに入稿の締め切り時間は過ぎてしまった。記者は腹ごしらえをして気分がよくなり、自分の組み立てた仮説に興奮していたので、ここはひとつ、半時間残業してその仮説を実地に試してみようと思い立った。そこで、彼は自分が念頭に置いている人物を探すことにした。白い髪と、白い大きな手を持つ人物——それ以外の点では誰も気に留めない、何の変哲もない人物。彼はこの仮説をいきなり犯人自身にぶつけてみたかった。そのために彼は、恐怖と戦慄の伝説を身にまとった人物のすぐそばまで接近しようとしているのだ。これは大変勇気ある行動と映るかもしれない。なにしろ、教区全体の背筋を凍らせた人物の目の前に、すぐに助けが入るあてもないまま、たった一人で姿を現すのだから。だが、そうではなかった。彼は身の危険については考えていなかった。雇用者に対する義務、新聞社への忠誠心も頭になかった。ただ、特ダネを最後まで追うという本能に従っただけだった。

記者は居酒屋を出た後、ゆっくりとフィンガル街を抜け、ディーヴァー・マーケットに向かった。そこでやつを見つけるつもりだった。しかし、彼の経路は短縮された。ロータス街の角で記者はやつを——あるいは、やつに似た男を——見たのだ。通りにはほとんど明かりがなかったので、男の姿は鮮明には見えなかった。しかし、白い手ははっきり見えた。二十歩ばかり後をつけ、そして、男に並んだ。鉄道のアーチが通りと交差しているあたりで、記者はこれがやつだと確信した。彼はこの区域の人たちが最近あいさつ代わりに使っている言葉をかけた。「人殺しを見かけましたか？」男は足を止めて、彼を鋭い目で見た。そして、記者が殺人者ではないと確信しつつ、答えた。

「え？　いや。自分も他の誰も見てない。ちくしょう、もう見つけることはないんじゃないかな」

「いや、それはわかりませんよ。ずっと頭を絞ってたんですが、実は謎が解けたんです」

「ほう？」

「そう、突然ひらめいたんです。十五分前に。我々はみんな目が見えてなかったんだ。犯人は目の前にいたのに」

男は再び向きを変えて、彼の方をじっと見た。その体の動きと視線には、事件について多くを知るらしいこの記者に対する疑念が窺えた。「ふうむ。なるほど？　そんなに自信があるんなら、我々を助けると思って、聞かせてくれんかね？」

「そうしましょう」二人は並んで歩き、この小さな通りがディーヴァー・マーケットに当たる少し手前まで来た時、記者はさりげなく男の方を向いた。彼は指で男の腕を軽く押さえた。「ええ、今ではすべてがとても簡単に思えます。ただ、一つだけわからないことがあるんです。それをはっきりさせたい。つまり、動機です。どうです、正直なところを教えてもらえませんか、オターモゥル巡査部長、いったいなぜあなたは無害な人たちを何人も殺したんです？」

巡査部長は足を止め、記者も足を止めた。空には大都会ロンドンの明かりを反射した光が少しあり、そのおかげで記者は巡査部長の顔を見ることができた。その顔には洗練された魅力をたたえた微笑みが広がっていた。それを見た記者の目は凍りついた。笑みは何秒間か続いた。それから巡査部長は言った。「正直なところを言うとな、記者さんよ、私にもわからんのだ。ほんとうに。実は、自分でもそのことは気になってた。だが、ちょうど君と同じで、謎は解けた。人間は自分の考えを完全に支配できない。誰だって、そんなことは知ってる。だろ？　考えは呼ばれもしないのに心の中にやって来る。ところが、自分の体は支配できる、とみんな思ってるらしい。なぜ？　どうして？　我々の心ってのは、誰にもらったんだ？　我々が生まれる何百年も前に死んだ人からもらったのか。じゃ、体もそうじゃないのか？　顔も足も頭も、完全に我々のものじゃない。我々が作ったんじゃない。我々がもらったものだ。考えが心の中にやって来るように、考えが体の中にやって来るってことはないのか？　どうだ？　考えは頭の中だけでなく、神経や筋肉の中に住むことはできないのか？　それと、我々の体の一部分は我々でない、っていうことはありえないのか？　で、そういうところに突然考えが生まれる。私の場合は、そう」——そこで彼は腕を突き出して(白い手袋をした大きな手と毛むくじゃらの手首が闇に浮かぶ)、記者の目では追えない速さで彼の喉をつかむ——「私の手に生まれるんだ」

チャールズ・フィーリクス

ノッティング・ヒルの謎

チャールズ・フィーリクス(Charles Felix)は弁護士・ジャーナリスト、チャールズ・ウォレン・アダムズ(Charles Warren Adams 一八三三―一九〇三)のペンネーム。本作は一八六二年十一月―六三年一月、週刊誌「ワンス・ア・ウィーク」に八回にわたって連載された。

物語の中に記されているように、さまざまな出来事の日付は重要な意味を持っている。作品の末尾に、主要人物の二人が経験した主たる出来事の日付一覧と、系図を付録として掲載したので適宜参照されたい。あるいは、読者各位が読み進めながら同様のものを作成されるのも一興であろう。なお＊で示した注は訳注ではなく、作品にもともと含まれているものである。

(以下の書類を我々がどのようにして入手したかを述べる必要はない。また、これらが解明するはずの「謎」がどのような種類のものであるか、ここで先に明らかにしてしまうのも読者の脳力を愚弄する行為であろう。しかし、以下の書類の編纂者が調査した事件に関する彼の考えを理解するには、名前と日付に細心の注意を払うことが必要である。その限りにおいて、我々は読者の忍耐心と洞察力を頼りにしなければならない。事件全体は本誌の連載七回分、もしくは八回分に及ぶものである。最初は模糊とした事柄も先に進めば判然とするであろう。もしも実際に編纂者がここに新しい種類の犯罪を発見したのならば、事件の状況証拠は当然ながらいささか受け入れがたい類のものである。挿絵はただ読者の仕事をより愉しくするために付け加えられたのであって、もちろん、以下に記述される事件と同時に製作されたのではない(本書では一部のみ掲載)。)

R・ヘンダソンより××生命保険会社取締役へ

一八五八年一月十七日
クレメンツ法学院、秘密調査事務所にて

謹啓

故ラ××夫人の一件に関する調査から明らかになった驚くべき事実を貴台に報告するにあたり、まず昨年十一月に賜りましたご指示を履行するのが遅れましたことをお詫びいたします。それは小職の怠慢によるのではなく、調査が予想以上に多岐に及び、複雑を極めたことに起因するのであります。しかしながら、この入念かつ詳細な調査の結果は完全に満足の行くものではないと告白せねばなりません。さりとて、以下に付する書類――これらは遺漏なく、正確に転記されたものだと保証いたします――を熟読いただければ、これがいかに尋常ならざる難件であるか納得いただけると信じております。

今回の調査は、一八五五年十一月一日付でラ××男爵が夫人を被保険者として貴社と契約した五千ポンド(貴社の社則による最大限度額)の生命保険に関わるものでありました。同様の契約がマンチェスターの××社、リヴァプールの××社、エディンバラの××社、ダブリンの××社と結ばれています。それぞれ一八五五年十二月二十三日、一八五六年一月十日、一月二十五日、二月十五日の日付で契約内容はほぼ同じ、総額は二万五千ポンドです。小職はこれらの会社の共同のご指示のもとに行動しました。本書簡ならびに同封する一件書類の膨大な量に鑑み、これをもって全五社への報告とさせていただくことをお許しください。

報告そのものに入る前に、調査が開始されるに至った状況を確認しておきます。第一の契機は、右に記しましたように、日付が同一時期に集中している点でした。加えて、契約者が同時に他の会社と契約を結んだことをそれぞれの保険会社から隠しておこうとしたことです。さらに調査を進めた結果、貴社は、男爵の結婚が奇妙な条件下で執り行われたこと、ならびに、結婚以前の夫人と男爵の関係に疑問を持たれました。したがって、特にこれらの点が小職の調査の対象でした。その結果得られた事実は、小職が見出した一連の奇妙な証拠をつなぐ鎖の、重要な一つの輪を形成したのであります。

とはいえ、疑惑が生じた主たる原因は、かくなる巨額の契約が成立したすぐ後に起こったラ××夫人の死にまつわる異常な状況にありました。夫人は五七年三月十五日に突如亡くなったのです。眠ったまま夫の実験室に行き、そこにあった強度の酸を飲んだことが死因とされました。小職のもとに送られてきた、保険会社の通常の予備質問に対する男爵の回答（ここに同封して返却いたします）には、夢遊病について何の言及もありません。しかし、事件を報じた記事が新聞に載るとすぐ、最近まで男爵と同じ家に住んでいたある紳士から貴社取締役宛に手紙があり、少なくともこの点に関しては真実が隠匿されていると信じる理由がある旨を告げてきました。そこで、小職が貴社に調査を依頼されたのでした。

貴社のご指示を受けた後、ただちに件《くだん》の手紙の送り主であるオルドリッジ氏に連絡をとりました。氏の言によれば、一番新しい日付の保険契約が発効してから二、三か月以内の時点で、ラ××男爵は夫人の夢遊病の傾向を知っていたのみならず、それを他人の目から隠そうとしていたのです。氏の証言は他の二人の証人によってある程度裏書きされました。ところが、あいにく、今から示しますとおり、これらの証言、特に、我々の推論の要の部分に関する唯一の根拠であるオルドリッジ氏の証言はかなり疑わしいことが判明しました。残念ながら、一件の全容を把握されればより明確になるように、氏の証言の他のいくつかの部分についても同様の判断が下されねばなりません。

しかし、氏の証言を諸々の事実とつき合わせてみた結果、最近物議をかもした別の不可思議な一件も調査の視野に入れるべしと小職は判断しました。

一八五六年の秋、アンダトンなる紳士が妻を毒殺した容疑で逮捕され、死因の化学的調査が終了する前に自殺した一件はご記憶でありましょう。調査の結果、疑いのあった毒は検出されず、容疑者は無罪となりました。アンダトン氏の親戚筋には名士が多く、彼らは当然ながら一家の名誉を慮《おもんぱか》ったので、事件は極力迅速かつ粛々と処理されました。とはいえ、今回、一家は正義のために小職の調査が遂行されるべく、すすんであらゆる便宜を図ってくれました。その調査結果を今こうして貴台にお示しする次第であります。

すべての事実を吟味し終わった段階で(特に一連の驚くべき日付の符合にはご注意願います)、二つの対応が考えられましょう。一つは、あらゆる点において首尾一貫し、緊密に連関しているが故に、無視するのは不可能と思われる一連の状況証拠を無視すること。もう一つは、確立された自然の法則にことごとく反しているが故に、受け入れるのが不可能と思われる結論を受け入れること。前者を採用するならば、我々は出発点に戻るだけであり、後者を採用するならば、我々は一連の極めて複雑かつ戦慄すべき犯罪を措定することになります。

慎重な熟慮の末、この二つの選択肢のどちらをとるか、実を申しますと、小職は未だに決めかねるのであります。よって、一件にかかわるすべての事実を、情報を提供してくれた人々の証言そのままの形で、ご高覧に供することにいたしました。それらは、法廷に訴え出ると決定された暁にはただちに弁護士に見せられるような形に、可能な限り、配列してあります。とは申せ、一件書類は長大なものでありますので、短縮しても問題がないと思える証言は短縮しました。より重要なものはそのままにしてあります。いずれにせよ、短縮版をただちに原本と突き合わせて確認できるよう、すべての原本を同封しておきます。

もし貴台のご結論が、小職が出さざるを得なかった結論と同じであるならば、今後の動きについてはさらなるご熟慮が必要となりましょう。その場合、やはり、小職は明確な提案をいたしかねると告白せねばなりません。疑惑に覆われてはいるが証拠がない事件に際して、法的な訴えは起こさない方がいいのか――これは慎重な吟味を要する問題です。また、仮に恐ろしい犯罪の完璧な証拠があるとして、その証拠が犯人を法の裁きの下に引き出せる性質のものか、ということもまた同様に慎重な吟味を要する問題です。しかし、現下の問題は一件に関する事実を見定めることであります。そこから先の問題につきましては、事実が明確になった時点で検討を加えるのが適当でありましょう。その時点に至りましたならば、貴台からご連絡をいただけるものと信じております。

最後に、説明を要すると思われる一点につき、少々述べさせていただきます。それは、以下の報告において強調することを余儀なくされた、「動物磁気媒体」なるものの作用に関わります。この迷妄の虜となっている不幸な犠牲者たちは、間違いなくそこに我々が解き明かそうとしている謎の(恐ろしくはあるが)簡単な答えを見出すでありましょう。

たしかに、何を隠そう、一件書類の中に見られる「ゾウイスト・マガジン」〔動物磁気説信者たちが発行していた雑誌。一八四三－五六〕の一節が契機となって、小職は今のところ考え得る唯一の結論を引き出しました。しかしながら、この厚顔無恥なインチキ学説に少しでも信憑性があると認めるぐらいなら、小職はむしろ、単なる偶然に惑わされて調査した挙句無駄骨を折ったと認めたいのです。それは最初にはっきりと申し上げておきます。とはいえ、人をだまして生きてきた者は往々にして最後は自らをだます、ということも忘れてはなりません。したがって、ラ××男爵が、前述した「ゾウイスト」誌の記事を真実だと自分に言い聞かせてある計画を着想し、その計画が自然の摩訶不思議な理《ことわり》にしたがって実行に移された、という可能性もないではありません。少なくともそれ以外に、この一件の計り知れない謎の解明に至りそうな推論を、小職はまったく持たないのであります。

今後の措置に関するご指示をお待ち申し上げます。

敬白

ラルフ・ヘンダソン

第一部　事件

キャサリン・バ××[*]の文通からの抜粋

(一)レディー・ボウルトンよりキャサリン・バ××へ(日付なし)、一八三二年十月もしくは十一月

ああ、おばさま、おばさま、どうしたらいいでしょう？　この三日間、一睡もしていません。おばさまにさえ手紙を書かなかったのは、最後はめでたくエドワードが戻ってくると思っていたからです。このところずっと、あの人の姿を求めて、あらゆる物音に耳をそばだて、目が痛くなるまで通りを見ていました！　でも、今日であの人がいなくなってから四日になります。とってもこわいんです。エドワードはあのひどい男を追いかけて行ったに違いありません。もしあの男に会ったら、恐ろしいことが起こるでしょう。出て行った時、エドワードはほんとにすごい顔をしていました。でも、おばさま、

あの人に腹を立てないで。悪いのは私なんです。ずっと前にエドワードにすべてを言っておくべきでした。もちろんあの男が好きだったことなんて一度もありません。私はエドワードを愛しています。ただ、こわかったんです……。〈ここと以下数箇所インクがにじんで判読できず〉そこで、もう片がついたと思いました、それから……。二週間前、私たちとても幸せだったのに……。結婚してまだ七か月になりませんけど……。誤解しないで、おばさま、決してエドワードに不満があるわけではありません、あの人ほんとに……。もし都合がつくなら、ぜひこちらに来てください、私、ほんとに病気になってしまいそう、おわかりでしょう、ただ……。おばさまに神のお恵みがありますように。どうか、都合がつくなら、ぜひこちらに来てください。

ガートルード・ボウルトン

＊故アンダトン夫人の大叔母。これだけ昔にさかのぼる理由は程なく明らかになる。

(二)同じくレディー・ボウルトンよりキャサリン・バ××へ、およそ四日後

おばさまの体調がすぐれぬとのこと、とても残念です。どうぞ、無理してこちらに来ようとしないで。なんとかやってみます。うまくいかなくても、このおそろしい宙ぶらりん状態よりはましです……。まだ何の便りもありません。これ以上書けません。目もぼやっとして、ペンを満足に動かすこともできません。頭も満足に働きません。おばさまに神のご加護を。

ガートルード

追伸　優しいウォード夫人をこちらによこして下さり、まことにありがとうございます。まったく予期していませんでした。（青い）*まるで天から送りこまれてきたみたい。あの方はエド……。〈ここで突然終わる〉

*「青い」は線を引いて消されている。

(三)ウォード夫人よりキャサリン・バ××へ、右(二)を同封

火曜夜、ビーチウッド*にて

親愛なるキャサリン、

残念ながら、ガートルードについて芳しい報告はできません。部屋に招じ入れられて、青ざめて生気がなく、目に隈ができたあの子の顔を見た時には、思わず涙がこぼれそうになりました。あの子は私を見ると歓声を上げ、首に抱きついてきました。そして、次の瞬間、書き物机に戻り、投函する準備のできていた手紙の封を開けました。長く続い

た緊張に耐えられなかったのか、あの子は書き始めたかと思ったらすぐに集中力がなくなり、「追伸」の終わりを見ればわかるように(この便りにあの子の手紙を同封します)、夫の名前を書いている途中で精魂尽きたらしく、数時間激しい興奮状態におちいってしまいました。幸い今は、時々とりとめのない考えごとをしているようですが、比較的落ち着いています。目を閉じることができないらしく、ベッドで横になっても、ずっとまっすぐ前を見つめています。時折小声でひとりごとを言うものの、あたりの様子には何も気づいていないようです。今回の悲しい事件について、なんとか話をさせようと水を向けたのですけれど、引き出せたのはただ、「みんな私のせい」と「ぜったい、ぜったい、あの人は悪くないの」という強い調子のことばだけでした。私がここにやって来たので、たしかにあの子は安心したようですが、夫のためにならないことを洩《も》らしてしまうのではないか、という心配から、警戒心が目覚めたみたいです。あの子の意識は、ただ、夫が非難を浴びないように、という一点に集中しています。でも、疑いなく、サー・エドワードは大いに非難されるべきです。実際、私には、すべてが彼のせいであるように思えます。この不幸な出来事の詳しい経緯《いきさつ》はまだよくわかりません。彼はたしかにとても気性の激しい若者で、おそらく、嫉妬深い人物ですから、二年前の冬ガートルードにしつこくつきまとったホーカー氏との間を怪しむようになったのでしょう。痛ましい夫婦喧嘩の後、サー・エドワードはホーカー氏をつかまえるために、ビーチウッドを後にしたのです。氏は大陸にいるらしいので、彼は、ご存じのようにここのすぐ近くを通っているドーヴァー街道に出ました〔大陸に行くにはドーヴァーから船に乗って海峡を渡る〕。今のところ、はっきりしているのはそれだけです。使用人たちからはうんざりするほどたくさんのことを聞かされます。みんなサー・エドワードによるガートルードの扱いがひどいと腹を立てているので、そんな噂が広がらないように、口をつぐませておくのに苦労します。なにか新しい情報が入れば、もちろんすぐに知らせます。ガートルードのことがとても案じられます。それは隠せません。あの子はすっかり元気を失っていますので、この状態なら、今感じている不安と恐怖の結果、あの子がどうなるか、ほんとうに心配です……。私がこの二人の結婚にどれだけ不満だったか、ご存じでしょう。こんなにも繊細な若い娘の運命を癇癪持ちで有名な男に任せたことの誤りを、今はこれまで以上に強く感じています。かわいそうに！　明らかに、夫の感情の爆発に接するのはこれが初めてではなさそうですが、たとえあの子自身の健康が害されることなく済むとしても、おなかの子供への影響が……。この長い、悲しい手紙はもう終わりにしましょう。新たな展開があればまたお便りします。もうガートルードのそばに戻ってやらないと。あなたも快方に向かっていることを祈ります。かわいいいヘンリーに、私が留守の間いい子でいるように伝えてください。

かしこ
ヘレン・ウォード

*サー・エドワード・ボウルトンの邸宅。

(四)同じくウォード夫人よりキャサリン・バ××へ

月曜朝、ビーチウッドにて

親愛なるキャサリン、

残念ながら、あいかわらずガートルードについて朗報をお届けすることはできません。前便*を投函した土曜の夕方から後、特に記すべきことはありません。ただ、あの子はかわいそうに落ち着きがなくなり、どちらかと言えば、体力も弱まったようです。今は、しょっちゅう、手紙は来たかと尋ねます。私たちが手紙をあの子に渡さないようにしていると思い込んでいるみたい。実際、今のあの子の状態なら、私の責任でそのようにしようかと思うほどです。新聞は、あの子に見せる前にいつも注意深く調べています。医者の指示にしたがって、あの子が床を離れたいと言うのに反対はしませんでしたけれど、熱が出るのではと心配になります。どうやら、まだ起きているのは無理みたいなので、早く往診に来てほしいところ。あの子はずっとソファに横になって、ドーヴァー街道が見える窓から外を眺めています。今朝のガートルードはますます落ち着きがなくなっており、私は医者のトラヴァーズ先生が来るのを今か今かと待っています。

＊この手紙には重要な情報は含まれていないので省略する。

十一時

先生が来てくれました。発熱についての私の予感は的中しましたが、たぶんすぐに引くだろうというのが先生の見立てです。私はこちらに来てからほとんど寝ていないので、すぐに少しでも睡眠をとるように、と言われました。ガートルードが発熱した場合にそなえて、できるだけ体力を蓄えておくことが必要だからです。この手紙は封をしないでおいて、最新の知らせをつけたして夕方の便で送ります。

水曜

すべては終わりました。私はまだ十分に自分を取り戻してはいませんが、今起こったことを報告せねばなりません。ああ、キャサリン、ガートルードのもとを離れたことで私は自分を許せないでしょう。それが愚かしいのはわかっています。あの子のためにそうするよう命じられたのですから。でも、ともかく、悲しい知らせを伝えねばなりません。私は、何か変化があればすぐに知らせるよう厳しく命じて、ガートルードをメイドに任せました。あの子は静かになって、眠りに落ちたようでした。メイドは四時まであの子を見ていました。それから自分もくたびれてうとうとしてしまい、五時前に目が覚めると、ガートルードがいなくなっているので仰天しました。メイドはただちに私のところに飛んで来ました。踊り場まで出たら、誰かが上がってきて、階下に郵便夫が来ています、と言いました。郵便夫はちょうどガートルードに会ったところで、あの子は配達を門のところで待っていたそうです。ガートルードは熱心に手紙が来ていないか尋ね、ないと知らされると今度は新聞を求め、それを受け取ると敷地内の「荒れ野」と呼ばれているところへ急いで歩み去りました。あの子の様子から何かおかしいと心配になった郵便夫は、この家に着くとそれを知らせてくれたのです。私がどれだけ不安をかかえて「荒れ野」まで行ったか、言うまでもありません。ガートルードは湖のほとりの芝生の上に、運命の新聞を握りしめて横たわっていました。私はあの子を家の中まで慎重に運ばせ、召使に馬で医者を呼びに行くよう命じました。医者が来る前に、ガートルードは意識を取り戻しましたが、すぐに、お産が近づきつつある兆《しるし》を見せました。その時から臨終まで——一時間前のことです——私はずっとあの子のそばにいました。生まれて初

「荒れ野」で横たわるガートルード

めて目にするような責め苦が三十時間ばかり続いた後、あの子はようやく二人の小さな赤子を生みました。とても小さな、弱々しい子たちで、見るも哀れでした。二人目より一時間早く生まれた上の子の方は、特にひ弱で青白く、この子はもたないでしょうと医者は言いました。確かに望み薄に見えました。下の子の方が元気そうでしたが、どちらも、いくら早産とはいえ、小さくて弱い感じでした。

　気の毒なガートルードは急に具合が悪くなり、ありとあらゆる手が打たれて、三、四時間持ちこたえたものの、とうとう力尽きました。だれも気づかなかったくらい、とても静かな臨終でした。かわいそうに、あなたがたのお気に入りのガートルードを私はいつも愛おしく思ってきました……。封をする前に、不幸にもこの痛ましい出来事の原因となった新聞記事について一言。私が心配していたように、そこにはここしばらく私たちが恐れていた、サー・エドワードとH氏との決闘についての知らせが載っていたのです。この悲しい事件について詳しいことをききたいでしょうから、同封しておきます。疲労困憊で、これ以上書けません。もう寝なければ。私がどれだけ心より深くあなたに同情しているか、ご存じでしょう……。

かしこ

ヘレン・ウォード

(五)一八三二年十一月十二日付「モーニング・ヘラルド」紙より抜粋

ディエップの決闘、一人死亡――パリの新聞によると、数日前ディエップ近郊にて驚愕すべき決闘が二人のイギリス人の間で行われ、一人が死亡した。どちらも身元は確認されていない。二人はヨーロッパ・ホテルの中庭で出会った模様。一人は過去数日間同ホテルに滞在中で、寝具にはC・G・Hのイニシャルあり。後からやってきた人物は明らかに侮辱的な言葉をすぐに投げかけ、対してH氏も同様に熱を帯びた口調で応じた。ただし、あいにくこの応酬は英語で行われたため、聞いていた誰もその内容は理解できなかった。ついにやりとりが非常に激しくなったので、支配人が割って入らざるを得なくなった。そこで、二人はホテルから立ち去った。数時間後H氏が戻って来て、勘定を払い、慌ただしく荷造りをして出て行った。氏はパリに行ったことはわかっているが、その後の消息は不明。翌朝早く、町から一キロばかり離れた果樹園でイギリス人の死体が発見されたという噂が流れた。調査の結果、犠牲者は前夜のH氏の口論の相手と判明した。明らかに、この不幸な人物は公正な決闘で倒されたらしい。ただし、立会人はいなかったと思われる。最近発砲された形跡のあるピストルが死者の手に握られており、十歩あまり離れたところに、彼を死に至らしめた武器と見られる、同じ型のピストルが落ちていた。決闘で相手のピストルの標的となりそうな胸部に致命傷があり、銃弾は心臓を貫通していた。即死の可能性が高い。こうして死者を出した今回の決闘に用いられた武器は故人の所有物で、触発性の引き金を備えた見事な英国製決闘用ピストル一対である。それぞれ銃の台尻に小さな銀板の紋章が付いていて、そこにはE・Bのイニシャルと、手甲をした手が石弓を握る絵が描かれている。この不運な紳士の相手のイニシャルは、先述したように、C・G・Hである。犠牲者はかなりの土地資産を有する、さる若き準男爵と考えられる。氏が急遽大陸に旅立ったことについては、ここしばらく噂が絶えなかった。

本紙の第一版が刷り上がってから、我々はさらなる情報を得た。右の惨事の犠牲者はやはりケント州ビーチウッドのサー・エドワード・ボウルトン準男爵であった。しかし、決闘の理由ならびに相手の名前は依然として不明。不運な紳士は結婚後数か月しか経たない若い妻を後に遺した。男の後継者がいないため、準男爵の爵位は絶え、土地財産の大部分は遠い縁者が相続の予定。ただし、本紙が得た情報によれば、未亡人はかなりの独立資産の持ち主である。

(六)ウォード夫人よりキャサリン・バ××へ

一八三六年七月

親愛なるキャサリン、

先日あわれなガートルード・ボウルトンの子供たちを見て、私が満足したかどうか——あなたはそれが知りたいのですね。子供たちの外見に満足していると言えば、嘘になります。どちらもおよそ健康的ではないからです。特に、ガーティ〔ガートルードの愛称〕の方はしおれたユリのように見えます。でも、下の子はたしかに前より元気になりました。願わくば、これからも丈夫でいられますように。どちらの子にとっても、他のどこより、今いるところが一番いいと私は思います。引き取ってくれる近い身内がいないのはかわいそうですが、あなたがそうしようと思っても、今のあなたの健康状態では無理ですし、子供たちのためにもなりません。あなたも私もそう思っています。今いるところがあの子たちには一番だと私はかたく信じます。ヘイスティングズの空気は子供たちに合うようです。テイラー夫人が住んでいる高台は、寒すぎるということもなく、すがすがしい感じです。夫人はとても立派な人物で、子供たちをとても可愛がっています。ことにあわれなガーティがお気に入りのよう。夫人は双子の間に見られる不思議な絆について、いくつも例をあげて、あきることなく語ってくれます。これは心の中よりも、むしろ体の上に現れるようです。夫人によると、片方がどんな些細な病にかかっても、もう一方も同じ病を患うのだそうです。ただし、あなたと同じ名前のケイティー〔キャサリンの愛称〕はガーティの患いにほんの少ししか影響を受けないのに、ガーティは、かわいそうに、体が弱いせいでしょう、妹の健康状態が少しでも悪くなるとひどく調子を崩してしまいます。双子が肉体的に感じ合うというのは時々耳にしたことはありますが、これほど顕著な例を見たのは初めてです。どちらの子もきわめて神経質で、この点でもやはり、妹は五感がとても鋭いという程度であるのに対して、姉の方はより重い症状を示しています……。

　もちろん、二人とも、大きくなったら自分たちと同じ身分の者と暮らすべきですが、今はテイラー夫人と一緒でいいと思います……。私は来月もヘイスティングズに来ますので、子供たちの様子を見たらまた連絡します。

かしこ
ヘレン・ウォード

（七）テイラー夫人よりキャサリン・バ××へ、一八三七年一月ごろ

拝敬
つつしんで甲し上げますすみませんガトルドおじよう様がひどいかぜを目されましたキャサリンおじよう様がきのうおとといとかぜを引いとられたんでそうなるんじゃないかと思てましたすみませんガトルドおじよう様はキャサリンおじよう様よりもぐあい悪いですじきによくなられるようにいのります前に甲し上げましたとおりあのお二人はいつもおなじびようきになりますかわいそうにガトルドおじよう様のほうがいつもたくさんぐあい悪いです。おいしやさまが来てキャサリンおじよう様はもうよくなたと言てますガトルドおじよう様ももうじきよくなると思うと言てます

かしこ
サラ・テイラー

(八)同じくテイラー夫人よりキャサリン・バ××へ、一八三七年六月ごろ

拝敬

つつしんで甲し上げますありがたいことにかわいい二人の子たちはどちらもげんきですキャサリンおじよう様が家用日にびようきになりましてガトルドおじよう様がおかげで三日かんぐあい悪くなりましたでもいまはげんきです

かしこ
サラ・テイラー

(九)同じくテイラー夫人よりキャサリン・バ××へ

一八三七年七月

拝敬

つつしんで甲し上げますすぐにこちらに来てくださいませおそろしいことがキャサリンおじよう様におこりました

かしこ
サラ・テイラー

(十)ウォード氏よりキャサリン・バ××へ

一八三七年七月十二日
ヘイスティングズ、マリーン・ホテルにて

拝啓
あなたからの手紙が届いた時、あいにくヘレンは家を離れることができませんでした。急を要する用件のようでしたので、私が此地にやって来ました。残念ながらまことに不十分な情報しかお伝えすることができません。かわいそうなキャサリンは行方が知れません――どうやらジプシーにかどわかされたらしいです――今のところ彼らがどこに行ったのかまったくわかりません。テイラー夫人は子供たちを自分の友人と一緒にフェアリー・ダウンに連れて行きました。そこでジプシーの一団に出くわしたのですが、彼らのことは特に気にしなかったようです。食事をして、その後しばらく座って話し込んでいたら、ふと、子供が一人いなくなっているのに気づき、それから何時間もあらゆる方角をあたったものの、子供の行方は分からずじまい。不運にも、テイラー夫人はすっかり動転して、あなたに手紙を書くことしか頭になくなって、警察は、町から離れた所に住むあの子の友人たちの噂話によって、事件を知ったのでした。私が昨晩こちらに来た時、捜索が始まったのですが、すでに相当時間が経過してしまったので、今からキャサリンが見つかる可能性は少ないでしょう。四方八方に多額の懸賞金の広告を出しましたが、効果は期待できません。警察も悲観的です。あいにく、キャサリンは目も髪も黒いし、顔の色も濃いので、彼らがあの子をジプシーの一員のように見せるのは簡単です。それに、あの子は頭の回転が速く、活発でしなやかな体をしていますから、彼らはあの子を手放さないでしょう。子供たちに降って湧いたこの新しい災難を私がどんなに悲しんでいるか、言うまでもありません。並外れて強い絆で結ばれている妹がいなくなって、ガートルードはきっとひどく悲しむでしょう。今から警察署に行って、今後の対策を協議します。明朝、またお便り差し上げます。

敬具

ヘンリー・ウォード

(十一)ヴァンシッタート夫人よりキャサリン・バ××へ

一八四二年五月一日水曜

ハムステッド・ヒース、グローヴヒル・ハウス学園にて

謹啓

当学園において畏《かしこ》くもお預かりしております、やんごとなき学徒ミス・ガートルー

ド・ボウルトンにつきまして、ご希望に従い、月例報告書を謹んでお届けいたします。教育的・道徳的側面に関しましては、これ以上望むことはございません……。ほかのことにつきましては、称賛の言葉を用いるのに何ら吝《やぶさ》かではありませんが、あいにく、健康状態に関しましてはそうは参りません。お嬢様は現在、当地の当然ながら名高い、この上なく体に良い環境におられるのですが、それにもかかわらず、そしてもし付言することが許されるのでありますならば、当方および当方の医学・教育スタッフの怠りない献身にもかかわらず、お嬢様のご健康は、ハムステッド・ヒースに引き続き滞在なされば遠からぬ将来に到達されるはずの完全な状態からは、残念ながら、まだ随分隔たった位置にございます。当学園の医療担当のウィンスタンリー医師は欧州一帯に及ぶ名声の持ち主で、全幅の信頼を寄せるに足る人物ですが、同医師の報告によりますと、お嬢様は、特に何かのご病気を患っておられるわけではありません。時折原因のわからぬ体調不良が訪れるものの、それはしばらくすると不思議な具合に消えてしまいます。ヒースの澄んだ空気は既にお嬢様に益をもたらしておりますが、それが早晩根本的な治癒を施すことになると医師も私も信じております。ご令妹様が行方不明になられたことにつきましては、お嬢様を当学園にお預かりした時にうかがいました。その事件は間違いなくお嬢様の繊細なお体にとっては大きな打撃でした。ですが、その影響はすでに消えつつあります。もちろん、お嬢様とお話しする時に、あの件について触れてはならないとのご指示はこれからもかたく順守いたします。お嬢様のお友達の方々にもご指示については周知してございます。来月一日にはまた謹んで経過報告をさせていただきます。その折には道徳的・教育的側面に加えて、健康的な側面における向上についても満足すべきご報告ができると信じております。

敬白

貴方様の忠実なる僕《しもべ》、アミリア・ドロシア・ヴァンシッタート

(十二)ウォード夫人よりキャサリン・バ××へ

一八五一年六月十四日

親愛なるキャサリン、

ガートルードの婚約を早速知らせてくれて感謝します。ほんとうにおめでとう。あなた自身が言っていたように、アンダトンさんはいいところがたくさんある人ですけれども、神経質で激しやすいところがあります。正直言って、それがなければ、もっとうれしいのに。わたしはいつもあの人には好感を持っていました。でも、ガートルードの微妙な健康状態を考えると、この結婚についてはどうしても不安がつきまといます。もっ

とも、すべての点で満足のいく話などないでしょうね。ほかの点では申し分ない人ですから、もう一度、おめでとうを言わせてください。博覧会〔この年ロンドンで開催された第一回万国博覧会〕にはほんとうに出てくるつもり?……。愛しいガートルードにくれぐれもよろしく。それから婚約者にもしかるべくお伝えください。

かしこ
ヘレン・ウォード

第二部

(一)ヘンダソンによる覚書

我々は今、アンダトン夫人*の生涯における、結婚と最後の病気の始まりとの間の時期に差しかかっております。この期間につきましては、様々な証言に頼らざるを得ませんでした。その結果得られた情報は十全なもので、この不幸な女性のここまでの人生について、右に挙げたミス・キャサリン・バ××の文通によって我々が知ったことを加味するならば、この後に出現する二つの重要な問題をかなり明らかにしてくれます。しかしながら、これらの証言は大部にわたり、現段階において本件の主要な問題と関連するのはそのすべてではありませんので、以下の報告では圧縮した形で提示させていただきます。不明確な点がございましたら、同封の原本を参照いただければ、判然とするでありましょう。

*もとガートルード・ボウルトン。

アンダトン氏はヨーク州を代表する名家のいくつかと近い関係にある立派な家柄の紳士で、ヨーク州にあるミス・ボウルトンの大叔母ミス・バ××の屋敷で彼女と知り合いました。氏は非常に優しく、温かみのある人物だったと思われます。あいにく、内気で引っ込み思案な性格のため、友人は比較的少数しかいません。もっとも、氏の知人と言える人々はみな、妻の死について氏にかけられた容疑に等しく驚きを示しております。氏が普段人と交わらないので確実にわかることは少ししかないのですが、夫婦仲はいつも完全に円満だったと考えられています。後の展開を見れば明らかなように、この件は決して法廷に持ち込まれるには至らなかったでしょう。仮にそうなっていたとしたら、弁護側はこれほど優しく、温かみのある人物がそのような罪を犯すことがいかに信じがたいかを示す圧倒的な量の証拠を出してきたでありましょう。

四年半〔五年二か月であろう〕の結婚生活を通じて、夫婦の幸せに翳《かげ》りが見えたことはありませんでした。大叔母ミス・バ××(一家について集めることができた重要な情報のほとんどはこの方に負うものです)に宛てたアンダトン夫人の手紙には、夫への愛情を伝える表現、ならびに、夫の妻への献身の実例が数多く見られます。これらの手紙のいくつかを同封します。そこから夫婦仲はずっと睦まじいものであったとわかるでしょう。大叔母との文通は夫人が結婚していた間中ずっと続きますが、全体を通じてそれ以外の結論に至るような言葉遣いは一箇所とてありません。

しかし、アンダトン夫人生来の不安定な健康状態は依然そのままで、既に引用したヴァンシッタート夫人の手紙に記された不思議な発作が二度起こっています。ただし、症状は非常に軽かった模様。この数年はだんだん間隔が空いており、この時点(一八五二年十月)以後はまったく再発していません。もっとも、夫人の健康は全般的に芳しいとは言えず、改善のためにあらゆる手立てがとられました。同封いたします書簡にはバーデン、エムス、ルッカ、カイロなど、夫婦どちらかの保養のために訪れた場所から出されたものが多く含まれています。アンダトン氏も、一八五一年六月十四日のウォード夫人の手紙*に述べられているように、極めて神経過敏な人物であったからです。

*第一部(十二)を参照。

この紳士の健康上の最たる問題は心理的・肉体的に神経質である点だ、とみなが口を揃えて言います。まわりの意見をとても気にする、氏が誇りに思うのももっともな家名に少しでも傷がつくことを極端に恐れる――それが前者の表れです。そして、臆病とは違うのですが、（どんなに単純なことでも）何かが急に起こるとすぐに驚いてしまうのが後者の表れです。一件書類の中に、そのどちらの例も見ることができます。

一八五四年の夏、アンダトン氏はメスメリスム〔ドイツの医師フランツ・アントン・メスメル（一七三四―一八一五）が提唱した理論。動物磁気説とも言う。催眠療法の祖〕に関心を持つようになりました。この時夫婦はマルヴァーン〔体によいとされる水で十九世紀に有名になったイングランド中部の町〕に滞在していたのですが、其地ではこの学説が特に流行しておりました。夫婦で様々な水治療院を訪ねる間に幾人かの患者と知り合いになり、彼らが二人にメスメリスムによる治療を強く薦めたのでした。

この熱心な知人たちの絶えざる勧誘に屈して、ついに二人は其地で一番人気のある施療者の腕前を試してみることにしました。メスメリスム信奉者に施される「操作」はアンダトン氏を単に苛立たせただけで、これは氏のように神経質で興奮しやすい人にあっては、まずまず予想された結果でした。しかし、夫人の場合は違いました――あるいは、違うと判断されました。当時は不明だった何らかの病理学的理由からか、もしくは、しばしば驚くべき結果を生み出す人間の想像力の成せる業なのか、もちろん小職には何とも言えません――ただ、メスメリスムによる「催眠術」を受けて間もなく、わずかではあるが目に見えて状態がよくなったのは間違いありません。施療者はイギリスを短期訪問していただけでしたので、彼がドイツに戻るまでこの治療は続けられました。

自分の場合には単なる失敗よりまだ悪い結果だったにもかかわらず、アンダトン氏は妻が(不思議な偶然によるものとはいえ)快方に向かったので、この療法を信じるようになったと見受けられます。感受性の強い氏は、簡単にあらゆる種類のインチキ医者のカモになったようです。今ではこの新しい治療法に対する信頼感は甚だ強くなり、慣れてきた「操作」の恩恵を受けられなくなるなら、この際例の施療者についてドイツまで行こうと提案しました。そして、必要な準備をするためにロンドンまで出たところ、幾人かの友人に、施療者の行き先であるドレスデンの厳しい冬は夫人の脆弱な体にとって致命的になるだろうと言われ、気持ちが揺らぎました。

かかりつけの医者も、自身メスメリスムの信奉者でありながら、同様の考えを示しました。ただし、一方で彼は夫人のメスメリスム治療を容易にしてくれました。最近ロンドンに来た「ヨーロッパで最も力のあるメスメリスム施療者の一人」を紹介してあげようと言うのです。これが自称ラ××男爵でした。

この紹介を得たことで、アンダトン氏はドレスデン行きを最終的に断念したと思われます。新しい施療者による「操作」が始まって間もないうちに、夫人は、少なくとも想像上は、先の施療者の時より大きな益を被ったようでした。夫婦ともども男爵の「手かざし」の効果にいたく感服し、アンダトン氏はその年の秋と冬はロンドンで過ごすことに決め、新しい施療者のすぐ近所のノッティング・ヒルに家具付きの家を借りました。そこで催眠療法がしばしば一日に二回、三回と施され、(正気の人間なら男爵の力のせいとは考えないでしょうが)たしかに、何らかの理由で、夫人の健康状態は着実によくなっていきました。

このような状況のもとで数週間が過ぎた時、当然ながら、怪しげな成り行きに疑問を抱く者がアンダトン氏の身内に出てきたのでした。そこで、一族でしきりに議論がなされ、その結果、不愉快な噂話を招くに決まっている療法の継続に関して、氏のもともと神経質な体質が新しい嗜好に対して勝利を収めました。ところが、男爵は高額の定収入をそう簡単にあきらめる気はありません。治療中止の決定を知るとすぐ彼は、自分が直接手当てする必要はない、もし異性相手の治療が不謹慎なら、それを間接的に行うことは簡単だ、と言いました。

すでに根本的なインチキを受け入れてしまっているので、その後はどんなばかばかしいことでももちろん簡単に容認されました。したがって、不謹慎と思われるようなすべての要因は排除して治療を継続することが決められました。男爵のもとで働く千里眼の持ち主、ロザリー嬢なる人物が「媒体」となって夫人とつながり、男爵が彼女に施した治療の効能を夫人に伝達するというのです。

治療の具体的な詳細について、ここで述べる必要はありません。ただ、この新しい治療法による健康状態のさらに迅速な改善に見られる夫人の想像力の並外れた強さ、ならびに、彼女と男爵の用いる「媒体」との間にたちまち成立した驚くべき「共感作用」、の二点が新たに示されたということを指摘しておきます。

ロザリー嬢はかなり小柄な女性で、華奢ではあるものの見事に均整の取れた活動的な体と、薄い褐色の顔にブルネットの髪と濃い色の目の持ち主でした。目利きが彼女の体について見つけうる欠点は、足の幅が非常に広いということのみ。これは、後で触れる、彼女の以前の職業のせいかもしれません。この特異な点は銘記しておく必要があります。外見からすると三十歳ぐらいでしたが、実際はもっと若かったかもしれません。おそらくは職業柄老けて見えたのでしょう。全体的に、彼女はアンダトン夫人と好対照をなしていました。夫人は華奢ながら長身で金髪、足は非常に小さく、健康状態は芳しくないものの、実際の年齢よりも一、二歳若く見えました。しかしながら、同封いたします手紙を信じるならば、大いに異なるこの二人の間に、通常の考えでは到底説明できないような「共感」が生じたのでした。夫人はロザリー嬢が部屋に入ってくる前に彼女が接近するのを感じることができました――あるいは、できたと想像しました。彼女の手が触れただけでたちまち効果が出たようで、数週間のうちに夫人はすっかり回復し、かつてなかったほど丈夫になりました。

では、再び証言自体をご覧ください。最初のモートン氏の証言は極めて重要なものですので、省略せずに提示いたします。

(二)退役陸軍中尉フレデリック・ジョージ・モートン氏の証言

私の名はフレデリック・ジョージ・モートンです。一八五四年十一月五日、砲兵隊中尉だった私はインカーマンの戦いで軽い傷を負いました。クリミアに到着した翌日で、任命された中隊に合流する前でした。父の死に際して軍隊から退き、今は母と一緒にリーズに住んでいます。故ウィリアム・アンダトンは私の旧友で、学校時代からほぼ十五年親しくつきあってきました。一八五一年八月のミス・ボウルトンとの結婚式にも出ましたし、以来しばしば二人の家を訪ねています。陸軍士官学校にいた頃は、すべての外出許可日と休暇の大部分を彼らと一緒に過ごしました。父も我々が親しくするのを喜んでくれて、私は彼らの家でも我が家でも同じようにくつろぐことができました。父はリーズの大きな製造業の会社の共同経営者でした。アンダトン一家は外国にいない間は通常ロンドンに住んでいました。私は一度彼らと共にヴィースバーデンに行ったことがあります。一八五四年の前半、彼らはイルフラクームとマルヴァーンに滞在したので、会う機会はあまりありませんでしたが、十月十三日は一緒でした。日付をはっきり覚えているのは、突然命令が来て、クリミアに向かう途中だったからです(私はそこで負傷することになります)。命令が来た時、私はちょうど泊まりがけでキジ猟をしに友人の家を訪ねていました。猟の二日目の朝に出発しなければならなくなったのを覚えています。それからアンダトンの家に泊まり、次の日クリミア行きの船に乗り込みました。キジ猟の一日目に参加するつもりだったのが、用事でそれが果たせず、結局あの年は猟が全然できませんでした。乗船したのは土曜でした。次の日礼拝パレードがあったのを覚えているからです。アンダトンの顔を見たのはあれが最後です。負傷したこともあり、リューマチ熱も出たので、あの年の冬はずっとイタリアにいました。一八五五年の夏、父のもとに呼び戻されました。父は数か月病に臥せっていた後亡くなり、その後母を一人でおいておくわけにいかず、同居することになりました。家では週刊の新聞しかとっていなかったので、アンダトンが逮捕されたのを、三、四日後にようやく知りました。すぐ会いに行きましたが、間に合いませんでした。それまで我々が会わなかったのは喧嘩したからではありません。それどころか、我々は最後までいい友人であり続けました。彼のためなら命も惜しくありませんでした。夫人とも私はとても親しい間柄でした。彼は彼女を溺愛していました。私はその様子を見て笑い、彼女に嫉妬すると言いました。彼らはそれを聞いて笑いました。あんなに仲のいい二人はほかにいません。とても神経質で、家系と家名を非常に気にするところはありましたが、彼ほどいい人間で心優しい男を私は知りません。我々が一度だけ喧嘩したのは、学校で、彼が言ったことを疑うふりをして彼をからかった時でした。彼はとても気分が悪くなり吐き気すら催しました。自分が誇りに思う家名に傷がつくぐらいなら死んだ方がましだ、とよく言っていました。さて、一八五四年十月十三日のことですが、あの日私はノッティング・ヒルの彼らの家に電報を打ち、船に乗る前の晩の夕食を共にして一泊させてほしい、と頼みました。夫人の体調はかつてなかったほどいい状態でした。すべてラ××男爵のおかげで、ロザリーが来てくれるようになってからこれまで以上に回復が進んでいる、と彼女は言いました。ゆっくり話したいのでその晩の男爵との約束は先に延ばす、と言ってくれたのですが、私は断りました。男爵とロザリーを見てみたかったのです。彼らは九時ごろやって来ました。夫人はソファに横たわって、ロザリーはそばの椅子に座って彼女の手を握り、男爵は彼女を眠りに導きました。彼は夫人ではなく、ロザリーに催眠術をかけたのです。

夫人は眠らずに、じっと体を横たえていました。私とアンダトンは部屋の隅にいました。これは「メスメリスムの磁気流体」の邪魔にならないためだ、とアンダトンは言いました。私にはちんぷんかんぷんでした。もちろんすべてたわごとだとわかっていました。しかし、ロザリーは寝たふりをしていたのではないと思います。あんな状態に置かれたら私も寝てしまうでしょう。治療が終わると、夫人はとても気分がよくなったと言うので、私は思わず笑ってしまいました。

「メスメリスム」の施療

それからアンダトンは彼女を寝室へと送り出し、彼と私と男爵は一時間余り話をしました。夫人を見たのはあれが最後です。次の日は彼女が起きる前に出発しましたから。ですが、彼女についてアンダトンからしばしば知らせがありました。あの晩彼女が寝室に退いてから、我々はもっぱらメスメリスムについて語りました。もちろん私は信じていなかったので、はっきりそう言いました。アンダトンと男爵は私の考えを変えようとしました。我々は葉巻を吸っていました。ロザリーがいましたが、彼女は煙は気にならないと言いました。彼女はいつも男爵が望むことを口にするようでしたが、彼に好意を持っていないように見えました。彼女は会話に加わりませんでした。英語ができないと言うのです――いや、そう男爵が言いました。しかし、すべてではなくとも大部分はちゃんとわかっていたに違いありません。私はドイツ語を知っていましたので、時々話しかけると、彼女は答えを返しました。一度アンダトンが「ジュリー」について何か言うと、素早く彼女が顔を上げました。すると男爵は「お前の知ってるジュリーじゃない」とただちにドイツ語で言いました。帰り際に、ジュリーとは誰なのか尋ねてみました。犬の仲よしで、ダンサーです、と彼女が返事した時、男爵がちらっと見たので、彼女は黙ってしまいました。それは彼らが立ち去る時のことです。その前に、我々三人がメスメリスムの話をし、彼女は編み物をしていた時、彼らは私を説得しようと試み、男爵が不思議な千里眼の持ち主について色々な話をしました。それがロザリーのジュリーではない、男爵のジュリーでした。もちろん、私はすべてを笑い飛ばしました。すると、彼らは共感作用、特に双子の間に見られる驚くべき共感について語り始め、男爵はさらに奇想天外な話をしました。私がどうしても信じようとしないので、アンダトンは腹を立て、ジプシーにさらわれた妻の双子の妹を覚えているだろう、と言いました。すると、男爵がそれについて尋ねたので、アンダトンは一から語って聞かせました。ただし、その前に、妻がそのことを思い出すといけないから話題にしないようにしていると言って、彼は男爵にこれは絶対に口外しないよう約束させました。男爵は大いに興味を示し、我々の間に椅子を近づけてきました。我々は、ロザリーに聞こえないよう、小さな声で話しました。男爵がこれはとても不思議だ、ぜひ記録しておきたい、と言って手帳に一部始終を書き留めたのを覚えています。日付なども控えていました。日付には特に注意を払っていました。かりに英語がわかっていたにしても、ロザリーには何も聞こえなかったはずです。我々は窓際に寄って、ずいぶん離れていましたし、小声で話していましたから。話が終わると、男爵は物思いにふけっているようで、しばらく口をききませんでした。アンダトンと私はメスメリスムの話題に戻り、彼は何かを証明しようとして、「ゾウイスト」とかいう雑誌を持ってきました。そして、自分の代わりに他人に食事をとってもらう、という面妖な事例についての記事を読み上げました。私が信じられないと言うと、彼は男爵を呼び、その事例は本当かどうか尋ねました。男爵は、間違いない、自分はその件をよく知っている、と答えました。アンダトンが問いかけた時、男爵はずっとほかのことを考えていたらしく、はっと驚いた様子を見せ、アンダトンは質問を繰り返さねばなりませんでした。他人が自分の代わりに食べる、という話だったのは覚えています。なぜなら、クリミアで負傷し、熱に冒された時、その記事を覚えていて、まずい薬を誰かが代わりに飲んでくれればいいのに、と思ったからです。記事は一八五四年十月号の「ゾウイスト」*に載っています。代食してくれた男が体に悪いものを摂らなかったのはその娘さんにとって幸運だったな、と私が言い、アンダトンが笑ったのを覚えています。男爵は笑いませんでした。彼は何も言わずにかなりの間じっと立ったままで、とても妙な感じでした。私が笑ったので気分を害したのかな、と思いました。アンダトンが話しかけると、男爵はまた飛び上がりました。この時私は彼の葉巻の火が消えてしまっているのに気づきました。これを覚えているのは、彼が私の葉巻を借りて自分の葉巻にもう一度火をつけようとして、あまり激しく手が震えるので、私の葉巻の火も消してしまったからです。彼は寒いと言い、窓を閉めました。そして、もう葉巻は要らない、遅いから帰らなければならない、と言いました。アンダトンと私はもうしばらく葉巻をくゆらしていました。私はメスメリスムをあきらめさせようと試みました。彼は、妻はすっかりよくなっている、メスメリスムなしでやっていけるだろう、二、三週間で彼女もあれはもう卒業だ、と言いました。その後、十一月に彼から便りがあり、男爵は数週間前にロンドンを去った、と告げてきました。負傷した後、スカタリで病気になった時、私はアンダトンに手紙を書いてナポリで会おうと提案しました。彼は十二月に夫人と一緒に出発しました。しかし、夫人の不調のため、ドーヴァーから先には進めませんでした。以来、何度か彼から便りをもらっています。個人的な用件にかかわる部分を除いて、写しを差し上げても結構です。改めて、この証言を読み返してみました。ここに書いてあることはすべて真実です。必要とあれば、法廷で宣誓しても構いません。最後に一言――あわれなアンダトンは夫人の死に一切関わりありません、神にかけて誓います。

*この雑誌記事からの引用は証拠資料の後の部分(四八六頁)に見られる。

(三)ジュリー*の証言

一八五七年八月三日

マンチェスターにて

謹啓

先月十一日の貴台のご指示に従いまして、ここにジュリー、あるいは、ミス・モンゴメリーことジュリア・クラーク(現在王立劇場所属)の証言を同封いたします。なお、これは然るべき認証を受けたものであります。

敬白

ウィリアム・スミス

私はダンサーで、名前はジュリア・クラークです。ジュリーとか、いろいろな名前で舞台に立ちました。今はミス・モンゴメリーを名乗っています。私はロザリーという娘を知っていました。シニョール・レオポルドの一座で何年か一緒でした。正確に何年かは覚えていません。彼女は綱渡りの芸人で、食費のほかに週十シリングもらっていました。一座のみんなは彼女を「リトル・ワンダー《小さな奇跡》」と呼びました。本名はシャーロット・ブラウンです。私が一座に加わった時、十歳ぐらいでした。どういう生まれ育ちをしたのかは知りません。彼女自身も知らなかったのです。よくそう言っていました。知っていたら私に教えてくれたはずです。表向きはブラウン夫人の姪ということになっていました。ブラウン夫人は入場料を受け取る係でした。彼女はロティのお金を預かって、服を買ってやりました。ロティとはロザリーのことです。一座の女の中には、彼女は浮浪者から買われた、と言う人もいました。もちろん私はそんな話は信じませんでした。悪意からそんなことを言うのです。ロティは私が彼女と知り合ってから五年ばかり綱渡りの芸をしていました。彼女はとてもきれいな体つきをしていました。ただ、足の幅は広かったです。** 綱渡りの芸人はみんなそうなります。ロープの上をずっと歩いているとそうなるのです。その点を除くと、体の美しさは完全なものでした。彼女はひどく、とまでは行かないものの、かなり神経質でした。出番の前はいつも震えていました。怖いからではありません。時々体の調子をこわしました。しばしば、というほどでもありません。ダンスで汗をかき、着替える時に湿った地面の上に座ったのがもとで、時々風邪をひいたりしました。でも、大きくなるにつれて、体はだんだん強くなりました。時々理由がわからず体調の悪いことがありました。ひどい頭痛持ちで、頭が痛くなると薬はきかず、ブランデーに頼りました。ブランデーを飲むと頭痛が消えたのです。彼女は時々ブランデーを飲んでいました。でも、一座の女たちが飲むような、そんな飲み方とはちがいます。酔っぱらったのは見たことありません。頭痛はお酒を飲むからではありません。絶対にちがいます。頭痛は起こってはまた消えました。ブランデーを飲むと消えたのです。一座をやめてから、一度病気になったのを知っています。手紙を書いて知らせてくれたからです。手紙はまだ持っています。日付がついていませんが、同封されている記事に彼女のことが書いてあって、その記事は一八五二年十月***のものです。何日かはわかりません。そこはちぎれています。彼女は一度綱から落ちたので、綱渡りの芸はやめました。落ちたのは神経質だったからです。お酒のせいではありません。あの時は飲んでいませんでした。シャンデリアのビーズが落ちてきて、それが怖かったのです。それだけです。ケガはかなりひどく、片足をくじいてしまって、病院の先生によると、もう二度と綱渡りはしてはいけないとのことでした。病院には二か月入っていました。退院した時には、一座は解散していました。残ったのは彼女と私とロジャーズさんとお笑い芸人の四人でした。ロジャーズさんとはシニョール・レオポルドのことです。あの人はミュージック・ホールを経営することになりました。場所はリヴァプールでした。歌う男女のコンビが雇い入れられ、私たちはいろいろな余興をやりました。毎晩ロジャーズさんはロティを実験台に使ってメスメリスムについての短い講演を行いました。彼女はとても上手にこなしました。もちろん本当に眠っていたのではありません。ある晩彼女は最後までつとめることができませんでした。ロジャーズさんは腹を立てました。彼女はなんとか続けようとしたのですが、失神してしまい、舞台から運び出されねばなりませんでした。一等席にいたお客のせいだと彼女は言いました。翌日そのお客がやって来て、彼女を連れて行ってしまいました。シニョールは五十ポンド受け取りました。そうロティから聞きました。何度か手紙をくれましたから。この紳士がラ××男爵でした。みんな端がいたんでいるのは、いつもポケットに入れて持ち歩いていたからです。彼女が男爵と組むのをやめたのかどうかは知りません。最後にもらった手紙は男爵の家で書かれたものでした。プリマスで、一八五四年十一月の最初の週に受け取りました。パントマイムの仕事でダブリンに行く前にプリマスにいたのはその週だけでしたから。結婚することになった、でも相手がだれかまだ言えない、と書いてありました。それから後は連絡がありません。こちらから何度も手紙を書きましたが、全部戻ってきました。彼女がだれと結婚したのか知りません。男爵のはずがありません。とても嫌っていましたから。あの人のもとを離れなかったのは給料がよかったからです。半分はそれで、半分は男爵の命令にはさからえなかったからです。男爵は本当に彼女にメスメリスムの術をかけて、彼女は眠っている間にものが見えたそうです。男爵の奥さんとして一緒に暮らしていたわけではありません。ただメスメリスムの媒体というのをやっていただけです。もし奥さんになったのなら、必ず私にそう言ってきたはずです。男爵と彼女の間には、今言った以上の関係はなかったと私は信じています。もちろん絶対そうだとは言い切れませんが、でも、およそありえないことです。あれだけ嫌っていたのに、どうして結婚なんかするでしょう？　以上はすべて真実です。シニョール・レオポルドは、今はどこか外国にいるはずです。

(署名)ジュリア・クラーク、またの名ジュリー

ウィリアム・バートン治安判事の立ち会いのもと、供述者に読み聞かせて署名を得た。

一八五七年八月二日

＊モートン氏の証言から得られたわずかな手がかりを頼りにこの証人を探し出すのは多大な困

難を伴ったため、かなりの遅延が生じた。
＊＊第二部（一）〔三三三頁〕を参照。
＊＊＊第二部（一）〔三二九頁〕を参照。

（四）レオポルドの証言

注記。この証言を落手するのは簡単ではありませんでした。ロザリー、あるいはアンジェリナ・フィッツ・ユースタス、あるいはリトル・ワンダー、あるいはシャーロット・ブラウンという名の女性と供述者との関係に関わるいかなる法手続きからも供述者は免除されることを明確に約束する、という条件のもとでのみ得られた供述であります。この証言には以下の文面が同封されていました。

「拝啓
シニョール・レオポルドよりR・ヘンダソン様へ。ご機嫌麗しく存じます。「してしまったことは今さら元に戻らない」〔シェイクスピア『リチャード三世』四幕四場〕との保証を得ましたので、ここに必要とされる情報を提供する次第であります。貴兄が「耳に響くだけの約束をして」希望を持たせてから裏切りを行い〔同『マクベス』五幕八場〕、当方の「実直が悪し様に言われる」〔『リチャード三世』

〔一幕三場〕というような事態には決して至らないと確信しております。

敬具

（署名）トマス・ロジャーズ」

悲劇役者、剣術・弁論術教授、曲馬師・軽業師・綱渡り芸人にして大オリンピア・サーカス団団長、シニョール・レオポルドの証言

私、悲劇役者等々のシニョール・レオポルドは、シャーロット・ブラウンあるいは広くリトル・ワンダーとして世に知られる著名な女性が、一八三七年七月、世評高きオリンピア・サーカスの人気絶頂大入満員の興行中、サセックス州ルイスにおいて当方に譲渡されたことをここに宣誓証言いたします。また、前記悲劇役者等々のシニョール・レオポルドは、前記シャーロット・ブラウンあるいは広くリトル・ワンダーとして世に知られる著名な女性の当サーカスへの貢献を期待し、前記シャーロット・ブラウンあるいは広くリトル・ワンダーとして世に知られる著名な女性の親もしくは両親と称する、一般にジプシーあるいはエジプト人と呼ばれる部族の者に五ポンド支払ったことも宣誓証言いたします。加えて、前記シャーロット・ブラウンあるいは広くリトル・ワンダーとして世に知られる著名な女性にとって、前記ジプシーあるいはエジプト人が真の親もし

くは両親なのか、はたまたシャーロット・ブラウンが本名なのか、それともここに記されている他の名前のいずれかが本名なのか、といった点について前記悲劇役者等々のシニョール・レオポルドは詳《つまび》らかにせず、ただ、彼女の寝具にC・Bというイニシャルがついており、それはシャーロット・ブラウンに合致することのみを知るものである、と宣誓証言いたします。

押印署名、一八五八年七月四日。

（署名）トマス・ロジャーズ

（五）ドクターズ・コモンズ、遺言書管理事務所書記、エドワード・モリスの証言

私の名前はエドワード・モリス、ドクターズ・コモンズ（民法博士会館と訳されることもある。この中にいくつかの専門裁判所があった）の遺言書管理事務所で書記をしています。当事務所に保管されている遺言書を調べたい方々のお手伝いをするのが私の仕事です。一八五四年十月十四日、ラ××男爵が当事務所を訪れ、いくつかの遺言書を調べました。一つはウィルソン氏のものでした。写しを同封いたします。この遺言のことはよく覚えています。男爵が何か所か写しを取りたいところがあると言って、少しもめたからです。抜粋を作成したいとの希望でしたので、日付と執行人の名前のみが転写可能で、他は許されていません、と答えました（遺言書全

体の正規な写しを購入することはできた〕。先方がどうしても、と食い下がるので、私は上司に報告せねばならないと言いました。すると男爵は笑いながら、もういい、とつぶやき、額を軽く叩き、写しはここに保存しておくから、と言って、遺言書の一部を二、三度読み直してから、私に返却しました。そして、「いいかね、君」とふたたび笑い、私に文面を目で追わせて、数頁分を暗唱しました。済むとまた笑い、遺言を書き写してもいいか、と尋ねてきました。私はだめですと答えました。男爵はまた笑い、しばらくの間、手帳に書き込みをし、時々私の方を見上げては笑いました。私は腹が立ちました。一つは笑われたからで、もう一つは早く帰りたかったのに、男爵が引き留めたからです。一週間休暇を取って、ワイト島の叔母に会いに行くところでした。次の日が私の誕生日だったので、その晩のうちに到着したいと思っていました。男爵のおかげで、私は汽車に乗り遅れました。次の日は日曜で、ワイト島に着いたのは夜遅くになってからでした。だから日付を覚えているのです。叔母は前年の十一月にワイト島に移ったばかりで、一八五五年の夏に亡くなりました。あれは間違いなく男爵でした。彼ならどこで会ってもわかります。背の低い、でっぷりした体型。赤ら顔で、明るい色の赤髪。色白の、手入れの行き届いた、大きな太った手。とても大きな頭。黒ずくめの服。明るい青色の大きな眼鏡。あれは目が悪いからではないと思います。絶対、違います。男爵が眼鏡をとった時の、あんな目を私は見たことがありません――ものすごく大きく、輝くような、としか表現できないのですが。色がわかるほど長い間、その目を見ることはできませんでした。とても濃い色、たぶん黒でしょう。見ていると気が遠くなりそうな感じがしました。それ以外は、男爵には特に目立った点はありません。あの日件《くだん》の人物が男爵だとわかったのは、その前にメスメリスムの講演に行って、そこで彼を見て、名前を尋ねたからです。

(六)ヘンダソンによる覚書

ウィルソン氏の遺言書を同封し、以下にその抜粋を記します。

「一八二五年に死去した、カルカッタのプライス&ウィルソン社のウィルソン氏は利息三パーセント国債二万五千三百七十五ポンドを、その姪ガートルード・ウィルソン(後レディー・ボウルトン)と、彼女に子がある場合は男女を問わずその子に、あるいは彼女ならびにその子の通常相続順の後継者に相続させるものとする。そのような後継者がいない場合、遺産はその時点のインド総督によってカルカッタの主導的貿易商の中から選定された管財人に委ねられる。管財人はその遺産を、別途定める条件のもとで、親の経済的事情によりイギリスで教育を受けられない子女のための施設を丘陵地帯に設立する目的で使用するものとする」

同遺言書には、この遺言によって遺産を相続した女性が結婚後に死亡した場合、遺産は当該の夫に、その者が生存している間に限り、相続権が移行する旨の付記があります。

第三部

(一)アンダトン夫人の日記からの抜粋

一八五四年八月十三日

やっとノッティング・ヒルにおちつく。ほかの人たちがみなロンドンを去る時期〔当時の社交シーズンは初春に始まり、八月初旬には終わった〕にわたしたちがここにやってきたのをジェインは笑う。けれどもわたしの目には、そしてまちがいなくウィリアムの目にも、ロンドンは今がいちばんいい時期。かわいそうに、ウィリー〔ウィリアムの愛称〕は人に責められることにますます敏感になって、わたしたちのドレスデン行きの旅についてあれこれ言われたのをひどく気にしている。あたらしい施療者の先生が明日くる予定。どんな人かしら。

八月十四日

あれがあたらしい先生！　こんなにおどろいたことはない。あのずんぐりむっくりした人が、ヨーロッパ随一のメスメリスムの先生！　でもたしかに力は感じた。手かざしをしてもらったらすぐに全身がぽかぽかした。よくよく見てみると、この先生にはなにかしらふしぎな雰囲気がある。外見はあたりまえだが、普通の人とは全然ちがう。なぜそう思うのか、簡単には説明できないけれど。

八月二十五日

かなりわかってきた。どうして男爵があたりまえの人物だなどと思ったのか！　でも、ぱっと見がさえないのはたしか。敵にまわしたくない人。自分の気にくわないことを言う相手、じゃまをする相手を殺すことに何のためらいもおぼえない人だ。医学校でのおそろしい実験や、病院のかわいそうな患者さんたちに加えられる拷問について、男爵はこともなげにしゃべる。ウィリーは、みんなでたらめだと言う。医者はみんなあんな話し方をする、と。でも、男爵にはほかの人と全然ちがうなにかがある、と思えてしかたない。とにかく、男爵のおかげでわたしの体はよくなっている。

九月一日

体はどんどんよくなっている。けれども男爵に対する不安はおさえることができない。男爵はたしかに並はずれている。なにかにほんの一瞬でも手をかけたなら、それがなにであれ、しっかりと自分のものにしてしまう。そして、自分の進む道にどんな邪魔があらわれても、ものともしないみたい。今朝たまたま窓辺にいたので、男爵がやってくるのが目に入った。その時、男爵が馬車にひかれそうに見えて、どきっとした。でも、そんな心配は無用。男爵は平然と歩きつづけ、馬の方がおどろいて、ほとんど直角に向きをかえた。馬があれほどびっくりしたのは、もしかして、男爵のあのふしぎな緑色の目を見たのかしら？　ほんとうにふしぎな目！　あの目をまともに見ることはめったにないのだけれど、あれを見たら！――でも、男爵のおかげでわたしの体はよくなっている。

九月十一日

男爵はもうわたしに催眠術をかけないことになった。わたしは悲しい？　それともうれしい？　いずれにせよ、これでウィリアムが親戚連中にわずらわされることがなくなればいいのに……。

九月十三日
ロザリー嬢の初日。感じのいい人物に見える。でも、別の人がわたしのかわりに催眠術にかけられている間、ソファに横たわっているなんて、とても奇妙。

九月十五日
新しい療法の効果が出はじめた。自分が直接催眠術をかけられた時以上に、メスメリスムのご利益《りやく》を感じる。それに、このやり方だと、わたしはいいところだけもらって、不愉快な部分は経験しなくてすむ。これはほんとうにいい。マルヴァーンにいた時の日記を見てみた。最初メスメリスムが大嫌いだったと知ると、奇妙な気分になる。今では、なしでいられないのだから。

九月二十九日
もうすこしすれば、男爵なしでも十分やっていける。きっと、ロザリーと二人でなんとかなる。メスメリスムって、ほんとうにすばらしい！　手で触れてもらうだけで痛みがなくなり、健康が回復し、体力が増す。まじめな話、もしも日記を書く習慣がなかったとしたら、このすぐれた治療法のおどろくべき効果の記録として、今から日記をつけなければならないと感じるはず。今朝起きると、ひどい頭痛あり。目が重く、脈もおそい。かわいそうにウィリアムはとても心配してくれた。そこに男爵とロザリーが来訪。男爵が一、二度彼女に手かざしをしたあと、彼女が小さい、パサパサした、サルのような手をわたしの額にのせる。おみごと、頭痛は退散！　ココアとトーストをもってきて、とメイドに命じる。

九月三十日

うつろな一日。今朝また頭痛におそわれる。肌の色の濃い小さな「天使さま」を待ちこがれる。男爵来訪。ロザリーはいっしょに来られない、死にかけの婦人と一晩寝ずにすごし、今朝はくたくたで、役にたたないどころか、むしろあなたに害をおよぼすだけだから、とのこと。わたしよりくたくたというはずはない。それにしても、たくさん人助けをしている喜びはあるにせよ、ロザリー自身の人生はなんとあわれなものでしょう！

十月一日

ロザリーが来てくれた。頭痛は退散。なにもかもが、外の十月のお日さまのように、明るい。彼女がとても好きになってきた。ドイツ語しかできないのが困りもの……。

十月四日
あの不憫なロザリーが、ふしぎなことに、とても気になる存在になってきた。夢にも出てきはじめた……。

十月六日
今朝また頭痛。ロザリーは来ないとの伝言。残念、こんな日にかぎって……。

十月十二日
もうじき、不憫なロザリーが働きすぎになったら、わたしにもわかるようになるのでは。今日も頭痛。ロザリーは来ない予感がする。

十月二十日*
男爵はいよいよイギリスを離れるらしい。ありがたいことに、今では、彼の助けを借りなくてもいい。ジェイン・モーガン来訪。もちろんメスメリスムなんかが効くはずはない、と笑う。でも、彼女だって、わたしがうんと調子がよくなっているのはわかっている。あのいらだたしい頭痛さえなければ、ほんとうに体は丈夫で健やか。それにしても、わたしが頭痛に苦しんでいる時はいつもロザリーはくたくたでこちらに来ることができないみたい。

＊第二部(二)、(五)を参照。

十月三十一日

男爵とロザリーの間になにかあったらしい。明らかに彼女は泣いていた。たぶん共感によるものだろう、わたしも泣いたような気がした。今日のメスメリスムの治療はかんばしい効果なし。むしろロザリーのふさぎの虫をもらったみたい。彼女が英語を話せれば、それとも、わたしがドイツ語を知っていれば、なにが問題かわかるのに。男爵がイギリスを去れば、彼女は職をうしなうのか。(メモ)明日彼にきいてみること。

十一月一日

こたえは否。男爵は、もちろん彼女をドイツに連れていく、と。「それがいい効果を生むと望んでいる」とも言っていた。いったい、どういう意味？　男爵は、彼女の体調は良好だと言う一方、謎めいた感じで、どこか悪いようなことを匂わせる。ああ、ドイツ語ができればいいのに。

十一月三日

男爵とロザリーの仲はまだぎくしゃくしている。なにかがあって、ロザリーはそのことをわたしに話したがっている。けれども彼女は男爵をおそれている。男爵がわたしたちを決して二人きりにしないのはふしぎ。（メモ）明日、少しの間男爵を引きとめてちょうだい、とウィリアムに頼んでみよう。もっとも、そうしたところで、わたしたちはどうやっておたがいの気もちを理解するのか……。

十一月四日

なんという一日！　興奮してくたびれきってはいるけれど、これをしっかり書きとめてからでないと寝られない。まず、ロザリーが来るのはこれが最後――すくなくともあの二人が大陸から戻ってくるまでは。わたしにはわかる、ウィリアムは彼女がここに来なくなってもがっかりはしない。愛しい人！　あの人はまちがいなくわたしのロザリーに対する気持ちに相当嫉妬している。たしかに、まったく身分のちがう、どこのだれともわからない人が、ここまで気になる存在になったのは尋常ではない。あのふしぎなメスメリスムのせいにちがいない。もしそうなら、男爵が相手でなくてよかった。まったく！　三、四か月前、まだロザリーが来ないうち、いろいろな人たちがメスメリスムに反対した。あの時はばかばかしくて、うんざりさせられただけだったけれど、今になってようやく反対する意味がわかったような気がする。でも、結局、メスメリスムのせいにせよ、何にせよ、わたしが男爵を好きになるのをまわりが心配する必要などなかった。人が男爵をこわがるのはよくわかる。ロザリーは明らかにこわがっている。ほんとうを言うと、わたしも少しこわい。でなかったら、今日みたいな惨敗は喫しなかっただろう。今日はロザリーと最後の催眠術の日だから、男爵のいないところでロザリーからなにか聞き出そうと決めた。二人はいつものように二時に到着。この機会をのがしてはならないから、ウィリアムが書斎で待ちかまえて、男爵が部屋の前を通りかかった時に引きとめてもらうことにした。その間にロザリーが一人で二階のわたしのところにやって来る、というのが思いえがいた筋書きだった。これは失敗におわった。というのも、男爵はずんぐりむっくりの体をたえずロザリーと階段の間にすえていたので、わたしが――出し抜いたつもりで――二階の踊り場から彼女に上がってくるよう声をかけたら、男爵はそれをウィリアムから身を引きはなす口実にして、彼女の先に立って二階に上がって来たのだった。ほんとうに腹が立って、礼儀正しくふるまうことがほとんどできないくらいだった。もちろん、男爵はせかせかと、ただちに治療に取りかかった。治療がすむと、わたしたちはなんとか彼らを会話に引きずりこみ、ウィリアムに男爵をどこかに連れていって、と合図した。とても気がせいて、今朝ジェイン・モーガンからこのために教わったドイツ語の二つの単語を、何度も心の中で繰り返した。らちがあかないので、いらいらしてきた。ロザリーもわたしの望みがわかったらしい。彼女もいらいらしはじめた。おかげでわたしはますます落ちつきをなくした。とうとう男爵が、もう帰らないといけない、と言い出し、彼らは席を立って帰り支度をはじめた。ウィリアムはあきらめかけていたが、あの人が言うには、わたしが哀願するように見つめたので、抗しきれずに、もう一度試してみる気になった。そこで男爵に、内々に相談したいことがあるのでちょっと書斎に来てもらえまいか、と尋ねた。男爵は、時間がないからお断わりするが必要なことはここで言えます、と答えた。ウィリアムはわたしに、ロザリーを連れて隣の部屋に行ってくれと頼んだが、男爵は今のように急いでいる時は女性の時間の感覚を当てにするわけにはいかないとそれも許さず、ロザリーは英語が全然わからないのだから、彼女をここに置いて奥様がどこかに行ってはどうか、と言って笑った。もちろん、それでは意味がない。すると、ウィリアムが、意外な冷静さと決意を見せ、服の袖を引っぱって男爵を離れた窓辺に無理やり連れていき、そこで熱心にひそひそ話をはじめて、彼の気をそらしてくれた。はかりごとをしているのを意識したせいか、鼓動が早まるのを感じながら（ロザリーも同じ状態にあるのは見てとれた）、覚えたことば「ギプッ・ヴァス？」〔何かあったのか、の意〕を口にした。彼女はわたしがドイツ語を話したのでおどろいたようだった。彼女が英語で答えるのを聞いて、こちらもおどろいた。少し訛りはあったけれど、ちゃんとした英語だった。「聴いていないふりをして。わたし……」そこで彼女は突然真っ青になって話すのをやめた。わたしは血が心臓にものすごい勢いで戻ってくるのを感じた！　顔を上げると、男爵の目がわたしたちをにらみつけていた。かわいそうに、ロザリーはすっかりおびえていた。実を言うと、わたしもおなじだった。とにかく、わたしたちは口を開くことができず、男爵はすぐにウィリアムをふりほどいて、いとまを告げた。ロザリーと男爵についてわたしが想像したお話にも幕がおりた。でも、きっとなにかがある。もし言いたいことがなかったなら、どうして彼女はわざわざ英語を使ったりしたのか？　どうして――いや、一晩中ここに座ってあれこれ思いめぐらしてもしかたない。たぶん、結局のところは、どういうことのない話だろうから。もう真夜中になってしまった。

十一月六日

なんとふしぎな！　ロザリーと男爵の間にはぜったいなにか謎がある。今朝、たしかに、二人が馬車に乗っているのを見た。土曜の夜に海峡をわたって、きのうパリについているはずなのに。もしかしたら土曜は、結局、間にあわなかったのかも。いや、一時間半あれば、じゅうぶんロンドン橋まで行ける。列車に乗りおくれたのなら、うちに戻ってきただろう。そうでなくとも、とにかく、今朝早くには大陸にわたっているはず。ふしぎだ……。

十一月七日

うちのウィリアムのような夫にめぐまれた奥さんがこの世にいるだろうか。昨日は、メスメリスムによる治療がなくなってわたしがいらいらするのをさんざん心配してくれた――あの人がそばにいてくれるなら、なにがなくなったって構わない。今日は、どうしても、ヘイマーケットに『ポール・プライ』〔ジョン・プール作の笑劇（一八二五）〕とスペイン舞踏を観にいこうと言ってきかなかった。こんなに笑ったのはひさしぶり。はげしい踊りは好きじゃないので、ばかばかしくておかしい『地代を払う方法』〔ティローン・パワー作の笑劇（一八四〇）〕がすんだらすぐ劇場を出た。ほんとうによく笑った。子ザルみたいなクラーク〔『地代』に出演していた俳優。未詳〕は滑稽だった。『ポール・プライ』のライト〔エドワード・リチャード・ライト。有名な喜劇役者〕も抜群におもしろかった。愛しいウィリアム、なんていい人！……。

十二月五日

お芝居を観にいこうとしていたら、ハリー・モートンが病気になったとの知らせが届いた。愛しいウィリアム、彼はだれにでもやさしい。それに行動が機敏。人情か名誉にかかわることとなったら、かの公爵〔ウェリントン公を指すと思われる〕だって、ウィリアムのようにすばやい決断はできなかったろう。知らせが来たのは夕方、着替えをしている時。明日はかわいそうなモートンの看病をするためにナポリに向けて出発。

十二月六日

ウィリーのような人はいない。あれだけあわてて出発の準備をしたのに、波が高い間はわたしを連れて海峡を渡ろうとしない。だから、日ぎめで下宿屋のきれいな二部屋をとる。ウィリーは人が多いホテルは嫌いだから。わたしも嫌い。天気がよくなって渡れるまで待機。

十二月九日

まだドーヴァー。でも、この三時間ほど、風が突然弱くなった。明日の朝はぜったい海を渡れる。ウィリアムは心配しどおし。なんとか説き伏せて、講演会に連れて行ってもらう。会場にいる間に風がやんだので、それからずっと荷造り。もう十二時！ ウィリアムが呼んでいる。……さんのことをどうしても書いておかないと。あら！ どうしたのかしら！ とても気分がわるくなってきた……。

(二)ワトソン医師の証言

私の名はジェイムズ・ワトソン、医師として三十年の経験を持つ。一八五四年、私はドーヴァーで開業した。その年の十二月九日の夜、急患で呼ばれ、アンダトンという女性を診察することになった。公会堂で行われた講演会を夫婦で聴きに行った後、部屋に戻るとすぐに突然体調を崩した、とのことだった。知らせは彼らが宿泊している下宿屋の召使によってもたらされた。下宿屋に向かう途中で、召使は、「奥さんは死にかけて、旦那さんはひどく取り乱しておられます」と言った。到着すると、アンダトン氏が夫人を腕に抱いて支えていた。彼はとても興奮していて、「お願いだ、早く、妻はコレラ〔後出イギリス・コレラのこと。胃炎〕にかかってると思う！」と叫んだ。夫人は次の間にある長椅子に半分

突然倒れたアンダトン夫人

寝間着姿で座り、毛布を二、三枚かぶって、寒さに震えているようだった。部屋の暖炉は勢いよく燃え上がっていたが、この火と毛布にもかかわらず、彼女の手足はとても冷たくなっていた。* 夫人はなぜベッドで寝ていないのか、と私が尋ねると、ついさっきまで嘔吐が激しくて彼女を動かせなかった、と氏が答えた。私が着くとほとんど同時に、胃にはもう何も残っていないと思われるのに、また嘔吐が始まった。明らかに胃が完全に空になってからも、一時間あまり嘔吐は変わらぬ激しさで続き、それと同時にひどい下痢と胃および末端部に痙攣が見られた。私はすぐに自宅から、たまたま妻が使うために借りていた移動式の浴槽を持ってこさせた。そしてこれが到着すると、夫人を三百グラムのマスタードを溶かし込んだ三十七度弱の湯に入れた。浴槽の到着を待っている間に、ワイングラス一杯の湯割りブランデーにアヘンチンキを三十滴垂らしたものを投与。下痢を止める処置をしないでおくと、ほとんどひっきりなしに水状の下痢が続き、これに上腹部の膨満と激痛が伴った。さらにアヘンチンキを投与したものの、効果はなく、青酸とクレオソートの投与も症状の改善に至らなかった。患者を浴槽から出すと、私は彼女を慎重に横たえた。まもなく多量の発汗があったが、症状に変化なし……。

＊アンダトン夫人の病状に関わるワトソン医師の証言のこの部分は、いくつか細かい点は省略されているものの、必然的に医学関係者にとってのみ興味ある記述で、一般読者には多分に不愉快なものである。したがって、夫人の症状はアンチモン系毒物が引き起こす反応と一致する、という要点だけをおさえて、この段落の残りは読みとばしてもらってもよい。

この時点で、患者は何らかの有害物質を知らぬ間に摂取したのではないか、と私は考えるようになった。彼女はこの発作が起こるまで常ならず良好な健康状態にあったからだ。そこで、砒素《ひそ》の存在を確認する調査を慎重に行うことにした。まず、アンダトン氏の助けを借りて、この下宿屋の中に砒素もしくはその他の刺激性毒物を含む調剤薬品がないか探したが、その種のものは何も発見できなかった。また、その時に持ち合わせていた器具でできた検査によれば、私が怪しいと考えた物質は探知できなかった。また、誰かが故意に毒を盛った可能性も検討の余地はなかった。なぜなら、アンダトン氏が夫人に献身的な愛情を抱いているのは明白であるし、下宿屋の人々は彼女とは何の縁もない者ばかりだからだ。加えて、そのような疑念は食事後に経過した時間を考えると、決定的に払拭されねばならなかった。アンダトン夫人は六時に夕食をとり、それから発作が始まった十二時まで、ビスケット一枚とシェリー酒の水割りを少々しか口に入れていない。私が到着した時には飲み残しのシェリー酒がまだ入っているグラスが鏡台の上に置いてあった。後日、このシェリー酒ならびにここで検査したすべての物質に関して、専門家による徹底的な検証を行ってもらったが、何の異常も発見されなかった。従って、夫人の症状は、私には発見できなかった自然の原因から生じたものと結論せざるを得ない。もしかしたら、あの晩、暖房のよくきいた公会堂から急に外に出たことで突然体が冷えたのかもしれない。ただし、その仮説は、㈠夫人は帰りの馬車の中で寒気を感じたとは言っていないこと、㈡夫人は発作に襲われるまでは次の間で快適に過ごし、いつも通り日記を書いていたこと、の二つの事実と整合しない。もう一つの疑わしい状況は、夫人が金属の味を強く感じた、ということである(彼女は後からそう言っていた)。これは、彼女に見られた他の症状ともども、酒石酸アンチモンカリウムの形でアンチモンを過剰摂取した折に時々観察される症状である。しかし、この薬は彼女に処方されたことはないし、彼女があやまってそれを飲んだ可能性もない。アンダトン氏の要請に従って、ポートワイン、樫皮など、そういった場合に取られる処置を施したが、ほかの処置同様、効果はなかった。実のところ、いかなる薬剤を投与しても、胃が過敏に反応して、嚥下とほぼ同時に吐瀉されたため、十全な効果は生まれなかったのである。この事情に鑑み、私はそれまで用いた薬剤を含む、一切の薬剤の投与を断念し、上腹部の痛みが多少やわらぐまで、過去に同様の症例に用いて成功した療法、すなわち、一度に茶さじ一杯のソーダ水を繰り返して与える療法に徹することにした。他のものすべてを体が受けつけなかった場合でも、これだけは効果があることをしばしば経験していたが、今回もその例外ではなかった。この療法を始めて約一時間後、最初の激しい症状は緩和され、翌日の午後には通常の重度胃腸炎になったので、通常の療法を採用した。胃腸炎は、これ以上は考えられない速さで収まった。ただし、患者は極端に衰弱しており、夜間の発汗が体力を消耗させた。そこで体力を回復させるため、非常に慎重に、力がつくような食事へと切り替えた。この方針の下で、患者は着実に快方に向かった。発汗は継続し、発作による深刻な打撃から完全に回復したとは言えないものの、一八五五年の四月を過ぎると、私の勧めに従って、夫婦は転地のためドーヴァーを出発した。それ以来彼女に会っていない。彼女の発作は体の冷えによるものとしか説明できない。しかしながら、この仮説は、他の仮説を考えつくことができないという事情にほぼ完全に立脚することを、私は認めねばならない。

(三)アンダトン夫人の日記からの抜粋――つづき

一八五五年一月二十日

やっと茶色のお友達*と再会。なつかしい、なんて愉しそうな顔！　でも、今日はほんの少しにしておく。また書き始めたことを記すだけ。ああ、これだけでも大仕事！

*茶色のロシア革装丁の日記帳を指すと思われる。

一月二十五日

愛しい夫の誕生日。ふたたびウィリーといっしょのテーブルに座って食事できることを神さまに感謝します！　ああ、この数週間わたしがいらいらしておちつきがなかった時に、あの人はなんてやさしかったか。どうして苦しいと機嫌が悪くなるのだろう？　どれだけわたしが苦しんだか、神さまはご存じ。あのおそろしい一夜を生きて切り抜けることができるとは思わなかった。思いだすとぞっとする。それから、あの、いやらしい、死にそうな、鉛の味——あれが最悪だった。でも、ありがたいことに、今はよくなった。まだぜんぜん体力はないけれど。この何行かを書くだけで、とてもくたびれた。

二月十二日

ほんとうに体力がない！　ウィリアムといっしょにはじめて突堤に出る。でも、突きあたりまで行ったら、疲れて腰をおろさないといけなくなった。ウィリアムはかごを呼んできて、家まで運んでくれた。

二月十三日

今日はとてもおどろいた。昨日すごくくたびれたこと、病気はかなり重かったから今でもまだ弱々しく感じることなどをワトソン先生に話していたら、先生は、最初に診察した時、だれかがわたしに毒を盛ったのではないかと疑った、ともらした。私はぎょっとした。先生はちがう話題についてしゃべらせようとしたが、そのことが頭からはなれず、くりかえしそこに戻って、いったいだれがわたしなどを毒殺しようとするのか考えた。しばらく話が続いて、先生は最後に、はじめウィリアムを疑った、と言った。わたしの愛しいウィリアム！　大事な、大事な夫！　ああ！　その場で息がつまってしまいそうな気がした。なにを言ったか覚えていない。そんなにたくさん言葉は出なかったはず。ウィリアムは笑い飛ばそうとした。「君が死んで、ほかに得をする人はいないからな。おぞましい二万五千ポンドの遺産が僕には転がりこんでくる。ほかに益を被るのはインドの慈善事業だけだ。しかし、その可能性はない。ぼくら二人が死ぬまで、事業は存在しないんだから」そうは言うものの、ウィリアムが痛みを感じているのがわかった。

わたしも血管の中で血がにえたぎるような思いをした。すると、先生は――ああ、神さま、あの先生の顔を見ないですむ日がきたらほんとうに感謝します！――本気でそれを考えたわけではない、とわたしに信じこませようとした。本気だったら大事《おおごと》だ！　すぐにそんなことはありえないとわかった、とかなんとか、先生はつけたした。とうとう、わたしは感情を抑えきれずに泣き出して、部屋から走り出た。日記をつけている今は、かわいそうなウィリアムがどうなるか知っているから涙が出る。わたしだってそうなるだろう、ずっと考えつづけてばかりいたら。だから今晩はここまでにしておこう。

二月十五日

きのうの日記はなし。まともに書ける自信がなかった。きのどくに、ウィリーは気にしないで鼻で笑っておこうとしたけれど、疑いをかけられてどれだけ苦々しく思っているか、わたしにはよくわかる。まったく、もしあのひどい先生がほんとうに訴え出ていたとしたら！　きっとウィリーは死んでしまっただろう。それはまちがいない。ウィリーはそんな疑いをかけられるなら千回死んだ方がましだと感じる人だ。ああ、もうそのことは考えてはいけない。もう一度神さまに感謝しよう、もうすぐここを離れられる。

四月七日

やっと家にもどれた、神さま、ありがとうございます！　よくなっているとは言われるけれど、それにしても回復にはほんとうに時間がかかる。ああ！　去年のドーヴァーでのおそろしい病気がはじまる前の、元気な体にもどることができるのだろうか！

五月三日

しばらくイギリスを去って、ドイツの温泉を試してみることになった。まずはうれしく思う。でも、このぜいたくな家に愛着もわいてきた——なぜだかわからないけれど。なぜだかわからないと言えば、ロザリーと男爵についてわたしが想像したこともそうだ。ああ、かわいそうなロザリー！　今はどこにいるのだろう、いつイギリスにもどってくるのか。彼女がいてくれたらわたしの体もよくなるはず、そんな気がしてならない。話を戻して、たしかにこの家に愛着がわいてきたのだけれど、少しの間ここを離れて、ちがう空気を吸ったらどうなるか見てみたい。あのいやらしい夜の汗さえなくなれば。あれのおかげで元気がなくなって、弱々しく、みじめな気分になる。ああ、また元気になれるなら、なにを差し出してもいい。元気になって、あの時のことを忘れ去ることさえできれば。

七月七日
バーデン・バーデンに無事到着。時期が早いので、イギリス人の観光客はまだほとんど来ていない。なんてすてきなところ。早くも気分がよくなってきた……。

九月十一日
ほぼ本調子にもどる。おろかしいワトソン先生についてウィリーとゆっくり話をする。この話題が出たのは、わたしが泣き出したあの日以来はじめて。あんなに腹を立てたりするまでもない、あわれな人物だ。新しい場所で開業したら、ひどい医療ミスで年とった女性を殺してしまい、患者が誰も来なくなった、という知らせが今日入って来た。それで、あの毒殺説が話題に上った。ウィリーがこの件に関してピリピリしなくなったのを見て、とてもうれしい。ずいぶん長い間話をした。これ以上このことについてはだれにも言わないとかたく約束してくれた。

十月十日
やっと帰国。すてきなわが家に到着。去年の今ごろとおなじくらいの調子。ウィリアムもとても幸せそう。暗い陰は通りすぎたみたい。神さま、どうか、もうそれが戻ってきませんように。

十月三十日

事件にみちた一日。朝はずっと万国博覧会の水晶宮を見学して、家に帰ってきたら、なんと男爵がやってきた。男爵を最後に見たのはちょうど一年前だけれど、少しも変わってない。ずんぐりむっくりの体、なにを考えているのか見透かせない赤ら顔、大きい真っ白な手、それと、めったに正面から見る機会はないけれど、いざ見てみると、かならず見なければよかったと思う、あの不思議な大きい緑色の目――あれはみんなこれからも変わらないだろう。わたしは愛想よくふるまわなかった。ほんとうはそうすべきだった。あの人のおかげでずいぶん助かったのだから。でも、男爵に会った時、なぜか全身に寒気を覚えてしまった。ウィリアムはそれに気づいて、気分が悪いのかと尋ねてくれた。わたしは笑って、「だれかがわたしのお墓の上を歩いているだけ」〔不意に身震いをした時に使う表現〕と言ったのだが、その時、男爵の唇が一瞬真っ白になったような気がしてならなかった。そして、あのおそろしい目から、わたしの心を見透かすような視線が投げかけられてきた。でも、結局、それもわたしの空想にすぎないのかもしれない。というのも、次の瞬間、男爵は太い声で、静かに、なにごとが起こっても動じないようなそぶりで話をしていたからだ。とにかく、ロザリーはもういない。それは明らかだった。実際なにがあったのかはっきりしなかったが、わたしにわかる範囲では、どうやら彼女はおろかな結婚をしたらしく、去年外国に行った時、それが二人の間をぎくしゃくさせていた問題だった。男爵は単にみじめな結婚よりもっと悲惨なことをほのめかしているようだったが、あからさまには言わなかった。男爵がここまでと決めたら、それ以上一言でも言わせることなどだれにもできないだろう。かわいそうなロザリー。ひどい目にあっていなければいいのだけれど。

十一月一日

妻のもとに戻るからお別れを言うために、男爵がまたやってきた。妻のもと！　妻がいるなんてはじめて聞く――なんてふしぎな！　わたしたちから離れた後で結婚したのか、その前から結婚していたのか、いまだにわからない。たしかに男爵は謎の人物で、いまは特に謎めかした話し方を好んでいる。ところが、こちらに関することははっきりさせないと気がすまない。わたしとわたしの病気について、ウィリアムはとめどない質問攻めにあい、最後には――かわいそうなウィリアムからではなくて――わたしから、男爵はおろかなワトソン先生が言ったことを聞き出した。あれからいろいろ思案したけれど、男爵にもらしたということを悔やんではいない。そんな考えはばかげている、と男爵が強い口調で言うのをきくとほっとしたからだ。ウィリアムにもなぐさめになったと思う。男爵はそんな考えを広めることの危険についても強くうったえ、ウィリアムにそのことはだれにも言ってはならないと重ねて忠告した。そもそもウィリアムはそんなまねをするはずないのだけれど、そう聞くとあの人は楽になるだろう。

四月三日

とてもさわやかな日。でも、とてもしんどい。リッチモンドがこれほどすばらしい場所に見えたことはない。ウィリーとすてきな公園で楽しい時をすごす。ああ、でも、ものすごく眠い。これ以上書けない。

四月五日

今日もさわやかな日。朝はずっとホランド・パークを散歩。晩はうちの客間で音楽の演奏。ほんとうにしあわせ――とてもしあわせ――あら、なにかしら、またあの鉛のような味――気分がわるい……。

四月六日

発作はおさまったみたい。神さまに感謝します。ああ、ほんとうにこわかった。ウィリアムにいちばん悪い知らせを伝えなくてよかった。これも神さまに感謝。あの時のおそろしい発作とおなじ感じだったことを彼は知らない。

四月二十日

またひどい吐き気、それに、輪をかけておぞましい、あの、いやらしい、死にそうな、鉛の味。前より今回の方が重症。きのうは一日寝ていた。かわいそうにウィリーはひどく気に病んでくれている。神さま、どうか、発作はもうこれでおしまいにしてください。

五月六日

またしても例の発作。神さま、助けてください！　もしこれが続けば、いったいどうなるのだろう。もうすでに体力がどんどんなくなっている感じ。かわいそうなウィリー！　この三日間はあの人にとって地獄だった。でも、先生はおさまるだろうと言っている。神さま、ほんとうにそうなりますように！

五月二十五日

またまた吐き気、錯乱、おぞましい鉛の味。先生さえ自信なさそうな様子をしはじめる。ウィリーが一年前のあのおそろしい嫌疑を思い出しているのがわたしにはわかる。ワトソン先生は、死にそうな鉛の味のことをとても気にしていた。いまのところ、ウィリーにもドズワース先生にも、そのことはかくしおおせている。ああ、いったいいつこれが終わるのか！

六月十日

おそろしい疑問がわいてきた。これにはどういう意味があるのだろう？　日記をふりかえっていたら、このぞっとする発作は二週間ごとに起こっている。四月五日、十八日、五月三日、二十一日、今月七日。それからあのいやな鉛の味。いまは、あの味はほとんどいつも口の中にある。発作のたびに体力はどんどんなくなっている。ああ、神さま、どういう意味なのでしょう？

六月二十六日

二週間してまた発作。ぜ、っ、た、い、なにかの悪だくみにちがいない。でも、いったいだれにそんなことができる？　だれがそんなことをしようと思う？　さいわい、ウィリアムにはまだ最悪の症状、(いまはいつも口の中にある)あのおそろしい鉛の味のことはかくしてある。愛しいウィリー、なんてやさしい、なんて親切な……。

七月十二日

もう長くはもたないだろう。発作がおきるたびに、ほんのわずか残っている力が少しずつ削られていく。神さま、もう最期が近いような気が……。男爵がやってきた。一瞬、あわれなウィリーの顔が希望であかるくなった。二人が長い話をした後で、先生は男爵と相談することに合意した。その結果、薬を変えることにしたらしい。でもなにか行きちがいがあったにちがいない。ドズワース先生があんなきびしい顔をしたのははじめて。

八月一日

いよいよ終わりが近づいてきた。今回の発作はいままででいちばんこたえた。これはベッドで書いている。もうここから起き上がることはないだろう。かわいそうなウィリー……。これで三日間寝たきり。ウィリーがわたしてくれるものしか口に入れない。

八月十七日
これがたぶん最後の日記になるはず。二週間後はペンをもつ力も残っていないだろう——まだこの世にいるとしても。

九月五日
また発作。この弱々しい体がこんな痛みにたえられるなんて、ふしぎだ。ああ、早く終わりになってくれればいいのに。でも、かわいそうなウィリーが……。ウィリーもすっかり消耗している。一日中ずっと横にいてくれて……。ウィリーがわたしてくれるものを口に入れる。でも味がわからない——鉛の味しかしない……。

九月二十七日＊
愛する夫、大事な、愛しいウィリー、さようなら。わたしのことを覚えていて——すぐにわたしのところに来てちょうだい。あなたに神さまのお恵みがありますように——神さまが慰めてくださいますように——愛しいひと、大事なあなた。

〈アンダトン氏の筆跡で〉この日、愛する妻がなくなった。一八五六年十月十二日。

W・A

＊鉛筆で力なく書かれた、かろうじて判読できる程度の字。

第四部

(一)ヘンダソンによる覚書

左の証明書において、結婚した女性は「ケンジントンのアカシア・コテッジ」の住人とされております。この女性の名前は、男爵の「媒体」の実の名として、ジュリーとレオポルドの証言に言及されている名前と一致します。その事実は、ジュリーがその可能性を強く否定していたにもかかわらず、男爵がロザリーとその名のもとに結婚したのではないかという小職の疑念を強固なものにしました。

一八五四年、ミドルセックス郡ケンジントン教区教会において行われた婚儀

番号	日付	姓名	年齢	婚姻状態	住居	父親の名	父親の身分
六十一	一八五四年十一月六日	カール・シュワルツ	成年	未婚	ノッティング・ヒル、ウィンダミア・ヴィラ	カール・シュワルツ	ジェントルマン
		シャーロット・ブラウン	成年	未婚	アカシア・コテッジ	不明	不明

この婚儀を、然るべき結婚予告の後、国教会の定める儀式に則り執り行ったことを証明する。

学士　J・W・エドワーズ

この婚儀はカール・シュワルツとシャーロット・ブラウンの間で、トマス・ジョーンズとフレデリック・コールマンの立会いのもとに執り行われた。

右は当教会に属する結婚証明書から正しく筆写したものであることを証明する。

十一月七日
(署名)R・ジョンソン

しかし、これは単なる偶然の一致という可能性もあります。そこで、小職はその点を明らかにするべく調査を行いました。二、三年前に、近隣の借家について一斉に番地への住居表示変更が行われたため、アカシア・コテッジという名前はなくなり、相当な困難を経験した後にやっと発見しました。大家は耳の遠い老女で記憶力も減退しており、最初は、「間借り人はたくさんいたし、いちいち覚えていられない」という言葉以外のいかなる情報も引き出せませんでした。とはいえ、二度目の訪問で、家賃収入簿を見せてもらうことに成功し、一八五四年十月、十一月分を調べると、十月十八日から十一月八日まで三週間の家賃としてミス・C・ブラウンから二ポンド五シリングを受領した旨の記載がありました。* 収入簿をさらに調べると、同時期に、他の間借り人は暖房費としてなにがしかを請求されているのに、居間を借りていたミス・ブラウンは、あの年の十一月初めは例年以上に寒かったのにもかかわらず、居住期間中一度も暖房を使っていないことを発見しました。さらに、他の間借り人には請求されているのに、ミス・ブラウンには請求されていない費用がいくつかありました。これらを指摘すると、ようやく大家は、絵の先生をする女性のためにある紳士が賃貸契約をしたのを思い出しました。紳士は前金で三週間の部屋代を払い、女性はいつ到着するかわからないので、とにかく三週間は人に貸さないでおくよう特に依頼し、彼女宛に手紙もしくは伝言があった場合は、さる住所に速やかに転送してほしいと要望したとのこと。その住所は、大家があちこち探し回った後で、ようやく判明しました。それは、同封いたします、艶出しの名刺に書かれていました〔次頁(二)を参照〕。

＊第二部(二)(五)、および第三部(一)を参照。

老女はさらに、紳士にはあれから二度と会わず、女性には一度も会っていない、と言いました。実際、部屋代を払った後は男女のどちらからも連絡はありませんでした。ミス・ブラウンについての消息を問う者もなく、大家は彼女のことは忘れてしまいました。

こうしてラ××夫人の正体がまず間違いなく確定されましたので、次の目標は結婚に始まって、二年半の後ロンドンにおける妻の死に至るまでの男爵の行動をたどることでした。ご承知のとおり、この時期のちょうど中頃に生命保険がかけられたのです。ラ××夫人の保険について貴社宛の診断書を作成したジョーンズ医師の与えてくれた情報から、小職は最初の必要な手がかりを得ました。以下に続く証言の中に、小職がこの調査に乗り出すきっかけとなった疑念を完全に裏打ちするとは言わないまでも、少なくとも正当化するに十分な根拠を貴台は見出されるでありましょう。まことに残念ながら、この場合におきましても、オルドリッジ氏の場合と同様(氏の投書が最初に男爵への疑惑を掻き立てたのでした)、鍵を握る一人の証人が陪審員に対して説得力があるような類の人物ではないのです。それでも、その証言をありのまま貴台に報告申し上げるのが小職の義務と心得ます。では、小職はこのあたりで退き、収集した他の陳述とともに、問題の証言自体に語らせることにいたします。

(二)ミス・ブラウン宛の手紙もしくは伝言は速やかに以下に転送されたし。

> ノッティング・ヒル郵便局気付
> ラ××男爵

(三)フィットワース夫人の証言

私の名前はジェイン・フィットワースです。未亡人で、サセックス州ボグナーで部屋を貸して暮らしています。ボグナーの一番にぎやかな季節はグッドウッド競馬の間〔七月下旬から八月初旬〕で、秋冬はお客さんは少ないです。一八五四年十月〔正しくは十二月であろう〕六日、夕方遅くに来た男女二人のお客に二階全部を貸しました。最初名前を言わず、外国人の名前で、もう忘れてしまいました。長いドイツ人の名前でした。特に名前を言いたくない、という風でもなかったです。請求書に名前が必要ですと言うと、笑って、どうでもいい、好きなように書いておいてくれ、という答えでした。もし手紙が来たらと言うと、「手紙なんか来ない」と言って新聞を読んでいました。私が階段を下りていたら、呼び鈴が鳴ったので、部屋に戻ると、自分から名乗りました。あれは請求書を作っていた時ですから、最初の週の終わりです。あと何週間か滞在するつもりだ、と聞かされました。旦那さんがそう言ったのです。奥さんは話に入ってきませんでした。元気がなくて、旦那さんをとてもこわがっているみたいでした。旦那さんと話をして、賃料は週三十シリングで、期間は好きなだけ、と決めました。もちろん、次の年の競馬の週までが限度です。あの週は貸間はしないことにしていますから。食事についても取り決めをしました。夫婦と召使の食事代として週二ポンド十五シリング、これにはワインやビール、ウィスキーの類は含みません。召使を連れてくるのは普通の取り決めではありません。時々はありますが、頻繁ではありません。旦那さんは、妻が病気であれこれ用事が頼めないから、と説明しました。旦那さんが雇った召使で、メイドでした。メイドは二人といっしょには来ませんでした。ブライトンで雇われたのでした。これも普通はないことです。ぜんぜん普通ではありません〔地元の人間ではない見知らぬ召使を家に住まわせたくないのであろう〕。私はこれまでそんな取り決めをしたことはありませんし、そう言いました。すると、自分は召使についてはいろいろ注文がある、召使についてはすべて自分が取り仕切る、気に入らなければ自分がクビにする、それができないような家には住めない、と旦那さんは言います。私はそんな習慣はありませんので気が進みません、と言いました。すると、残念だが、それが認められないなら部屋は借りない、ときたので譲歩しました。その後、旦那さんは階段までついてきて、これは妻のためを思ってのことなのだと言いました。はじめ、奥さんは気がふれているのかと思いました。そのような意味に聞こえたので、そんな人がうちにいるのはおそろしい、と言いました。すると笑って、そんなじゃない、と旦那さんは答えました。では、よほど癇癪がきついのですか、と聞きました。旦那さんは愛想よくそれを受け止めました。いつでも、私には愛想よく接してくれました。ほかの人にどういう態度だったか知りませんけど。払いはいつもきっちりしていましたし、いつも愛想はよかったです。あれほどいいお客さんはいません。到着して二、三日してからメイドを連れてきました。あの時うちに召使はいませんでしたから、だれかをクビにするということはありませんでした〔召使は通常地下か屋根裏で寝る。おそらくこの家の召使部屋にはベッドが一つしかない〕。観光の季節が終わって、間借りのお客さんがあるかどうかわからなかったので、召使には暇を出してしまったのです。私は自分で身の回りのことをしていました。旦那さんは、メイドが来る前は、掃除婦に来てもらっていました。メイドはブライトンの子でした。ボグナーの子を二、三人薦めたのですが、気に入らないと言われました。雇われた子は二十歳ぐらいで、サラなんとかという娘でした。あまりいい子ではなかったです。お茶と砂糖がすぐなくなるのに気づきましたが、盗むところを現行犯でつかまえることはできませんでした。静かな子で、言葉遣いは丁寧でした。ここにいたのは一か月、いやそれ以下でした。奥さんのクズウコンになにか薬を混ぜて、奥さんが病気になったから暇を出されたのです。奥さんの病気はとても重かったです。死んでしまうのではないか、と思いました。吐き気がきつくて、重症のコレラでした。十二月九日のことです*。帳簿を見ればわかります。旦那さんがブランデーとかいろいろ買ったのが帳簿につけてあります。次の日の朝、旦那さんは薬屋からなにか取り寄せました**。その前は、旦那さんは自分で奥さんに薬を飲ませていました。なんの薬か知りません。たくさん薬品を持っていて、それは奥の部屋に置いていました。奥さんを診察しに医者が来ました。はじめ、医者はいませんでした。病気になった後の月曜日までいませんでした。私は医者を呼んでくださいとお願いしましたが、自分は医者なのだ、と旦那さんは言います。奥さんの調子が悪かったので、日曜の晩もう一度お願いしました。翌朝までによくなっていなかったら医者を呼ぼうと旦那さんは言いました。ペスケス先生か、トムソン先生を呼んでほしかったのですが、どちらも藪医者だからだめだと言います。二人ともとても評判のいい先生です。ペスケスさんは、もう亡くなりましたけれど、ずっと一流の医者だと言われていました。トムソンさんも、とてもいいお医者さんです。ペスケスさんの方が患者は多かったですけど。旦那さんはどちらの先生のことも知らなかったと思います。そしてステイン荘に間借りしているジョーンズというお医者さんを呼びました。ロンドンの先生だと思います。この先生は、ボグナーに滞在している間、奥さんの薬を出していましたが、次の週にここを引き払ってしまいました。旦那さんはステイン荘にいる私の友達からこの先生のことを聞いたそうです。ロンドンの医者がここにいないか探してくれ、地元の人間には診察させたくない、田舎医者はだめだ、と旦那さんは言ってききませんでした。奥さんの調子は、ゆっくりとですが、段々よくなりました。病気は何週間か続きました。奥さんの体力が十分回復すると、二人はボグナーから立ち去りました。旦那さんは奥さんの面倒をよく見ていました。ほとんどいつもそばにいました。奥さんの方はあまり旦那さんが好きではないようでした。なぜか知りませんが、こわがっていました。旦那さんは奥さんに親切で、言葉もとても丁寧でした。奥さんの方はその丁寧さに時々うんざりしていたようです。時々、奥さんが怒ってくってかかるんじゃないか、って思いましたが、そんなことはありませんでした。旦那さんはいつもそれをおさえこむことができたみたいです。どうしてそんな芸当ができたのかわかりません。何も言わずに、ただ、じっと見つめただけ、それで十分だったんです。奥さんが何かまずいことをしたので、旦那さんが人目を引かないボグナーに連れてきた、と私は思っていました。なぜそう思ったのか、はっきりとはわかりません。たぶん二人のふるまいと、旦那さんが私に言ったことからです。旦那さんがはっきりそう言ったのではなくて、旦那さんが口にした事柄からそう思うのです。奥さんとあまり話はしませんでした。旦那さんがあれだけ親切なのに、ありがたみを感じてないんじゃないかと思いました。それに、奥さんが一人でいることはほとんどなかったですし。一度だけ、旦那さんが何かを取りに外に出た時、一時間ばかり一人になりました。何ほどかの間、奥さんは書き物をしました。部屋には筆記用具がなかったので、私が貸しました。普通はおいてあるのですが、旦那さんがインクスタンドを、ひっくり返すのがおちだから、と階下に持っていったのです。というわけで、奥さんに用具を貸して、最後は手紙を二通渡されました。奥さんは、ただ、すぐに投函してほしい、とだけ言いました。一通は宛先がノッティング・ヒルでした。あそこに妹が住んでいるので、気になったんです。もう一通はどこかの劇場宛でした。まともな家の奥さんが劇場に手紙を書くのは変だと思ったから、印象に残っています。まっとうでないように思えたんです。その時何を思ったかは言いたくありません。いいえ、実は、劇場のだれかと関係を持っているんじゃないか、と思ったのです。もちろん、あってはならない関係のことです。手紙の宛名は男性ではありません。「ミス・だれそれ」でした。でも、目くらましかもしれません。これで奥さんの旦那さんに対する態度の説明がつくように思えました。私は腹が立ちました。女があんな風にふるまってはいけません。旦那さんがあんないい人なんだから、なおのことです。奥さんにこんなことは言いませんでした。宛先を見たのは一階に行ってからだったので。私は手紙をすぐに出さず、旦那さんが戻って来た時に見せました。旦那さんはとても困った様子でした。礼を言って手紙を受け取り、劇場宛のものは開封せずに火にくべました。もう一通の方は自分で投函すると言いました。実際投函したかどうかは知りません。もちろん、投函したと思います。このことは奥さんに言ったはずです。まちがいありません。その晩、二階に行くと、奥さんは泣いていて、それから二度と私に話をしようとしませんでしたから。奥さんは英語が上手でした。手紙の宛名は英語で書かれていました。旦那さんとしゃべる時は外国語でしたけれど、英語はちゃんと話せました。サラがどうなったか知りません。またブライトンで召使奉公をしたのでしょう。旦那さんが人物証明書を書いたのを知っています。あの娘にはとてもやさしくしていました。ほんとうに親切な人でした。あれほど愛想がよく、ことばづかいの丁寧な人を私は知りません。奥さんの旦那さんに対するふるまいはひどかったと思います。

＊十二月九日のアンダトン夫人の日記〔三六四頁〕を参照。

＊＊調査したところ、ペルーの樹皮の煎じ薬であった（ヘンダソンによる注）。

(四)ガワー街、ベッドフォード広場在住ジョーンズ医師の証言＊

私はガワー街、ベッドフォード広場に住む医師です。一八五四年十二月の初め、悪性の風邪をわずらい、回復が遅かったので、二週間転地保養のために海沿いの町に行くことにしました。ボグナーを選んだのは、ここ二、三年習慣的にあそこで休暇を過ごしていたからです。宿はステイン荘にしました。到着して何日か経った後、同じ町の下宿屋にいる重病の女性を往診してほしいという伝言を受け取りました。当地の医師の縄張りを荒らしたくなかったので、最初は断りました。すると、ラ××男爵と名乗る紳士が訪ねて来ました。この人物によれば、問題の女性は彼の妻で、メイドがかなりの量の酒石酸アンチモンカリウムを飲ませたために深刻な症状を呈している、とのことでした。妻の容態が非常に心配される、この際、田舎医者の技量は信用できない、至急私に来てもらいたい、と言うのです。強い懇請に負けて、彼の宿まで行くことに同意しました。患者は疲弊の度合いが激しく、明らかに刺激性毒物の影響下にありました。男爵の話から、症状はずいぶん収まったものの、下痢が続き、これに差し込むような激痛と多量の発汗が伴っている、と理解しました。男爵は、自身が玄人はだしの化学者であるし、初期段階でたまたま病気の原因を発見したので、田舎の医者に任せる危険をおかさずに、ここまで自分が治療に当たってきた、と言いました。彼は自分の治療法を説明してくれましたが、それはまったく正しいものに思えました。変調の原因を知ると、最初は生ぬるい水、次いで温かい湯を、少々のマスタードを溶かして服用させることで、まず嘔吐を促進しました。胃に食物が残っていない状態になると、自分が飲むために一キロばかり手元にあった緑茶を濃く出して大量に飲ませました。そして、最後、私が到着した頃には、ペルー樹皮の煎じ薬をたくさん飲ませていました。これらはどちらもテイラー教授〔アルフレッド・スウェイン・テイラー。十九世紀の法医学者。毒物学の権威〕がアンチモンの解毒法として推奨するものです。この療法の効果から考えるに、症状の原因については疑問の余地はありませんでした。しかし、男爵の要望により、私は彼と共に吐瀉物ならびに排泄物、酒石酸アンチモンカリウムが混入したクズウコンを検査しました。採用したのは通常の分析方法、すなわち、硝酸、フェロシアン化カリウム、硫酸水素アンモニウムによるもので、これら三つのすべてに間違いなくアンチモンの存在を確認しました。ただし、量は僅かだったと思われます。四分の一ほど残っていたクズウコンから判断すると、〇・一グラム前後しか入っていなかったはずです。これぐらいの量に対してあの激しい反応は説明がつきません。私は肺炎の患者にもっと多くの量をしばしば投与していますが、ひどい副反応は一度もありませんでした。〇・一グラム前後は、嘔吐を催させる目的なら、異常な量では全然ありません。ただし、アンチモンが引き起こす反応は、患者の体質によって大いに異なります。さて、予想していた毒の存在が確認できたので、我々の次の問題は、誰がそれを与えたのか、ということでした。男爵は、数日前にメイドと夫人との間に何かのいさかいがあった、メイドの仕業に決まっている、と言いました。そこでメイドに話を聞くことになりましたが、その前に酒石酸アンチモンカリウムの壜を調べました。自分は消化不良をわずらっているので、それをうちに置いている、と男爵は言いました。彼はどうやら食い意地の張った美食家らしく、時々催吐剤として使っているようでした。壜はいつも化粧道具入れの中に入っているのに、その時は化粧道具入れの横にあるテーブルの上にありました。それには、「催吐剤、指示通り茶さじ一杯服用のこと」と書いたラベルが貼ってありました。私はラベルには「毒物」と書いておくべきだと言いました。男爵はすぐに同意し、紙に大きな字で「毒物」と書き、それをゴム糊で壜に貼りつけました。それから壜の中身の重さを計りました。男爵は三回使っただけとのことだったので、計算してみると、その三回分に加えて、約〇・一グラムの酒石酸アンチモンカリウムがなくなっていました。この部屋に入るのは、通常、男爵の他はメイドだけでした。我々はすぐに彼女を呼び、先述のクズウコンに酒石酸アンチモンカリウムを入れて夫人に与えたのか、問いただすことにしました。私はメイドをすぐに警察に引き渡すべきだと主張したのですが、男爵は、それが生命にかかわることだとメイドは知る術《すべ》はなかった、罪を犯す動機もないし、愚かな悪ふざけ以上の意図はなかったと見るのが公正だ、ともっともな指摘をしました。彼は同じことをとても優しくメイドに言ってやりました。最初、彼女は完全に嫌疑を否定し、そのような非難に驚いたふりをしました。男爵は彼女をじっと見つめ、「いいか、サラ！　私が三日前に言ったことをもう忘れたのか」と言いました。すると、彼女は反論をやめて、すみませんでしたと言い、男爵に許しを乞いました。お前を雇い続けるわけにはいかないと男爵が答えると、どうか人物証明書なしにクビにしないでくださいと彼女は訴えました。ここで私は割って入り、こんな悪戯をした女を別の働き口に送り込むのは間違っている、と言いました。彼女は再び悪意はなかったと主張し、男爵がよく考えて返事すると答えたので、この話はそれで終わりになりました。私はその時からロンドンに帰るまで夫人の治療にあたりました(帰る時点で夫人は明らかに回復に向かっていました)。夫人と話はしませんでした。とても内気で、人づきあいが苦手なようでしたから。男爵は並外れて面倒見がよい夫でした。呼ばれて一、二日後、夫人について話していた時、夫人が亡くなったら経済的にも打撃を受けるのだ、と男爵は言いました。というのも、生きていれば夫人はかなりの額の遺産を受け取るからでした。どうして彼女に生命保険をかけないのかときくと、言われてみれば確かにそうすべきと思うが、考えつかなかったのだと答えました。二か月後、男爵はロンドンに出てきた時に私を訪ねてきて、何か月か外国に旅行するつもりだと言いました。ドイツの温泉を薦めると、あのあたりはイギリス人が多いからと反対するので、イギリス人があまり行かない、シュヴァルツヴァルトにあるグライスバッハかリッポルサウはどうかと言いました。ただし、どちらの土地もまだ湯治の季節には早かったので、それまでは南フランスを薦めました。次に男爵に会ったのは一八五五年十月です。夫人同伴で私を訪ねてきました。夫人はすっかりよくなっていたので、××生命保険会社、およびその何週か後にダブリンの××社から主治医としての意見を求められた時に、現状はすこぶる健康である旨を報告することに何の迷いもありませんでした。夫人は強い生命力を持っていたのだと思います。あれほどの重い病気から数か月で、いや、数週間で完全に回復したことが、一番の証拠です。この見解は夫人のアンチモンに対する過敏な反応に少しも左右されません。テイラー教授は、毒物に関する著作の中で、アンチモンやその他の薬物はある種の体質の人間において、「ごく普通の処方が治癒的に働かず、毒性の効果を発揮してしまう」など、「個人差が大きい」反応を引き起こすことを指摘しています。今、教授の著作が目の前にありますが、そこには「アヘン、砒素、アンチモンその他の物質によって、他の人よりもかなり激しい影響を受ける人がいる、というのは我々が日常的に経験する事実である」と書かれています。また、「致死量」を割り出すに際して「個人差の大きさ」が見落とせないとか、「よく知られるように、年齢や健康状態において同じ条件の人と比べて、アンチモン化合物に強い反応を示す体質の人がいる」といった記述があります。よって、私はこの物質に対するラ××夫人の過敏な反応は、特に彼女の回復に見られる旺盛な生命力に鑑み、彼女の生命保険加入に対する反対理由にはならないと考えましたし、今でもそう考えます。夢遊病については、夫人にそのような傾向があると男爵から聞いたことはありません。そのような形で彼女が自分で毒を飲んだというような可能性はまったく話に出ませんでした。実際、メイドは薬物を入れたと認めたのです。私の見解は、夫人の死の状況によって、いささかも変わるところはありません。確率は低いでしょうが、睡眠中に歩行する習慣のある人なら、そういう死に方も有り得ます。そのような習慣が夫人にあったかどうか、私には確認する術はありません。夫人の症例が興味深いものであったので、私は特別なメモを取り、日記に書きつけていました。上の詳細な記述はそれに基づくものです。それ故、ここに述べるのは真実であると、躊躇することなく、宣誓いたします。

＊第三部(二)〔三六四―三六八頁〕を比較参照。

(五)スログモートン夫人の証言

スログモートン夫人よりR・ヘンダソン様へ

クリフトンヴィルにて、

一八五四年のクリスマスの頃にうちに来た召使のサラ・ニューマンは、今もうちにおりますし、あらゆる点で申し分のない奉公をしております。彼女はボグナー在住のラ××男爵による人物証明書をたずさえていました。男爵のもとでは、何週間か、家の掃除と給仕を担当するメイドをしていました。人物証明書は申し分のないものでしたが、サラ・ニューマンがメイドをやめた事情について照会したところ、愚かないたずら心から亡くなった夫人に許可なく催吐剤を飲ませたからだ、と男爵から聞きました。これはゆゆしい不始末ですから、うちに雇い入れるのは大いにためらわれました。ただし、彼女について男爵とさらに手紙のやり取りをしますと、実は、責任は主として夫人の方にあるという印象を受けました。もちろん、紳士として自分の妻についてそうはっきりとは書けません。ですので、サラ・ニューマンは不始末を本当に悔いているように見えましたから、仮雇いの形で来てもらいました。以来、今日にいたるまで、彼女はあらゆる面でまことに得難い召使として働いてくれています。貴方が彼女のためを思っておられるようなので、やはり彼女のためを思う私は、この情報が貴方にとって満足のいくものであると信じております。

(六)アンドルーズ氏の証言

ロンドン、クレメンツ法学院、R・ヘンダソン様

拝啓

先月二十五日の貴信にお答えします。サラ・ニューマンは確かに一八五四年の夏、ブライトンでうちの召使として一、二か月働いておりました。彼女が小さいものをいくつか盗んだので、解雇しました。九月だったと思います。おもしろい娘で、私たちはすっかり騙されました。たまたま、うちの子供が気がついて、不心得の動かぬ証拠がありましたので、人物証明書を渡さずに暇を出しました。私としては、将来また出るかもしれ

ない犠牲者に対する義務として、彼女を警察に突き出したかったのですが、彼女をとても気に入っていた妻の反対で断念しました。彼女を解雇しておよそ二か月後、ドイツ人らしき名前の紳士がやって来て――名前はもう覚えていません――解雇の理由を尋ねたので、事情をすべて説明しました。可能性があるなら自分は慈悲心から彼女に更生の機会を与えてやりたいと言って、紳士は彼女について私が本当のところどう思っているか、根掘り葉掘り質問しました。あの娘は常習犯だが、妻はもう一度機会を与えてやりたいと強く主張した、と私は隠さず言いました。まず間違いなく、紳士は彼女を雇い入れたと思います。私が覚えている限りでは、ずんぐりした、人のよさそうな顔をした男で、連れの若い女性はずっと馬車の中に待たせたままでした。妻だと言っていました。あなたがおっしゃるラ××男爵というのが――少なくともそれに近い名前が――彼の言った名前だと思います。確信はありませんが。

敬具

チャールズ・アンドルーズ

追伸　目をかけてやった娘がその後どうなったか尋ねてくれと妻が申します。お知らせいただければ幸いです。

(七)サラ・ニューマンの証言

注記――この証言を入手するには多大の困難が伴いました。どれだけ価値があるのかわかりませんが、という但し書き付きで、ここに提示いたします。証人は当然ながら自分が認めた事実から生じる結果を心配したので、㈠スログモートン夫人が彼女を解雇しないとの約束、㈡彼女が真実を言わないならば警察を呼ぶとの脅し、の双方によってようやく口を開かせることに成功したのでした。小職自身はここに書かれた彼女の証言は真実であると信じて疑いません。読めばおわかりになるように、これはいくつもの重要な点で他の証言によって裏書きされています。ただし、陪審員の前に提出できるか、あるいは、もしそうなったとしてどう受け止められるか、はどちらも大いに疑問であります。（ヘンダソン）

私の名前はサラ・ニューマンです。ブライトンのアンドルーズさまのところで三か月召使として働きました。茶と砂糖を盗んだといって暇を出されました。だんなさまは警察を呼ぶと言われましたが、奥さまがうんとおっしゃいませんでした。奥さまは私をそのまま雇い続けるとおっしゃったのですが、だんなさまはだめだと言われました。奥さまはいつもわたしには親切にしてくださいました。それなのに盗みを働いたのは恩知らずなことでした。あんなことはもう二度としません。今の奥さまもとてもよくしてくださいます。今のところではピン一本だって盗んでやしません。絶対盗んでいませんし、これから先もだれからも盗まないと誓います。アンドルーズ奥さまにそう申し上げたいとよく思うのですが、今どこにおられるのか知りません。辞めた時、そう言わなかったんです。だんなさまのせいで、厳しいお裁きだったと感じました。あれから二か月、働き口が見つかりませんでした。人物証明書のない者をだれも雇おうとはしません。ようやく、ボグナーにいる友達がある紳士のことを話していたので、その紳士に口をきいてちょうだいと頼みました。それが男爵さまでした。ある日、ブライトンにおられた時、私に会いに来られました。私についてすべて知りたいと言われました――これまでどういうところで働いたか、とか、なぜアンドルーズさまのところを辞めたのか、とか。とてもやさしい感じで、たった一度の過ちであわれな女の一生が台無しになるのは酷な話だ、もう二度と盗みはしないと約束するなら仮雇いで使ってやろう、と言ってくださいました。私は真剣にそう約束して、結局、男爵さまは私をボグナーに連れて行ってくださいました。男爵さまが私について聞き合わせをされたのかどうかは知りません。多分されなかったと思います。されたとはおっしゃいませんでした。私は約束を守るつもりでした。ほんとうです。実際、ほとんどきっちり守りました。ええ、一つだけ、小さなことがありましたけれど。でも、それだって、盗んだとは思いません。うちではどこにも鍵はかかっていませんでした。男爵さまはご自分が飲みたくなった時のために、いつでも茶箱とかは開けておくようにとおっしゃいました。でも私、お茶はとりませんでした。やろうと思えばたくさんとれたのですが、とりませんでした。時々、誘惑するためにわざわざ物が置いてあるのだろうか、と思うこともありました。もちろん私が勝手に頭の中でそんなことを考えていただけですけれど。よく硬貨がそこらに置いてありましたが、さわりもしませんでした。でも、とうとう一回だけ手を出してしまいました。盗みとは思いません。ただのオレンジ・マーマレードでした。私は甘いものが大好きなんです。ある日、オレンジ・マーマレードの壜がテーブルの上に置いてありました。朝食の後、ご夫婦が席を立たれた後でした。自分でもどうしようもなかったんです。とてもおいしそうでした。指を一本ちょっと入れてみました。それだけです。神かけてそれだけなんです。味を見ることさえしませんでした。そこへ男爵さまが戻ってこられて、私はつかまりました。男爵さまは黙ったままドアを閉めて、私の方へまっすぐやってこられました。こわくて動けませんでした。男爵さまは手首をつかんで、私の手を持ち上げられました。私は泣いてしまいました。泣いてもむだだ、人をだましたのだから雇っておけない、市民としての義務を果たすなら、警察に突き出さねばならん、とおっしゃいます。私は、何もとっていません、ちょっと甘いものの味を見ただけです、と言いました。お前のような履歴のある者の言うことは信じられないな、と男爵さまはおっしゃいます。おだやかな口調でしたが、きびしい言葉でした。私はすっかりこわくなりました。どうか警察に突き出さないでください、と言うと、では今回は見逃してやろう、ただし、勤めはやめてもらわねばならん、と言われました。人物証明書なしで放り出されたら、身投げでもした方がましです、ここで働かせてください、と言うと、無理だの一言。では、クビにする理由だけは書かないでください、と言うと、しかし、ほかにどう書きようがあるのだ、とおっしゃいます。私はもう一度必死でお願いしました。すると、ようやく、では暇を出す別の理由を何かひねり出せないか考えてみよう、ただ、勤めは明日で終わりだ、それは動かせない、もし別の理由を考えついたら、お前はそれをおとなしく受け入れるのだぞ、とおっしゃいました。私は男爵さまに感謝しました。あの方はやさしい、いい方です。男爵さまにずっと神の恵みがあるようお祈りします。次の日、クビにはなりませんでした。奥さまがご病気になられたので、雇われ続けました。とても重いご病気でした。できるかぎりのことはしてさし上げました。男爵さまが言われたことを忘れておしまいになり、ずっと勤めが続けばいいのにと思いました。二、三日後、男爵さまに呼ばれました。行ってみると、もう一人紳士がおられました。お医者さまでした。男爵さまは私が奥さまに何かの薬を与えて、それで奥さまが病気になったとおっしゃいました。もちろん、そんなことはありません、と言いました。お薬をさしあげた覚えはありません。奥さまとのいさかいもありません。いつも親切にしてくださいました、好きにはなれませんでしたけれど。なぜかはわかりません。たぶんだんなさまをあまり好いておられなかったからでしょう。私はお薬をさしあげたりしてはいません、と言いました。本当にそうなんです。壜も見たことありませんし、中身が何かも知りません。字も読めませんし。すると男爵さまは私をじっと見つめて、二、三日前の話がどうのこうの、と言われました。その時、これが私に暇を出す理由なのだ、と悟りました。男爵さまは言うことをきくよう合図で示されましたので、おとなしく従いました。お医者さまはとてもきびしいことを言われましたが、もちろんあの方はなにもご存じありませんでした。男爵さまが言われたことは私をクビにするためにこさえられた理由だったのです。それ

男爵にとがめられる召使サラ

だけです。本当の理由は私がマーマレードの味をみたことです。男爵さまにおききください。そうおっしゃるでしょう。私が感謝していると男爵さまにお伝えくださるならうれしいです。

第五部

(一)ヘンダソンによる覚書

この謎に満ちた事件において、再び日付の符合に注意していただきたい箇所にやって来ました。先述いたしましたように、小職が到達することのできた唯一の解決策は、その日付の符合に全面的に依存しているのであります。

小職の集めた証言はかなりの分量になりますので、それぞれが事件のある特定の段階に直接結びつく幾つかのまとまりに分割せざるを得ませんでした。第一部は、すでにご承知のように、アンダトン夫人とラ××夫人(と同定してよいと思います)の子供時代にあてました。これは冒頭において、二つの特異な事例をつなぐ鎖の最初の輪を確立するためでした。二人の事例は、単独ではそれぞれ説明がつかないのですが、これを並置することによって両方の説明が可能になる、と思えてなりません。第二部は、アンダトン夫人とラ××夫人の来し方を二人の不思議な運命が交差する時点まで明らかにしました。また、男爵が如何にして妻とアンダトン夫人の間に存在すると思しき関係、ならびに、妻の姉とアンダトン氏が子供のないまま死亡した場合に妻が得る利益、について知るようになったかも明らかになりました。第三部〔正しくは第四部〕はラ××夫人の最初の病患を扱い、この件に関わる日付と状況にご注意いただくようお願いいたしました。

第四部〔正しくは第三部〕はアンダトン夫人の病気および死亡を扱いました。この後、夫が殺人容疑で逮捕され、捜査の結果を待たずして自殺することになるのでした。小職は、事件のこの段階に関わる証言のかなりの部分は、アンダトン氏の行動およびその死に直接かかわる、次の第六部に回すのが賢明であると判断しました。従って、アンダトン夫人の最後の病気についての記録は、ここまで、(夫の手によって妻の死が末尾に記入されている)この不幸な女性の日記に限定されていました。小職はまた、同じ日記の前の部分と当時彼女の診療にあたった医者の証言から夫人の最初の病患を再構成しました。これは彼女の命を奪うことになる病患と症状が全体的に酷似し、かつ同様に説明のつきにくいものでありました。こうして小職がアンダトン夫人とラ××夫人の最初の病患を並置した目的はもう十分に明らかでしょう。では、きわめて疑わしいとしか言えない状況のもとで、臨終のほんの数か月前に起こった、ラ××夫人の二度目の病患に今から注意を向けていただきたいと存じます。

事件のこの部分の資料を読解するにあたって、さまざまな出来事の日付を極力正確に把握することの重要性は一頁ごとにますます明らかになるでありましょう。今一度この点にご留意願います。当初、この奇妙な日付の符合を表にして提示しようと考えていたのですが、熟慮の末、そのような処置は望ましくない気がしてきました。というのは、そうすると、小職自身大いに納得がいかない見解を強調してしまうきらいがあるからです。そこで、小職自身の仕事は正確な日付を確認することにとどめ、さまざまな日付を比較することは貴台にお任せする方がよいと判断いたしました。多くの場合、これは簡単な仕事ではありませんでした。特に、ラ××夫人の二度目の病患の最初の兆候が現れた日（一八五六年四月五日）の同定については甚だしい困難を経験いたしましたが、それも結果の重要性によって報われました。

よって、以下の証言をアンダトン夫人の日記の結末部〔三七六—三八一頁〕ならびにドズワース医師の証言〔四三三頁〕と注意深く比較していただくようお願いいたします。この比較により、日付について小職が既に述べました点のみならず、男爵がアンダトン夫妻に告げたことと事実の間に見られるさまざまな食い違いに気づかれるでしょう。それをいちいち挙げる必要はありますまい、証言をお読みになればおのずと明らかでしょうから。ただ、事件の他の部分に関連して重要な意味を持つと思われますので、食い違いがあるという大きな事実のみ指摘させていただきます。

最後に、結婚する以前の、男爵と後に彼の妻となる女性との関係を思い出していただくようお願いいたします。では、先述のとおり、以下に、ラ××夫人の二度目の病患に関する証言を提示いたします。

(二)ブラウン夫人の証言

私の名はジェイン・ブラウンです。未亡人です。夫はシティ区で働く事務員でした。何という事務所だったか。前は知ってましたが、もう忘れてしまいました。記憶力がほんとに悪くて。私はラッセル・プレイスに住んでます。持ち家で、借家じゃありません。亡くなった夫が遺言で私にのこしてくれたものです。時々部屋を貸します。いつもではありません。静かな間借り人が見つかった時だけです。去年*は二階と三階をラ××男爵に、一階をマーズデン先生に貸してました。一階はここ数年先生に貸してます。先生はここに住んでません。ロンドンの近くに診療所を持ってて、ラッセル・プレイスには月曜と金曜に来て患者を診てます〔四一七頁の証言では「月曜と木曜」〕。昔はここに住んでたんです。主人がまだ生きてた頃の話ですけど。男爵は屋根裏以外の、家の残りの部分を借りました。屋根裏は私が住んでます。男爵が来たのがいつだったか覚えてません。二月か三月だったでしょう。はっきりとは覚えてません。確かめようもありません。帳簿をつけてませんから。帳簿は主人がいつもつけてました。主人が死んでからつけてません。おかげで損をしてるんでしょうが、仕方ありません。私にはその方面の頭がないんですから。二月か三月、それは確かです。三月のはじめごろと思います。** あの時ほかに間借り人はいませんでした。息子がまたうちを離れるまで間借り人はいませんでした。あの時息子は外国にいて、三月か四月に帰ってきました。三月だと思います。メルボルンからリヴァプールに着く船で帰ってきました。何週間かうちにいました。正確にはわかりません。四月にはまた戻って行きました。五月だったかもしれません。五月より後ではありません。そんなに遅くではなかったと思います。トラウブリッジ夫人《さん》ならいつか知ってるはずです。リチャードはあの人の娘と結婚しました。リチャードは私の息子です。あの子はエレン・トラウブリッジと結婚しました。去年、あの子がうちにいた間のことです。二人はほんとに長い間婚約してまして、リチャードは結婚するために戻って来たんです。メルボルンで何かの口を約束されてたので、すぐに戻らねばなりませんでした。メルボルンから来る船では水夫として働いて運賃を稼いだんです。何という船で来たのか知りません。本名で船に乗ったのではないと思います。どうしてそんなことをしたのか、覚えてません。本名を知られたくない、とかそんなことだったでしょうか。どうして知られたくなかったのか、それはわかりません。何という名前を名乗ったのか全然知りません。いつ帰って来たのか、いつ戻って行ったのかも忘れてしまいました。いつメルボルンを発ったのかも知りません。新聞を一つ持って帰ってきました。小さな切れ端しか残ってませんが。息子は家にいる間いつも私といっしょでした。土曜と日曜は、エレンに会いにブライトンに行ってました。彼女はあそこのお店で働いてました。安い周遊列車で行って、土曜から月曜までエレンの母親のところに泊めてもらってました。それ以外の時間はずっと私といっしょでした。リチャードについて言えるのはそれだけです。男爵のほかの、もう一人の間借り人はあの子の友達です。オーストラリアで知り合った友達でした。あの子が結婚式に呼んだんです。当日はみんなでうちから教会に行きました。式は月曜で、その友達は土曜に来ました。みんなブライトンからいっしょにやって来ました。男爵は部屋を使わせてくれました。男爵は奥さんの転地保養でどこかに行ってましたから。奥さんは体の調子が悪かったみたいでした。はっきりとは知りませんが。うちにいる時、何度か病気で寝込んでました。奥さんはここで亡くなったんです。最初に病気になったのがいつか、覚えてません。息子がイギリスにいた時です。息子にその話をしたのを覚えてます。奥さんが病気になった時、息子はうちにいませんでした。いたのは私だけでした。とても怖かったんで、よく覚えてます。誰もうちにいませんでした。召使さえいませんでした。いつもは召使がいるんです。あの時は二、三か月召使がいませんでした。掃除婦が昼に来てました。召使が酔っ払って手に負えなくなったからです。警察を呼んで連れて行ってもらわねばなりませんでした。それで、しばらく召使を雇うのが怖かったんです。あれがいつのことだったか忘れました。男爵が来る前にちがいありません。はっきりしませんけど。奥さんが病気になる前だったのは確かです。そうです、一人でとても怖かったのを覚えてますから。マーズデン先生が奥さんを診察してたと思います。先生は男爵と仲よくしてました。みんな男爵を好いてました。やさしくて奥さんにとても親切な人でした。私たち、奥さんのほうはあんまり好きになれませんでした。とてもおとなしい人でしたけど、旦那さまを好きじゃないみたいでした。怖がってた感じです。奥さんはちょっと気がふれてるんじゃないか、と私は時々思いました。男爵はいつも奥さんにやさしくしてあげてました。だれにでも愛想よくふるまってました。誰についても、きびしいことは言いませんでした。一回だけ例外がありました。ヘンリー・オルドリッジです。リチャードの友達で、うちに間借りしてた人***です。ある晩あの人がすっかり酔って帰って来て、うるさい音を立てたもんで、奥さんが寝られなくなったんです。男爵はこの男を追い出してほしいと言ってきました。この男が行かないなら自分が出ていく、と。もちろん、私はすぐに出て行ってほしいとヘンリーに伝えました。ヘンリーは男爵のいやがらせだと言いました。もちろん、そんなはずはありません。ヘンリーは、自分は酔ってない、と言いましたけど、あの人が戸口で寝てるのを警官が見つけたんです。あの人が何を言ったか、もう忘れました。男爵についてのばかばかしい噂話でした。あの二人がけんかするどんな理由があったのか、見当もつきません。一度ヘンリーは奥さんの夢遊病がどうしたとか言ってました。何の話だったのかわかりません。それがけんかと関係あるとは思えません。関係ないでしょう。要は、男爵はヘンリーがうるさいと文句を言った、それだけです。私自身は、うるさいと思ったことがあったかどうか、記憶がはっきりしません。ヘンリーの部屋は私の隣でした。うるさいと思いながら寝てしまって、何も覚えてないのかもしれません。あの人が酔っぱらって帰って来

戸口で寝ていたオルドリッジ

た晩もきっとそうだったんです。うるさいので、男爵の奥さんは目が覚めたけれど、私はそのまま眠ってたのかもしれません。時々、眠りがとても深い時がありますから。このものめごとがいつだったか、ヘンリーがいつうちを引き払ったのか、忘れてしまいました。何がいつあったかなんて、全然覚えられません。そういうことは、いつも夫に任せてましたから。とてもきっちりした人でした。確かめるための帳簿も書類も何もありません。私に言えるのはこれで全部です。

＊一八五六年(ヘンダソンによる注)。
＊＊明らかにこれが正しい。男爵は二月二十五日にはダブリンにいた(ヘンダソンによる注)。
＊＊＊ブラウン夫人の証言のこの部分は後の第七部で言及される局面により関わりがあるものだが、元のままここに提示する(ヘンダソンによる注)。

(三)トラウブリッジ夫人の証言

私はエレン・トラウブリッジという者です。夫は船乗りで、小さな石炭船の船長をしています。私たちはブライトンの近くのショアラムに住んでいます。エレンという名の娘がいます。エレンの夫はリチャード・ブラウンです。オーストラリアにいます。二人が向こうに行ったのは一八五六年でした。正確な日付は覚えていません。四月か五月でした。マリア・ソウムズという船でした。グレイヴズエンドから出航した船です。娘は四月十四日に結婚しました。船に乗ったのは結婚してそれほど日が経たないうちでした。二人は三、四年婚約していて、ブラウンは結婚式をあげるために国に戻って来たのでした。いつ帰って来たのかは覚えていません。一月《ひとつき》前でしょうか。そのくらいだったと思います。急いでオーストラリアに戻りたがっていました。手早く済ませるために、許可証による結婚がしたいと言いましたが、私はお金がもったいないだけだと反対しました。彼は帰って来てから最初の日曜に結婚予告を出しました〔教会で日曜ごとに三回予告を出す。然るべき役所で許可証をもらえば即日で片がつくが、手数料がかかった〕。最初の日曜だったと思いますが、まちがっているかもしれません。娘はその時ブライトンのお店に奉公していました。週日は友達のところに泊まり、土曜に帰ってきて、日曜はうちで過ごしました。ブラウンはいつも土曜にやって来ました。安い周遊列車でブライトンまで出て来て、ネリー〔エレンの愛称〕に会って、二人でショアラムまで歩いてきました。彼は月曜の朝に娘といっしょに歩いてブライトンまで出て、そこからロンドンに帰りました。それ以外の時には来ませんでした。来ても無駄だったんです。ネリーは日曜しか時間がありませんでしたから。彼はネリーに店をやめて自分の母親のところに来てほしかったんです。ネリーは奉公の年季が明けるまで店をやめるつもりはありませんでした。私は彼にブライトンに来てほしくありませんでした。うわさになるからです。私が知る限り、彼はそれ以外の日はロンドンの家にいたのだと思います。結婚式の日はみんなでブラウン夫人の家から教会に向かいました。あの時は間借り人がいました。外国の人だったと思います。ちょうど二、三日ばかりどこかよそに行っていたので、部屋を使わせてくれたのです。式の後、ブラウンと娘はサウスエンドに何日か新婚旅行に行きました。何日間か覚えていません。一、二週間でしょうか。二人が船出する前の日の土曜、みんなでグレイヴズエンドまで会いに行って、それから見送りました。船は日曜に出ました。それからみんなでロシャーヴィルまで行って、晩はグレイヴズエンドで泊まりました。あそこには知り合いがいたので泊めてもらったのです。ブラウン夫人はロンドンに戻りましたが、私は泊まりました。オルドリッジという若者もいっしょにいました。ブラウンの友達でした。あまり好きにはなれませんでした。彼もブラウン夫人といっしょに帰りました。夫人のところに間借りしていたのだと思います。ブラウンがイギリスに戻って来たのがいつだったか、正確には思いだせません。三月だったのはまちがいないと思うのですが。

(四)マーズデン医師の証言

私の名はアントニー・マーズデン、職業は医師、以前ラッセル・プレイスのブラウン夫人の家に住んでいました。三、四年前ロンドンの空気が健康にさわり始めたので、郊外に移ることにしました。セント・ジョンズ・ウッドの近くの診療所を手に入れ、ロンドンの患者の大部分は人に譲りました。とはいえ、完全になくしてしまうには忍びなかったので、ブラウン夫人の家の二部屋を借り、あのあたりに住む幾人かの患者を引き続き診ました。そのために月曜と木曜は馬車でロンドンまで出てきました。その習慣が出来てしばらく経った頃、男爵が二階と三階の部屋を借りることになりました。最初は彼をあまり好きになれませんでした。ペテン師だと思ったのです。しかし、向こうから付き合いを求めてきて知り合うようになると、ともかくも、科学について広く詳しい知識を持っている人物だとわかりました。メスメリズムについてよく話をしました。彼は確かにあの説を信じているようでした。私は全然信じていないのですが、そうでなかったら、彼に説き伏せられていたかもしれません。彼が示した事象の多くを私は論理的に説明できません。もちろん、何らかの説明が可能なのでしょうが。彼は大変優れた化学者のようで、時々我々は一緒に実験をしました。家の裏側の地下に小さな部屋があり、それを男爵は実験室に使っていました。私にも設備を使わせてくれたので、しばしばその部屋を訪れました。彼はいつも何かの実験に従事しており、幾つもの独創的な計画を持っていました。この実験室には様々な種類の化学物質や薬品がたくさん置いてありました。時々私は貧しい患者のために彼に頼んで調剤をしてもらいました。私とつきあいがあった頃、彼は金属の実験を続けていました。特に、水銀、アンチモン、鉛、亜鉛に関する実験です。彼はこれらの金属に関連する製剤はほとんどすべて持っていたに違いありません。私の理解するところでは、彼の研究の目的は、鉛仙痛と呼ばれる画家に多い病気に対する特効薬を発見することでした。実験室は裏手にあり、家と実験室との間には広い隙間があって、他の部屋から切り離されていました〔四八四頁の図を参照〕。実験室は通路で物置、ワインセラー、および台所につながっています。この通路の端はガラス戸で、反対側の端が実験室の木の戸です。この二つの戸は常に閉まっていました。普段、鍵はかかっていませんでした。私は男爵に鍵をかけておくべきだと言いましたが、誰もそこには行かないからいいのだ、という返事でした。彼は実験室の戸に重しをつけて勝手に閉まるようにしていました。ガラス戸にはもとからバネがついていました。私はしばしば実験室を使わせてもらいました。彼がいない時もありました。彼がいてもいなくても、好きな時に行けました。そこで自分がしていることを私から隠そうとする意図は全然なく、まったく開けっ広げでした。私はラ××夫人が病気を患っていた大部分の間、治療を担当しました。かなり長期に及んだ、奇妙な病気でした。いつから始まったのか、正確な日は判然としません。その頃は夫人のかかりつけ医ではなかったので、診療簿にも記入しませんでした。発作のあった二、三日後、男爵が友人として相談してきたのです。それぐらいの日数が経過していました。たぶん三日目だったと思います。確信はありませんが、少なくとも二日目ではありました。二日目なら、夫人の病気が始まった晩から男爵が私に相談してきた時まで最低まる一日が経過したことを意味します。一日以上経過していた、と誓言はできませんが、おそらくそうであったにちがいないと思います。しかし、男爵から聞いた症状から、イギリス・コレラだと判断したことを覚えています。しかし、私が最初に病気のことを聞いた時には夫人はほとんど回復していましたので、薬を出したりはしませんでした。それから二、三週間してもう一度軽い発作があり、その時も男爵が自分で薬を調合しました。ロンドンに来た折に、私は男爵から彼が施した処置について話を聞き、それにまったく賛成しました。しかし、発作は一度ならず再発したので、男爵は私が診察し、薬を処方することを望みました。夫人を最初に医師として診察したのは、一八五六年五月二十三日でした。*二十一日の夜に起こった、三度目か四度目の発作の後です。夫人のかかりつけ医になってからは、日記に診療記録をつけています。その部分の抜粋を同封しますので、それを見れば病状が時間を追ってどう変化したかがわかります〈次の(五)を参照〉。病気が続いた間中、私は夫人の治療にあたりました。日記からわかるように、夫人の発作はほぼ二週間ごとに起こり、強さを増しながら、一八五六年十月十日に至りました。この時は、三、四日ほど臨終に近い状態にあり、回復の見込みはないとあきらめていました。もう一度発作が起これば確実に死を招いたでしょう。幸い、病は峠を越したらしく、その後は強い発作はありませんでした。この日から徐々に、しかし、着実に回復が始まり、彼女の命を奪ったあの不幸な事故がなければ、最終的には完全に復調していたでありましょう。ラ××夫人の病気は非常に診断の難しいものでした。明らかに慢性胃炎の症例ですが、上記の間隔を置いて激しい形で再発するというのはかなり特異な事例でした。夫人の症状はマイヤーホファーが一八四六年に「ヘラース・アルヒーフ」誌に発表し、テイラーの毒物に関する著作〔『法医学との関係における毒物学について』第二版、一八五九年〕の五三九頁に言及のある論文に書かれている、慢性アンチモン中毒の顕著な兆候をすべて示していました。また、一八五七年十月の「ガイ病院報告書」に記録され、テイラー教授が同頁で引用しているマクマレンとハードマンの症例にも全体として強い類似が見られました。夫人の病気の進行を観察しながら、私は機会を見て、できるかぎりの配慮をもって男爵にこの点を指摘し、誰かの悪だくみだと思ったことがあるか尋ねました。最初、男爵はこれをほとんど冗談のようにおもしろがりましたが、考えを重ねるにつれ、事態を深刻にとらえるようになりました。我々は慎重に上記の症例を検討しました。私はドイツ語ができませんので、男爵はマイヤーホファーの論文を翻訳してくれました。彼の提案により、我々は夫人の排泄物を調べるべく、男爵の実験室で検査を行いました。彼は常に薬品の在庫を維持することに注意を払っており、壜なども捨てようとしませんでした。したがって、夫人のために調合したすべての薬剤について何がしかの残留物がありました。我々はこれらならびに排泄物に関して砒素とアンチモンの検査を丁寧に行いましたが、どちらも一切検出されませんでした。検査はこれに大変な興味を示した男爵が行いました。やろうと思っても、私にはできませんでした。このような検査は専門領域ではないのです。この場合、自分の技術は信用できませんでした。男爵に任せたのは、彼が実用化学に練達しており、この種の作業は習慣的に行っていることを知っていたからです。私の役割は検査結果の確定と、それをテイラー教授の記述と比較することにありました。私は検査の精度や、その実体を特に確認したりはしませんでした。すなわち、「硝酸」のラベルを貼った壜から外見上硝酸の特色を示す無色の液体が取り出された場合、私は硝酸が用いられたものと想定しました。他の薬品が用いられた場合も、もちろん、同様です。それ以外の対応は考えもしませんでした。また、検査の対象物を確認することもしませんでした。他の物質にすり替えられていた可能性も確かにあります。もしそうなら、それは男爵が実行したのです。おそらく、あの時私が行っていた程度の監督のもとでなら、男爵が虚偽の操作をして検査を進行させることは可能でしたし、また、他の物質とすり替えた上で正しい検査をして私を欺くことも可能でした。つまり、男爵ならそれが可能だったのです。少なくとも男爵自身が共謀しない限り、他の人間には絶対に無理でした。しかし、そのような疑いを抱く根拠はありませんでしたし、今もないと思います。根も葉もない話です。そういった推論を否定する状況しか私には思いつきません。男爵は献身的に夫人を愛していました。医者、看護婦、医薬、その他必要なすべてを惜し気なく夫人に与えました。愛情があったからこそ、右のごとき用心をしたのであり、その結果、毒を盛る試みがあったとすれば簡単に検査に引っかかったでしょう。夫人の病気が重かった時、食事と薬は常に看護婦が調理し調剤するよう男爵は強く言っていましたから、彼が毒を盛る機会はありませんでした。毒物が使われている可能性を私が指摘した後は、そのような企みを暴くことに彼自身援助を惜しみませんでした。最後に一言。検査によって疑惑は既に払拭されていましたが、毒物が関与していれば、夫人は死んでいたはずです。しかし、そうなりませんでした。夫人の病気をめぐるあらゆる事情に鑑みて、男爵に対する疑惑の余地はありませんでしたし、それが生じる可能性もないのです。

＊第三部(三)アンダトン夫人の日記、五月二十五日および六月十日を参照。

(五)マーズデン医師の日記からの抜粋*

五月二十三日　ラ××夫人、吐き気、嘔吐、下痢の傾向、多量の発汗、全体的な衰弱。脈拍弱、一〇〇。気力弱。胃に激痛、腹部に圧痛。舌の変色。

二十六日　ラ××夫人、わずかに症状改善――吐き気と痛みの減少。

三十日　ラ××夫人、引き続き快方に向かう。

六月二日　ラ××夫人、快方に向かう。

六日　同右。

九日　土曜**夕刻の症状の再発。吐き気増大、嘔吐物黄色(胆汁)。脈拍弱、一〇五。喉痛、若干狭窄。舌の甚だしい変色。

十三日　わずかに症状改善。同じ療法を続ける。

十六日　同右。舌の変色、若干の改善。脈拍、一〇〇。

二十日　引き続き快方に向かう。脈拍、若干強まる。

二十三日　同右。

二十四日　緊急診察。昨晩症状再発。吐き気と嘔吐の増大、嘔吐物濃黄色(胆汁)。喉痛、舌の変色。腹部かなりの圧痛。下痢少々。手足に刺痛。

二十七日　わずかに症状改善。

三十日　わずかに症状改善。脈拍強まる。
七月三日　症状改善、特に咽頭部。発汗依然気がかり。手足刺痛弱まる。
六日　引き続き快方に向かう。脈拍幾分強まる、一一〇。
(十日から二十日までグロスター州に滞在)
二十日　わずかに回復。最後の診察の後、再度発作ありとの男爵の報告。ただし、より早い回復。
二十四日　引き続き快方に向かう。しかし、回復速度落ちる。脈拍、一一〇。
二十七日　昨日再発。嘔吐、下痢、喉痛、口内炎。発汗。腹痛。口中に鉛のような味ありとの訴え。脈拍弱、一一五。アンチモン？　男爵に相談。
三十一日　検査。満足の行く結果。わずかに症状改善。
八月三日　引き続き快方に向かう。脈拍強まる、一一二。
七日　同右。
十日　嘔吐と下痢の再発。全般的に症状悪化。かなり衰弱。
二十四日、二十八日、三十一日　わずかに症状改善。
九月四日　引き続き、わずかながら快方に向かう。
七日　重い症状の再発。嘔吐物濃黄色(胆汁多し)。下痢。脈拍弱、不規則、一二〇。激

しい発汗。意識の混乱若干。喉激痛、狭窄。手足痙攣若干。極度の衰弱。

十日、十四日、十八日　症状若干軽減。

二十一日　症状激化。脈拍、一二五。極度の衰弱。

二十五日、二十八日　症状若干軽減。脈拍、一二五。意識の混乱。

十月一日、四日、八日　症状若干軽減。

十一日　すべての症状激化。脈拍弱、不規則、一三二。顔面紅潮および蒼白。手足痙攣激化。話す力失う。完全な衰弱。今晩乗り切れるかどうか。

十二日、十三日、十四日　緊急診察。顕著な変化なし。

十五日　脈拍若干強まる、一三六。

注記。この時点より徐々に着実に回復。

＊この抜粋は概ね医学に携わる者にとってのみ興味あるものであろうから、一般読者は読み飛ばしてもよい。細微な点はいきおい省略されている。病気の症状のみが目下の問題であり、マーズデン医師の治療に関する記述で、それに重要な関連のないものも不適切で混乱を招くだけであるから省略されている。第三部(二)、ワトソン医師の証言についての注記を参照。

＊＊六月七日(ヘンダソンによる注)。

(六)ヘンダソンによる覚書

日付に関する限り、右に挙げた証言は漠然としており、すぐにお察しいただけるように、ラ××夫人の二度目の病患の最初の発作があった正確な日を同定するのは簡単な仕事ではありませんでした。しかし、この事件について小職が抱いていた考えにとって、その日付は最高に重要な問題でありましたので、もし可能ならば、様々な証言が提供する甚だ不明確な情報から、答えを導き出すことに力を注ぐ決意を固めたのです。そして、首尾よくそれを成し遂げた、と信じております。ただし、その過程がかなり複雑なものでありますから、一歩一歩小職の思考の跡をたどっていただきたいと存じます。

その時ブラウン夫人しか家にいなかったということは、最初、事実を確認する困難をかなり増大させるように思われました。彼女の記憶は、仮にそれが何らかの手がかりになったとしても、信頼できなかったからです。しかし、熟慮の末に、自分は間違っていると思えてきました。そして、最終的には、まさにその事実こそ、然るべき取り扱いをすれば、調査の妨げではなく助けになるかもしれないと考えるようになりました。以下が小職の考えの道筋です。

ブラウン夫人が確信をもって述べているのは、問題の日に息子がイギリスにいたこと、自分が家に一人でいたこと、の二点のみです。この日を同定する唯一の方法は、先ず、そのような組み合わせが可能である範囲を限定し、次に、消去法によって実際にその組み合わせが可能な日を確定していくことであります。

結果は最初に小職が思っていたよりも、はるかに決定的なものでした。

先ず、我々が検討すべき期間について。

これはもちろんリチャード・ブラウンがイギリスに滞在していた期間ですので、小職が最初に調べたのは彼の到着と出発の日でした。

(1) リヴァプールにて調査を行ったところ、一八五六年三月にメルボルンから到着した船は以下の三隻でした。

船名	船長	所有者	到着
ジェイムズ・ベインズ	マクドナルド	ジェイムズ・ベインズ(株)	三月四日
ライトニング	エンライト	同右	三月二十四日
エマ	アンダーウッド	ピルキントン兄弟	三月二十七日

このうちジェイムズ・ベインズは十一月二十八日、ライトニングは十二月二十八日にメルボルンを出港。エマについては詳細な日付は不明でしたが、それは本件に関わりありません。

ブラウン夫人が取っておいたオーストラリアの新聞の断片には日付がありません。初めは、その日付を知る手立ても思いつきませんでした。しかし、記事の最後の段落はこう始まっていました。

まさに時節柄の天候！　温度計はこの四日間日陰で二十七度を下回らず。イギリスの我らが同胞たちはどう思うであろう、このような天候の下で歌うクリ……ル……。

残りはちぎれています。しかし、明らかに「クリスマス・キャロル」〔クリスマスに歌う讃美歌〕と書かれていたはずです。この新聞は、ジェイムズ・ベインズが出航した十一月二十八日より後のものに違いありません。ですから、リチャード・ブラウンはライトニングかエマに乗船したわけです。早い方はリヴァプールに三月二十四日の夕刻に到着していますので、我々が検討すべき期間の始まりは三月二十五日となります。

(2) リチャード・ブラウンが国内にいる間に結婚した相手の母親、トラウブリッジ夫人の証言によると、新婚夫婦はマリア・ソウムズに乗ってシドニーに向かいました。ブラウン夫人はこの船が出航した日付を覚えていませんでしたが、一八五六年四月の「タイムズ」紙のバックナンバーを繰ってみると、同船はグレイヴズエンドを二十三日に出たことがわかりました。従って、問題の期間は三月二十五日から四月二十五日〔正しくは二十三日であろう〕まで、となります。

(3)この間、ブラウン夫人の証言によると、リチャード・ブラウンが家にいなかったのは土曜と日曜だけです。つまり、三月の二十九日、三十日、四月の五日、六日、十二日、十三日、十九日、二十日です。

(4)マーズデン医師は、ラ××夫人を診察したのは発作があってから少なくとも「まる一日」経ってからだと明言しています。同医師の診療は各週の月曜と金曜に行われていました〔医師自身は「月曜と木曜」と言っている。四一〇頁および四一七頁を参照〕。よって、夫人の発作は日曜に起こったのではありません。すると、後は三月二十九日、四月五日、十二日、十九日に絞られます。

(5)トラウブリッジ夫人によれば、マリア・ソウムズの出航前の土曜、ブラウン夫人の一行はグレイヴズエンドで一泊しました。従ってブラウン夫人は四月十九日はロンドンを離れていました。となると、残りは三月二十九日、四月五日、十二日となります。

(6)ブラウン夫人は結婚式に先立つ土曜と日曜はブラウンの友人オルドリッジが家にいた、と言っています。結婚式は四月十四日でした。従って十二日は彼女は一人ではありません。ですから、残りは三月二十九日、四月五日となります。

ここまで来たところで残念ながら手がかりは尽きた、と思われました。日付に一週間のずれがあるならば、信頼するに足る仮説を打ち立てられなくなってしまいます。この点をはっきりさせる唯一の方策は、夫人の召使が解雇された日付を確定することでした。しばらくしてようやく、警察で彼女が取り調べられた記録を調べれば日付がわかる、という考えが浮かびました。警察の記録によると——

(7) 彼女が解雇される原因となった出来事は四月〔正しくは三月であろう〕三十日、日曜に起こりました。従って、二十九日には召使はまだ夫人の家にいました。ゆえに、ラ××夫人の二度目の病患の最初の発作が起こったと考えられる日は——先に述べましたように、リチャード・ブラウンのイギリス滞在中で、ブラウン夫人が一人で家にいた——四月五日しかないのです。

こうして同定された日付の重要性は、ただちにご理解いただけるでありましょう。

第六部

（一）ヘンダソンによる覚書

この特異な事件を解明するにあたり、ここで再び故ボウルトン〔正しくはウィルソン。以下二箇所も同じ。三五〇頁を参照〕氏の遺言書をご想起願います。既に見ましたように、これにより二万五千ポンドがミス・ボウルトン（後のアンダトン夫人）に遺贈されました。彼女が死亡した場合、この遺産は、彼女の夫が生存している間、夫に相続権が移行するのでした。その夫が死ぬと、ミス・ボウルトンとの間に子供がいなかった場合は、相続権は彼女の妹に移行します。この妹とは、先述いたしましたとおり、まず間違いなくラ××夫人であります。男爵が結婚した事情と、妻の死がもたらすであろう経済的損失について彼がボグナーでジョーンズ医師にもらしたことから明らかなように、男爵はこの二人が姉妹であると信じており、その関係を主張するつもりでいましたし、また、ラ××夫人にかけた複数の生命保険は総計二万五千ポンドで遺産と同額であり、姉より先に夫人が死んだ場合の埋め合わせのつもりだったのです。この時点で必要な情報は以上です。男爵の結婚と夫人の生命保険を取り巻く謎めいた事情にどれだけの重要性を付与するかは、言うまでもなく、後で事件の総体を振り返る時に考慮する問題となりましょう。ここでは、男爵は明らかに自分の妻はアンダトン夫人の妹だと信じており、彼女を通じてボウルトン氏の遺産を手にしようともくろんでいた、という点を確認するだけでとりあえず十分であります。この遺産と男爵の家庭との間に立ちはだかるのはアンダトン夫妻のみであり、かくして彼らの死は男爵を直接利するのでした。

先に見た状況のもとでアンダトン夫人が亡くなると、男爵の相続を阻むのは夫のみとなりました。今からこの紳士の死にまつわる様々な事情を考慮する際に、この点を念頭に置いておくことが肝要であります。

しばしば触れましたように、我々の調査の対象となっている不可思議な出来事を説明する仮説がただ一つだけ存在します。この仮説は鎖のようにつながる一連の証拠に立脚していますが、それらはあくまでも状況証拠であり、しかもその証拠の鎖は一つの輪がこわれると全体がこわれてしまうような、繊細で複雑な性質のものであります。この仮説は、始まりから終わりまで、一歩一歩、すべての細かい点まで確固たるものにしておかなければなりません。さもなくば、瞬く間にばらばらになって、多くの点で不思議ではありながら必ずしも疑惑を呼ぶとは言えない、雑多な偶然の寄せ集めとなってしまうのです。よって、先述のごとく、小職は事件を独立した特定の段階に区切って、一つずつ貴台に提示させていただくのであります。我々はこれまでのところ、アンダトン夫人の死とそれに付帯する様々な事情(それらが夫人の死に対して持つ意味は今後よりはっきりするでしょう)に注意を集中してきました。次に、ボウルトン氏の遺産とラ××夫人の間を阻む二人目の人物、すなわちアンダトン氏の死にまつわる極めて不可思議な状況について考えます。

その目的を遂行するために、アンダトン夫妻の死因審問において提出された証拠とほぼ同じものを使用することにします。ご承知のように、夫人の審問は二週間休廷し(その間アンダトン氏は自宅勾留され)、遺体のより精密な検査を行い、最終的な評決は「自然死」でした。アンダトン氏の場合は、幾分の躊躇があった後、「妻の死による極度の心労と、妻の死に関わる、実際は根拠のない疑惑のせいで生じた一時的な精神錯乱による自殺」という評決が出されました。しかし、我々の関心事はアンダトン氏ではなく男爵の行動であり、本件で彼の果たした役割に関わりのない部分は省略し、ドズワース医師等の証言の補足として、我々が獲得した情報で問題の解明に役立つと思われるものを追加しておきます。

では、事件のこの局面をラ××男爵の振舞いを焦点にして以下に提示いたします。

(二)ドズワース医師の証言

私は故アンダトン夫人の治療に当たった。夫人の病は一八五六年十月十二日、彼女の死によって終結した。アンダトン氏に初めて呼ばれたのは、同年四月五日の夜だった。*

夫人はイギリス・コレラの軽い発作を起こしているように見えた。原因はよくわからなかった。毒物を考える理由は何もなかった。実際、最後に食べ物を摂ってから発作が始まるまでに経過した時間を考えると、そのような可能性はまずない。夫人の場合、少なくとも三、四時間が経過していたが、もし症状が毒の服用に起因するものなら、もっと早くに現れているはずである。ただし、これはあくまでも後から考えたことで、あの時はそのような可能性は頭に浮かばなかった。また、同様の症例を今見たとしても、頭に浮かばないだろう。私は夫人が患っていると思われた病気に通常出される薬を処方した。効果はあったようだが、思ったよりも時間がかかった。むしろ症状は自然に減退していく様子を見せた。病後の衰弱が通常そうした症状に伴うものよりかなり顕著だったので、何度か夫人を往診した。約二週間後、似たような病の新たな発作があった。今回は前よりも重症で、より憂慮すべき症状を伴っていた。中でも目立ったのは、吐き気、嘔吐、激しい発汗、下痢傾向の増大であった。患者は甚だしい倦怠感と著しい気力の低下を訴え、その結果、死が近いとほとんど確信しているようだった。それから二、三週間後、またしても新たな再発があった。前の発作の折には乾いて粘性を示していた舌が、今回は、不潔な粘液に覆われ、唾液の量がかなり増えていた。病の進行に伴って、舌の状態は相当悪化し、最後は口と喉に痛みが出て、喉の狭窄があった。腹部に膨満および圧痛、肝臓も然り。脈は弱く、速かった。病が進むにつれて弱くなり、最終的に脈拍は一三〇～一四〇に達した。倦怠感、気力低下も増進した。患者は日に日に体力を失くしているようで、およそ二週間の間隔で定期的に再発があるたびに、症状は前より悪化した。アンダトン氏は悲嘆の底にあった。最初の発作が深刻なものになって以来、氏はほとんどつきっきりで、自らの手で薬と食べ物を患者に与えた。私の知る限り、夫人は病気が続いていた間の大部分、夫の手によって与えられたものだけを口にした。亡くなるほんの少し前、夫がいるところで彼女がそう言うのをこの耳で聞いた。最後の二週間、夫人はほとんど栄養物を摂らず、薬を飲み込むのにも大変な苦労を要するぐらいだった。この主たる原因は嚥下に伴う激しい吐き気で、それに喉の痛みと狭窄が加わった。甚だしい喉荒れのせいで嚥下には強い痛みが伴った。病が進行すると、嘔吐物は胆汁が混ざって濃い黄色になった。胸部の圧迫感も増し、呼吸がほとんど妨げられるまでになった。鼓動も脈動も徐々に弱くなり、最後は下半身がほとんど麻痺して、手足は硬直し、腰から下は全体が鈍感で冷たくなった。加えて、患者は冷たい汗をかき、上半身に火照りと痒みが出て、まったく睡眠を得られなくなった。夫人の症例の極めて驚くべき特徴は、全般的に不眠状態が続いているにもかかわらず、新規の発作が起こる前には数時間の深い眠りがあり、彼女は新たな症状の再発によってそこから覚醒するかのようであった。このような症状に通常用いられるあらゆる療法を試したが、継続的な効果は得られなかった。私は夫人の症例の極めて異例な点、特に、前述した、約二週間の間隔を置いてより強い発作が始まるという断続性に困惑した。私は診療の難しさをアンダトン氏に告げ、別の医師の意見を求めたいかどうか尋ねた。彼が熱心にラ××男爵に会ってほしいと言うので、幾分の躊躇いはあったが、この要請に応じた。男爵は外国の複数の大学で学位を得たが、いささか変格的な治療を施す人物だと聞いた。私は七月十二日に初めて彼と会って話をした**〈ドズワース医師が男爵の化学に関する知識と優れた技術を認め、治療の相談をすることに同意するに至った経緯を長々と述べている部分は省略する〉。

＊第三部(三)〔三七六頁〕を参照。

＊＊第五部(五)を参照〔むしろ三七九頁〕。

しかし、患者を診察し、病状と施した治療について話した後、男爵から何らかの意見を引き出すのはなかなか難しかった。ただ、これまでの私の治療方針については全面的に賛成のようだった。その後少しだけ話をして別れた。この会話はアンダトン夫人の次の間で行われたのだった。男爵は部屋から出て行く時に洗面台の横を通り過ぎた。その時彼は突然そこに置いてあった小さな壜を取り上げると、さっと私の方を振り向いて、「これを試したかね？」と尋ねた。壜を受け取ると、それはタンニンの溶液で、歯に用いる薬剤だった。私はこの質問の唐突さに幾分面喰らいつつ、いいえと答え、そこで会話は終わった。だが、家に帰る途中で、再び男爵の妙な質問の仕方が脳裏に強く蘇ってきた。それについて考えていると、タンニン酸はアンチモンの解毒剤であること、ならびに、ルージリィ殺人事件に関してテイラー教授が指摘した酒石酸アンチモンカリウム中毒の症状と、アンダトン夫人が現在苦しんでいる病状が多くの点で類似していることが突然思い出された。最初は、この推定が夫人の症状のすべての謎を解明してくれるように見えた。しかし、よく考えてみると、謎は依然謎であった。というのも、アンダトン氏以外の人物が毒を盛ることは不可能であるし、夫婦間に見られる明らかな深い愛情に鑑みれば、氏がそのような行動をとると考えるのは一層不可能なように思われたからだ。だが、さらに熟慮を重ね、ともかくも、しばらくは男爵が提案した治療を試してみることにした。そして、多量のペルー樹皮ならびに同種の薬剤を投与した。これらの処置が功を奏したらしく症状に改善が見られたので、当初私の疑惑は増大した。そこで、看護婦と召使がいる前でアンダトン氏に、この家に酒石酸アンチモンカリウムかアンチモンワインがあるか、何気なく尋ねてみた。だが、答えが返ってきた様子から、男爵がほのめかしたような試みについてそこに居た誰かが何らかの知識を持っているという疑いは、きれいに無くなった。その一、二日後、男爵に会った折に、あのようなほのめかしを行った真意を問うと彼は、あなたがあの発言から読み取ったような内容を意図した覚えはない、一般的な知識として、似たような症例にあの種の薬剤を投与すると大きな効果があると知っていたから、アンダトン夫人の場合にも有効ではないかと思って言っただけだ、と答えた。しかしながら、彼の振舞い、特に、この療法を採用している間患者の食事を注意深く観察しなければならないと強調する様子から、男爵は私には疑惑を持っていないと言うのだがそれは見せかけで、本当はアンダトン氏を疑っており、ただ、氏との友情故にそれを言いたくないのだ、と想像された。この考えは、男爵が疑いを抱いているもう一つの証拠――重要だとは思っていなかった数日前の出来事――を私が思い出したことでより強まった。従って、ペルー樹皮療法を継続しておいて、もし新たな発作が起きれば、すぐに調査の手段を講じる覚悟をした。その目的のために、絶対の信頼がおける看護婦に、私が診察に来るまで患者の部屋から何も動かしてはいけない、と個人的に指示を与えた。樹皮療法の効果は十日から十二日継続したが、その後、私は夜中に緊急事態で呼び出された。病が今まで以上の激しさをもって再発したのだった。発作の現状に対応するできる限りの処置を施した後、私は吐瀉物等を自ら採集し、ただちに化学的な分析を徹底的に行った。だが、アンチモン、砒素、あるいはそれに類する毒物の痕跡はまったく検出されなかった。そして、今やタンニン酸が効力を失ったようなので、一見効果があると映ったのは何か他の未知の理由によるものであり、男爵の疑念には何の根拠もない、と結論するに至った。私は基本的に以前の治療法に戻り、時々経験による判断で変化を加えたが、病の進行を止めることはできなかった。そこで、この病は体質の問題で、おそらく遺伝性のものではないかと考えるようになった。患者の母親も何かの内臓疾患で亡くなったとアンダトン氏から聞いた、もっとも彼は具体的な症状までは思い出せなかった。最期に近づくと、患者は衰弱し、ほとんど常に精神が錯乱していた。直接の死因は肉体の疲弊による機能低下だった。病の真の原因を突き止めるために、アンダトン氏が解剖を許可してくれることを願ったが、彼はその点極めて神経質であり、しかも精神的に非常に落ち込んでいたので、私としては敢えて強く主張することはできなかった。男爵も解剖はしないようアンダトン氏に言っていたようだった。やがて死因審問が開廷されることになり、審問に次いでプレンダギャスト氏によって行われた解剖・死因分析に私も加わった。アンチモンは体内から検出されなかった。この分析結果を示すプレンダギャスト氏の報告に私は完全に同意する。私はこの報告と、アンダトン夫人の症例のあらゆる事情を考慮した上で、アンダトン氏は嫌疑に関して完全に無罪であると確信したし、今でもそう確信している。

何回かにわたって小職が出した質問に対して、ドズワース医師は以下の回答を示した。

(1) タンニン溶液に関するほのめかしについて男爵に尋ねた時、私は毒物中毒の疑いがあるからあんなことをきいたのか、と飾らぬ言葉で問うた。対して彼も飾らぬ言葉で否定したのだが、明らかに躊躇いが観察されたので、彼の心中に疑念があったと私は確信した。

(2) 私は男爵にペルー樹皮その他の処置を行い、かくかくしかじかの効果を挙げたと告げた。彼はにやりと笑って話題を変えた。

(3) 男爵は検死解剖に立ち会わなかった。彼自身は立ち会いたい意思を示したのだが、プレンダギャスト氏が強く反対したので、私としては拒まざるを得なかった。男爵には結果を電報で知らせると約束した。解剖は当時プレンダギャスト氏が住んでいたバーミンガムで行われた。電文の写しをここに同封する。男爵は遺体から内臓を除去する手伝いをしたいと申し出たが、これも私は拒んだ。私もしくは手術の手助けに来た病院の外科医か学生以外は、解剖後の遺体に近づけないようプレンダギャスト氏に念を押されていたからだ。この用心は理にかなっていたので、私はそれを厳守した。

(4) 確かに、男爵は最初自分が検死から除外されたことでむっとしたようだが、私はその腹立ちを症例に対する興味からくるものと判断した。彼はその時私に電報を打ってほしいと言ったのではない。後で、私に手紙を書いてきて頼んだのだった。

(5)プレンダギャスト氏の用心は、もちろん、遺体がみだりに人に触られるのを防ぐためのものであった。

(6)右の「みだりに人に触られる」とは、触られた結果毒物の痕跡が破壊されてしまうことを意味する。

(7)もちろん、以前何もなかったところに毒物の痕跡を捏造することは可能であるが、そういったことは無実の誰かに実際にはなかった殺人の罪を着せようとする目的でなされることであり、それに対する用心として我々は故人の友人を検死から除外したのではない。

(8)もしそのようなことが今回首尾よく行われたとしたならば、それは確実にアンダトン氏に対する容疑を決定的なものにしたであろう。

(9)男爵が疑惑を抱いていることを示すもう一つの出来事とは、以下の通り。ある朝我々はアンダトン氏の部屋で治療の相談をしていた。私は手紙に封蠟をしたかった。男爵は屑籠から拾い上げた紙をよじってそれに火をつけてくれた。その時、そこに書かれていた何かに驚いて、紙を広げて私に見せた。字がいくつか書かれていて、ちぎれるか燃えるかで、不完全な形でしか残っていなかった。判読できた文字は「アン」と、明らかに「ン」の一部分、その下に「薬」の上半分だった。しかし、私は大したことではないと気にも留めず、忘れてしまっていた。

⑽その紙は屑籠から拾い上げられたものであったのは間違いないと思う。男爵はそう言っていた。屑籠から取り出したところまでは見ていないが、屈み込むのは見た。紙を自分のポケットから取り出すのは物理的に不可能ではなかったが、そんな推論をする理由は何一つない。彼がそのような行動を取る唯一の目的はアンダトン氏を疑わしく見せることであろうが、しかし、明らかに彼の望みは心中の疑念をできる限り隠しておくことだった。

⑾男爵は自分が疑いを抱いていると私が思う根拠を他には与えなかった。むしろ、彼はいつもアンダトン氏の妻に対する愛情の深さ、特に、食べ物や薬を他の誰にも任せないで自分の手から与える彼の熱心な看護を強調していた。

⑿なるほど男爵の行動は、結果として、この問題における疑わしい状況を、露骨に敵意あるやり方で指摘するよりも強く、私の心に印象づけた。しかし、男爵がそこまで計算していたと考えるのは不可能だ。そのようなことを示唆するのは正当な調査の限界を超えていると思われる、と付言せざるを得ない。

(三)エドワーズ夫人の証言

私は看護婦です。アンダトン夫人のご病気の間ずっとお世話をいたしました。お気の毒に、奥さまはとても滅入っておられました。亡くなられる何週間も前からずっと、死が近いと思っておられました。毒を盛られたというような疑いは持っておられなかったと思います。毒を盛るなんて、そんなことだれも考えるはずありません、ほんとに、奥さまはみんなに慕われておいででした。ご主人は奥さまを溺愛しておられました。あんなにいい旦那さまは見たことありません。私、あの方のためなら、何でもしてさしあげたでしょう。ほんとに奥さまに尽くしておられましたから。奥さまのおそばをほとんどひと時も離れられませんでした。私が何をするのも許していただけないので、腹を立てたこともありました。流動食や薬も任せていただけないのです。ほとんどの間、奥さまは流動食しかとられませんでした。味がおわかりにならないようで、肉を見ると吐き気を催されました。最後の二か月あまり、奥さまはご主人がお与えになったものでないと、何も口にされませんでした。薬はいつもきっちり時間通りに持ってこられましたし、台所から上がってきた食べ物は、ご主人が奥さまといっしょにおられない時にはまずご主人のお部屋に届けられ、それからご主人が運んでこられたのです。奥さまが何も受けつけられないので、とても苦労されていることがありました。でも、奥さまはご主人だからがまんして口に入れられたのです。最後の何週間かはそれもかなわず、ご病気はとても重く、何をお食べになっても胃に入らないようでした。ご主人は、奥さまがお呼びになった時のために、いつも奥さまのお部屋のマットレスの上で寝ておられました。マットレスはベッドのすぐ横の床の上に置かれていましたので、ご主人を起こさずにベッドに近づくことはできませんでした。ご主人は眠りが浅い方で、ほんの小さな音がしても目を覚まされました。私は何度もご主人に、こんなことを続けられたら死んでしまいますよ、そうなったらかわいそうな奥さまはどうされるでしょう、と申しました。ちょっと外に出られたらと私がおすすめするのを、一度か二度、聞いてくださいましたが、その時は、自分がはずしている間、絶対に部屋を出てはならないぞと念を押されました。ご主人が書斎におられた時でも、私は必ず奥さまのそばにいなければならず、席を立つ用があれば、呼び鈴を鳴らしてご主人をお呼びする段取りになっていました。ご主人もおられず、私もそばにいないで、奥さまが一人でおられたことなど一時もありません。最後の六週間はご病状が悪くて、もう一人看護婦を雇わねばなりませんでしたが、この時も三人で同じような段取りをしました。看護婦を増やさないといけなくなったのは、私の疲労が激しくなったからです。でも、ご主人はこれまで通りの看護を続けられました。どうしてあんなことがおできになったのか、私にはとんとわかりません。ただし、奥さまがお亡くなりになると、すっかり体調を崩されました。お気の毒に、あれから後、ご主人はほとんど正気を失われたようでした。そう言えば、酒石酸アンチモンカリウムが家にあるでしょうか、とお医者さまが尋ねられたことがありました。ご主人は、ありませんが必要なら取り寄せます、とお答えになりました。私の知る限り、その時、話はそこまででした。奥さまが亡くなられた後で、ひょんなことからそれを思い出しました。そんなに奇妙なことでもありませんが、奥さまのお部屋で「酒石酸アンチモンカリウム」と書いた紙を見つけたのです。それしか書いてありませんでしたが、下に「毒薬」という字がありました。私はその紙をとっておいて、男爵にお見せしました。なぜそうしたのかわかりません。たぶんその時男爵が家におられたからでしょう。後で弁護士さんにも見せたら、預かっておく、と言われました。私はその紙に何か怪しいところがあったとは思いませんでした。なぜとっておいたのかわかりません。何も考えずにそうしました。気まぐれみたいなものです。ご主人にお見せしなかったのは、ご容体が悪くて、こんなことでお手間をとらせるわけにはいかなかったからです。それだけです。

右の通り、私は死因審問で証言しました。これにつけ加えることはありません。アンダトンご夫妻はとても深く愛し合っておられました。あんなに仲のいいご夫婦は見たことありません。男爵はご夫婦のどちらにも親しみを感じておられました。奥さまの方はあまり男爵がお好きではなかったようです。こわがっておられるような感じでした。なぜだか知りませんが、何もおっしゃいませんでしたし。男爵はしばしばお医者さまと話をするためにうちに来られましたが、私の知る限り、奥さまには一度しか会っておられません。奥さまに好かれていないのを知っておられたのでしょう。それで顔を合わさないようにしておられました。男爵はとてもやさしいお方でした。私にはいつも折り目正しく丁寧に接してくださいました。氏は夫人に惚れこんでいる、とよく私に言われました。いつもご主人が奥さまに食べ物や薬をお与えになることもよく口にされました。ある日、体に悪いものを彼に知られず夫人に与えるのは容易ではないな、とかなんとか言われたのを覚えています。当然のこととはいえ、男爵はご主人を絶賛しておられました。私は見つけた紙を、元気であられたならばご主人にお渡ししたのと同じ案配で、男爵にお渡ししました。あの時ちょうどうちにおられたのです。ドズワース先生といっしょに奥さまのお部屋におられて、それから居間で書き物をされていました。男爵は私をお呼びになり、奥さまのお部屋に手袋を忘れてないか見てきてほしい、とおっしゃいました。それを探している時に、例の紙を見つけたのです。手袋を探そうとしてかがんだら、ベッドの下に落ちていたのです。最初、奥さまが亡くなられた後メイドがお部屋をちゃんと掃除したはずなのに、注意が行き届いていないわ、と思いながらそれを拾い上げました。

それから、紙に書かれた字を読みました。手袋は紙の近くの床の上に落ちていました。ベッドの脚を覆う垂れ幕は空気を新鮮にするために取り払ってありました。紙をお見せした時、男爵が何を言われたか、はっきりとは覚えていません。でも、それを聞いて私は、ややこしいことに巻き込まれるかもしれない、と感じたのでした。だからその紙を弁護士さんに見せたのです。前に一度わたしたちが受け取るはずだったお金のことで、兄がその弁護士さんに会ったことがありました。結局、弁護士さんが紙を治安判事に見せて、おかげで死因審問が開かれることになったのです。私は腹が立ちました。男爵もお腹立ちで、どうしてそんな馬鹿なまねをしたのだ、と私を責められました。どうしてあの紙を弁護士さんに見せたのか、自分でもわかりません。たぶん、男爵が何かおっしゃったのでそうしたのでしょう。そうしてほしいというお言葉はありませんでした。何をしろともおっしゃいませんでした。ただ、私が紙を焼いてしまうことを望んでおられたような気がします。紙をお渡ししようとしたのですが、男爵はこわいとかなんとかおっしゃいました。だから弁護士さんのところに持っていこうと思ったのです。

(四)ヘンダソンによる覚書

もう一人の看護婦の証言(同封)は、彼女が知り得た事柄に関する限り、エドワーズ夫人と同じことを述べていますので、ここでは省略いたしました。

プレンダギャスト氏の報告書(同封)は長々しく、全く法医学的な性質のものであります。要点をまとめると、以下のようになります。

(1) 検死の結果、アンダトン夫人の遺体はあらゆる点でアンチモン中毒の症状を呈していた。

(2) これらの症状を慢性の胃炎もしくは胃腸炎の結果と考えることも可能ではある。ただし、故人にはどちらの疾患からも予期されない症状がいくつか観察される。

(3) 最も厳密で徹底的な検査を行っても、様々な内臓器官の中あるいは組織にアンチモンも砒素も微量だに検出されなかった。

(4) 故人が最後に服用した薬剤についても検査を行ったが、同じ結果であった。

(5) 仮に毒殺を想定した場合、長期にわたって少量を与え続けたとすれば、毒物が胃や他の内臓の中に残っていなくても、組織の中に必ずその痕跡が見出されるはずである。

(6) また、毒殺を想定した場合、毒物を含む食料もしくは薬剤を摂取した後、短時間で激しい症状が繰り返されるはずである。故人の場合、常に夜遅く、食料もしくは薬剤を摂取した後かなりの時間が経過してから症状が出現した。

(7) 従って、解剖所見からは毒殺の疑惑が生じるものの、死因は毒物ではなく、特異な慢性胃腸炎と結論される。異例の症状はある程度故人の特殊な体質に帰せられるであろう。

(五)エドワード・レディング巡査部長の証言

私は首都警察刑事課勤務の巡査部長です。一八五六年十月はノッティング・ヒルを担当していました。アンダトンという名の紳士を監視するのが仕事でした。彼は夫人の殺害に関して検死官の令状によって身柄を勾留されたのですが、病気のために留置所に移動させることができませんでした。私は彼が逃走しないように、彼の家にいました。彼の部屋にいたわけではありません。最初は部屋の中にいたのですが、そうしても意味がないので、警視に願い出て次の間に移る許可を得ました。そのようにした理由は気持ちよく事を行うためです。私はいつも職務に相反しない範囲内でできるかぎり気持ちよく事を行うことにしています——特に相手が紳士の時には。紳士方は警察沙汰にあまり慣れてないので、下々の人間よりも事がつらく感じられるのです。今回の事件の場合、被検束者の紳士は精神的にかなり打撃を受けているようでした。病気でとても衰弱していました。体が弱って、寝たきりでした。部屋の片隅をじっと見つめて、何か独り言を言っていました。何を言っているのかわかりませんでしたが。一度だけ話したのは、彼が私に遺体を見せてくれと頼んだ時です。だめだ、とはとても言えませんでした。そこで、彼といっしょに行って、私は戸の外側で待っていました。彼は弱っていて、よろよろ歩くのさえままならない様子でした。約半時間後、静かだったので、中を覗いてみました。彼はすっかり気を失って、床の上に倒れていました。私は彼を抱えて部屋に連れて戻りました。彼は二度と口を開かず、さっき言ったような感じでベッドに寝ていました。もちろん私はあらゆる用心はしました。被検束者の部屋には二つドアがあり、一つは踊り場に通じ、もう一つは私がいた次の間に通じていました。私は踊り場に出るドアに鍵をかけ、外からネジを三、四本打ちました。窓は高い所にあったので、破って外に出ることはできません。それに外の街路から部下が見ています。晩は、私の部屋のドアに鍵をかけ、彼の部屋に通じるドアを開けたままにしておきました。時々ウォルシュ巡査部長*が交代してくれましたが、それ以外は自ら張り番をしました。自分の仕事は人に任せない主義でして。それに、これは興味深い事件でした。担当になった時、家の中も一件に関する書類も注意深く確認しました。被検束者を有罪と考える理由はありませんでした。私は殺害されたとされる夫人の日記を見つけました。彼の筆跡で最後に付記があるものです。これを読む限り、夫婦仲はとてもよかったように見えます。夫人の病気に関する処方箋や覚書もたくさん見つけました。しかし看護婦が見つけたような紙も、いかなる種類の薬も粉も見つかりませんでした。看護婦といっしょに夫人の寝室に入り、紙を見つけた場所を指で示してもらいました。彼女によれば、ベッドの右側の下にあったそうです。手袋はその近く、ただしベッドの下ではないところにありました。私は何か臭い気がしました。紙の件はどうも妙で、しっくりこないのです。証拠のでっち上げは前に見て知っていましたから、質問してみることにしました。それが私のやり方です。とにかくいろいろ質問してみる、そうやって手探りで進むのです。そのうち、たいていいつも何かが出てきます。今度もそうでした。重要な手がかりかどうかはわかりません――大したことではないかもしれません。私なりの考えはありますが。とにかく、こんな次第でした。あれこれ質問した後、アンダトン氏がいつも食べ物や薬を与えるためにベッドのどちらの側に行くのか、きいてみたのです。看護婦も召使も、氏は左利きなので、夫人にスプーンで食べ物を与えるためにいつもベッドの左側に行った、と口を揃えて言いました。右手は不器用だったそうです。右利きの人間が左手ではスプーンをうまく扱えないのと同じです。氏は一、二度やってみようとしたらしいのですが、全部こぼしてしまった、と看護婦が言っていました。もちろん、右手を使って、です。左手ではちゃんとこなせていました。この話を聞いた時、我々はでっち上げの証拠で騙されているのではないか、という気がしてきました。つまり、私はこう考えたのです。手袋は、さっきも言いましたように、ベッドの右側に落ちていました。ですから、それを落とした人は右側に立っていたに違いありません。右側がドアに近い側ですので、自然にそうなるでしょう。紙はその近く、ベッドの右側の下にありました。被検束者がわざわざそんなところに紙を置いたとは考えられません。置いたのでないなら、その薬品を与える時に誤って落としたのです。とすると、薬品をこぼさないよう特に注意したでしょうから、利き手を使ったに違いない。それならば、紙はベッドの右側ではなく、左側に落ちていたはずです。しかし、紙がベッドの反対側に吹き飛ばされたとか、あるいは蹴り飛ばされたとかいう可能性もあります。もっとも、ベッドはかなり幅が広く、しかも、奥まったところに置かれていて風の影響を受けにくいので、その可能性は極めて小さいのです。それでも、ともかく現場をもう一度調べようと思い、ベッドの下を覗いてみました。すると、そこには細長い箱がありました。召使に聞くと、その箱は自分たちがここに来た時からずっとそこにあって、中には弓矢がぎっしり入っているとのことでした。箱は、長さがベッドよりも三十センチばかり短いだけで、ベッドの中央の床の上に置かれていました。床には埃が積もり、箱がどれだけ長い間そこに置かれていたかを示していました。あのような紙が、仮に風に吹かれてその箱の上を飛び越したとしたら、その跡が残らないはずはありません。ここまで考えが進むと、いよいよ一件は奇妙に思え、ベッドを今の位置から完全に動かすことにしました。これには棺桶が邪魔になったので、部屋の片側に寄せてもらい、それからベッドを移動して、箱がすっかり見えるようになりました。ベッドを運んだ時、遺体を包む布の下に何か紙のようなものが見えました。その時は何も言わず、葬儀屋が出て行って私一人になるまで待ちました。それから布をめくると、小さな折りたたんだ紙が見つかりました。それは遺体の胸の上で交差するように置かれている手の下にありました。開けてみると一房の髪の毛が入っていました。明らかにアンダトン氏の髪でした。紙には字が書かれていたので、それを手帳に書き留めてから、髪の毛と紙を元の位置に戻しておきました。書いてあった言葉は、「僕のために祈っておくれ、愛しいおまえ、僕のために祈っておくれ」でした。アンダトン氏の筆跡だとすぐにわかりました。おそらく左利きだからでしょうが、とても特徴のある字体でしたから。もちろん、これは証拠にはなりませんが、奥さんを自分の手で殺しておいてこんなことをする人はいない、と私は思いました。それはあまりに不自然です、少なくとも、もし氏が正気であるならば。棺桶の用は済んだので、箱を調べました。予想通り、箱の上にはびっしり埃が積もっていて、いかなる時点においても紙がそこになかったのは明らかでした。試しに、同じような紙を箱の上に置いて、吹き飛ばしてみると、大きな跡が残り、紙は埃だらけになりました。看護婦が拾った紙はきれいな、あるいはおおむねきれいな状態にありました。これらを総合すると、結局、紙をそこに落としたのはアンダトン氏ではないとの結論にほぼ至りました。箱の側面も埃だらけでしたが、ブラシか箒が当たったような跡がありました。箱とベッドを元の状態に戻してから、階下に行って、メイドに質問しました＊＊。アンダトン夫人が亡くなった日に部屋の掃除をした、いろいろなものが散らかっていたから短い毛箒でベッドの下も掃いた、と彼女は答えました。屈んでベッドの下も見たので、間違いなく、その時に紙はなかった、とも言っていました。その箒を借りて試してみたところ、メイドの言うとおり、屈みこまないと箱には届きませんでした。それから、夫人の死から紙が見つかるまでの間に誰が部屋に入ったかを調べました。看護婦、医者、メイド、男爵だけでした。私は紙の一件を可能な限り追及してみようと思いました。疑いを抱かれないように、こっそり看護婦とメイドに尋ねましたが、それ以上何も知らないようでした。男爵が次に家に来た時に、いろいろきいてみました。彼はアンダトン氏が左利きであることを知らないようでした。紙の件については、何の情報も得られませんでした。彼は最初私の質問の狙いがわかっていないようでした。もちろん、それがこちらの意図だったのです。しかし、それを悟らせるつもりはなかったのですが、男爵は紙が見つかった位置について私と同じことをほどなく思いつきました。その時、彼はかなり驚いた様子を見せました。一瞬顔が青ざめたような気もしましたが、すぐに大きな黄色いシルクのハンカチで鼻をかんだのではっきりとはわかりませんでした。男爵は何を考えついたかを私に言いませんでした。こちらも彼には言いませんでした。私はこういうことは、特に関係者の友人には、黙っておくことにしています。それ以上の手がかりを得ることはできませんでしたが、あの紙の一件から何かが出てくるはずです。間違いありません。たいてい、何かを嗅ぎつけた時はわかるのです。今、まさに、そういう感触があります。私は、アンダトン氏が自殺する前の晩まで、男爵には会いませんでした。あの晩、男爵は慌てた様子でやって来て、被検束者にどうしても会いたい、と言いました。尋ねてみる、と答えましたが、アンダトン氏は誰にも会いたくないし、話もしたくないという状態でしたから、まず無理だろうと思っていました。氏は長い看病で疲れ切り、疑いをかけられているのが気になって、非常に憔悴していました。彼はとても神経質で、あれほど何もかも気に病む人を私は知りません。弁護士にすら会おうとしませんでした。ところが、男爵が会いたがっていると伝えると、氏は部屋に来てもらっていいと答え、半時間以上二人はいっしょにいました。何をしゃべっていたのか、私には聞こえませんでした。部屋から出てくると、男爵は私を脇に呼んで、すべて順調、アンダトン氏は確実に無罪放免になる、と言いました。男爵によれば、氏はこの吉報に感無量となり、今晩は眠れそうだから誰にも邪魔されたくない、と強く念を押したそうです。氏はずっと眠れない状態が続いていました。私は邪魔しませんと約束し、氏は一晩中とても静かに寝ていました。一、二度覗き込んで、彼がそこにいることを確認しましたが、声はかけませんでした。桃のような香りがかすかにしましたが、特に気に留めませんでした。朝、食事を持って行ったら、氏は死んで冷たくなっていました。手には青酸が入った小さな壜が握られていました。これは明らかにベッドの上にあった小型の薬箱に入っていたものです。私は管区の外科医に急報して来てもらいましたが、氏は亡くなっていました。九時ごろ、男爵の召使が来て、前晩に主が小型の薬箱を忘れていかなかったかと尋ねました。男爵はこの召使に自分が前夜訪れた場所のリストを与え、順番に回らせていたのです。召使はここの前に何か所かを既に訪問していました。召使が探していた薬箱は、アンダトン氏の部屋で見つかったものでした。また、私はアンダトン氏の枕の上に氏の筆跡で字が書かれた紙を見つけました。ここに写しを同封しておきます。

＊ウォルシュ巡査部長の証言も同封する。しかし、レディング巡査部長と同じことを述べているので、ここでは省略(ヘンダソンによる注)。

＊＊メイドの証言はこの部分を裏書きしている。

(六)アンダトン氏の枕の上で発見された鉛筆書きのメモ

　私の行いを誰も非難することなかれ。私がどれだけそれに抵抗したか、神はご存じだ。愛しい、愛しい妻よ！　昼夜を問わずお前が私のそばに立って手招きするのを私は見た。だが、機会が残っているかぎりはだめだ。私を死ぬほど苦しめる、この忌まわしい不名誉から逃れる望みがあるかぎりは、だめだ。私の名誉、お前の夫の名誉が一番の問題なのだ。しかし、今やすべては終わった。機会はもはやない。望みはもはやない。あるのはただ汚名、恥辱、死だけだ。今からそちらに行く。この恐るべき告発に関して私が有罪であるかどうか、お前は知っている。愛しい、愛しい妻よ、私に罪があるという考え自体をお前が笑っているのが見える。その笑いに神の祝福がありますように。私が今から行うことを神がお許しになりますように。愛しい妻よ、神が我々をふたたび結びつけてくださいますように。

第七部

(一)ヘンダソンの証言

この証拠資料の結末部において、我々は二つの目的を持っています。第一に、右に詳細を示したいくつかの状況が一つの鎖を形成するための様々なつながりを提示すること。第二に、その鎖全体がラ××夫人の死という一つの事例(これが本調査の直接の対象です)に対して持つ意味合いを明確にすること、であります。小職は、本件と鎖全体との関わりに気づいたが故に、本来的には調査の対象ではない問題に踏み込んだのでした。この証拠資料を読まれた後は、貴台も必ずや小職の判断に同意してくださるでありましょう。

不幸なことに、事件の核心となるこの部分について、肝心の証言に深刻な疑問の余地があるのです。ボグナーでのラ××夫人の最初の病患に関わる怪しげな状況という、やはり核心の部分についても同じことが言えました。ボグナーの件では、証人の道徳心が疑わしいものでしたが、ここでは違います。小職の知り得た限り、召使と彼女の愛人、ジョン・スタイルズはまっとうな人たちです。オルドリッジ青年も、確かに愚かで、おそらく道楽者ではあっても、現在雇用されている会社からはまずまずまともな人物と評価されています。ところが、前者二人の証言は、以下に示されるように、それが得られた状況によって大きく価値を損ないますし、後者の場合、あまりにも明瞭な悪意が存在すると思われるため、そもそも心もとない証拠に前者よりも大きな疑問が生じ、加うるに、以下でより十全に明らかになる別の事情によって、さらなる疑問を招くのであります。

ご記憶のことと思いますが、このオルドリッジの手紙が、現在貴台が報告を読んでおられる本調査のきっかけとなったのでした。そして、以下に引用する彼の証言のおかげで、男爵の奸計に対する疑惑が具体的なものになり、同封する証拠の発見と相まって、小職はアンダトン夫妻の事例も調査してみる気になったのでした。正直申して、オルドリッジの証言は疑惑に覆われているもかかわらず、小職はそれを(男爵に対する個人的感情によって幾分偏ってはいるものの)ほぼ事実として受け入れたいと考えております。この点は重要であり、資料の最後のかなりの部分を、彼の立ち退きに至る経緯に関しては、小職が集め得た証拠が占めることを十分正当化すると思われます。これにつきましては、オルドリッジ自身が語る話と男爵が語る話を天秤にかけられた上で、貴台のご判断を仰ぎたいと存じます。

悪計の中でしばしば起こる奇妙な偶然によって、オルドリッジの証言をある程度裏書きすることになった他の二人の証人については、問題はより少ないと言えましょう。確かに彼らはその場に居合わせる筋合いはなかったのですが、状況から見て彼らに怪しい意図はなかったことははっきりしています。仮に悪意があったとしても、それが彼らの証言に少しでも影響を与えたとは考えにくいのであります。また、彼らが証言に関して口裏を合わせて共謀した形跡もありません。

最後に、ラッセル・プレイスの男爵の部屋で発見された紙の断片と、故アンダトン氏の所有していた、書き込みのある雑誌「ゾウイスト」(モートン氏の証言*によると、一八五四年十月十三日夕刻アンダトン宅での議論の的になったもの)の二点に触れておきます。前者は手紙の一部で、できる限り小職が空所を埋めて何とか復元しました。小職の作業が正確なものであったと仮定して、これをラ××夫人が亡くなった「翌日の早朝」にさる外国人女性が男爵を訪問したという(小職が確認した)事実とつき合わせると、夫人の死を取り巻く驚くべき状況が少なからぬ程度明らかになります。後者の持つ意味は、おそらく、より模糊たるものでありましょう。小職自身、実のところ、最初にこの雑誌と事件との関連を思いついた時、そんな考えは馬鹿げているとただちに一蹴しました。しかしながら、調査が進むにつれて、この関連はますます強く私の心をとらえるようになりました。これこそ、小職が未だ遭遇したことがないような、迷宮のごとく入り組んだこの件の偶然の暗合を解きほぐす唯一の鍵と思えました。今でもそれを事実として受け入れかねますが、放棄してしまうことはより困難であります。そこで、結論を下すのは貴台にお任せして、小職はただ、本報告書の冒頭で述べました通り、次の点を指摘するにとどめます――仮にこの雑誌記事が男爵にヒントを与え、計画の成功がそのヒントに依存しており、そして、計画が驚くべき成功を収めた、と認めるとします。一見、それはもとになったメスメリスムの雑誌に書かれているとんでもない放言を真実と認めるように映るかもしれませんが、しかし、必ずしもそうではないのです。

＊第二部(二)を参照〔三三九頁〕。

以上、所感を述べさせていただきました。では、次に、証拠資料の結末部をご清覧願います。その後に小職の短い総括を置き、最終的に一件を貴台のご判断に委ねます。

(二)ジャクソン夫人の証言

あたし、メアリー・ジャクソンといいます。ゴズウェル街、シティ・ロードに住んでます。月雇の看護婦です。一八五六年六月、ラ××夫人の看護婦として雇われました。同じ家に住むマーズデン先生が男爵さまに推薦してくださったんです。先生の患者さんの看護婦をしたことは何度もありました。ラ××夫人の病気はそんなに重くありませんでした。看護婦が必要なほどの病気じゃなかったと思います。もちろん、看護婦がいればそれだけ楽になったでしょう——だれだってそうです——でも、なしでも十分やっていけたはずです。男爵さまが望まれたから、あたしが行くことになったのです。男爵さまはとても心配しとられました。ほんとうに奥さまを愛しとられて、あれほどいい旦那さまは見たことありません。あそこまで奥さんに尽くす旦那さんは決していません、なのに、奥さまは旦那さまにとても冷たい態度をとっておいででした。全然好いとられないようでした。奥さまは、旦那さまが話しかけられなかったら、ご自分の方から旦那さまにほとんど言葉をかけられませんでした。奥さまは口数の少ない方でした。いつもびくびくしとられました。特に旦那さまがそばにおられた時は。たしかに旦那さまをこわがっとられるようでした。なぜだかわかりません。男爵さまはいつも奥さまに親切にしとられました。あの方ほど丁寧で礼儀正しい人は知りません。細かいところは気にしない、というんじゃありません。その反対です。どこの旦那さまでもあれぐらい几帳面ならいいんですが。そうしたら看護婦がややこしいことに頻繁に巻き込まれなくてすむんです。男爵さまのおかげで、すべてが時計みたいにきちんと動いてました。毎朝、その日の仕事を紙に書いてくださいました。食事と薬について、何を何時にお与えするかのリストです。すべて準備万端でした。あたしは指示に従ってきっちり食事や薬のお世話をしました。お世話をしたのはあたしだけです。男爵さまはご自分では何も与えられませんでした。一度たりともありません。間違いないです。それは看護婦の仕事だ、というのが男爵さまのお言葉でした。まさしくそのとおりです。自分はたくさんの病人を見てきた、看護婦の邪魔をしてはならないと学んだ、と男爵さまはしばしば言っとられました。他の紳士方もそれを見習ってほしいと思います。男爵さまは薬にやかましい方でした。あたしたち看護婦はチップとして使い終わった薬の壜をいただくことになってます。きれいな壜なら一ダース一シリングで売れるんです。男爵さまはこれに異を唱えられました。そして壜の代わりに現金で、一ダースたまれば一シリングくださいました。壜はすべて戸棚に片づけられました。壜がすっかり空になるということはありませんでした。男爵さまはいつも壜の中身が完全になくなる前に補給されてました。なにか事故か失敗があった時のためにそうするのだ、と言っとられました。男爵さまは用心深い方でした。あたしは奥さまが回復なさるまで毎日お世話をしました。あたしがおそばにいた間、あたしの手を通さずに何かが奥さまに与えられたことはなかった、と断言できます。

(三)エリス夫人の証言

私の名前はジェイン・エリスです。看護婦で、住所はグッジ街、トッテナム・コート・ロードです。一八五六年七月の終わりごろ、ラ××夫人の夜勤看護婦として雇われました。奥さまは必ずしも看護婦を必要としておられませんでした。病気ではあっても、自分で自分のことはおできになりました。時々、病が重い時がおありでしたけれど。でも、ともかく、看護婦がいた方がお楽でしたでしょうし、お金持ちでいらっしゃいましたから。男爵さまは奥さまのためなら少しも物惜しみなさいませんでした。奥さまの調子が一番お悪いのはだいたい晩でした。およそ二週間の間をあけて、ひどい発作がありました。土曜日がほとんどでした。私はジャクソンさんと交代で勤務にあたりました。彼女が昼で、私が夜の担当です。私は十時から朝食の時間までで、その間はずっと部屋にいました。男爵さまがそう望まれたのです。勤めを始めた時、男爵さまは私が部屋から出ないことと、眠らないことを条件にされました。あれだけ細かいところまできちんとした雇い主は見たことありません。文句のつけようのないお方です。文句をつけるどころか、いいところばっかりです。いつも丁寧で和やかなしゃべり方で、紳士らしいおおらかなお方でした。奥さまをとても深く愛していらっしゃいました。奥さまの方は男爵さまをあまり好いておられませんでした。かわいそうに、ご病気でしたから、だれのことも好いておられなかったです。びくびくしておられるようなところがありました。男爵さまが部屋にやってこられると、こわがるような感じで、ずっと目で追っておられました。男爵さまは一度として心無いことばは口にされませんでした。それ以外の時は、奥さまは静かに寝たまま、何時間もだまっておられました。みんなをこわがっておられたようです。私が部屋の中を歩くと、奥さまが私の行くところをずっと目で追いかけておられるのがわかりました。あれもご病気のせいだったように思います。男爵さまはよく面倒を見ておられました。あんなに行き届いた旦那さんはどこを探してもいません。男爵さまは隣の部屋で寝ておられました。奥さまの寝室とドアでつながっていて、そのドアをいつも開けておられました。とても眠りの浅いお方でした。奥さまが口を開かれるか、あるいは私が何か言うと、すぐこちらにお越しになり、何かあったのか、ときかれました。私が部屋を横切っても、その音がお耳に入ったみたいです。不思議なお方で、ほとんど睡眠は必要とされないようでした。肉のせいだと思います。肉をたくさん食べておられました。あんなに食欲の旺盛なお方は知りません。勤め始めたころ、よくそのことで冗談を言われました。あのころは奥さまもそれほどご病気が悪くなかったので、時々は話をされました。寝ないのは自分がメスメリスムの施療者だからだ、と男爵さまは言われました。私はメスメリスムなんか信じません。だから、そう申し上げました。男爵さまは黙ったまま、ただ笑っておられました。ある晩男爵さまは私に催眠術をかけてやろうとおっしゃいました。勤め始めて一週間ぐらいしたころの話です。そんなことがおできになるならどうぞやってみてください、とお答えしました。男爵さまは長い間じっと私を見つめて、手を不思議な具合に動かされました。私は寝てしまいました。メスメリスムのせいだとは思いません。もちろん、そんなはずはありません。男爵さまの目を見ていたからだと思います。そう男爵さまに申し上げました。男爵さまはまたやってもいいかときかれました。そしてもう一度試されました。次の晩です。私はほとんどすぐに寝てしまいました。もちろんメスメリスムでないことはわかっていました。でも、どうしようもありませんでした。男爵さまはそれから後、この話はもうされませんでした。ただ、勤務時間中に寝てしまってはいけないぞ、とおっしゃっただけです。その後、三回か四回、いつのまにか寝てしまったことがありました。男爵さまが何かなさったのではありません。私がいた部屋にはおられませんでしたから。隣の部屋におられたはずです。ドアは開いていたと思います。いつも開いていましたから。最初に寝込んでしまったのは、メスメリスムについて話をした日から一週間ほど後のことです。話をしたのは土曜の晩か、金曜の晩でした。どちらかは覚えていません。奥さまの病気が重かった晩です。奥さまは十一時ごろに寝つかれました。その時、ご様子はよさそうでした。静かに眠っておられました。私はうとうとしていたようです。奥さまが睡眠中にうなっておられたので目が覚めました。一時ごろでした。奥さまはすぐに目覚めて、強い痛みを訴えられました。それからひどい発作がありました。男爵さまはちょうど私が目を覚ました時に、部屋に入ってこられました。何かで目が覚めて、それですぐに入ってこられたのでした。目が覚めた理由は私のいびきだったのです。そうおっしゃいました。その二週間後、私はまたおなじような感じで寝入ってしまいました。男爵さまはそこにはおられず、奥さまは眠っておられました。それまで長い間満足に寝ておられませんでした。奥さまが気持ちよさそうに寝ておられるので、私もうとうとしてしまったのでしょう。男爵さまが私を起こされました。一時ごろです。とても不機嫌でいらっしゃいました。妻が眠りながら歩き回っていた、へたをすれば死んだかもしれない、妻は台所に行った、とおっしゃいました。たしかに台所とおっしゃいました。誓ってもいいです。それから、私に夕食は何を食べたかときいて、残っていたビールの味を見られました。とても苛立って、動揺しておられるようでした。私は謝って、次はぜったい気をつけます、と約束しました。他の患者さんをお世話している時に、こんなことは一度もありませんでした。

そう申し上げました。男爵さまは、今回は大目に見るが、こんなことは二度とあってはならない、とおっしゃいました。それから階上に行かれました。だれかと話をされたのでしょう。だれかが妻を見た、とおっしゃっていましたから。その晩、奥さまのご容体は悪くなりました。男爵さまと私がしゃべっている間にうめき出され、とてもひどい発作がありました。妻は体が冷えて風邪を引いたのだ、と男爵さまはおっしゃいました。たしかにそんなご様子でした。今後は特に気をつけようと心に決めました。しばらく、特に奥さまが寝ておられる間は、用心していました。二週間ばかり、奥さまはほとんど眠られませんでしたが、寝入られた間はしっかり注意していました。そして、二週間目に、私はまたうとうとしてしまったにちがいありません。自分では気がつきませんでしたが、寝てしまったのでしょう。時計を見ると、いつのまにか二時間経っていました。奥さまはその晩また調子が悪くなられました。私は困りはててしまいました。だれかが悪さをしているのではないかと思いました。二週間ごとにこうなるなんて、とても不思議でした。男爵さまには黙っていました。いけないこととは思いましたが、こわかったのです。次の二週間は用心してのぞみました。奥さまはまた眠ることができるようになっておいでした。私は絶対寝ないようにがんばろうと心に決めました。だれかが悪さをしてビールに何か入れたに違いないと思ったので、ビールは飲みませんでした。夕食はとらず、自分でいれた濃い緑茶しか飲みませんでした。お茶で目がさえると思っていました。でも、そうなりませんでした。一時ぐらいに、はっと目が覚めると、奥さまはいつもの発作で苦しんでおられました。私はとても悩みました。もう一度起こったら男爵さまにご報告しようと決めていたのです。それがもう一度起こってしまいました。でも、黙っていました。奥さまのご容体はとても悪くて、私はほんとうにこわかったのです。あれから後はもう二度と寝ませんでした。奥さまは回復されました。男爵さまにお伝えすべきだったのはわかっています。そうしなかったのを後悔しています。あんなことは前に一度もありませんでした。もちろん、病室で寝てしまったことはあります。でも、寝てはいけないという指示を受けたのに寝てしまったことはありません。私はあそこに三か月ほどいました。あんな風に寝てしまったのは、はっきりとは覚えていませんが、六回だと思います。いつも奥さまが寝ておられる時でした。それからいつもご容体が悪化しました。奥さまにはこのことは何も申し上げませんでした。寝ながら歩かれることもです。男爵さまがそう望まれたので。妻をこわがらせるだけだから、と。男爵さまはあれから一度も私に眠ってしまったかどうか尋ねられませんでした。おききになったら申し上げていました。ほんとうに、一、二度こちらからお知らせしようとしたのですが、いつも邪魔が入って、口をつぐんだままに終わりました。あんなことは今まで絶対にありませんでした。私にはわかりませんが、何かがあったのです、そうに違いありません。私は二十年看護婦をやっていますし、たくさんのお医者さんや患者さんから最上級の人物証明書をいただいております。*

*この点は真実である(ヘンダソンによる注)。

(四)ウェストマコット氏の証言

一八五七年九月二十日

ロンドンにて

拝啓

貴職の要望に応じ、送付された四十三本の薬壜の内容を、厳密かつ慎重に分析した結果をここに謹んで報告いたします。

これらの薬壜の数と内容はアンドルーズ・エンプソン*によって提出された処方箋と完全に一致するものです。最も詳細な検査の結果、砒素、アンチモン、あるいは同種の毒物はこれらの中には一切発見されませんでした。

敬具

トマス・ウェストマコット

分析化学士

＊男爵が薬を購入していた薬局。

（五）ヘンリー・オルドリッジの証言

僕の名はヘンリー・オルドリッジ。シティ区のシンプソン社の事務員をしています。一八五六年の夏、ラッセル・プレイスにあるブラウン夫人の家に間借りをしました。最初は間借り人としてではなく、夫人の息子の友人としてお宅にうかがったのでした。彼とはオーストラリアで知り合いました。メルボルンの店で一緒に働き、大の親友になりました。イギリスに帰って来る時は同じ船ではありませんでした。あれは失敗でした。僕の方が彼より先に帰国し、彼が着いた時はリヴァプールにいました。彼はライトニングで戻って来たのだと思います。ちがっているかもしれませんが。たくさんの船に乗ったので、混乱してはっきり名前が思い出せません。あの時はしばらくリヴァプールの会社で働いていて、港に入って来るすべての船に乗り込むのが仕事だったのです。ともかく、僕は彼と一緒にロンドンに行くことになりました。ただし、雇い主に辞職の予告をせねばなりませんでしたので、すぐに発つわけにいかず、彼の後を追う手はずでした。結婚式まで自分と一緒に母親の家にいたらいい、と彼は言ってくれました。それがラッセル・プレイスを初めて訪れたいきさつです。その後は、彼がお母さんと話をつけてくれて、正式な間借り人になり、当座はこれこれの家賃を払い、職が見つかったらしかじかの額をそれに上乗せする、という取り決めになりました。男爵が反対したとかいうようなことは聞いていません。彼にはほとんど会いませんでした。僕の部屋は彼らの部屋の上にあり、ラ××夫人のことを考えて、いつも大きな音を立てないように注意していました。夫人は病弱でしたから、邪魔しないよう特に心を配りました。僕は時々帰りが遅くなりました。酔っぱらったことはもちろんあります。しばしばではありません。ラッセル・プレイスにいた間は一度もなかったです。あそこにいた時、友達のところに行ってワインやウィスキーを飲みはしました。でも泥酔はしていません。飲んで機嫌よくなったことはあります。一、二度ワインを飲んで少々騒いだ経験がないとは言いません。要するに、自分のやっていることがわからなくなり、自制がきかなくなるほど酔っぱらったことはない、と言いたいのです。他人の迷惑になるような真似は絶対した覚えはありません。したのに覚えていない、ということもありません。誓ってもいいです。男爵がブラウン夫人にそのような類の文句を言ったのは知っています。何度か夫人に不満をもらして、僕を追い出してくれと頼んだのです。僕が息子さんの友達だったものですから、夫人は、問題になるような振舞いを自分は見ていない、自分の目で見るまでは何も言えない、とがんばってくれました。しかし、男爵は夫人に言うことをきかせました。原因は、ある晩、僕が真夜中に玄関前で気を失って倒れているのを警官が見つけた、という出来事でした。警官は家のドアをノックしてみんなを起こし、男爵は僕が酔いつぶれていると言ったのです。僕は全然酔っていませんでした。飲んだのはエール一壜だけです。事情はこういうことなんです、誓って本当です。あの日は仕事で手紙をたくさん書かねばならず、残業になりました。それから同じ仕事場で働くウィリアム・ウェルズと一緒に帰りました。とてもくたびれたので、ハイ・ホーバンのパブに寄りました。エールの小壜を一本飲んだだけです。ウェルズはブランデーの水割りを飲みました。彼とはトッテナム・コート・ロードの角で別れました。ラッセル・プレイスに着くと、表のドアは中の掛け金が動かなくなっていたらしく、開きませんでした。呼び鈴を鳴らそうとして引綱を引いたら、ワイヤーが切れていたのか、引き手がすっぽ抜けてしまい、鈴は鳴らなかった様子でした。もう一度ドアの鍵を試してみた後、やかましくノックしてラ××夫人を起こしたくないし、どこかよそで泊まらないといけないのかなと考えていたら、ドアが内側から開きました。家の中に入ろうと振り返った時、何かが顔に押しつけられました。そこからは何も覚えていません。気を失って倒れて、それから警官に発見されたのでしょう。これが真実です。ドアを開けた人物が誰かわかりません。地下の勝手口に至る階段の近くに街灯がありましたが、その人物は暗い陰の中にいました。いまだにはっきり説明がつきません。僕を追い出すための男爵の策謀だと、あの時は思いました。今でもそう思いますが、あの時ほどの確信はありません。つまり、よく考えてみると、そのような悪だくみをしたといって彼を責めるに十分な根拠はないのです。ここに述べたことは真実だと誓います。酔っぱらっていなかったことも誓います。今とおなじぐらい素面でした。僕の雇い主もウィル・ウェルズもそれを証明してくれます。なぜ男爵があれほど僕を追い出したかったのか、まったくわかりません。彼と言い争いをしたことはありません。「おはよう」とかの挨拶は別にして、話をしたのも一度だけです。その会話については、ラ××夫人が亡くなった後、保険会社に手紙を書いて知らせました。ある土曜の晩のことです。午後からは休みだったので、友人とボートでパトニーまで出かけました。そこでビールとシャンディー・ガフ〔ビールとジンジャー・エールのカクテル〕を結構飲みましたが、酔っぱらってはいませんでした。アルコールは抜けていました。少々気分が盛り上がってはいたでしょうが。でも、どうっていうほどのことではなかったです。うちに戻ったのは十一時ごろです。鍵は持っていましたが、この日は何かがつかえてドアが開かなくなっていました。召使が私の帰りを待っていて家に入れてくれました。ラ××夫人を起こさないように、そっと階段を上がりました。通り過ぎた時に、彼女の寝室のドアが開いているのが見えました。その隣の部屋のドアも広く開いていて、ランプか何かの明かりがついていました。誰が動く気配もなく、話し声も聞こえませんでした。靴を脱いで、より一層静かに歩きましたが、古い家なので、階段がきしむ音を少しもさせずに動くのは無理でした。男爵たちの部屋に至るまでは石の階段でしたから、きしみませんでした。持っていた蠟燭は注意深く手で覆っていました。さて、ベッドに入ったものの、くたびれ過ぎたのか、なかなか寝つけませんでした。暑い夜でした。二時間ほどしてから、手と顔を水で洗えば涼しくなるかもしれない、と思いつきました。起き上がって、洗面台まで行きました。水差しは空でした。メイドは水を入れておくのをよく忘れるのです。そこで、蛇口から水を汲もうと思い、水差しを持って部屋を出ました。ラ××夫人を起こさないように、そっと歩きました。踊り場に出た時、彼女の部屋から誰か出てくるのが見えたので、手すり越しに下を覗きました。僕の部屋の前の踊り場から下の階の踊り場が見えるのです。見えたのは夫人でした。ガウンをはおり、明かりは持っていませんでした。彼女は階段まで進み、それから見えなくなりました。彼女が隣の部屋のドアの前を通り過ぎた時、まるで彼女を見張っているかのように、男の肩から上の影が壁の上に見えました。彼女を見ようとして僕が手すりに寄りかかったら、きしむ音がしてしまい、同時に影はすぐに消えました。もう一度見直しましたが、やはり影は消えていました。あの時は気のせいだったのかと思いましたが、今は確信があります。あの時一瞬自信がなかっただけです。突然のことでしたから。今では誓ってもいいです。影はちゃんとありました。夫人が最初の階段の十二段を下りていく間中ずっとそれが見えていました。彼女が角まで来たので、僕は違う角度から覗き込みました。夫人は間違いなく眠りながら歩いていました。階段の角の先はかなり暗いのに、彼女はためらわずに下りて行きました。彼女が怪我をするのでは、と心配になって、男爵を呼びに行きました。彼は眠っていました。少なくとも、二度ノックしなければなりませんでした。それから彼は戸口にやって来ました。僕は今見たことを知らせました。彼はとても苛立った様子を見せ、すぐにランプを手に取って階段を下りました。僕は手すり越しに彼が下に行くのを見ていました。その位置から、一階の廊下にあるドアが見えました。これは地下の台所に至る階段に通じています。その階段と一階の廊下の間にはガラスで仕切られている部分があります。男爵がドアを開けて、階段を下りていく時にランプの明かりがガラスを通して見えました。やがて彼はまた階段を上がってきました。そして戸口をふさがないように横によけて夫人をやり過ごし、彼女が階段を上がって来るその後からついてきました。夫人が上がって来るのを見た時、僕は屋根裏の踊り場に戻り、下を覗きました。彼女はまだどう見ても眠りながら歩いて部屋に戻り、男爵がその後に続きました。部屋の中でささやき声がして、それから男爵が僕の部屋にやってきました。彼は知らせてくれてありがとうと礼を述べ、自分が地下に行った時、台所に入った夫人がそこから出てくるところだった、と言いました。そして、このことは決して他言しないでくれ、妻の耳に入るとよくない影響があるから、と頼みました。だから、保険会社に手紙を書くまでは誰にも言いませんでした。この件はほとんど忘れていたのですが、ラ×× 夫人が気の毒に夢遊病の発作で自らを死に至らしめたと知った時に思い出し、それで手紙を書いたのです。男爵に対して悪意を持ったことはありませんし、今も持っていません。なぜ彼が僕を追い出そうとしたのか、わかりません。僕が夫人の眠りを妨げた、と本気で思ったからでしょうか。彼は夫人を深く愛しており、彼女のことをとても心配し、気にかけていました。前は彼に対して非常に腹が立ったのですが、よく考えてみると、彼につらく当たりすぎたかもしれません。僕が目撃してしまったことについて、彼が恨んでいるような素振りはありませんでした。それどころか、とても感謝していました。この件について知っているのはそれで全てです。全部本当です。夫人が台所に入った、と彼が言ったのは間違いありません。

（六）マイルズ・トンプソンの証言

本官は首都警察の巡査であります。一八五六年八月、ラッセル・プレイス近辺の夜勤に当たっておりました。ラ××男爵がある晩本官に話しかけられ、夜の街路をできるだけ静かに保つよう見張っていてほしい、とおっしゃったのを覚えています。男爵はこの超勤に対して五シリングくださいました。ある晩、十二時ごろ、男爵の家の玄関口に誰かが倒れているのを発見しました。若い紳士で、最初は死んでいるのかと思いましたが、気を失っていただけでした。この若者を柵に寄りかからせておいて、呼び鈴を鳴らそうとした時、手に鍵を持っているのが見えました。試してみるとすぐにドアは開き、本官は彼を玄関ホールに引っ張り入れました。それからドアをノックして、誰か人が出てくるまで呼び鈴を鳴らしました。鈴はちゃんと鳴っていました。ガウン姿の男爵のほか、二、三人が出てこられました。本官が医者を呼びましょうか、と言うと男爵は、酔っているだけだ、とおっしゃいました。本官も手を貸して、この若者を運び上げて、ベッドに寝かせました。男爵は「ご苦労」とおっしゃり、半クラウン〔二シリング六ペンス〕くださいました。当然ながら、男爵はとても立腹しておられ、この若者を警察署に連れて行ってもらえればいいのだが、と言われました。本官も若者は酔っていたと思っております。はなはだしいというほどではありませんが、少々ビールの匂いがしておりました。本官は彼を寝かしてから立ち去りました。本官が知っているのはそれだけであります。

(注記)シンプソン社の社長ならびにウェルズ氏との文通により、トッテナム・コート・ロードの角で別れるまで、すなわち上述のトンプソン巡査によって発見される半時間足らず前まで、素面だったというオルドリッジ氏の供述は裏が取れている(R・ヘンダソン)。

(七)ジョン・ジョンソンの証言

拝軽、エンダソンさまへ。あなたの名令にしたがい、ラッセル・プレイスの呼鈴のワイヤを検佐しました。私のかんがえでは、ワイヤにはしろおとがいじったけいせきがあるます。一度クランクがとりのぞかれて、そのあと元にもどされてます。そのやり片がめちゃくちゃでくろおとならはずかしくなるようなやり片です。軽具。ジョン・ジョンソン。配管・呼鈴等修理業者、トテナムコーロド、ランドン。

(八)スーザン・ターナーの証言

スーザン・ターナーと申します。一八五六年の八月、ラッセル・プレイスのブラウン夫人のお宅で召使をしてました。奥さまが地下におりてこられた晩のことはよく覚えてます。玄関のドアの掛け金がこわれたので、オルドリッジさまを家にお入れするために起きておりました。あの日の午後にうちのおかみさんがこわされたのです。男爵さまはそのことはご存じなかったと思います。オルドリッジさまは遅くにお帰りでした。何時だったか正確にはわかりません。しっかりしておられました。つまり、ぜんぜん酔っておられませんでした。まっすぐ寝室に行かれました。私は上に行きませんでした。彼氏が台所にいたのです。ごくまっとうな人で、鉄道につとめてます。どこの鉄道か知りません。汽車にのって時々スコットランドに行きます。それしか知りません。火夫っていう仕事をしてます。あの晩は、貨物列車で夜遅くにどこかに行くことになってたので、私に会いに来たのです。おかみさんはそのことをご存じありませんでした。彼はおかみさんが床に入られてから来ました。二時にうちを出る予定で、一時ごろまで台所にいました。ちょうど彼が帰ろうとして、台所の戸口にいた時、上の廊下で足音がしました。「あら、おかみさんだわ！」と私は言いました。彼は「おまえを探しにここに来るよ」と言いました。彼は私に台所から出ておかみさんと話をしてくれと頼みました。自分はその間に、地下の勝手口から出て行くつもりでした。それはだめ、と私は止めました。廊下の突き当たりはガラス戸で、勝手口の上に街灯があるので、丸見えになるからです。*

私は彼を物置に連れて行きました。物置は台所とワイン・セラーの奥にあります。そこには古い箱やいろいろな物が置いてあって、人は誰も入りません。おかみさんはあの部屋はのぞかないだろうと思ったのです。物置のドアまで来た時、一階の廊下から階段をおりてくる人が見えました。「おや、おかみさんじゃない。男爵さまの奥さまだわ」と私は彼にささやきました。うちのおかみさんは背が高くて太っておられますが、奥さまは小柄でやせておられました。一階の廊下に何かの明かりがあったので、奥さまが一階のドアを開けられたのが見えました。奥さまは階段をおりて、私たちの前を通り過ぎ、男爵さまが壜とかなんやかやを置いておられる離れの小さい部屋に入って行かれました。

夜中におりてきた男爵夫人

台所には行かれませんでした。台所にはまったく近づいておられません。誓って申し上げます。男爵さまの部屋に入って行かれました。実験室、と言うんですか。よく知りませんけど。壜がいっぱい置いてある部屋です。ジョンと私は物置の窓の方に行ってみました。この窓は、壜のある部屋の窓と向かい合ってて、中がよく見えるのです。月の明るい晩でしたし、壜の部屋の窓の向こうに金属の姿見のようなものがあったので、よけい明るくなった感じでした。奥さまが部屋に入って、棚から壜をとられるのが見えました。そこからグラスに一杯分を注いで、それを飲まれました。そして、また壜を元の位置に戻されました。二段目の端でした。それから部屋を出られました。私たちがふり向くと、階段から明かりが差し込むのが見えました。その明かりはしばらく動かず、奥さまが物置を通り過ぎられてから、上に移動しました。それが階段の上まで移動した時、物置から覗くと、奥さまとそのすぐ前に男爵さまが見えました。「あら、男爵さまだわ」と私はジョンに言いました。奥さまが心配で見に来られたのだろうと彼は言いました。お二人が見えなくなってから、ジョンと私は壜の部屋に行ってみました。テーブルの上にグラスが置いてありました。中身が少しだけまだ残っていました。二人で匂いを嗅ぐとワインのようでした。味もワインみたいでした。壜を探してみました。二段目の端です。半分ぐらいそのワインみたいな液が入っていました。壜に金色の字で何か書いてありました。何だったかよくわかりません。「なんとかワイン」でした。ジョンも私もそれはすぐわかりました。残りはまた見たら思い出すのですが〈ここでラベルをいくつか見せると、証人は「アンチモンワイン」——シェリーと酒石酸アンチモンカリウムの混合物——を選んだ〉そう、それです。妙な言葉だったので覚えています。「アンチ」ってなにかに反対してるみたいだねって二人で冗談を言いましたから。壜の中の液はワインそっくりの匂いがしました。ちょうどシェリー・ワインのようでした。私は飲みませんでした。ジョンがだめだと言ったので。もしかしたら毒かもしれないぞって。それから壜を元に戻して、ジョンは仕事に行きました。このことは誰にも言ってません。その晩奥さまがご病気になられた時も言いませんでした。ジョンのことがばれると思うと、こわかったのです。今日きかれるまで、誰にも言ったことありません。オルドリッジさまにも、もちろん、言ってませんし、オルドリッジさまからも何もうかがってません。私が言ったことはすべて本当です。奥さまが台所に近寄っておられないのは間違いありません。壜の部屋から奥さまが出てこられるのを男爵さまも見ておられたと思います。確かです。手に蠟燭を持って奥さまを待っておられたのです。誓って本当です。

(注記)ここで言及されている「彼氏」から得られた供述は右の証言と完全に合致しています。左の図面はこの証言をより明確にするでありましょう。

＊この位置関係については左に掲げる図面を参照のこと。靴置場の内側の仕切りはすべてガラスで、表に面する外側の仕切りは上部がガラス窓になっている。

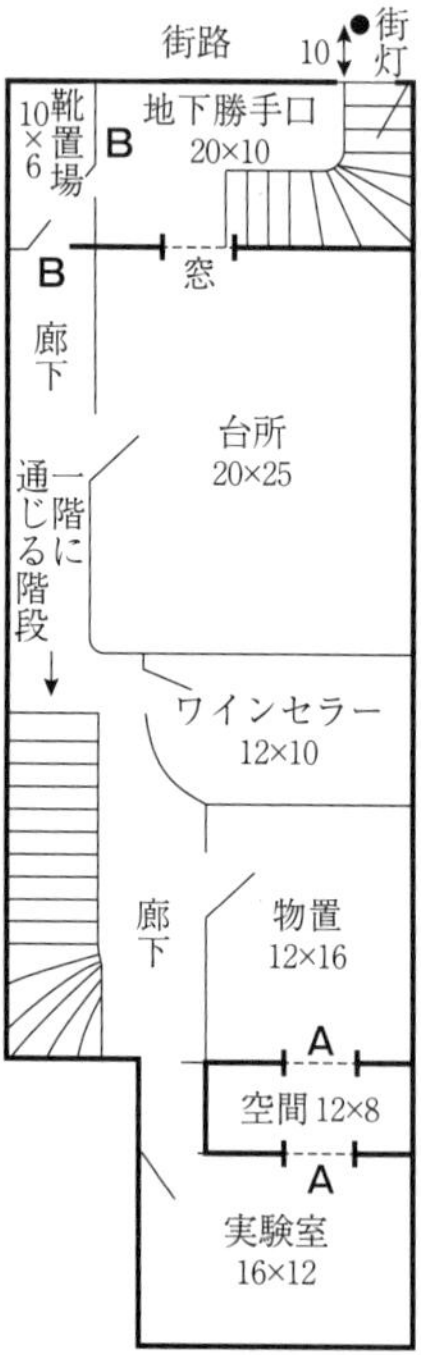

（単位＝フィート）

A　証言に言及されている，物置と実験室の窓

B　ガラスの仕切り

ラッセル・プレイス地下の図面

（九）施療者が患者を操作する力に関する、メスメリスム治療の主導者からヘンダソンへの手紙の写し

ドーセット・スクエアにて

謹啓

……サラ・パーソンズをメスメリスムによって睡眠状態に何度も誘導した後、小生の意志の力でもって、小生は彼女にある暗い部屋に入ってピンあるいは同様の小さな物体を拾ってこさせました。睡眠状態にない時に彼女がいかに虚弱であったかということは、

まったく問題ではありません。小生の意志と操作力だけで十分なのであります。さらに例を挙げるなら、身体の麻痺していたル××氏は、小生の及ぼす力によって、普段の様子に比して顕著な変化を見せることなく、意識を失うこともないまま、麻痺しているはずの足を使って、ごく普通の食卓の椅子を何度も上り下りしました。もちろん、これはメスメリスムによる操作の一大傑作でありました。他の例についても、もっと多く、もっと上手に書けたらとは思うのですが、あいにく、小生目が悪く……。

敬白
D・ハンズ

（十）ラ××夫人の死後、男爵の部屋にて発見された手紙の断片

【左の復元・翻訳】

かわいそうなフィリップ、あなたは絞首台行き。そうでしょう？　あの子——ああのあわれな（小さな天使）は今、天国から私たちを見ている——そうでしょう、フィリップ？——もう二度と会えないあの子にかけて私は誓います、あなたの絞首台行きを。もう一度言いましょう。今日は十三日。十五日の朝早く、あなたの家に行きます。あなた一人になっていなければだめ——いいこと、一人になっていなければだめ！　一人になる方

法はわかっているわね？　ああ、フィリップ、〈あなたを愛しています〉。嫉妬に狂った女がどういうものか、あなた、よく知っているでしょう？

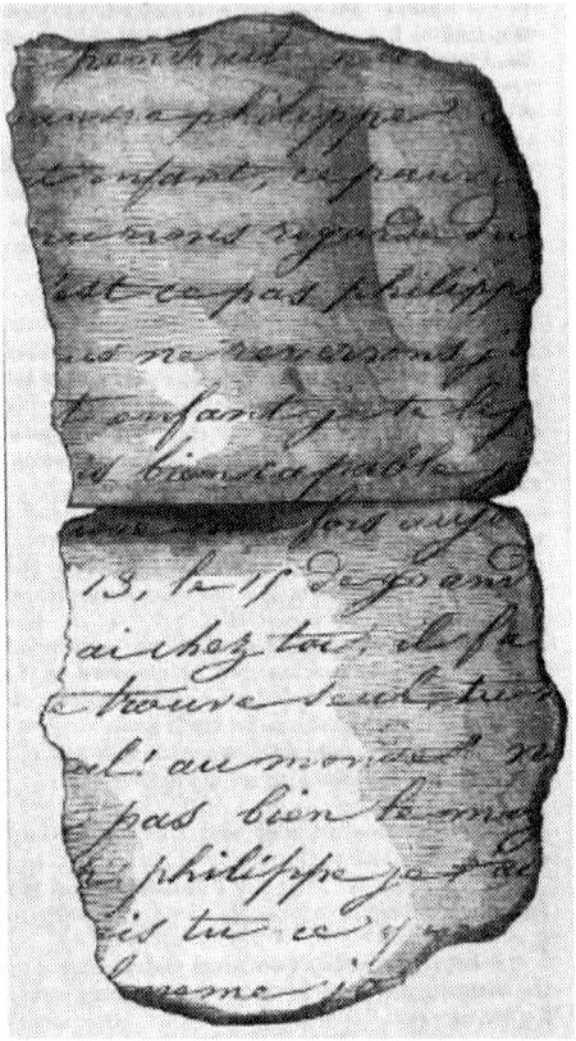

（十二）「ゾウイスト」誌、第四十七号（一八五四年十月）からの抜粋

〈十二年間寝たきりで苦しんでいた女性をメスメリスムで治療〉

——ケンブリッジ大学キングズ学寮シニア・フェロウ、R・A・F・バレット神学学士

一八五二年一月、私は××夫人を訪れた。彼女は、過去二週間激しい痛みを感じてい

る、と言った。これを和らげてくれるのはメスメリスムだけなのだが、治療を施してくれた友人は引っ越してしまったとのこと……。私は数か月の間、折にふれて彼女を催眠状態にした……。

　四月二十一日。朝夕一時間十五分、彼女を催眠状態にした。喉の粘膜が乾き切って、熱を持っているように見える、と彼女は言った*。彼女の要望に応じ、私はブラックカラントのペーストを食した。すると彼女は喉が潤ったと言った……。「あなたがペーストを食べる前は、胃が縮んで、妙な湿り気が胃の中にありました。今では、胃は普通の大きさに戻って、縮んだようには見えないし、湿り気も消えました」と彼女は言った。

「しかし、それで栄養は摂取できていますか？」

「はい、だいじょうぶです。体が求める栄養はそれですべてとることができます」

……。

　四月二十六日。夕方、一時間彼女を睡眠状態にして、彼女の代わりにお茶と軽い食事をとる。

　四月二十七日。……私が夕食をとる。彼女はうんと元気になったと言う……。

　私は彼女を朝方二時間十五分、夕方一時間睡眠状態にして、いつも通り彼女の代わりに食事をした。

＊同記事の前段において、この患者は千里眼で自分の体の中を見ることができるとの記述がある（ヘンダソンによる注）。

第八部　結論

さて、ここで小職に残された仕事は、これまでの証言の中に含まれる証拠を可能な限り簡潔かつ明確に要約することであります。その際、叙述において右に採用したのとは異なる配列が必要となるでありましょう。従いまして、以下の叙述の各節には番号を付して、それが証言の第何部に対応するかを示します。

（一）

まず、一件の予備段階とでも呼ぶべき部分について。ここに関しては多くを語る必要はありません。第一部はほとんど故アンダトン夫人の近い親戚によって提供された手紙からなります。概要は以下の通りであります。

今からおよそ二十六、七年前、アンダトン夫人の母、レディー・ボウルトンは異様なまでの動揺と不安の中で双子の娘を出産後、死亡。彼女も夫のサー・エドワード・ボウルトンも神経質な性格で、これらが組み合わさった結果が、孤児となった二人の娘において、極めて神経質かつ敏感な体質ならびに、片方が病気になるともう片方も同じ病気になるという病的な共感作用となって現れました。この驚くべき共感作用は、既にご高覧に付しました複数の書簡にはっきり示されております。もし右に提示した事例が不十分であるならば、小職の手元にはまだ多くの書簡があり、それをご参照いただければ、このことに関しては疑問の余地はなくなるでありましょう。一件書類全体を通じて、それは常に銘記していただくよう特にお願いいたします。

母親の死とほぼ時を同じくして、双子はヘイスティングズ在の貧しいとはいえまっとうな女性に預けられました。もともと姉より体が強かった妹は此地で瞬く間に健康になり、その過程である程度例の病的な共感作用を克服しました。しかし、その作用は体の弱い姉を依然支配していました。二人が六歳ぐらい〔五歳足らずであろう〕の頃、近くに遊びに出かけた際に、妹は行方不明になりました(乳母の不注意によるものかどうかは今となってはどうでもよい問題です)。周到な調査が行われ、どうやら彼女は当時あたりに多く見られたジプシーの一団にかどわかされたようでした。その後の彼女の消息はまったくわかりませんでした。

今や一人となった姉をまわりはこれまで以上に心配して見守っていました。しかし、妹の失踪後の数年間、我々の一件に関わる出来事は何もありませんので、証言として引用するのはハムステッドで彼女の面倒を見ていた女性による二、三通〔正しくは一通〕の手紙と、彼女の母親〔正しくは大叔母〕の友人からの一通に限定しました。後者からは結婚にまつわる事実を窺い知ることができます。特に目を引くのは彼女の夫、故アンダトン氏の神経質なとても感じやすい性格で、この点にはまた後で貴台のご注意を促すことになりましょう。前者はある重要な事実の証拠となります――すなわち、ミス・ボウルトンは説明不能かつ抑制不能な病の発作を起こすことがあった、という事実であります。この発作は幼い時妹の病気に対して生じた共感的反応に酷似しており、同様の原因に帰すると考えられないではありません。

（二）

以上が一件の予備段階であります。証言の第二部はアンダトン夫人の結婚生活における特異な点をいくつか明らかにしてくれます。しかし、そのより肝要な目的は、第一部で来歴を追跡した姉妹と、我々の調査対象であるラ××男爵の関係を解明することにあります。

アンダトン夫妻は、一点を除いて、とても幸せだったようです。人づきあいのほとんどない、時には放浪的とでも言えそうな暮らし、そしてそのような暮らしによって必然的に生じる友人の少なさにもかかわらず、二人のお互いに対する愛情の深さはまことに驚くべきものでした。小職は、様々な人々から三十七通もの手紙を収集しました。そのどれもが多かれ少なかれこの点に触れていますが、多数を詰め込んで不必要な繰り返しが生じるよりも、少ないながら十分と思われる数を選んで提示することにしました。ウォード夫人が正しく述べるように、ミス・ボウルトンが選んだ相手は、不運にも、他の点では望ましくはあっても、極端なまでに神経質な性格ゆえに、同様の気質を持つ女性には格別不適当な紳士でした。結婚すると、当然のようにどちらの健康状態もますます不安定になり、二人の生活は常に息災を追い求めることに費やされました。この目的のためになされた多くの実験の中で、とうとう彼らはメスメリスムに行き当たりました。そして、メスメリスムならびに同種のインチキを奉じる、名高いラ××男爵の患者となりました。

アンダトン夫人が彼の治療を受け始めて間もなく、幾人かの親戚から非難の声が上がり、男爵が直接メスメリスムによる操作を行うことは停止され、代わりに、第三者を通して患者に「磁気流体」の力が及ぼされるようになりました。かくして出現した「媒体」、ロザリー嬢は、その目的で男爵に継続的に雇用されている若い女性でした。ここで、彼女について、少々述べておく必要があります。

彼女は、実際より老けて見えましたが、アンダトン夫人と同じぐらいの年齢のようでした。華奢な体つきに黒い髪と目等々、一点を除いて、失踪した夫人の妹と外見が一致します。この唯一の相違点、すなわち、大きく不格好な足は彼女の以前の職業によって十分説明がつきます。彼女は旅回りのサーカス団に雇われて、何年間か綱渡りの曲芸を演じていました。団長は、ルイスでジプシーから僅かな金で彼女を買い上げた、と証言しています。これは、ちょうど双子の妹がヘイスティングズでジプシーの一行にかどわかされた頃に当たります。ジプシーたちはヘイスティングズからルイスを経て西に移動したことがわかっています。彼女はこの団長から男爵に売り渡されました。男爵は当初から彼女に対して不思議な力を持っていたようです。彼女がミュージック・ホールの舞台に立っていた時、彼の視線が及ぼした力のせいで、演技を中断せざるを得なくなってしまいました。このロザリーなる娘は、まず疑いなく、失踪したアンダトン夫人の妹であると考えられます。そして、やがて明らかになるように、男爵は間もなくこれに気づきました。

姉妹が最初に顔を合わせた時、彼がこの二人の関係を察知していたとは思えません。彼は、実際、彼女たちの幼少時代については何も知りませんでした。二人の間に直ちに現れた驚くべき共感作用は単にメスメリスムによる「磁気伝達」によるものだと、彼はおそらく思ったでしょう。そして、何週間かアンダトン夫人の治療が続いた後、偶然彼は真実を悟ることになります。また、アンダトン夫人も彼女の夫も、この特異な共感——何年も前に姉妹の間に存在したと思しきものとまったく同じ様態の共感——の真相にはまったく気づいていなかったようです。夫人の場合、幼い頃についてはまわりが注意深く何も言わないようにしていたので、彼女はおそらくそのことは、もうほとんどすっかり忘れ去っていたのでしょう。一方、夫君の場合は、それを単に、今の自分にはもう関心がなくなった昔の話として覚えているだけでした。

いわゆる磁気伝達によってきずなが強まったかどうか知りませんが、姉妹はこうして、誰も二人の真の関係に気づかぬまま、何週間か緊密に接しておりました。しかし、ある夕べ(特殊な事情によって我々はこれを一八五四年十月十三日と特定できます)、間違いなく男爵は真実を知ったと思われます。彼の発見がどのような状況の下においてなされたか、ご留意くださるようお願いいたします。

その夕刻、会話の中で、数日前に発行された「ゾウイスト」誌において「報告」されている驚くべき症例が自然と話題に上りました。何らかの内臓疾患をわずらって、食べ物を嚥下できない女性が、「彼女の代わりに食べる」メスメリスム施療者との共感作用によって、栄養を摂るという「実例」です。この特異な物語から自然に話は人体に生じる共感作用の他の例に移り、その一つとしてアンダトン氏が、夫人の失踪した妹と、姉妹の不思議なきずなについて語りました。会話はまだしばらく続いたようで、そこで出てきた「代わりに食べる」話について、一座の一人が軽い冗談を口にしました。ここに、この恐ろしい事件の鍵がある、と小職は見ております。

（二の二）

「代食してくれた男が体に悪いものを摂らなかったのはその娘さんにとって幸運だったな」という言葉を口にした、とモートン氏は証言しています。

この発言があってから、男爵は会話にまったく加わっていないように見えます。そして、明らかに彼は動揺して、何かをずっと考え続けているような精神状態にありました。モートン氏は、男爵の妙な様子、彼がくわえている葉巻の火が消えていたこと、これにもう一度火をつけようとしたら手が激しく震えて、火をもらおうとした相手の葉巻の火も消してしまったこと、に言及しています。この瞬間から、ロザリーと失踪したアンダトン夫人の妹が同一人物であると男爵は信じるようになったに違いない、と小職は考えます。この会話が他にどのような考えを男爵に与えたかは、次に挙げる証拠から導き出せるでありましょう。

(二の五)

ロザリーの正体を彼が確信した翌朝、男爵はドクターズ・コモンズに赴き、ある遺言書の詳細を調べました〔三四八頁〕。これによれば、ある条件下で二万五千ポンドがレディー・ボウルトンの子供に遺贈されるのです。ロザリーは、彼女の姉とアンダトン氏の次に、この遺産を受け取る権利を有する、とこの遺言書は定めています。この情報の取得と、彼が次に取った行動を結びつけることには何の困難も伴いません。アンダトン氏は男爵が大陸に旅立つとの知らせを受け取ります。そして遺言書確認の三週間後、彼が別れの挨拶に立ち寄り、それから旅に出たように見えました。しかし、実際は違いました。ドクターズ・コモンズ訪問と別れの挨拶の間の三週間に、ケンジントン教区の教会で、彼と「媒体」ロザリーの結婚予告が出されました。ただし、普段使っている名前だと注意を引くからでしょう、男爵は(それが本物だと仮定して)家族の名前を、ロザリーはサーカス団にいた時の名を用いています〔三八二頁〕。このような行動に関して、いかなる手段のもとに男爵が犠牲者の同意を得たかは当面重要ではありません。その後に続く証拠から判断するに、おそらくある種の強制によるものでしょう。この不幸な女性は何らかの方法で、無理やり男爵の言うことを聞かされたように思われます。

こうして秘密裡に結婚した後、男爵夫婦はロンドンを発ちます。ただし、行き先はアンダトン氏に告げたように、大陸ではなく、ボグナーでした。サセックスの片田舎にある小さな海辺の湯治場で、グッドウッド競馬の週以外は閑散として、あの時期なら、男爵が知り合いに会う可能性はまずない場所でした。この謎の行動を解明する前に一つの重要な事実を銘記する必要があります――

ウィルソン氏の二万五千ポンドの遺産と男爵との間に立ちはだかるのは、現在アンダトン夫妻のみである。

男爵がボグナーに来て最初の数日は召使を探すことに費やされたようです。彼は、部屋を借りている家において自分が召使を連れてくるという、変わった取り決めに強いこだわりを示しました。最終的に雇われた娘は、人物としての信用に問題があり、そのせいで完全に雇い主の意のままになるような立場にあった、という点は記憶に値します。そしてあいにく、まさにこの信用の問題が、このような情報源から得られる証言の信憑性を必然的に損なうことになりました。我々としては彼女の証言に、どれだけの価値があるのかわからないが、という留保をつけねばならないものの、同時に、証言するに際して彼女には事実を述べるという以外に何の動機もない、ということも覚えておかねばなりません。

さて、彼女の証言によりますと、男爵は彼女が前と同じ過ちを犯すようあらゆる機会をとらえて誘惑し、ついに、朝食のテーブルにあったジャムを指で一すくいしたという行いをとらえて、これでお前の人生はただちに破滅だと脅します。逃れる道は一つだけしかない、クビにはするが、別のもっともらしい解雇の理由を見つけてやる、と絶妙に偽装した提案を行います。しかし、つきつめれば、これはそもそもの彼女の失態を記録しない代わりに、彼女は犯してもいない過失を犯したと認める、という約束でした。

では、男爵の計画では、彼女が嘘をついて告白する罪はどのようなものだったのでしょうか? 彼女が、些細なものとはいえ、実際に罪を犯した次の日の晩、ラ××夫人は突然重い病気になりました。アンチモン中毒の症状が現れており、検査の結果、体内にアンチモンがあったことがはっきり示されました。診察に呼ばれた医師の前で、男爵は彼女を詰問し、悪ふざけで酒石酸アンチモンカリウムを投与したのだろうと責めました。彼女は主人の強い示唆に従って、いたずらを認め、これ以外の点では人物として申し分ない、との証明書をもらって解雇されました。この件が表に出るのを恐れる必要がなくなった今、彼女はいたずらも、あるいはその原因とされる夫人との悶着も、一切なかったと否定しています。内的・外的証拠を吟味して、小職はこの彼女の発言を信頼に値するものと考えます。

　しかしながら、毒はまちがいなく投与されたのです。では、誰によって？「誰の得になるか《クイ・ボノ》」を考えてみましょう。確かに、男爵の得にならないのは明らかです。というのも、彼としては、少なくともアンダトン夫妻が死ぬまでは、夫人に生きていてもらわねばならないのです。ですから、その前に彼が毒を盛るとは考えられません。この謎については、別のところに答えを求めねばなりません。

（三）

　ここで、しばし、アンダトン夫妻に目を転じましょう。アンダトン夫人もやはり同じ時期に病気になっています。彼女の日記と医者の証言をラ××夫人の病に関する証言と比べれば、症状は全く同じだとわかります。ただし、一点重要な違いがあるのです。それはアンダトン夫人の場合、発作の原因が見当たらず、毒も発見されない、という点であります。さらに考察を進めると、なお一層不思議な暗合に気がつきます。

　犯罪者にとって、およそ最も危険な敵は必要以上に用心深くなることです。この一件に関して言えば、男爵の用心深い行動は、常人の域を超えた彼の才能と先見が指令を出し、ものの見事に実行に移されたので、結婚を隠したことを除いて、そこに邪悪な動機を認めることが非常に困難なのであります。召使に関する彼の振舞いも、最も罪深い意図に由来するとは思われますが、これとて最も気高い同胞愛に動かされた結果と主張することが可能です。また、結婚を隠したからといって必ずしもそれが犯罪と結びつくわけではないと認めるならば――公正に考えれば、認めざるを得ないでしょうが――結婚の隠蔽についても、それは簡明にして効果的、かつ非難の余地なき手段によってなされています。すなわち、彼らは芸名や通称ではなく、実名を用い、かつ、結婚前に二人の住所が同じとならないよう、別々の宿を借りて、世間の非難を避けているのです。ボグナーでのラ××夫人の病患の場合も、男爵の行動は見たところ正直そのものと言えます――ただちに毒物の疑いを口にし、すぐれた医者を呼び、自分の考えを実証し、適切な治療薬を処方し、病気の発作の原因となる過ちを犯した召使を解雇する。疑いの目で見れば、医者の選択には怪しい所があります。なぜ男爵はどちらも腕は確かで評判もよい地元の医師を呼ばずに、よそ者で数日後には其地を離れおそらくは戻って来ないであろう医師に往診を依頼することにこだわったのか？　この場合もやはり、田舎医者は信じられない、ロンドンの医者の技術の方が頼りになるからだ、とすぐにもっともらしい答えが出てきます。しかし、それがボグナーでの一件の事情をすべて知る人間を現地からできるかぎり遠ざけておくための便法であったという可能性も排除できません。いずれにしても、この用心のおかげで（それが悪意から生まれたにせよ、善意から生まれたにせよ）、我々は非常に重要な点を確認することができました。アンダトン夫人とラ××夫人は同じ症状を示しただけではなく、同じ時期に病気になった。

続いて起こった出来事に目を向ける前に、姉妹の最初の病患に関わる一、二の点について述べておきたいことがあります。有毒金属（疑いなくアンチモンもその中に含まれます）の作用については、まだほんの少ししか実態が明らかにされていません。イギリスにおけるこの問題の最高権威、テイラー教授は、服用した人の体質がその種の毒物の作用を著しく左右する、あるいは作用において「個人差が大きい」と述べています。*してみると、ラ××夫人はアンチモンの作用を促進する特異な体質を持っていたようであります。間違いなく、同量のアンチモンが通常引き起こすと予想される以上の強力な反応が彼女の体内に見られました。ですから、誰の手を経たにせよ、毒物は彼女を殺害する目的で与えられたのではなく、彼女の体質の特異性が原因でほとんど死に至るような結果になった、と考えることが可能です。

＊テイラー『法医学との関係における毒物学について』第二版、九八頁以下を参照。

ラ××夫人が死の一歩手前まで行ってしまった、ということは男爵に衝撃を与え、以後の彼の行動を大きく左右したようであります。しかしながら、自分の妻の命がある特殊な危険にさらされていて、その結果、もしかしたら彼女の方が病弱で繊細な姉よりも先に命を落とすかもしれない——男爵がそれを知っていたか、あるいはそう信じていたか、この点を確実に知る術はありません。とは申せ、妻がアンダトン夫人より先に死ねば二万五千ポンドを彼が手に入れる見込みがなくなるのは間違いない事実なのです。そこで、そのような事態が生じた場合の担保として、彼は必要な策を至急講じました。誰でも考えつくのは、ジョーンズ医師がただちに提案したように、妻に生命保険をかけることであり、これを男爵は、数か月間旅をして夫人の健康状態を保険会社が受け入れる水準まで戻してから、実行に移しました。かくして、我々の関心事である生命保険契約の背後には、ラ××夫人への毒物の投与の結果、予想された以上に深刻な影響があった、病弱な姉アンダトン夫人にも同じ症状が出現した、そしてアンダトン夫人の死がラ××夫人の死に先立てば、男爵の遺産相続の可能性が跳ね上がる、という事実があったのです。

したがって、男爵と二万五千ポンドあるいは五万ポンドの間にはアンダトン夫妻と彼自身の妻の三人がたちはだかっており、その三人の亡くなる順番によって彼の得る金額が増減するのでした。アンダトン氏がアンダトン夫人の先に死亡すると、夫人が再婚する可能性が出てきます。その結婚で子供ができたとすれば、ウィルソン氏の遺産相続の優先権はその子供に移ります。ラ××夫人がアンダトン夫妻のどちらかより早く死亡すると彼の相続権はなくなります。彼が最大限の利益を得るには、アンダトン夫人、彼女の夫アンダトン氏、彼女の妹ラ××夫人、の順番で三人が世を去ることが必要でした。

右のような状況が生じてから一年のうちに、男爵にとって最も利益の大きい順番で、これら三人が亡くなりました。

では三人の死の事情を調べることにしましょう。

男爵は、イギリスに戻るとすぐ、おそらく生命保険の契約を結ぶ前に、アンダトン氏を訪れました。そして詳細な質問により、数か月前アンダトン夫人を襲った発作の全貌を聞き出しました。その情報が実際役立つものであったと想定するならば、彼は今や自分の妻とその姉の病気が、時期と症状の両方において、完全に同じであることを知りました。この点は記憶に留めておかねばなりません。

（五）

男爵はラッセル・プレイスに間借りします。その家で彼は一週間のうち日中は五日間、夜は毎晩誰にも邪魔されない状態にありました。他の間借り人は医者だけで、この人物は週に二度、日中の数時間部屋を診療に使うだけで、緊急時に呼ぶにはあまりにも遠いところに住んでいました。男爵はこの家の二階と三階を住居にし、地下にある離れの一室を実験室に使って、家の他の住人に不便をかけることなく化学の実験を行っていました。以下の出来事の展開において極めて重要な意味を持ちますので、この実験室の位置はお忘れなきようお願いいたします。

この家において、ラ××夫人は前にボグナーで経験したのと同じ発作に再び襲われます。ただし、症状は前に比してかなり軽いものでした。病態は深刻なものではありませんでしたが、この発作は約二週間の間隔をおいて定期的に繰り返されました。ここで我々はこれまで収集した中で、最も重要で、最も法外で、最も疑わしい証拠に遭遇するのであります。

(七)

男爵が間借り人となった後で、家主の特別の好意によって、オルドリッジという名の青年が部屋を借りることになりました。彼は八月のある日の晩、ラ××夫人がどう見ても眠ったまま寝室を出て、暗闇の中、階段を下りて地下に行くのを目撃しました。また、夫人の寝室の隣にある男爵の寝室の壁に、通り過ぎる夫人を見ている男の影と思しきものが、テーブルに置かれたランプによって映し出されているのに青年は気づきました。もう一度見てみると、影は消えていました。あっという間に消えたので、初めは自分の目が信じられなかったのですが、よく考えてみると、やはり影はそこにあった、と青年は確信しました。彼が男爵の部屋に行くと、男爵は寝ていました。夫人の行動を報告すると、彼はただちに夫人の後を追いました。男爵が地下の台所に通じる階段を下りて、夢遊病の夫人をすぐ後ろに従えて戻ってくるのを青年は見ました。青年が自分の部屋に戻ると、ほどなく男爵が現れ、よく知らせてくれたと感謝し、寝ぼけて夫人は台所に行った、と言いました。

ここまでは単純な話です。ひどく過敏な神経を持った病気の女性が突然夢遊病になり、自分のではない家の台所に歩いて行ったとしても、それは驚くほど並外れたことではありません。男爵は、壁に映った影の点を除けば、愛情深く分別ある夫からごく自然に期待されるような行動をとっています。また、この影についても、悪意云々は別にして、青年の想像力の産物と考えることができます。彼は「酔っぱらってはいませんでした」が、「少々気分が盛り上がって」おり、「ビールとシャンディー・ガフを結構」飲んでいたと認めています。しかし、小職が集めた証拠はこれで終わりではありません。

驚くべき偶然によって、日常生活におけるまことに素朴な出来事が、練りに練られた犯罪計画を頓挫させることがあります。この夜、オルドリッジ青年のほかに、男爵と夫人の行動を目撃していた者がいたのです。たまたまこの日の午後、青年がいつも出入りする玄関のドアの掛け金を家主の女性が壊してしまいました。これは午後遅くのことだったので、十中八九男爵は気がついていませんでした。彼はまた、結果として、召使のスーザン・ターナーが青年を家に入れるために普段の就寝時間より遅くまで起きて待っていたことも知らなかったでしょう。この娘には恋人がいました。北部に向かう鉄道の火夫です。どうやら彼女は見張り番をしている間、相手をしてもらうために恋人を誘い入れたようです。オルドリッジは帰宅し、寝室に上がっていきました。しかし、間違いなく興味深い会話を青年の帰宅によって妨害された召使の恋人は、夜中の二時に勤務が始まるので、しばらく台所にとどまっていました。彼がようやく仕事に戻るべくそこを離れようとしたまさにその時、ラ××夫人が階段を下りてきました。最初彼女を家主と勘違いし、ガラスの仕切りを通して入って来る街灯の明かりが「彼氏」の存在を暴露するのを恐れたスーザン・ターナーは、彼を物置へと導きます。物置の窓は母屋と裏に建てられた離れの二部屋の間にあるくぼみのような空間に面しています。ロンドンではこういった構造の家は珍しくありません。物置の向かいにある離れ（実験室）の窓は物置の窓の真正面にあって、やはりこのくぼみに面しています。実験室にはスーザン・ターナーの言う「金属の姿見」があります。これは、実際は、そのような位置にある部屋に入る光の量を増すためによく用いられる金属製の反射鏡でした。二つの窓の間はほぼ二メートル半。その夜は晴れて、明るく、中秋のような満月で、月光は反射鏡によって実験室の中に拡散し、室内を物置からはっきり見えるように照らし出しました。物置のドアは開いており、階段付近は接近する男爵の持つ蠟燭で明るくなっていました。かくして、物置に隠れた二人は男爵と夫人の行動を、オルドリッジが彼らを見失ってから、再び彼らが彼の視界に入るまでの間、一部始終観察することができたのでした。

　そして、これが彼らの目撃したことです――

「奥さまは台所には行かれませんでした、奥さまはまっすぐ実験室に入って行かれました、男爵さまは奥さまが出てこられるのを見ておられました」

　地下室の見取り図をご覧になれば、この証拠の持つ意味と、男爵がこの点について勘違いをした可能性はないことがお分かりになるでしょう。台所にいたならもちろん勘違いなどしませんし、いなかったとしても、彼は台所と実験室の位置関係はよくよく知っていたのです。

では、男爵は夫人が行った場所について、なぜオルドリッジに事実とは異なる情報を与えたのでしょう？　それでいて、男爵は彼のお節介とも思える行為に謝意を表しています。

召使とその恋人の証言を疑う理由は少しもないように思われます。彼らの話は単純素朴で、一貫性があります。彼らに男爵に対する悪意はありませんし、悪意を持ってオルドリッジと共謀したということも考えられません。その時いてはいけないところにいた、というのが彼らの唯一の弱みです。しかし、実は、これを認めていることが彼らの証言の信憑性を弱めるのではなく、強めるのです。ですから、我々は手がかりを彼らの動機にではなく、男爵の動機に求めねばなりません。奇妙な徘徊における夫人の行いが手がかりを与えてくれるかもしれません。彼女は実験室で何をしたでしょうか？

「奥さまは壜から何かを飲まれました、味も匂いもワインみたいでした、壜には「なんとかワイン」と書いてありました」。ラベルはアンチモンワイン、すなわち、シェリー酒と酒石酸アンチモンカリウムの混合物を示していました。

この点から隠蔽工作の動機に、言うならば、手探りでさかのぼっていけないでしょうか。既に我々の知るように、ラ××夫人には多額の生命保険がかけられていました。夫人の生命は一度、この晩彼女が飲むところを目撃されたのと同じ薬物のせいで、深刻な危険にさらされました。もし男爵が夫人の徘徊の目的を知っていた、あるいは見当がついていたならば、事実を隠す十分な動機があります。褒められた動機ではありません。男爵が彼女の行動を知っていたとなると、彼女が死亡した時に、まず間違いなく保険会社は支払いを拒むからです。

しかし、ここにまた別の困難が我々の前に現れます。問題の事件はラ××夫人の長い病気の中頃で起こりました。彼女の病気とは、ほぼいつも二週間の間隔をおいて起こり、ここで服用するのを目撃された毒物が起こす症状と全く同じ症状を見せる一連の発作でありました。その発作の一つが、我々が今精査している出来事のほんの数時間後に始まりました。これはその時かぎりの問題だったでしょうか？

この問題に夜間勤務の看護婦の証言が重要な関わりを持っています。彼女は絶対眠ってはならないという厳しい命令を受けていました。彼女の受け持ち時間は短いもので、昼間ずっと休んでいれば、極端な眠気に襲われるようなことはないはずです。過去二十年間の雇用者は口を揃えて彼女が信頼に値する看護を行ってきたと証言しています。しかし、八から十週間、いやもしかしたら十二週間という期間、隔週の土曜、規則的にある時間が来ると彼女は眠り込んでしまいます。警戒して抵抗しようとしても無駄でした。誰かが「悪さ」をしていると信じて、ある時は食べ物を摂らず、覚醒作用のある煮詰めた濃い緑茶しか飲まずにいたのですが、この努力も無駄でした。他の晩は楽に起きていられるのに、運命の土曜日がやって来ると必ず彼女は眠り込んでしまい、その後決まってラ××夫人はおなじみの発作に襲われるのでした。彼女にはこの驚くべき巡り合わせの説明がつきませんでした。間違いなく、このようなことは今まで一度もなかった、と彼女は言います。我々も同様に説明に窮します。しかし、いきおい、この定期的睡眠が生じる前に、男爵のいわゆるメスメリスムの力によって、彼女が二度眠りに落ちたことを我々は考えざるを得ません。そして、何年もそのような操作にさらされてきたある女性へとそこから自然に思いを馳せ、次いで、ハンズ氏の言葉――「小生の意志の力でもって、小生は彼女(サラ・パーソンズ)にある暗い部屋に入ってピンあるいは同様の小さな物体を拾ってこさせました」――を想起してしまうのであります。

そこで我々は再び夫人を見張る壁の上の影を思い出します。

ただ、結局のところ、我々の考えはどの地点に達したのでしょうか? ラ××夫人の実験室での行動の意味を男爵が知っていた、と仮定しましょう。また、(それを何と呼ぶにせよ)男爵が冗談まぎれに看護婦を眠らせた力を用いて、夢遊病者が看護婦の目を逃れることを可能にした、と仮定しましょう。さらにまた、メスメリスムの説くところを信じて、男爵の意志の力に従って夫人があのような行動をとった、と仮定しましょう。

それでも我々は一歩も解決に近づいておりません。

妻が死ぬことは彼の利益にならなかったのです。

というわけで、この恐ろしい謎の答えを求めて我々はもっと遠くを探さねばなりません。妹の住む家でこのようなことが進行している間、アンダトン夫人はどうしていたか、見てみましょう。

(三および五)

ここで我々は今一度、最も賢明な用心をしてもその用心が仇になる、という事例に遭遇します。ラ××夫人の病が犯罪的な手段によって引き起こされたものとしますと、最初の発作を導き出す試みを他人に見られる恐れのない時に行うというのが、最も賢明な用心であります。しかし、まさにその計算のおかげで、この事件において最も重要な日付を同定することが可能になったのです。その用心がなければ、日付は曖昧なままであったでしょう。さて、ラ××夫人の二度目の病患の最初の発作は四月五日土曜日に起こりました。まさにその晩、そして我々に確認できる限りでは、まさに同じ時間に、不可解にもアンダトン夫人は彼女とまったく同じ症状の病に襲われます。彼女の場合と同じく、発作は二週間ごとに繰り返されました。数日間、男爵の薦めによってある薬が投与され、最初は効き目があるように見えました。同じ日、マーズデン医師の日誌によると、ラ××夫人においても同様の病状の改善が見られます。どちらの場合も快方に向かった期間は短く、再び病状は悪化します。どちらの場合も患者は完全に疲弊してしまいます。ラ××夫人は瀕死の状態に至り、より体の弱い姉は死亡します。死因審問が行われました。生きている時も、死んだ後も、体はアンチモン中毒の症状を呈していました。しかしながら、アンチモンは体内から発見されませんでした。よって、そのことならびに他の事情から、「自然死」の評決が出されます。十月十二日にアンダトン夫人の物語は幕を閉じました。

その日以来、ラ××夫人は快方に向かいます。

(六)

男爵と最大額五万ポンドの間に立ち塞がる一つ目の命が失われました。次に、二つ目の命が失われた状況を簡単に検討します。ここでもまたそれ自身まったく素朴で自然な出来事が積み重なって、おそろしい疑惑に満ちた物語を形成します。アンダトン夫人の死に際して行われた死因審問について右に言及しましたが、あの審問は彼女の夫に殺人の容疑がかかる状況が存在したから行われたのでした。では、直接的か直接的でないか、意図的か意図的でないかは措くとして、その状況の一つ一つは誰が作り出したものなのか？　なるほど、アンダトン氏は、自分以外の手から患者が薬や食べ物を受け取ることを許しませんでした。しかし、男爵は口で言うのとは裏腹に、氏に疑惑がかかるような行動を称賛したり、助長したりしました。毒物の投与があったことを示唆するような治療法を提案したのは男爵でした。二枚の紙が見つかります。一枚には部分的に、もう一枚には完全に、用いられたと思しき毒物の名前が書いてあります。最初の紙は男爵が発見し、もう一枚は彼がついさっきまでいた場所で、彼が別の物を探しに行かせた看護婦が発見しました。男爵はアンダトン氏が誰をも患者に近寄せなかったことをしきりに強調しました。そして、主としてこのことから氏に対する疑惑が生じます。なぜアンチモンに対する解毒剤を薦めたのかとドズワース医師に問われると、男爵は自分の提案から導かれる最悪の解釈を肯定するような答え方をします。そして、二枚目の紙が見つかった時には、表向きは看護婦にそれを焼き捨てるよう指示しますが、その口ぶりによって、紙は焼かれず、友人に害が及ぶ可能性が最も高い方法で用いられるよう誘導します。

しかし、決定的な証拠はありません。では、以下に続く惨事と男爵の関係はいかなるものでしょうか？　彼は妻殺しの疑いをかけられたアンダトン氏が世間の評判をひどく気にすることを知っていました。友人のことが心配でならないと言って男爵は、無罪放免になるだろうとの情報をいち早く入手すると、友人を訪ねて、その知らせを伝えます。そして、帰る前に、誰もその晩友人の邪魔をしないよう手を打ちます。翌朝アンダトン氏は死体になっています。枕の上に、毒が入っている壜と、汚名を晴らす機会を失って絶望した旨の書置きが発見されます。いかなる不思議な事故によって、化学分析の結果についての有望な知らせがかくも誤解されたのでしょうか？　いかなる画策、あるいはいかなる怠慢によって、この致命的な薬が彼の手の届くところに置かれたのか？　我々にわかるのはただ一つ――

　知らせを伝えたのは男爵であり、かつ、薬の出どころは彼の薬箱で、それは病んでいた男の手の届く範囲内に彼が置いていったものである。

　こうして男爵と最大額五万ポンドの間に立ちはだかっていた二人目の人物が亡くなりました。この金額のうち、アンダトン夫人とラ××夫人の関係から生じる二万五千ポンドは請求すればすぐに男爵のものになりましたが、直ちに請求する必要はありませんでした。彼の相続を可能にした二人の死にまつわる騒ぎがおさまるのを待ってからにした方がいい、とおそらくは考えたのでしょう。あるいは、少なくとも一年前から知っていた事実を今になって初めて主張するための、もっともらしい説明の準備を整えていたのかもしれません。どういう理由からか、とにかく、男爵はアンダトン氏の死後数週間は遺産を請求する行動は起こしませんでした。そしてこの間ラ××夫人はゆっくりとではありますが、着実に健康を回復していました。

かくして、賢明な男爵は慎重な遅延策を採用したのですが、世の出来事を動かす、人間にはどうすることもできない力が、突如危機的な状況を彼に突きつけてきました。嫉妬に狂った恋文が舞い込んできて、嫉妬の原因となっている女性がその晩のうちに消えなかったら復讐を覚悟せよ、と言うのです。この手紙は断片しか残っていませんが、男爵とラ××夫人の関係は完全に断たれねばならない、という意味は十分明白でした。

（七）

「一人になる方法はわかっているわね？」

その晩、手紙の要求は満たされます。真夜中、今一度夫人は眠ったまま男爵の実験室に向かいます。今一度彼女の無意識の手は恐ろしい薬物を注ぎます。しかし、今回は時間のかかる毒薬ではありませんでした。強力な劇薬の酸によって、彼女は夢から覚めると同時に、一瞬にして凄惨な死を遂げます。甲高いがただちに抑制された叫び声に家の者は驚き、慌てて彼らが現場に到着すると、十一月〔三〇三頁では三月十五日のはず〕の風すさぶ闇夜に、裸足で、乱れたガウンをまとい、いまだに運命のグラスを手にしている、酸による損傷を被った遺骸がありました。

小職の任務は完了しました。こうして貴台に提示させていただいた証拠をもとになされた貴台のご判断も、小職の判断も、どちらも同じぐらい真実から遠いものかもしれません。小職には何ともわかりません。今や貴台は、鎖の輪の一つ一つをつなげて、鎖全体を手にしておられます。その鎖は果たして単なる偶然の出来事の連なりなのか、それとも、恐ろしい一連の犯罪が恐ろしい手段で実行されたことを、恐ろしいまでに正確に指し示すものなのでしょうか？　これが第一の問いであります。我々はまずこれに答えねばなりません。小職は答えることができないと告白いたします。第二の問いはより奇妙で、かつ、より難しい問いかもしれません。すなわち、我々の目の前に一連の犯罪があるとして、それを立証することは可能でしょうか、また、仮に立証されたとして、果たして、犯人を処罰することは可能でありましょうか？

運命のグラスを手に

●ボウルトン家関係系図

キャサリン・バ××
（レディー・ボウルトンの叔母）

ウィルソン氏
（レディー・ボウルトンの叔父
一八二五年死亡）

レディー・ガートルード・ボウルトン
（旧姓・ウィルソン
一八三二年一一月、双子を出産して死亡）
＝
サー・エドワード・ボウルトン
（一八三二年一一月、決闘で死亡）

双子の姉
ガートルード・ボウルトン
（のちのアンダトン夫人）
＝
ウィリアム・アンダトン

双子の妹
キャサリン・ボウルトン
（子供の頃にさらわれる）

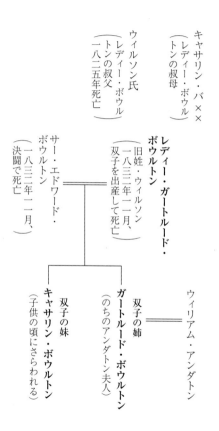

主要人物略年表

	アンダトン夫人(ガートルード)	ラ××夫人(ロザリー)
1837.7	双子の妹がジプシーにさらわれる	サーカスに売られる
1851.6	アンダトン氏と婚約，その後結婚	(この頃ミュージック・ホール出演，ラ××男爵と出会う)
1852.10	原因不明の体調不良	病気になる
1854.夏	メスメリスムの施療を受け始める	
1854.8	夫とノッティング・ヒルに越す．ラ××男爵の施療を受け始める	
1854.9.13	ラ××男爵から，ロザリーを介した施療を初めて受ける	ラ××男爵と共にアンダトン夫人に初めて施療
1854.10.13	モートン中尉の訪問	モートン中尉の前で施療
1854.11.4	ロザリーを心配し言葉をかわす	アンダトン邸に最後の訪問
1854.11.6	ロンドンにいないはずのラ××男爵とロザリーを見かける	秘密裏に男爵と結婚，ボグナーに越す
1854.12.9	発作(ドーヴァーにて，ワトソン医師の診察)	発作(ボグナーにて，ジョーンズ医師の診察)
1855.7	ドイツに転地療養	
1855.10	体調回復，イギリスに帰国	体調回復，男爵の依頼で生命保険加入用の健康証明書が発行される
1855.10.30	ラ××男爵の訪問	
1856.3		ロンドンのブラウン夫人宅に越す
1856.4.5	発作(ドズワース医師の診察)(以後ほぼ2週間ごとに発作)	発作(以後ほぼ2週間ごとに発作・マーズデン医師の診察)
1856.8		夢遊病で徘徊するのを目撃される
1856.10.12	強い発作，死去	強い発作
1857.3.15		強い酸を飲み死亡

訳者あとがき

「はじめに」で提案したように、「推理小説」を、「犯罪(あるいは何らかの事件)が発生し、それを探偵役の人物(素人もしくは玄人)が論理的な推理を働かせて解決するプロセスを主眼とした物語」と定義するならば、それには「犯罪」「探偵」「推理」が絶対必要な条件となる。近代小説が発生した十八世紀には、早くもヴォルテールの「ザディグ」のように「推理」が構成要素となっている物語や、デフォーの『モル・フランダーズ』、フィールディングの『ジョナサン・ワイルド』のように「犯罪」と関わりのある小説が存在した。そして一八二七年、フランスにおいて、犯罪者あがりで世界最初の「探偵」と言われるヴィドックの『回想録』が、イギリスでは、首都警察の前身であるボウ・ストリート・ランナーズの一員を主人公にした小説『リッチモンド』が出版される。こういった流れを受けて、上記の三要件すべてを満たす作品が一八四一年に登場する。ポーの「モルグ街の殺人」である。

バーナビー・ラッジ

まず、左のポー著作年表をご覧いただきたい。

一八四〇年十二月　「群衆の人」
一八四一年四月　「モルグ街の殺人」
一八四一年五月　ディケンズ『バーナビー・ラッジ』書評
一八四二年二月　再度『バーナビー・ラッジ』書評
一八四二年十二月　「マリー・ロジェの謎」連載開始（翌年二月まで）
一八四四年九月　「盗まれた手紙」
一八四四年十一月　「犯人はお前だ」

ポーは、「モルグ街」に登場する探偵役のデュパンを主人公にして、我々の定義にあてはまる「推理小説」をさらに二つ書いている。それが「マリー・ロジェの謎」と「盗まれた手紙」である。これらに加えて、「犯人はお前だ」は推理の要素が乏しいとはいえ、殺人事件解決を主眼とする物語であり、「群衆の人」では、推理を働かせて人を観察する癖のある主人公が、常に群衆の中にいるある人物の謎を解こうとした挙句、その人物は深甚な「犯罪」の原型であり、「自らを他人に解読させさせない」との結論に至る。この不思議な短篇を、『エラリー・クイーンの詩的正義』(一九六七)と題するアンソロジーの中で、かの高名なミステリー作家は推理小説の先駆的作品として紹介している。ポーの推理小説、あるいはそれに非常に近い作品は、一八四〇―四四年の四年間に集中しており、これ以後はもう書かれていない。

ここで注目したいのは、ポーがこの時期にディケンズの『バーナビー・ラッジ』(一八四一)の書評をしているという事実である。彼はアメリカでもっとも早くディケンズの書評を書いた批評家の一人で、処女作『ボズのスケッチ集』(一八三六)からはじまって、初期作品をほぼすべて取り上げている。中でも『骨董屋』(一八四一)には、辛口の彼にしてはめずらしく、最大級の賛辞を呈している。次作『バーナビー』についての批評は、ポーの頭のよさが発揮されたきわめておもしろい読み物であり、そこに示された彼の洞察の深さによって、推理小説史に残る貴重な文献となっている。

『バーナビー』は、一七八〇年に英国で起こった「ゴードンの騒乱」と呼ばれる反カトリック暴動を描いた歴史小説であるが、ディケンズは冒頭に殺人事件を配し、ミステリー仕立てで物語を始めている。ポーはこの小説がまだ連載中で、全体の六分の一程度しか出版されていないにもかかわらず、書評を発表した。当時、他誌連載中の小説の梗概を読者に情報として与えることは行われていたが、ポーのように詳しく内容に立ち入ってそれを論じる、というのはまずなかったと思われる。では彼はなぜそのような異例の行動に出たのか?

その理由は右の年表から察せられよう。ポーは「モルグ街」を執筆中か、あるいは完成直後に『バーナビー』の冒頭を読んだ。だから、自己顕示欲の強い彼は推理小説(という名前はまだなかったが)なら俺に任せておけとでも言わんばかりに、才知をひけらかしたくなったのだろう。そこで、最初の部分を読んだだけで真犯人がわかってしまったと言ってネタをばらし、今後の展開や結末を予想する。ところが、予想した展開と、ディケンズが実際に書いた小説とではかなりの隔たりがあった。すると今度は、連載が終わったこの小説の書評をもう一度書いて、作品の成り立ちについて勝手な想像を膨らませながら、自分の予想した展開になるべきだったのだ、と偉そうな発言をする。しかし、偉そうに言うだけのことはある。確かに、どう考えても、ポーが描いたシナリオの方がよほど推理小説らしい。この書評――とりわけ、バーナビーの「たわごと」についての解釈――を読めば、伏線の張り方など推理小説的な技巧に関して、ポーがディケンズをはるかに凌駕する理解を有していたことは明らかである。

なお、作者が地の文でラッジ夫人を未亡人と呼ぶのは不正直で芸術を裏切る行為だ、とのポーの指摘は、作者は読者に嘘をついてはならないという、一九二八年のヴァン・ダインによる「推理小説二十則」中第二則に関わる問題である。ディケンズを含め、叙述の論理に鈍感なため、期せずして読者を騙すことになった作家はヴァン・ダインの時代までたくさんいた（後述するように、本書に収めたパーキスもその中に入る）。だから、推理小説なるものが誕生した瞬間にポーの意識がそこまで進んでいたという事実にはただ驚嘆するよりない（この点については「推理小説の語りの歴史」（拙著『ことば、ことば、ことば』所収）で詳しく論じたので、興味のある方は是非そちらを参照していただきたい）。

そして、まさにこの時期、ディケンズがアメリカを訪問したのである。ポーがわざわざ同じ作品を二度書評するという挙に出たのは、もしかしたら、このタイミングを見定めた上でのことではなかったか。ディケンズは一八四二年一月下旬にボストン到着、第二書評が出たのが二月であった。到着間もないディケンズにポーは連絡をとったのだろう、三月上旬に二人はフィラデルフィアで面会している。そして、ここがポーらしいところで、面会の前にこの書評をディケンズに送っている。自分の方がお前よりも推理小説の作り方がわかっているぞ、みたいな書評を見せて、それで相手が恐れ入ると思ったのだろうか。ともあれ、ポーによれば、二人は二度会って長時間話したらしい。アメリカの詩が話題になったことは後のポーの手紙などから見当がつくのだが、他にどういう話があったのかはよくわからない。

したがって、我々としては、この真に興味深い会見の内容を想像するよりほかないのだが、当然『バーナビー』にからむ小説論がなされたであろう。特に、無実の男が犯罪者として追及される、スリラー小説の先駆『ケイレブ・ウィリアムズ』(一七九四)と、プロットの組み立て方の問題が話題になった可能性は高い。面会に同意を示す三月六日付の手紙で、この小説が終わりから始めて逆に書かれたことを知っていますか、とディケンズはポーに尋ねている。ゴッドウィンの小説に言及したのは、ポーが送りつけてきた第二書評の最後で、プロット構築の手本としてこの作品が持ち出されていたからである。この時期のポーは、ゴッドウィンとブルワー＝リットンがプロット構築の双璧であると考えており(「オパル」一八四五)、ちょうど、「モルグ街」が掲載された一八四一年四月号の「グレアムズ・マガジン」に、リットンの『夜と朝』(一八四一)の書評を発表し、そこで小説におけるプロットについての考えを開陳したばかりであった。

リットンは『夜と朝』において、出来事のすべてが連関して意味を持つような、余りにも緊密なプロットを作ろうとしたがために、「登場人物同士の関係における真実性、および、それぞれの登場人物と作中の出来事との関係における真実性」を失ってしまった、とポーは述べる。そして、プロット構築はあくまでも二義的なものであり、そのために芸術の一義的な目的が「生贄」にされてはならない、と言う。ここでも、『バーナビー』の第二書評に出てくる「生贄」という言葉が用いられている点に注意されたい。これら二つのパッセージにおいてポーは同じ内容を語ろうとしている。それは、「正しい趣味の持ち主」は、謎を作り出すためのプロット操作を、「単なる謎を最高神として崇め奉る祭壇に捧げられた、無用の生贄」（本書三〇頁）とみなすということなのである。

謎を生むための複雑なプロットより重要なものは、『夜と朝』の書評においては、「登場人物の真実性」と表現され、『バーナビー』第二書評では、ディケンズにおいて不足している「すべての「謎」の心髄にある哲学的芸術」（四一頁）に関わる、とされる。この「哲学的芸術」が指し示す内容はすぐにはわかりにくいのだが、それは、謎は謎として残り、「読者の想像力に委ねられる時においてのみ称揚されるべき」（二一頁）という考えに連結しているはずだ。だとすれば、解決できない謎の方がより芸術性が高く、より人間の真実に近い、というのがポーの主張したい点なのだ。

推理小説の歴史という観点からするとまことに興味深いことだが、ポーは自らが開拓した新しいジャンルにそれほど重きを置いていなかったようである。だから、「犯人はお前だ」を最後にこの種の作品を書くのをやめたのだろう。「吾輩の推理ものなどは、自分で作った謎を自分で解くだけのことだから、たいしたものではない」という旨を一八四六年の手紙で述べている。おそらく彼の考えは、先に紹介した「群衆の人」にもっとも顕著に表れているのではないか。「自らを他人に解読させせない」この人物の「犯罪」こそ、すなわち、解決されない謎こそ、ポーにとって一番興味深い謎だったのだろう。まことにおもしろい因果で、ロンドンを舞台にしたこの短篇は、ディケンズの『ボズのスケッチ集』の強い影響を受けたと考えられている。

以下、収録作品の発表年代順に簡単な解説を試みる。

有罪か無罪か

イギリスでは一八二九年、首都警察法で警察が誕生し、四二年に刑事課が設置された。この新しい組織を最初に取り上げた小説の一つにウィリアム・バートンの短篇「秘密の部屋」(一八三七)がある。失踪した娘を警察が探すという内容だが、「推理」とは縁遠い活劇小説である。この作品はイギリス人のバートンがアメリカにわたり、其地で自らが所有する「ジェントルマンズ・マガジン」に発表したもので、その二年後の三九年にバートンはポーを同誌の編集者として雇い入れたのだった。この事実が推理小説の発展にどう寄与したのかは全くのミステリーである。それはさておき、話をイギリスの警察に戻すと、四九年に「ウォーターズ」というペンネームのもとに、一連の短篇が警察官の回想録という体裁をとって出版され、そのすぐ後の五二年、ディケンズの『荒涼館』で、英米の長篇小説においてはじめて警察官が登場し、殺人事件を解決するという運びになる。

「有罪か無罪か」においても、捜査は偶然や勘に頼る部分がほとんどで、「推理」の要素はまだ希薄である。ただ、馬車の退屈な道中で、「ほんの一つか二つの出来事しか起こらなかった」という記述に、「一見些細なことだが、私は入念に記憶に刻みつけておいた」（五四頁）と補足をつけたあたりには主人公が頭を働かせた形跡を提示しようとする作者の工夫が感じられる（六六、六八頁参照）。

ノッティング・ヒルの謎

推理小説批評界の重鎮ジュリアン・シモンズはかつて、『ノッティング・ヒルの謎』（一八六三）こそ、コリンズの『月長石』（一八六八）に先立つ、最初の英国推理小説だと喝破した（『ブラッディー・マーダー』一九七二）。確かに、「探偵」役の人物が、ある「犯罪」に関して「推理」を働かせて解決を図るのが本作の骨格であるから、これは上述の我々の定義に該当する。ここに初めて、「推理」に基づく捜査活動に焦点を絞り込んだ英国小説が出現したのである。しかし、シモンズの発言にもかかわらず、この小説は二〇一五年に大英図書館版が出て少々話題になるまで埋もれたきりで、推理小説ファンの多い我が国にあっても、未訳のまま今日に至っていた。

コリンズの出世作、『白衣の女』(一八六〇)は犯罪がらみの謎を含む、サスペンス重視の小説で、「センセーション・ノヴェル」と言われるジャンルを開拓した。『ノッティング・ヒルの謎』は明らかにこの作品の影響を受けて書かれた。人当たりのよい礼儀正しい外国人貴族が黒幕で、財産目当ての結婚によって女性を標的にするという構図、ならびに、多数の証言から構成される語りは本作にそのまま生かされている。ただし、先に述べたように、「推理」を用いての事件の究明を、作品を一貫して支える要素としたところがこの作品のユニークな点である。しかも、見取図、手紙の断片、証明書といった書類を本文中に取り込む工夫や、特に、最終的な結論があいまいなまま残されているというエンディングは、遥かに時代を先取りする斬新な着想であった。

『ノッティング・ヒルの謎』の核心にあるのがメスメリスムである。十八世紀の医師メスメルは生物の体内に存在する「動物磁気」あるいは「磁気流体」を操作して病気を治療することが可能である、という学説を発表した。これがやがて患者の磁気を操作して睡眠状態に導く術に結びついていく。今から見るとばかばかしく思えるが、十九世紀にあっては、これを真面目に考える人たちは少なくなかった。コリンズは五〇年代にメスメリスムを擁護する一連のエッセイを書いたし、その後は懐疑的になったようだが、『白衣の女』では右に触れた外国人貴族がこれを用いて病気の治療ができると言うし、『月長石』にもこの説への言及がある。ディケンズの場合はもっと真剣だった。おもしろいことに、彼は一八五七年、コリンズと一緒に出演した素人芝居『動物磁気』でメスメルその人を演じている。また、『ノッティング・ヒルの謎』で言及される雑誌「ゾウイスト」を創刊したジョン・エリオットソンは彼の親しい友人で、大きな影響を受けた。実際、催眠術を使って知人の女性を治療したことさえある。遺作となった『エドウィン・ドルードの謎』では、犯人と目される人物がメスメリスム操作と思しき術を用いている。

ポーもリットンもメスメリスムを材料にした作品を残しているが、文学的に最も有名なメスメリスムの例は、本作の挿絵を担当した――そして触発された？――ジョージ・デュ・モーリエの一大ベストセラー『トリルビー』(一八九四)であった。ちなみに、この多才な人物の孫が、『レベッカ』の著者ダフネ・デュ・モーリエである。

『ノッティング・ヒルの謎』は、冒頭で日付の重要性を強調し、読者の忍耐心と洞察力を要求する。なるほど、二度目の病患が始まった日を同定するくだりなど、なかなか手が込んでいて、周到な組み立てが感じられる。作者はその他にも複雑な伏線を張りめぐらして、現代の読者にとっても読み応えのある作品を構築したと言える。しかし、さすがに最初期の推理小説であるから、こういった工夫が施されてはいるものの、週刊連載という外的な条件が働いたのか、注意が十分及ばなかったと見られる点がいくつかある。

先ず、訳注の形で本文中に示したように、肝心の日付もいくつか矛盾を示している（三八六、四二九、四三〇頁等）。特に、非常に重要な、男爵の妻が死ぬ日は最初三月とされていたのに（三〇三頁）、後では十一月になっている（五一四頁）。登場人物の名前の混乱や（四三一頁）、その他の撞着もある（四〇七、四一〇、四九〇頁等）。また、ヘンダソンは、オルドリッジは男爵に対して「あまりにも明瞭な悪意」（四五九頁）を持っていた、と言うのだが、オルドリッジの証言にそこまで強い悪意は感じられないのも一貫性を欠く。

（最後の部分で、召使のスーザン・ターナーが、ラ××夫人が飲んだ液体について、「味もワインみたいでした」（四八二頁）と述べ、そのすぐ後には「私は飲みませんでした」（四八三頁）と述べる。ここも辻褄が合わないように見える。だが、ボグナーで雇われた召使サラ・ニューマンも、マーマレードに関して、「味を見ることさえしませんでした」（四〇三頁）と言い、同時に「味を見ただけです」（四〇四頁）と言う。だから、この二つの場合は、失策を犯した召使がそれを意識するあまり答弁が乱れた、という解釈も成り立つ。)

本作は匿名で雑誌連載された後、六五年にチャールズ・フィーリクスが故ヘンダソン氏の書類を編集した、という体裁で単行本出版された。この編集者(作者)フィーリクスは、物語が始まる前に、「以下の書類を我々がどのようにして入手したかを述べる必要はない」(三〇一頁)云々の口上を述べるなど、テクストに時々顔を見せている。ここは医学上の不愉快な記述が続くだけだから読みとばしてもらってもよい(三六六、四二五頁)、などという親切な(?)指示も、やはり作者によるものである。原則として、このような作者による注とヘンダソンによる注は、後者に「ヘンダソンによる注」との断りを付けて区別されている。したがって、資料の中にある「第五部を参照」といった指示は作者によるものと考えられる。ただし、「ヘンダソンによる注」という断りが付け忘れられたと思しき箇所がいくつかある(三二〇、三四五、三八一頁等)。

以上の指摘は挙げ足取りを意図したものではない。むしろ、自分でも制御しきれないレベルまで話を複雑にしようとした作者フィーリクスの努力を、訳者としては買いたいところである。本作のプロットは『白衣の女』よりはるかに込み入っている。前例がないために、この手の小説を作る時にどのような注意を払わねばならないか、まだよくわかっていなかったのであろう。おそらくフィーリクスは野心的に過ぎた。ポーならもっとうまくやったかもしれない。しかし、彼はここまでの規模の作品は書かなかったのである。

七番の謎／誰がゼビディーを殺したか？

コリンズは『白衣の女』の後、『ノー・ネーム』(一八六二)、『アーマデイル』(一八六六)というセンセーション・ノヴェルの傑作に次いで、『月長石』を世に問う。かのT・S・エリオットに、「最初の、そして最高の英国推理小説」(「ウィルキー・コリンズとディケンズ」一九二七)と言わしめた作品である。しかし、コリンズはそれ以後今日の我々が推理小説と考えるような作品はあまり書いていない。長篇では『法と淑女』(一八七五)と『私はノーと言う』(一八八四)、中篇で『奥様のお金』(一八七七)、短篇も「誰がゼビディーを殺したか?」(一八八〇)ぐらいである。『法と淑女』は殺人罪に問われた夫の無罪をはらそうとして真犯人を追及する女性を主人公にした力作だが、『私はノーと言う』は娘が父親を殺した犯人を捜す話で、結末のひねりを含めて、『法と淑女』の間延びした焼き直し。『奥様のお金』では、さる貴婦人の居間から五百ポンドが盗まれ、警察の捜査がお手上げとなった後、元弁護士の老シャロンが雇い入れられる。そこからある程度論理的な推理が展開されるが、究極的に彼が事件を解決するのではなく、意外でも何でもない人物が犯人とわかる。

コリンズは「謎」を含む入り組んだプロットを作り上げる技に秀でていた。この「謎」はさまざまな形態をとっていたが、それが『月長石』ではたまたま犯人が誰かという「謎」だったのである。どうやら、ポーと同じで、コリンズも必ずしもこの形の「謎」が一番おもしろいものだとは思っていなかった。だからそれにこだわらなかったのだろう。右に引いた発言のすぐ後にエリオットは、「英国の」とことわりをいれるのは、推理小説にはアメリカ人ポーの手になるパズル的な「純粋」推理ものもあるからで、これと比べると、英国の推理小説は捉えようにも捉え切れない「人間的要素」に対する依存度が高い、と付け足していた。「誰がゼビディーを殺したか？」も、題が示す通りの「謎」をめぐる物語ではあるが、興味の中心はパズルの答えではなく、むしろエリオットの言う「人間的要素」なのである。

『イースト・リン』（一八六一）というセンセーション・ノヴェルの大ヒット作をものしたウッドの「七番の謎」にも同じことが言える。いかにも初期段階らしい洗練度ながら「推理」もあるし、伏線の張り方、読者の注意を真犯人からそらせる技巧などもなかなかのものである。しかし、この作品のおもしろさはその「人間的要素」に依存するところが大きい。

主人公ジョニーの年齢ははっきりしないが、おそらく十六、七歳であろうと想像される。彼は明らかにマティルダの異国的な美しさ〔褐色の肌〕に惹かれている。口では、ジェイン・クロスの方が好きだ、とか言っているが、それは信用できない。彼がマティルダに対する憐れの念を書き記し、彼女の言うことを信じたいと表白するところにむしろ本音が出ている。「他に何もすることがなかったから、という単純な理由で、私は窓の外に思い切り首を突き出して、家に入る彼女の様子を見ようとした」という説明〔八八頁〕など、〈語るに落ちる〉とはこういうことを言うのではないか。そう思うと、病院暮らしのマティルダと対照的に、オゥエンの幸せが強調されている結びの文は額面通りに受け取り難い。オゥエンはマティルダとの約束を簡単に破って、ジェイン・クロスと散歩に行ってしまう男なのだ。そんな男に対する軽蔑と、そんな男に惚れたばかりに精神病院に入る憂き目にあったマティルダへの想いを、ここから抽出するのは深読みに過ぎるだろうか。

引き抜かれた短剣／イズリアル・ガウの名誉

ポーの作った雛形に基づき、並外れた頭脳を持つ魅力的な探偵を主人公にした物語をシリーズ化する、という形式を確立したのが、おなじみシャーロック・ホームズの生みの親、コナン・ドイルだった(比較のために、『ノッティング・ヒルの謎』の探偵役ヘンダソンが語りのメカニズムに過ぎず、人物としてのおもしろさに乏しいことを思い出してほしい)。フランスのガボリオの影響が強く見られる『緋色の研究』(一八八七)よりも、「ボヘミアの醜聞」(一八九一)に始まる一連の短篇が彼の本領であった。シャーロック・ホームズが爆発的な人気を獲得すると、すぐにたくさんの探偵が、新聞・雑誌の連載短篇シリーズの主人公として登場する。「ストランド」誌でホームズの穴を埋めたマーティン・ヒューイット、思考機械ことヴァン・ドゥーゼン教授、法医学者ソーンダイク博士、盲目のマックス・カラドス、医師のフォーチュン氏、安楽椅子探偵のプリンス・ザレスキーや「隅の老人」などなど。ここではそういった「シャーロック・ホームズのライヴァルたち」の中から特にユニークな二人を選んだ。

まず、パーキスの編み出した敏腕女性探偵ラヴデイ・ブルック。女性探偵も、元をたどればコリンズに行きつく。短篇「アン・ロドウェイの日記」(一八五六)では、殺された友人の仇を討とうと犯人探しをする女性が主人公であった。彼女は最低限の推理しか働かせることはなく、謎解きが話全体に占める割合も小さく、事件の解決は大きく偶然に左右されているのだが、このアン・ロドウェイが英国小説に登場した最初の女性素人探偵と言えるかもしれない。その後コリンズは、先に触れた、より本格的な『法と淑女』を書くことになる。

一八六四年に、プロの女性探偵を主人公にした短篇集が二冊出版された。アンドルー・フォレスター・ジュニアの『婦人警官』(*The Female Detective*)と、ウィリアム・ヘイワードが匿名で出した『女性警官の告白』(*Revelations of a Lady Detective*)である。どちらの主人公もロンドン警察に勤務する警察官であるが、これはあくまで虚構の世界のお遊びであって、実際に女性がスコットランド・ヤードで働くのは第一次世界大戦後のことである。後者の方がやや「推理」の要素が多いとは言えるが、共に内容は取るに足らないもので、これらに比べると、ドイルのいいお手本があっただけに、「引き抜かれた短剣」(一八九三)——二二二頁で言及される「短剣」のイメージを下に示す——に代表されるパーキスの作品はうんと出来がよくなっている(ただし、一九九頁において作者が地の文で「短剣」と断言してしまっているのは、ポーのお叱りを招く過失)。当時の書評子はラヴデイ・ブルックを「女シャーロック・ホームズ」と持ち上げ、このシリーズは好評を博した。なお、女性作家による女性私立探偵第一号は、ジョージ・コーベット夫人創案のドーラ・ベル(一八九一)とされている。

そして、ブラウン神父。彼が登場する最初の作品、「青い十字架」(一九一〇)において神父はヨーロッパ一の怪盗フランボーと対決する。フランボーは聖職者に変装していたのだが、ブラウン神父に見破られる。その結果彼は改心して、神父の手助けをするようになる。変装が見破られた理由は、ブラウン神父と話をしていた時に、フランボーが「理性を非難する」という神学上の誤りを犯したからであった。チェスタトンの不思議な謎解きの世界は決して万人向きのものではないが、「イズリアル・ガウの名誉」は(説法の香りが若干漂うものの)独特なユーモアと推論のおもしろさが十二分に味わえる快作になっている。

オターモゥル氏の手

エラリー・クイーンは有名なアンソロジー、『百一年の娯楽』(一九四二)に「オターモゥル氏の手」を収録し、「これより優れた犯罪小説は存在しない、それだけだ」と簡潔にして明瞭なコメントを付している。クイーンは「犯罪小説」という言い方をしているが、凝った文体で書かれたこの作品は確かにホームズやそのライヴァルたちが活躍する「推理」ものとはいささか異なる趣を持っている。もっとも、クイーンと同じぐらい名高い目利きのアンソニー・バウチャーは、犯人の心理分析を称賛した上で、本作のフェア・プレイを持ち上げ、推理小説として完全に成り立っている、と指摘し、ホームズものなどとは違ってこの作品では読者自身が探偵になるのだ、と述べている（『専門家による殺人』一九四七）。さて、みなさんはどうお考えになるだろうか？

＊

翻訳に際しては基本的に以下のものを底本に使用し（本文中の挿絵はそこから採った）、必要に応じて他の版を参照した。

『バーナビー・ラッジ』*Barnaby Rudge*. Everyman Paperback, 1996.

「バーナビー・ラッジ　書評」"Review of *Barnaby Rudge*." *Essays and Reviews*. Library of America, 1984.

「有罪か無罪か」"Guilty or Not Guilty." *Recollections of a Detective Police-Officer*, Covent Garden Press, 1972.

『ノッティング・ヒルの謎』*The Notting Hill Mystery*. *Once a Week*, November 1862–January 1863.

「七番の謎」"The Mystery at Number Seven." *Johnny Ludlow Sixth Series*. Macmillan,

1899.
「誰がゼビディーを殺したか」"Who Killed Zebedee?" *Mad Monkton and Other Stories.* Oxford University Press, 1994.
「引き抜かれた短剣」"Drawn Daggers." *The Experiences of Loveday Brooke, Lady Detective.* Dover Publications, 1986.
「イズリアル・ガウの名誉」"The Honour of Israel Gow." *The Innocence of Father Brown.* Cassell, 1911.
「オターモゥル氏の手」"The Hands of Mr. Ottermole." *Murderous Schemes: An Anthology of Classic Detective Stories.* Oxford University Press, 1998.

本書の刊行にあたっては、企画段階で清水愛理さん、編集段階で古川義子さんにたいへんお世話になった。記してお二人に謝意を表したい。

佐々木徹

英国《えいこく》古典《こてん》推理《すいり》小説《しょうせつ》集《しゅう》

2023年4月14日　第1刷発行
2023年5月25日　第2刷発行

編訳者　佐々木徹《ささきとおる》

発行者　坂本政謙

発行所　株式会社 岩波書店
〒101-8002 東京都千代田区一ツ橋2-5-5

案内 03-5210-4000　営業部 03-5210-4111
文庫編集部 03-5210-4051
https://www.iwanami.co.jp/

印刷・理想社　カバー・精興社　製本・中永製本

ISBN 978-4-00-372002-8　　Printed in Japan

読書子に寄す

——岩波文庫発刊に際して——

岩波茂雄

真理は万人によって求められることを自ら欲し、芸術は万人によって愛されることを自ら望む。かつては民を愚昧ならしめるために学芸が最も狭き堂宇に閉鎖されたことがあった。今や知識と美とを特権階級の独占より奪い返すことはつねに進取的なる民衆の切実なる要求である。岩波文庫はこの要求に応じそれに励まされて生まれた。それは生命ある不朽の書を少数者の書斎と研究室とより解放して街頭にくまなく立たしめ民衆に伍せしめるであろう。近時大量生産予約出版の流行を見る。その広告宣伝の狂態はしばらくおくも、後代にのこすと誇称する全集がその編集に万全の用意をなしたるか。千古の典籍の翻訳企図に敬虔の態度を欠かざりしか。さらに分売を許さず読者を繋縛して数十冊を強うるがごとき、はたしてその揚言する学芸解放のゆえんなりや。吾人は天下の名士の声に和してこれを推挙するに躊躇するものである。このときにあたって、岩波書店は自己の責務のいよいよ重大なるを思い、従来の方針の徹底を期するため、すでに十数年以前より志して来た計画を慎重審議この際断然実行することにした。吾人は範をかのレクラム文庫にとり、古今東西にわたって文芸・哲学・社会科学・自然科学等種類のいかんを問わず、いやしくも万人の必読すべき真に古典的価値ある書をきわめて簡易なる形式において逐次刊行し、あらゆる人間に須要なる生活向上の資料、生活批判の原理を提供せんと欲する。この文庫は予約出版の方法を排したるがゆえに、読者は自己の欲する時に自己の欲する書物を各個に自由に選択することができる。携帯に便にして価格の低きを最主とするがゆえに、外観を顧みざるも内容に至っては厳選最も力を尽くし、従来の岩波出版物の特色をますます発揮せしめようとする。この計画たるや世間の一時の投機的なるものと異なり、永遠の事業として吾人は微力を傾倒し、あらゆる犠牲を忍んで今後永久に継続発展せしめ、もって文庫の使命を遺憾なく果たさしめることを期する。芸術を愛し知識を求むる士の自ら進んでこの挙に参加し、希望と忠言とを寄せられることは吾人の熱望するところである。その性質上経済的には最も困難多きこの事業にあえて当たらんとする吾人の志を諒として、その達成のため世の読書子とのうるわしき共同を期待する。

昭和二年七月

岩波文庫の最新刊

幸徳秋水著／梅森直之校注

兆民先生 他八篇

幸徳秋水(一八七一―一九一一)は、中江兆民(一八四七―一九〇一)に師事して、その死を看取った。秋水による兆民の回想録は明治文学の名作である。「兆民先生行状記」など八篇を併載。〔青一二五-四〕 定価七七〇円

グレゴリー・ベイトソン著／佐藤良明訳

精神の生態学へ(上)

ベイトソンの生涯の知的探究をたどる。上巻はメタローグ・人類学篇。頭をほぐす父娘の対話から、類比を信頼する思考法、分裂生成とプラトーの概念まで。(全三冊)〔青N六〇四-一〕 定価一一五五円

カール・ポパー著／小河原誠訳

開かれた社会とその敵

第一巻 プラトンの呪縛(下)

プラトンの哲学を全体主義として徹底的に批判し、こう述べる。「人間でありつづけようと欲するならば、開かれた社会への道しか存在しない。」(全四冊)〔青N六〇七-二〕 定価一四三〇円

佐々木徹編訳

英国古典推理小説集

ディケンズ『バーナビー・ラッジ』とポーによるその書評、英国最初の長篇推理小説と言える本邦初訳『ノッティング・ヒルの謎』を含む、古典的傑作八篇。〔赤N二〇七-一〕 定価一四三〇円

今月の重版再開

ガーネット作／安藤貞雄訳

狐になった奥様

定価六二七円〔赤二九七-一〕

アンドレ・ジイド著／渡辺一夫訳

モンテーニュ論

定価四八四円〔赤五五九-一〕

定価は消費税10%込です　2023.4